Amalie Howard

Das
Biest
von
Beswick

Amalie Howard ist in den USA eine gefeierte Bestsellerautorin. Ihre Wurzeln liegen in Westindien, und sie hat neben vielen Romanen auch höchst erfolgreiche Jugendbücher geschrieben. Wenn sie nicht schreibt oder liest, agiert sie als Präsidentin ihres Harley-Davidson-Motorclubs, der allerdings nur sie als Mitglied hat. Derzeit lebt sie mit ihrem Mann und ihren drei Kindern in Colorado.

Lord Nathaniel Harte, Duke of Beswick, verbringt seine Tage damit, Porzellan zu zerschlagen, seine Diener zu schikanieren und jeden zu beleidigen, der ihm zu nahekommt. Zurückgezogen und allein lebt er auf seinem Anwesen, immer bemüht, sein verunstaltetes Gesicht vor der Außenwelt zu verbergen. Niemanden lässt er an sich heran, schon gar nicht die unzähligen heiratswilligen Frauen, die es nur auf sein Vermögen abgesehen haben. Denn wer könnte ein Monster wie ihn schon wirklich lieben?

Lady Astrid Everleigh ist fest entschlossen, sich weder durch Gerüchte noch durch Gerede von ihrem Plan abbringen zu lassen. Um ihre jüngere Schwester vor der Heirat mit einem berüchtigten Schurken zu bewahren, würde sie alles tun. Auch wenn das bedeutet, dass sie sich Lord Nathaniel Harte, dem Biest von Beswick, auf dem Silbertablett anbieten muss, und zwar als seine Braut ...

Amalie Howard

Das Biest von Beswick

Roman

Aus dem Amerikanischen
von Christina Kagerer

more
Immer mit Liebe

Titel der Originalausgabe
The Beast of Beswick

MIX
Papier | Fördert
gute Waldnutzung
FSC® C083411

ISBN 978-3-98751-014-4

More ist eine Marke der Aufbau Verlage GmbH & Co. KG

1. Auflage 2023
© Aufbau Verlage GmbH & Co. KG, Berlin 2021
Copyright © 2019 by Amalie Howard
Published by Arrangement with Entangled Publishing,
LLC, Parker, CO 80134 USA
Umschlaggestaltung Grit Bomhauer
graphische Adaption www.buerosued.de, München
unter Verwendung von Motiven von
Nebs und LightField Studios @ shutterstock
Satz Greiner & Reichel, Köln
Druck und Binden CPI books GmbH, Leck, Germany
Printed in Germany

www.aufbau-verlage.de

Kapitel Eins

England, 1819

Mit hämmerndem Puls stürmte Lady Astrid Everleigh durch die Eingangstüren des Herrenhauses ihres Onkels in Southend. Die protzige Kutsche in der Einfahrt war genauso unverkennbar wie ihr Besitzer – der arrogante und zutiefst aufdringliche Graf von Beaumont. Ein ungutes Gefühl machte sich in ihr breit, als sie ihre Blicke durch die Eingangshalle schweifen ließ. Niemand sah sie an, nicht der Butler, nicht die Dienstboten, nicht einmal ihr Onkel Reginald, dessen blasse Wangenknochen eine hässliche rote Farbe angenommen hatten.

»Du s-solltest doch auf dem Markt sein«, stammelte er überrascht.

»Was hast du getan, Onkel?«, fragte sie ihn und zog an ihrem Umhang. »Hast du das ohne mein Wissen oder meine Einwilligung arrangiert?«

Das Gesicht ihres Onkels wurde noch röter. »Jetzt hör mir einmal zu«, legte er los. »Es ist höchste Zeit, dass deine Schwester heiratet, und das weißt du auch ...«

Aber nicht *ihn*. Auf gar keinen Fall.

Das üble Gefühl in Astrids Magen wurde noch schlimmer bei dem Gedanken daran, dass die süße, unschuldige Isobel in die Klauen eines solchen Mannes geriet. Der Graf von Beaumont hatte die letzten Möglichkeiten ausgeschöpft, was Astrid betraf, auch wenn er nun ein Ebenbürtiger war.

Die grässlichen Erinnerungen hinunterschluckend, die alleine sein Name bei Astrid auslöste, drehte sie sich von ihrem Onkel weg und ihrer Dienstmagd zu, die erschienen war, als sie ihre Stimme gehört hatte. »Wo sind sie, Agatha?«

»Im Frühstückssalon, Mylady. Mit der Viscountess.«

Beim Anblick der geschlossenen Türen rutschte Astrid das Herz in die Hose. Tante Mildreds Begleitung war zumindest fragwürdig. »Wie lange sind sie schon dort drin?«

»Keine fünf Minuten, Mylady.«

Das war nur ein Augenblick, aber doch genug Zeit, um ihrer lieben Schwester zu schaden. Isobel war knapp sechzehn Jahre alt. Sie war für ihre Eltern eine sehr willkommene Überraschung gewesen, und Astrid hatte sie stets beschützt. Für sie war Isobel immer noch ein Kind, egal, ob ihr Onkel behauptete, es sei an der Zeit für sie, zu heiraten. Sie hatte noch nicht einmal eine Bräutigamschau gehabt, und trotzdem wollte er sie an den Höchstbietenden verheiraten.

An einen Lügner und Lustmolch noch dazu.

Edmund Cain hatte den Titel des Grafen vor ein paar Jahren von seinem Onkel geerbt. Obwohl ihn ein Titel für die meisten Frauen heiratswürdig machte, war er nach wie vor ein herzloser Bastard, der ohne Skrupel Astrids Ruf zerstörte, als sie während ihrer ersten – und einzigen – Bräutigamschau die Dreistigkeit besessen hatte, ihn abzuweisen. Er hatte sich mit einer schrecklichen Lüge über ihre mangelnde Tugend an ihr gerächt und somit ihre gesamte Zukunft zerstört.

Als ihre Eltern ein Jahr später von einer Krankheit dahingerafft wurden, mussten sie und Isobel sich in die Obhut ihrer einzig lebenden Verwandten in England begeben. Nach dem Trauerjahr hatte Astrid beschlossen, dass alles Geld, das sie übrig hatte, besser für Isobels Zukunft aufgespart werden sollte. Sie war die Tochter eines Viscounts, und wenn es an der Zeit war, sollte Isobel das bekommen, was ihr rechtmäßig zustand.

Doch das war, bevor ihr Onkel ihr Erbe in die Hände bekam. Das meiste davon war weg, außer bestimmte, noch nicht freigegebene Fonds, die sie erst erhalten sollten, wenn sie heirateten oder im Alter von sechsundzwanzig Jahren. Astrid war noch ein paar Monate davon entfernt, Isobel ein Jahrzehnt – es sei denn, eine Heirat käme zuerst, was hier ganz offensichtlich das Ziel war. Aber jetzt, acht Jahre nach dem Tod ihrer Eltern, waren die Mädchen fast mittellos. Zumindest behauptete das ihr Onkel.

Mittellos genug, um eine Verbindung mit einem völlig ungeeigneten Grafen einzugehen? Wenn es um Geld ging, war das für Onkel Reginald keine Frage. Er würde seine eigene Seele verkaufen, wenn er dafür einen Farthing bekäme.

»Lord Beaumont ist nun ein Ebenbürtiger«, sagte ihr Onkel und zog ihre Aufmerksamkeit auf sich. »Er ist nicht mehr der Mann, den du kanntest.«

»Ein Leopard kann seine Flecken nicht verändern.«

»Hör zu, Astrid«, sagte er und versperrte ihr den Weg. »Es ist beschlossene Sache. Lord Beaumont hat versprochen ...«

»Komm mir nicht näher, Onkel. Mir ist es völlig egal, was er versprochen hat. Er wird niemals ...« Astrid hielt inne und sprach die leere Drohung, die gar keine war, nicht aus.

Die Wahrheit war, da Astrid selbst keinen Ehemann hatte, konnte ihr Onkel Isobel an einen von Syphilis befallenen Bettler verheiraten, wenn er das wollte. Und keine von beiden konnte etwas dagegen tun. Das war der Stand der Frauen in ihrer Welt.

Astrid änderte ihre Taktik und wendete sich mit sanfterer Stimme an ihn. »Onkel Reggie, sei doch vernünftig. Isobel hatte noch nicht einmal die Chance, sich nach einem heiratswürdigen Mann umzusehen. Vielleicht kann sie einen viel besseren Fang machen und bekommt einen Mann, der viel wohlhabender ist.« Sie ließ den Vorschlag in der Luft hängen, denn sie wusste, dass das Versprechen von mehr Geld ihren Onkel zum Nachdenken bringen würde.

Der Viscount sagte schmallippig: »Besser heute ein Ei als morgen eine Henne.«

»Sagte der Hahn, der nichts zu verlieren hat«, murmelte Astrid vor sich hin, und ihr Magen verkrampfte sich. Hatte er mit Beaumont bereits alles besiegelt?

Eine vernünftige Diskussion brachte sie hier anscheinend nicht weiter.

Sie warf ihrem Onkel noch einen angewiderten Blick zu, drehte sich zu den Salontüren um und riss sie auf, um nach ihrer Schwester zu suchen.

Isobels Gesichtsausdruck war verkniffen und ihre Haltung steif. Ob aus Angst oder Schock konnte Astrid nicht sagen. Zum Glück saß ihre Schwester mit im Schoß verschränkten Händen auf dem Sofa, während Beaumont in kurzer Entfernung vor ihr stand. Nicht weit genug weg, was Astrid betraf. Sonst war niemand im Raum. Um Gottes willen, wo war ihre Tante?

»Ich dachte, ich hätte Ihnen gesagt, dass ich wünsche, alleine zu sein, Everleigh«, schimpfte Beaumont mit verärgertem Blick über seine Schulter hinweg, bevor ihm bewusst wurde, dass es nicht ihr Onkel war, der ins Zimmer gestürmt war. »Ah, es ist die alte Jungfer. Sind Sie gekommen, um uns zu gratulieren?«, sagte er gedehnt, und in seinem trügerisch schönen Gesicht konnte man Befriedigung erkennen. »Ich nehme an, Ihnen ist zu Ohren gekommen, dass ich Ihrer Schwester den Hof machen will?«

Sie stieß laut die Luft aus, aber bevor sie eine Antwort formulieren konnte, tauchte ihre Tante aus der hinteren Ecke des Raumes auf und machte ein verärgertes Gesicht. Astrid runzelte die Stirn. Grundgütiger, Tante Mildreds Absichten waren so offensichtlich. Obwohl sie nicht in London waren, kannte ihre Tante die Regeln der Aristokratie nur allzu gut … vor allem in Bezug auf die Gesellschaft unverheirateter junger Damen.

Astrid schluckte ihre Wut hinunter, als sie daran dachte, wie leicht Isobel etwas hätte geschehen können. Sie kniff die Augen zusammen.

War es das, was ihre geldgierigen Verwandten vorgehabt hatten?

Astrids Frustration wurde größer, als ihr Blick auf dem selbstzufriedenen Gesicht des Grafen von Beaumont landete. Sie biss sich auf die Unterlippe, presste ihre Finger in die Hüften, und ihr Magen drohte, der Übelkeit nachzugeben. Wenn sie ihre Marktliste heute nicht vergessen hätte, wäre sie nie rechtzeitig wieder hier gewesen … und wer weiß, was dann passiert wäre. Jetzt war Isobel sicher, und das war alles, was zählte. Sie war doch sicher, oder? Sie versuchte, ihre Furcht zu verbergen, und warf ihrer Schwester einen besorgten Blick zu.

»Isobel, geht es dir gut?«, fragte sie.

Ihre Schwester nickte, obwohl ihre sonst so rosige Haut ganz blass war. »Ja, aber ich habe das Gefühl, es ist eine Migräne im Anzug.«

»Vielleicht solltest du dich hinlegen.«

Mit dankbarem Blick stand Isobel nickend auf, machte einen flüchtigen Knicks in die Richtung des Grafen und floh mit Tante Mildred auf den Fersen aus dem Raum.

Beaumont winkte lässig ab, als sie weg war. »Wir werden uns bald wiedersehen, Liebste.«

»Das werden Sie nicht«, sagte Astrid.

Er begutachtete sie von Kopf bis Fuß und gab ihr das Gefühl, weitaus weniger anzuhaben als das robuste graue Wollkleid mit passendem Umhang, das bis obenhin zugeknöpft war. »Sagen Sie mir, Lady Astrid, wie wollen Sie mich denn davon abhalten?«

»Sie ist sechzehn«, entgegnete sie.

Er nickte. »Dann ist sie im heiratsfähigen Alter.«

Astrid schluckte ihre aufsteigende Wut hinunter. Im selben Alter, in dem sie selbst gewesen war, als er zum ersten Mal in London einen Blick auf sie geworfen hatte. Sein Interesse, seine Absichten und sein Timing waren kein Zufall. Der frisch gebackene Graf war zurück, um eine offene Rechnung zu begleichen.

»Isobel wird in London eine Bräutigamschau haben«, sagte Astrid.

»Nicht, wenn Ihr Onkel schon vorher ein Angebot akzeptiert. Sie wird eine reizende Gräfin abgeben – finden Sie nicht auch?«

Astrid warf ihm einen bösen Blick zu und sagte mit klopfendem Herzen: »Warum fassen Sie ausgerechnet sie als Ehefrau ins Auge? Sie kennen sie doch gar nicht.«

»Vielleicht, weil ich vor neun Jahren abgewiesen wurde.«

Und da war es – laut und deutlich ausgesprochen. Es ging hier einzig und allein um Rache.

Beaumont näherte sich ihr mit berechnendem Blick, doch sie blieb steif und mit einer Mischung aus Angst und Wut stehen. Bei seinem siegreichen Lächeln gefror Astrid das Blut in den Adern. Er hatte schon ihre Zukunft zerstört. Sie konnte nicht … würde nicht zulassen, dass er auch noch die ihrer Schwester bedrohte.

»Nein, das werde ich nicht zulassen«, sagte sie. »Ich bin ihr Vormund.«

»Ah, aber der Viscount ist Ihr Vormund, habe ich recht? Außerdem hat er bereits sein Einverständnis gegeben – oder wird es zumindest tun, wenn wir über die Bedingungen sprechen. Sie, meine Liebste, haben in dieser Sache nichts zu sagen. Und sosehr Sie auch denken, mich beeinflussen zu können, werden Sie feststellen müssen, dass Ihre Wünsche nebensächlich sind. Sie hatten Ihre Chance, wie man so schön sagt.« Er grinste sie spöttisch an. »Ich habe Ihnen gesagt, Sie würden es bereuen.«

Sie verzichtete darauf, zu entgegnen, dass sie es überhaupt nicht bereute, ihn abgewiesen zu haben, und holte tief Luft. »Isobel ist kaum aus der Schule heraus. Sie sind vierunddreißig, Edmund. Mit Sicherheit können Sie eine Frau finden, die vom Alter her besser zu Ihnen passt.«

Er kniff die Augen zusammen, als sie ihn beim Vornamen nannte. »Für Sie ab jetzt Lord Beaumont. Wollen Sie sich als Ersatz anbieten? Obwohl für eine Frau in Ihrer Situation die Ehe natürlich außer Frage stünde.« Er bedachte ihren Körper mit einem lüsternen Blick, der sie wünschen ließ, sich zu verhüllen. »Wie auch immer, ich könnte versucht sein, mit dem richtigen Anreiz meine Entscheidung nochmals zu überdenken.«

»Ich würde lieber von einem tollwütigen Hund gebissen werden.«

»Ach, da ist sie ja wieder, Ihre spitze Zunge«, entgegnete der Graf. »Sie sind wie ein gut gealterter Whisky mit etwas Schärfe, die mit der Zeit noch stärker wurde. Lady Isobel macht einen viel wohlerzogeneren Eindruck. Aber es wird mir ein großes Vergnügen sein, wenn wir erst mal verheiratet sind, herauszufinden, ob sie auch so eine sture Ader in sich hat wie Sie.«

Astrid versteifte sich. »Sie werden meine Schwester nie und nimmer heiraten, *Graf Beaumont*. Darauf können Sie sich verlassen.« Mit größter Mühe schaffte sie es, ihre hochkochende Wut herunterzuschlucken, und stürmte aus dem Zimmer.

Zitternd vor Wut versuchte Astrid auf dem Gang, sich wieder unter Kontrolle zu bekommen. Obwohl Beaumont gut aussah, einen Titel hatte und vermögend war, würde sie so einen herzlosen Mann nicht einmal ihrem schlimmsten Feind wünschen – geschweige denn ihrer lieben, unschuldigen Schwester. Wenn man ihr eine anständige Bräutigamschau gewähren würde, könnte ein Schatz wie Isobel ihre Auswahl aus jeder Menge Männer treffen.

Ihr Onkel und Beaumont wussten das genau.

Als der Graf endlich gegangen war, suchte sie ihren Onkel auf, der sich in sein Arbeitszimmer zurückgezogen hatte, und ließ ihrem Unmut freien Lauf. »Wie konntest du? Sie ist erst sechzehn, um Gottes willen.« Sie drehte sich zu ihrer Tante um, die ruhig neben dem Schreibtisch stand. »Tante Mildred, hast du gar nichts zu sagen? Was ist mit Isobels Gefühlen?«

Ihre Tante antwortete schmallippig: »Ihr zukünftiger Ehemann wird ihr sagen, was sie zu denken hat.«

»So etwas hat noch nie eine Frau gesagt, die wenigstens etwas Rückgrat hat.«

»Wäre es dir lieber, sie endete so wie du?«, fragte ihr Onkel. »Unverheiratet, ruiniert und eine verdammte Last für deine Tante und mich?«

Sie zog scharf die Luft ein. Ihr Vater, der vorherige Viscount, hatte klargemacht, dass seine Töchter ein komfortables Leben führen sollten – in der Hoffnung, sein Bruder würde seine Pflichten in Bezug auf seine Nichten erfüllen. Ihre Schwester und sie hatten früh erkennen müssen, dass das nicht der Fall sein würde. Der alte Familienanwalt ihres Vaters, Mr Jenkins, der einmal im Jahr nach dem Rechten gesehen hatte, hatte die Wünsche ihres Vaters verwaltet – darunter auch eine anständige Bräutigamschau für Isobel, sobald sie in das Alter käme. Aber Mr Jenkins war vor einem Jahr verstorben. Seine Firma beaufsichtigte zwar das Anwesen, doch es war niemand übrig, der die habgierigen Everleighs im Zaum halten konnte.

»Papa hat klargemacht, dass wir das nicht sind«, sagte Astrid und rang um Beherrschung. »Wir sind nicht ohne Vermögen zu dir gekommen.«

»Das ist alles weg.«

Völlig aufgebracht warf sie alle Vorsicht über Bord. »Wohin, Onkel? Wo ist all das Geld geblieben? Papa hat uns genug Geld vermacht, um ein sorgloses Leben führen zu können.«

Mit bebenden Nasenflügeln und weit aufgerissenen Augen erhob er sich hinter seinem Schreibtisch. »Wie kannst du es wagen, du unverschämte Göre! So dankst du es deiner Tante und mir, dass wir dich hier aufgenommen haben? Mit Misstrauen und Argwohn? Das verdammte Geld ist in Kleider, Schuhe, Essen und eure Schulbildung geflossen.« Er schnaubte. »Diese Bücher für dich. Die Tanz- und Klavierlehrer deiner Schwester. Denkst du, es kostet nichts, zwei Mädchen großzuziehen? Und was ist mit deinen Pferden?«

Die Pferde, von denen er sprach, waren seine Vollblüter, die er vom Geld seines toten Bruders gekauft hatte, aber Astrid sagte nichts dazu. Sie presste die Lippen aufeinander und unterdrückte ihren Zorn. Wenn Onkel Reginald beschloss, sie rauszuwerfen, wäre sie mittel- und obdachlos. Sie würde nicht an ihren eigenen Anteil herankommen, an ihrem sechsundzwanzigsten Geburtstag in ein paar Monaten. Bis dahin musste sie den Mund halten. Ohne sie wäre Isobel auf sich allein gestellt und hilflos gewesen.

»Und was ist mit dir?«, machte er weiter und sah sie mit großen

Augen an. »Du solltest eigentlich eine vorteilhafte Ehe eingehen. Stattdessen hast du den Namen Everleigh in den Dreck gezogen.« Er starrte sie mit eiskaltem Blick an. »Was? Dachtest du, deine Sünden würden nicht auf deine arme Schwester zurückfallen?«

Ein schmerzvoller Laut entfuhr Astrids Lippen. Ihre Sünden? Sie hatte nichts Falsches getan, und trotzdem war sie bestraft worden. Verurteilt und kurzerhand ausgegrenzt durch die falsche Darstellung eines verachteten Lügners.

»Du weißt, was er getan hat«, flüsterte Astrid mit einer Hand auf der Brust und Tränen in den Augen. »Was er mir angetan hat. Und dennoch billigst du seine Gegenwart. Wie kannst du so gemein sein?«

Ihr feiger Onkel schaffte es nicht, ihrem Blick standzuhalten. »Er ist ein Graf. Vielleicht will er es ja wiedergutmachen.«

Ihr Onkel hatte unrecht. Beaumont wollte es nicht wiedergutmachen. Er wollte sich an Astrid rächen.

»Bitte, Onkel Reggie«, flehte sie jetzt. »Selbst wenn das so ist, siehst du doch sicher, was für ein schlechter Fang er ist. Beaumont ist doppelt so alt wie sie. Er passt nicht zu so einem sanften Wesen wie Isobel. Begreifst du das denn nicht?«

Onkel Reginald kniff die Lippen zusammen und deutete auf die offene Arbeitszimmertür. »Nichtsdestotrotz ist er ein Graf. Ein reicher Graf. Und du vergisst, dass geläuterte Schwerenöter die besten Ehemänner abgeben. Er hat vor, unsere Anwesen zu verbinden und sie wiederzubeleben. Isobel wird eine Gräfin werden, der es an nichts fehlen wird. Jetzt geh und lass mich allein.«

Was er wirklich meinte, war, dass es ihm und Tante Mildred an nichts fehlen würde. Astrid gehorchte niedergeschlagen dem Befehl.

Oben fand sie ihre Schwester in dem Schlafzimmer vor, dass sie sich teilten. Isobels Augen waren rot gerändert, als ob sie geweint hätte, und Astrid ging sofort zu ihr.

»Was sollen wir tun? Ich will ihn nicht heiraten«, schniefte Isobel. »Aber Tante Mildred sagt, ich muss an die Familie denken und meine Pflicht erfüllen.«

Astrid nahm die Hand ihrer Schwester in ihre eigene. »Das wirst du nicht müssen, ich verspreche es.«

»Aber wie?« Ihre Augen füllten sich wieder mit Tränen. »Er ist ein Graf. Und da der Onkel mit der Verbindung einverstanden ist, habe ich keine andere Wahl.«

»Mach dir keine Sorgen, Izzy – das Glück ist mit denen, die am besten vorbereitet sind.« Sie umarmte ihre Schwester fest, und ihre Entschlossenheit wurde größer. »Ich werde einen Weg finden, wie wir das schaffen können.«

Ihre Möglichkeiten waren begrenzt. Es war klar, was ihr Onkel vorhatte – er wollte Isobels Tugend an jemanden verkaufen, der bereit war, für dieses Privileg zu zahlen. In diesem Fall Lord Beaumont. Es war unverschämt und verursachte ihr Übelkeit, doch es gab nichts, was sie dagegen tun konnte. Nicht ohne Hilfe.

Astrid stieß frustriert die Luft aus.

Wenn nur ihr Vater noch am Leben wäre – oder sie einen eigenen Ehemann hätte …

Sie zwinkerte, als ihr eine ungeheuerliche Idee kam.

Das wäre die Lösung für alles. Es war ein entsetzlicher, verzweifelter Plan, allerdings immerhin etwas. Es war eine Chance.

Mit fünfundzwanzig war sie schon ziemlich alt, aber sie war noch nicht tot. Ihr Ruf mochte zwar in den Augen der Gesellschaft ruiniert gewesen sein, doch sie war klug, sie wurde erzogen, um einen aristokratischen Haushalt zu führen, und sie war die Tochter eines Viscounts. Es könnte daher funktionieren.

Sie musste nur eine andere Art von Ungeheuer heiraten als den Grafen, um ihre Schwester zu retten.

Und sie wusste genau, wer dieser Mann war.

Kapitel Zwei

»Sie brauchen eine Ehefrau.«

Eine unbezahlbare Ming-Vase, die etwa aus dem vierzehnten Jahrhundert stammte, krachte gegen die drei Torpfosten, die an der hinteren Wand aufgestellt waren, und zersprang in tausend Scherben. Damit gesellte sie sich zu einem bunten Scherbenhaufen unter einem Gemälde in der Galerie. Lord Thane Harte, der siebte Herzog von Beswick, blickte – mit einem Cricketschläger in der einen Hand – finster drein, als sein Hausdiener den Scherbenhaufen begutachtete.

»Ihr Vater hat viel Arbeit in die Sammlung dieser Vasen gesteckt, Euer Gnaden.«

»Mein Vater ist tot«, knurrte der Herzog. »Das sind Gegenstände, Fletcher, nichts weiter. Und jetzt kommen Sie schon, einer noch, und Sie sind entlassen. Kneifen Sie Ihre voreingenommenen Arschbacken zusammen, und durchbrechen Sie mit dem nächsten Ball Grenzen.«

Der Mann verzog das Gesicht, als er widerwillig den Holzschläger hob. »Das sind keine Bälle, Euer Gnaden. Sie sind mehrere tausend Pfund wert.«

»Teuer und hässlich. Weiß der Teufel, warum mein Vater solche absurden Dinge verehrt hat. Und nur fürs Protokoll – ich brauche eine Ehefrau, wie ich eine Schnittwunde am Kopf brauche.« Eine weitere Schnittwunde, fügte er innerlich hinzu.

»Dann brauchen Sie eben einen Erben.«

Thane schnaubte verärgert auf, und die Kampfnarben auf seiner Haut spannten. Welches Kind hätte schon einen Vater mit so einem ruinierten Gesicht verdient, wie er es hatte? Und welche adlige Lady würde sich überhaupt zu ihm ins Bett legen? Er hatte Glück, dass sein Penis nach dem Krieg noch immer intakt war und weiterhin funktionierte.

»Ich würde diese Linie lieber aussterben lassen, als ein Kind so einem Monster auszusetzen.«

»Sie sind kein Monster, Euer Gnaden.«

Thane legte sich mit dramatischer Geste die Hand an die Brust. »Grundgütiger, kennen Sie mich überhaupt?«

»Der äußere Schein trügt«, kam die prompte Antwort.

Thane schnaubte wieder auf und sah ihn irritiert an. »Haben Sie sich das selbst ausgedacht?«

»Nein, das stammt aus einem Gedicht.«

»Ich habe Ihnen immer und immer wieder gesagt, dass Poesie Ihr Gehirn zerstören wird.« Er schaute seinen Diener an. »Außer, es sind unzüchtige Gedichte, natürlich. Die sind erlaubt.«

»Sie haben viel zu bieten, Euer Gnaden. Wenn Sie nur versuchen würden, …«

»Fletcher«, warnte ihn Thane, »ich weiß Ihre Loyalität sehr zu schätzen, aber diese Unterhaltung ermüdet mich.« Der bedrohliche Ton in seiner Stimme ließ den Diener erblassen. »Geben Sie auf? Oder soll ich Ihnen noch eine zuwerfen?«

Mit erzwungen guter Laune nahm er eine weitere Vase in die Hand, die mit winzigen blauen und weißen Blumen bemalt war. Sie war so zerbrechlich, dass sie in seiner Handfläche zerbersten würde, wenn er nur fest genug zudrückte. Thane überkam Ekel, als er das Objekt betrachtete. Sein Vater hatte diese verfluchten Dinger geliebt. Er konnte sich an ein Mal erinnern, als er als Kind in die wertvolle Galerie seines Vaters gegangen war, nur um sich dafür eine Tracht Prügel einzufangen, die sein Hinterteil noch Tage schmerzen ließ. Ein paar Jahre später hatte er aus Versehen eine Vase zerbrochen und die Scherben im Garten vergraben, weil er Angst davor gehabt hatte, was sein Vater ihm antun würde.

Thane ging ein paar Schritte zurück und riss die Arme mit der Vase über den Kopf, bevor er sie Fletcher zuwarf. Er spürte, wie das Narbengewebe an seinem Rücken und an seinen Rippen zog. Zum Glück gab es in der Galerie keine Spiegel, aber es war nichts, was Fletcher oder der Rest seiner Bediensteten nicht schon gesehen hätten. Niemand hatte ihm seitdem je wieder in die Augen geblickt. Niemand, außer sein treuer Butler und langjähriger Hausdiener, der jetzt widerwillig den Schläger hob.

Die Vase flog mit berechneter Präzision auf ihr Ziel zu. Zu Thanes Überraschung schlug Fletcher mit einem gekränkten Gesichtsausdruck zu. Die unschätzbare Vase kollidierte mit der flachen Vorderseite des Schlägers und zerbarst in tausend Scherben. Ein paar der Lakaien wichen den Porzellanstücken aus, die durch den ganzen Raum flogen.

»Sehr guter Schlag, Mann«, sagte Thane. »Ich dachte schon, Sie hätten vor lauter Sentimentalität Ihre Eier verloren.«

»Ihr Vater würde sich im Grab umdrehen, Euer Gnaden.«

Ein verbitterter Laut kam über seine Lippen. »Mein Vater – Gott habe ihn und sein Porzellan selig – hat in seinem Grab hoffentlich bereits einen Schlaganfall erlitten. Das ist ja der Sinn der Sache, Fletcher.«

Der Diener – der eigentlich mehr Familie war und sich deshalb so viel rausnehmen konnte – warf ihm einen tadelnden Blick zu. »Aber wie Sie schon sagten, Euer Gnaden, Ihr Vater ist tot. Welchen Zweck erfüllt also diese Zerstörungswut? Denken Sie doch stattdessen darüber nach, ein paar der Stücke an eine Galerie zu spenden.«

Thane dachte stirnrunzelnd nach. Fletcher konnte einem wirklich den Spaß verderben. »Ich mag Cricket.«

»Die Sammlung Ihres Vaters war ziemlich groß und bekannt. Oder Sie könnten eine Auktion veranstalten. Lord Leopold …«

»Nicht.«

Aber Fletcher fuhr fort. »Lord Leopold«, sagte er noch lauter, »hatte eine große Auktion zu Ehren Ihres Vaters geplant.«

Der schmerzhafte Stich in seiner Brust überraschte ihn. Der Tod seines Bruders war nun bereits vier Jahre her, aber trotzdem konnte er es immer noch spüren. Thane hatte den Titel des Herzogs nie gewollt. Er hatte nicht den Elan dazu. Es war stets Leos Titel – vom Tag seiner Geburt an. Bis der schreckliche Sturz vom Pferd ihm das Rückgrat gebrochen hatte.

Thane wollte den Rest seiner Tage in Einsamkeit verbringen. Stattdessen ist er zur Krone zurückgekehrt. Zur Pflicht. Zu ungewollter Verantwortung.

Zu unzähligen verfluchten Porzellandingen.

»Also gut, dann spenden Sie die Dinger.«

»A-alle?«, stammelte Fletcher. »Wir müssten wenigstens eine Bestandsaufnahme machen.«

»Stellen Sie jemanden dafür ein.« Der Vorschlag bereitete ihm Bauchschmerzen, weil ihm der Gedanke, dass eine neue Person in seinem Haus wäre, nicht behagte. Die meisten seiner Angestellten waren treue Diener, die ihn schon als kleinen Jungen gekannt hatten – bevor er zum böse zugerichteten Kriegshelden geworden war. Er war nicht gut auf Fremde zu sprechen. Oder auf fremde Blicke. Und Letzteres ging unvermeidbar mit Ersterem einher.

»In Southend? Einen glaubhaften Historiker zu finden, der sich mit antikem chinesischem Porzellan auskennt, wäre, wie die Nadel im Heuhaufen zu suchen. Ich müsste nach jemandem in London schicken, und das würde Wochen dauern.«

»Fletcher«, knurrte er, »es ist mir egal. Es war Ihr Vorschlag. Kümmern Sie sich darum.«

Der Butler verbeugte sich. »Natürlich, Euer Gnaden.«

Thane verließ die Galerie und ging in Richtung seines Arbeitszimmers. Heute Morgen hatte er seine Übungen ausfallen lassen, um länger schlafen zu können. Die meisten Nächte litt er an Schlaflosigkeit und immer wiederkehrenden Alpträumen, in denen er in Streifen geschnitten wurde. Manchmal waren die Träume so real, dass er die Klingen in seiner Haut spüren konnte, die ihn wie Pergament zerschnitten. Er hatte vier der Männer aus seiner Einheit vor dem Hinterhalt retten können, aber fast dreimal so viele waren gestorben. Alle nur wegen eines Mannes – wegen eines feigen Verräters, der seinen Posten verlassen hatte.

Thane konnte ihre Schreie immer noch hören.

Er hielt an, um seinen Körper zu drehen, und streckte sich langsam. Sein ganzer Oberkörper fühlte sich steif und wund an. Jetzt zahlte er den Preis dafür, dass er seine morgendlichen Übungen nicht gemacht hatte. Das genähte, verätzte Flickwerk seiner Haut auf dem Rücken zog schmerzhaft. Vielleicht sollte er vor dem Abendessen noch eine Runde schwimmen gehen. Er hatte einen der ungenutzten Flügel im Pfarrhaus in eine Art Trainings- und Erholungsraum umbauen lassen, in dem es auch ein beheiztes Schwimmbecken gab, zu dem er sich von den türkischen und römischen Bädern und deren außergewöhnlichen Architektur inspirieren hatte lassen, die er während seiner Reisen über den Kontinent gesehen hatte.

Aber zuerst brauchte er einen starken Drink.

»Culbert«, sagte er auf dem Weg zu seinem Ziel zu seinem vorbeieilenden treuen Diener, »beauftragen Sie die Dienstboten damit, im Badezimmer zu heizen. Ich will es schön warm haben. Und ich will nicht gestört werden.«

»Wie Sie wünschen, Euer Gnaden.«

Schließlich kam er in seinem Studierzimmer an. Er liebte die Abgeschiedenheit von Beswick Park, aber die Abtei war wie ein Labyrinth. Nach so vielen Monaten in einer Ein-Zimmer-Baracke hatte er eine Karte gebraucht, um sich die Wege seines Kindheitshauses wieder einzuprägen. Sein Studierzimmer wurde von einem großen Schreibtisch und einigen gemütlichen Sesseln dominiert. Vor den Koppelfenstern hingen schwere Samtvorhänge, und der dicke Teppich verschluckte seine Schritte, als er zu dem Stuhl hinter seinem Schreibtisch ging und sich setzte. Dann schenkte er sich einen guten französischen Brandy ein. Der Alkohol floss wie ein warmer Strom durch seinen Körper.

Thane beobachtete das kleine Feuer im Kamin. Er zog sich seinen Mantel aus und rollte seinen linken Ärmel nach oben. Schimmerndes, hässliches Narbengewebe überzog den ganzen Arm. Der Großteil seines Körpers sah genauso aus, einschließlich seines Rückens, seiner Beine und drei Viertel seines Gesichts. Er hatte sich die Haare lang wachsen lassen, doch die Länge konnte die genähten Wunden auf seiner Haut kaum verbergen. Ein Bart hätte helfen können, aber nicht, wenn der nur auf der unteren, unversehrten rechten Hälfte seines Gesichts wuchs.

Vor acht Jahren noch waren ihm die Frauen zu Füßen gelegen. Nun könnte er sich glücklich schätzen, eine Frau dafür bezahlen zu können, damit sie ihn überhaupt ansieht. Nicht, dass er auch nur im Geringsten daran interessiert war, sich mit dem anderen Geschlecht einzulassen. Oder eine Ehefrau zu finden. Nein, Fletcher war nicht mehr ganz bei Trost, wenn er dachte, dass das jemals passieren würde.

Thane zog den Stapel an Bestandsbüchern zu sich und warf einen Blick auf die Zahlen seiner Anwesen. Er hatte seine Pächter schon seit Jahren nicht mehr besucht, obwohl Fletcher sagte, das Land würde trotz der paar Bauern, die gegangen waren, Profit abwerfen. Sie waren wahrscheinlich wegen seines schlechten Rufs gegangen. Den Ruf hatte er sich größtenteils verdient. Bereits vor dem Krieg war er ein schroffer Mann gewesen, und jetzt war er hundertmal schlimmer. Übertrieben rücksichtslos. Hart. Eigensinnig. Unerbittlich. Die Liste war noch viel länger.

Gerüchte um das Biest von Beswick gab es zuhauf. Unter anderem das Gerücht, dass er seinen Vater umgebracht hätte. Und vielleicht sogar seinen Bruder. Es stimmte, dass sein kränklicher Vater an einem Herzanfall gestorben war, als er bei seiner Rückkehr das zerstörte Gesicht seines Sohnes hatte sehen müssen. Also hatte er den Mann vielleicht tatsächlich umgebracht. Ein paar unglückliche Monate später war sein Bruder dann bei einem Sturz vom Pferd während einer Fuchsjagd gestorben. Und wieder wurde Thane dafür verantwortlich gemacht, obwohl er nicht einmal in der Nähe gewesen war.

Leo war damals mit einer gemeinsamen Kindheitsfreundin verlobt gewesen, deren Vater daraufhin vorgeschlagen haben soll, dass sie stattdessen den neuen Herzog von Beswick heiraten solle. Aber Lady Sarah Bolton hatte einen Blick auf ihn geworfen und war sofort aus dem Raum gestürmt. Die Verträge wurden für ungültig erklärt, und keine Jungfrau wurde geopfert.

Das war vor vier Jahren gewesen.

Kein Wunder, dass Fletcher es nicht gern sah, dass er noch immer unverheiratet war.

Thane kippte den restlichen Brandy runter, stand auf und ging ins Badezimmer. Wie er befohlen hatte, brannten die großen Kaminfeuer auf beiden Seiten des Raumes. In der Mitte befand sich ein langes, rechteckiges Schwimmbecken, unter dem Metallrohre verlegt waren, die das Wasser und den umliegenden Boden beheizten. Er hatte das Leitungssystem selbst entworfen, und es hatte ihn ein Vermögen gekostet. Aber was sollte er schon sonst mit seinem geerbten Geld anstellen?

Thane vergeudete keine Zeit und zog sich seine Kleidung aus und watete ins warme Wasser, das seine schmerzenden Muskeln beruhigte. Er drehte und streckte sich, bis sein Körper locker wurde, dann ließ er sich einfach nur treiben und starrte auf die hohen Glasfenster in den Wänden. In der Ferne leuchteten Sterne, und am dämmrigen Abendhimmel zogen dunkle Wolkenbänder vorüber. Manchmal, wenn der Mond voll und hoch am Himmel stand, war das ein wahrlich spektakulärer Anblick. Dies war auch einer seiner Lieblingsräume in der Abtei.

Ein Geräusch vor den Türen ließ ihn aus seiner Entspannung hochfahren.

»Nein, nein«, schrie Culbert förmlich. »Seine Gnaden empfängt jetzt keine Besucher, Fletcher. Grundgütiger, du Dummkopf, was tust du denn da? Er will nicht gestört werden. Wenn ich es dir doch sage. Er ist … er arbeitet.«

Thane fragte sich, wer das sein könne. Der Marquis von Roth hatte die nervige Angewohnheit entwickelt, hier in Southend aufzutauchen, um seinem mürrischen Vater zu entfliehen. Aber Winter war schon lange nicht mehr zu Besuch gekommen, und Culbert würde sich seinetwegen nicht so aufregen.

»Du bist der Dummkopf, weil sie dir gefolgt ist«, hörte er Fletcher zurückrufen. »Ich habe ihr gesagt, sie soll im Foyer warten.«

Thane blinzelte. Sie?

»Ist der Herzog hier drinnen? Ich brauche nicht lange.« Die ihm unbekannte Stimme war unverkennbar weiblich und sinnlich. Bei dem Klang zog sich etwas in Thanes Unterleib zusammen.

»Mylady, das ist höchst unkorrekt.« Culberts Stimme war eine Oktave höher anlässlich dieses offensichtlichen Bruchs der Etikette. »Seine Gnaden sind beschäftigt.«

»Das kann nicht warten«, sagte sie in ungeduldigem Tonfall. »Wie ich bereits sagte, es ist ein Notfall, und ich bestehe darauf, den Herzog sofort zu sehen. Bestimmt kann er seine Arbeit für ein paar Minuten ruhen lassen.«

Er hatte Culbert die Anweisung gegeben, nicht gestört werden zu wollen. Und der Mann war ein Pedant, wenn es um seine Anweisungen ging. Thane stieß verärgert die Luft aus, hievte seinen nackten Körper aus dem Wasser und griff nach einem Handtuch, als bereits eine Gestalt durch die Tür stürmte.

Der Raum war durch die Kaminfeuer hinter ihm teilweise erleuchtet, also konnte er die Frau deutlich erkennen. Sein erster Eindruck war der, dass sie sehr groß war. Dann blickte er in ihr Gesicht und hielt den Atem an. Ihre Züge waren wie in Stein gemeißelt und symmetrisch. Ein wunderschönes cremefarbenes Oval mit weit auseinanderliegenden Augen, einer eleganten Nase und vollen Lippen, die nicht lächelten. Sie war die pure Verkörperung der Renaissance.

Aber selbst, als Thane sie bewunderte, war es nicht die Art von

Schönheit, die einen lockte. Stattdessen warnte sie einen. Vielleicht war es aber auch nur ihre steife Körperhaltung, der mürrisch verzogene Mund und der kalte Blick in ihren Augen. Oder das dunkle Haar, das straff zurückgebunden in ihrem Nacken lag. All diese scharfen Kanten und kalten Ecken würden nicht zögern, einen Mann zu zerstören.

Er fragte sich wirklich, wer sie war.

Als ihr Blick auf seinen traf, formten sich ihre Lippen zu einem überraschten O, und ihre Wangen erröteten, als sie sich schnell beschämt abwendete. Ihr Gesicht verzerrte sich zu einer Mischung aus Entsetzen und Scham, und Thane unterdrückte den Drang, zusammenzuzucken. Er schlang sich das Handtuch um die Hüften, um wenigstens den Großteil seines nassen, unbekleideten Körpers vor ihren Blicken zu schützen.

»Ich b-bitte um Verzeihung«, stammelte sie. »Ich wusste nicht … ich dachte, das wäre das Arbeitszimmer oder die Bibliothek, nicht Ihr … nicht Ihr … o mein Gott.«

Thane nahm an, dass es wirklich ein Versehen gewesen war – schließlich befanden sie sich in einem umgebauten Ballsaal im Erdgeschoss und nicht in seinen privaten Gemächern. Außerdem hatte Culbert gesagt, dass er arbeitete, wenn auch nicht in dem Kontext, den sie erwartet hätte.

»Nicht Gott«, murmelte er. »Nur ein Herzog. Und ein ziemlich unheiliger noch dazu.«

Als wäre ein Bann gebrochen, stolperte sie zurück und stieß mit dem etwas panischen Culbert zusammen. Sie wedelte heftig mit den Armen in der Luft herum, als sie in die entgegengesetzte Richtung lief, und verlor das Gleichgewicht. Thane rannte zu ihr, um sie zu halten, und hatte plötzlich eine langgliedrige, sich windende Frau in den Armen. Das Einzige, was das dünne Handtuch um seine Hüften hielt, waren ihre zwei aneinandergepressten Körper.

»Ganz langsam«, sagte er, nach Luft schnappend, und seine Handfläche glitt ihren schlanken Rücken hinunter. »Ich habe Sie.«

Sie roch wie warme Sommernächte, und der Duft, der von ihrer erhitzten Haut aufstieg, während sie versuchte, sich wieder zu fangen, betörte ihn. Aus der Ferne war sie ihm groß erschienen, aber sie reichte ihm trotzdem kaum bis zum Kinn. Allerdings taten das die meisten Frauen nicht, wenn man bedachte, dass er fast zwei Meter groß war.

Ihre Körper passten perfekt zusammen, ihre weichen Kurven schmiegten sich an seine harten Muskeln. Auch wenn sein Gehirn gerade zu langsam war, um das Geschehene zu verarbeiten, erwachten andere Körperteile sofort zum Leben, als ihre kleinen, jedoch festen Brüste sich an seinen Oberkörper drückten und ihre langen Beine zwischen seinen nackten Oberschenkeln standen.

Er hatte schon ganz vergessen, wie es sich anfühlte, eine Frau zu halten.

»Lassen Sie mich bitte los«, sagte sie in alarmiertem Tonfall.

Thane wurde bewusst, dass er sie noch immer an sich gedrückt hielt, obwohl sie das Gesicht abgewandt und die Augen geschlossen hatte. Wahrscheinlich vor Ekel. Herrgott nochmal, womit hatte er nur gedacht? Ganz offensichtlich nicht mit seinem Gehirn. Er ließ sie so schnell los, dass sie zwei wacklige Schritte zurück machte und ohne einen Blick nach hinten aus dem Raum eilen wollte.

»Ich habe versucht, es Ihnen zu sagen, Mylady«, rief Culbert aus dem Gang. »Wollen Sie vielleicht lieber im Studierzimmer seiner Gnaden warten?«

»Vielleicht komme ich lieber ein andermal wieder.«

Thane überlegte kurz und drehte dann seinen Kopf in Richtung Tür. Überraschenderweise war sein Ärger über Neuankömmlinge völlig verflogen. Er führte es auf Neugierde zurück. Verdammt, eine Frau hatte ihn aufgesucht. Freiwillig. Und nicht irgendeine Frau … eine Frau von Adel.

Was könnte sie nur von ihm wollen?

»Wenn es so dringend ist, kann unser Gast bestimmt dazu überredet werden, zu warten«, rief er Culbert zu. »Ich bin gleich bei ihr.«

Eine Viertelstunde später war Thane wieder bereit, von oben bis unten bekleidet, Gesellschaft zu empfangen. Er holte tief Luft, als er die Tür des Arbeitszimmers aufmachte, und trat ein. Der Raum war wie üblich lediglich durch das Kaminfeuer und eine einzelne Kerze in einer Ecke – weit weg vom Schreibtisch – erleuchtet. Culbert war anwesend und bot der Lady eine Tasse Tee an. Sie saß steif in einem der Sessel, ihr Gesicht war dem Feuer zugewandt. Im Profil bildete ihre Nase einen perfekten Bogen, ihr Kinn war wohlgeformt und bestimmt, und eine hochgezogene Augenbraue war zu einem Runzeln verzogen. Jeder Umriss ihres Körpers war in strenge, unbeugsame Linien gegliedert. Trotz ihrer Schönheit strahlte sie keine Wärme aus – als wäre sie aus Stein anstatt aus Fleisch und Blut.

Er wendete ihr seine unversehrteste Seite zu, was nicht viel war, und ging schnell an ihr vorbei, um sich in den Schatten hinter seinem Schreibtisch zu setzen. Er wusste, dass er einen ungerechten Vorteil hatte, weil der Kerzenschein sie hell erleuchtete, während er im Dunkeln saß.

»Lady Astrid Everleigh, Euer Gnaden«, verkündete Culbert, verbeugte sich und verließ das Zimmer. Thane bemerkte, dass er die Tür einen Spalt weit aufließ. Dieser Pedant eines Butlers musste in seinem früheren Leben eine Gouvernante gewesen sein.

Der Name kam ihm bekannt vor, auch wenn die Gesichter, die ihm in den Sinn kamen, keine Frau in ihrem Alter beinhalteten. »Sind Sie mit Reginald Everleigh, dem Viscount, verwandt?«

»Ja, er ist mein Onkel, Euer Gnaden. Mein Vater war der verstorbene Viscount, Lord Randolph Everleigh«, sagte sie mit klarer Stimme und reckte dabei das Kinn wie eine Schwertspitze nach vorne. »Wir beide sind uns aber schon bekannt«, fuhr sie fort. »Vor vielen Jahren wurden wir während meiner Bräutigamschau in London einander vorgestellt … vor, nun ja.«

Thanes Gedanken rasten. Sie meinte, vor dem Krieg. Bevor er so eine hässliche Fratze und einen noch hässlicheren Charakter bekommen hatte. Sein Humor verschwand damals wie ein Atemzug im Wind. »Ich erkenne Sie nicht«, sagte er unhöflich.

»Das hatte ich auch nicht erwartet, Euer Gnaden. Ich war nicht gerade die Auffälligste.«

»Sie sind auf der Suche nach Komplimenten, wie?«, sagte er trocken. »Die werden Sie bei mir nicht finden, Mylady. Wir sind nicht mehr in der Phase der Schmeicheleien.«

»Natürlich nicht. Wie unhöflich von Ihnen, mir das zu unterstellen.«

Oh, er fing gerade erst an. Thane zog die Augenbrauen nach oben. »Man könnte auch sagen, Mylady – es ist doch Mylady, oder? –, dass es unhöflich ist, seinen Gastgeber als ›unhöflich‹ zu bezeichnen. Vor allem, da Sie diejenige sind, die uneingeladen hier aufgetaucht ist. Oder hat sich das damenhafte Verhalten in den Jahren meiner selbstauferlegten Isolation so drastisch verändert?«

Seine Betonung auf »damenhaft« war ihr nicht entgangen. Sie zog scharf die Luft ein und errötete.

»Dann entschuldige ich mich«, stieß sie hervor, und in ihren Augen blitzte Entrüstung auf, die sie zu kontrollieren versuchte. »Es war ein …«

»Ein Notfall, ja, das habe ich gehört. Dann klären Sie mich doch auf, Lady *Anstrengend*.«

Mit gesenkten Lidern und sichtlich frustriert sagte sie: »Ich bitte um Verzeihung, Euer Gnaden, aber mein Name ist Lady *Astrid*. Vielleicht haben Sie sich verhört.«

»Entschuldigen Sie sich nur, Mylady. Ich sage, was ich will.«

Ihre Augen blitzten auf. »Sie, Euer Gnaden, sind … sind …«

»Abscheulich? Abstoßend? Ätzend?«, bot er ihr an.

»Ich wollte eigentlich unausstehlich sagen, aber anscheinend ist Ihre Intelligenz nur auf den ersten Buchstaben des Alphabets beschränkt.«

Ihm entfuhr ein herzhaftes Lachen. Es war sonnenklar, dass unter der harten Fassade seiner Besucherin ein ziemliches Temperament lag. Das erweckte in ihm umso mehr das Verlangen, sie zu reizen, um diese brodelnde Leidenschaft in ihren Augen zu entfachen und ihre eiserne Selbstbeherrschung zu zerbrechen.

»Also, Lady *Ass*-trid, Sie sind also hierhergekommen, um das Biest unter die Lupe zu nehmen?«, sagte er gedehnt. »Haben Sie vorhin keinen ausreichenden Einblick bekommen? Nackt, wie Gott mich schuf?«

Sie verzog den Mund, als hätte sie an einer Zitrone gelutscht, und er fragte sich kurz – wenn auch völlig unsinnigerweise –, wie diese perfekt geschwungenen rosigen Lippen wohl schmecken würden. Ob ihre Nippel dieselbe Farbe hätten oder dunkler wären.

»Diese Unterhaltung ist unpassend, Sir.«

Wenn sie nur gerade seine schmutzigen Gedanken lesen könnte.

»Das ist eine Untertreibung.« Thane lehnte sich in seinem Stuhl zurück. »Sollen wir uns den ganzen Abend Beleidigungen an den Kopf werfen, oder wollen Sie mir eventuell verraten, warum Sie hergekommen sind?«

Die Lady schluckte etwas herunter, was aussah, als hätte es eine bissige Antwort werden können, und presste die Lippen aufeinander. Sie lehnte sich nach vorne, um mit trügerischer Ruhe einen mit grünen Blumen bemalten Teller vom Kaminsims zu nehmen. »Der ist wunderschön«, sagte sie. »China, fünfzehntes Jahrhundert?«

Er runzelte die Stirn. »Ja. Mein Vater sammelte diese dummen Dinger.«

»Wohl kaum dumm, Euer Gnaden.«

Sie untersuchte den Teller mit ihren feinen, langgliedrigen Fingern. Thane war kurzzeitig fasziniert. Diese feinen Hände standen im Gegensatz zum Rest ihrer scharfen Kanten und dem bissigen Tonfall. Einen Moment lang wünschte er sich, dieser Teller zu sein und von ihren Fingern liebkost zu werden. Er stellte sich vor, wie sich diese langen, eleganten Finger um seinen harten Penis anfühlen würden, und sein ganzer Körper wurde plötzlich von einer Woge der Lust überschwemmt. Verlangen stieg in ihm auf.

Du lieber Gott.

Thane legte seine Handflächen auf die Knopfleiste seiner Hose, die unter dem Tisch versteckt war, um seine Erektion verschwinden zu lassen. Sein Blick haftete auf der Frau, die auf der anderen Seite seines Mahagoni-Schreibtisches immer noch das antike Porzellan begutachtete. Mit der schlichten Kleidung und der unauffälligen Frisur erinnerte sie ihn an eine Gouvernante. Thane erwartete fast ein Lineal in ihren Händen, mit dem sie ihm wegen unzüchtigen Betragens auf die Knöchel hauen würde. Sie war nicht die Art Frau, die sein Blut in Wallung brachte … und trotzdem rauschte es ihm gerade durch die Adern.

Nachdenklich legte sie den Teller vorsichtig zurück an seinen Platz und ließ ihre Hände in den Schoß sinken. Zum Glück waren sie damit außer Sichtweite für ihn. Dann sah sie ihn an.

Ihre Augen waren hell, aber die genaue Farbe konnte er nicht ausmachen. Hellgrau oder grün vielleicht. Er konnte sich nicht daran erinnern, ihr schon einmal begegnet zu sein. Vor dem Krieg war er allerdings immer von Dutzenden hübschen jungen Frauen umgeben gewesen, die er alle hatte meiden wollen. Doch sie hätte er bestimmt nicht vergessen. Sie war entzückend … bis sie ihren Mund öffnete. Eine wunderschöne Rose, bewaffnet mit blutrünstigen Dornen.

»Was wollen Sie, Lady Astrid?« Abgelenkt durch das Feuer in seinen Adern klang seine Stimme schroffer, als er gewollt hatte. »Lassen Sie mich nicht in Ungewissheit. Spucken Sie es aus.«

Sie runzelte die Stirn, aber dann räusperte sie sich und schien sich um Ruhe zu bemühen.

Thane spürte, wie ein Lächeln um seine Mundwinkel spielte.

»Ich habe ein Angebot für Sie, Euer Gnaden.«

»Ein Angebot?«

»Ein geschäftliches Angebot«, stellte sie klar und fuchtelte mit den Händen in der Luft herum. Diese grazilen Finger ließen seinen Körper sofort wieder beben. »Während ich auf Sie gewartet habe, bis Sie sich … ähm … angezogen haben, habe ich das zerbrochene Porzellan bemerkt, und Mr Fletcher hat erwähnt, dass Sie vielleicht nach jemandem suchen, der Ihnen dabei helfen könnte, die Sammlung Ihres Vaters zu katalogisieren.«

Er war immer noch in schmutzige Gedanken vertieft und dachte eher mit der harten unteren Region seines Körpers. »Und?«

»Und ich kann helfen. Ich bin sowohl mit dem Zeitalter als auch dem Wert einiger dieser Stücke vertraut.«

Ihr sachlicher Tonfall riss ihn aus seinem Verlangen. Thanes sexuell ausgehungerter Körper bewegte sich zwischen Lust und Verwirrung. Er blinzelte. Er wollte ihre erotischen Hände auf sich spüren, an ihren Lippen saugen, bis sie nicht mehr rosig, sondern dunkelrot waren, und sie wollte die Inventur für die verfluchten Antiquitäten seines Vaters machen?

Sein trockener Mund konnte nur ein Wort herausbringen. »Was?«

»Ich kann die Stücke für Sie katalogisieren«, sagte sie geduldig. »Ich bin mit der Zeit und der Geschichte vertraut.«

»Sie sind ein Blaustrumpf?«

Ihre rosigen Lippen verzogen sich zu einem Schmollmund. »Ich bevorzuge ›Gelehrte‹.«

»Warum?«

»Weil ›Blaustrumpf‹ abwertend klingt«, sagte sie stirnrunzelnd.

Er stieß einen belustigten Laut hervor. Das zweite Mal, dass er in zehn Minuten gelacht hatte. Das musste ein Rekord sein. Er hatte keine Zweifel daran, dass der lauschende Fletcher es ihm später vorhalten würde. Thane schüttelte das seltsame Gefühl ab.

»Warum sind Sie hier? Sie sind uneingeladen hier reingeplatzt, haben ein paar zerbrochene Vasen gesehen und beschlossen, eine Anstellung zu suchen? Beleidigen Sie meine Intelligenz nicht. Sagen Sie, was Sie wollen, damit wir beide weitermachen können.«

Sie erwiderte nichts auf seine plötzliche Schroffheit. Stattdessen kniff sie die Augen zusammen, als sie in die Dunkelheit blickte, und ihre Pupillen passten sich dem flackernden Licht an. Es kam ihm so vor, als würde sie versuchen, ein Puzzle zu lösen. Als würde sie versuchen, ihn abzuschätzen, wie man ein wildes Tier taxierte, um herauszufinden, ob es biss oder nicht. Er wollte sie anknurren, sie zum Rückzug bewegen. Zum Davonlaufen.

»Also gut«, sagte sie und reckte entschlossen das Kinn hoch. »Ich brauche Sie, Euer Gnaden.«

Er musste sich verhört haben. »Ich bitte um Verzeihung?«

Bei seinem Gebrauch des Wortes »bitte« zog sie süffisant die Augenbrauen hoch, klatschte aber in die Hände und setzte sich aufrecht hin. »Besser gesagt, den Schutz Ihres Namens im Austausch für meine Hilfe bei Ihrer Sammlung, anderen Haushaltsangelegenheiten und natürlich mich selbst … ähm … zur Zeugung von Erben.«

»Erben«, ahmte er nach. Er hatte keine Ahnung, wie sie von Porzellan zu Fortpflanzung gekommen waren.

Sie holte tief Luft. »Ich biete Ihnen meinen Körper an, Euer Gnaden. Als Tochter eines Viscounts sind mein Stammbaum und meine Herkunft ziemlich … akzeptabel, da bin ich mir sicher.«

Ihm entging die Tatsache nicht, dass sie ihre Finger so zusammenpresste, dass die Knöchel schon weiß waren. Die Aussichten beunruhigten sie ganz offensichtlich. »Das wäre ein Arrangement, von dem wir beide profitieren würden.«

Wenn Thane nun mit seinem Geschlechtsteil in der Hose denken würde, bekäme sie augenblicklich seine Zustimmung. Aber sein Gehirn funktionierte noch ziemlich gut, als er beschloss, es zu benutzen. Und jetzt, da ihre wahnsinnig erotischen Hände ihn nicht mehr ablenkten, hatte er die Gelegenheit, seine Gedanken zu sammeln.

»Bieten Sie sich mir als Ehefrau an, Lady Astrid?«, fragte er. »Wurde Ihnen nicht beigebracht, dass der Mann den Antrag machen sollte?«

»Ich bevorzuge es, die Dinge selbst in die Hand zu nehmen, wenn nötig. Aber verstehen Sie mich nicht falsch. Das ist ein rein geschäftliches Angebot, Euer Gnaden«, stellte sie klar und erlangte ihren gefassten Gesichtsausdruck wieder. »Zu unserem gegenseitigen Vorteil.«

Er musste schallend auflachen, was sich wie das Kreischen einer Krähe anhörte. Die Lady schreckte zurück, und ihre Augen wurden größer, als er sich aus dem Stuhl erhob. Langsam ging er auf sie zu und beobachtete sie gut, bis er direkt vor ihr stand. Er drehte sich ins Licht und hörte, wie sie scharf die Luft einzog.

Thane wendete seinen Blick nicht von ihren Augen ab, die wie durchsichtiger Quarz im Feuerschein reflektierten, und sah, wie sich ihr Gesichtsausdruck von Schock über Angst bis hin zu Entsetzen und Mitleid verwandelte. Die Dunkelheit umhüllte ihn und nahm sein kaltes, verbittertes Herz in ihre Faust. Er fühlte nichts im Angesicht ihrer Emotionen.

»Keine Angst, ich werde Ihnen Ihre Naivität nicht vorwerfen«, murmelte er. »Sie können gehen, Mylady. Und wir können so tun, als wäre diese unglückliche Situation nie passiert.«

Zu Thanes großer Überraschung stand sie auf und trat ganz nah an ihn heran. Ihre perlmuttartigen Augen verrieten dabei nichts. Ihre Brüste berührten fast seine Brust, und Thane stockte der Atem, weil sie so nah war. Er witterte einen Hauch von Angst. Ihre Schultern zitterten, und ihre Mundwinkel zuckten. Sie litt eindeutig Qualen, reckte aber mutig das Kinn hoch.

»Sie brauchen eine Ehefrau, Euer Gnaden.«

Thane bewunderte ihren Mut. »So, wie Sie einen Ehemann brauchen?«

»Nicht irgendeinen Ehemann.« Sie musste schlucken, und ihr schlanker Hals bebte. »Ich brauche das Biest von Beswick.«

Kapitel Drei

Grundgütiger.

Der Herzog war angsteinflößend groß. Und seine Erscheinung so nah …

Trotz all der Gerüchte war Astrid nicht darauf vorbereitet. Der Lord Harte, den sie vor vielen Jahren kennengelernt hatte, war von emsigen Bewunderern umgeben – die meisten von ihnen weiblich. Als zweiter Sohn und Reserve für den Herzog wurde er in das Privileg und in den Wohlstand hineingeboren und war gut aussehend und in guter körperlicher Verfassung, wenn auch etwas distanziert. Er hätte bestimmt eine Frau gefunden, wenn er nicht in den Militärdienst eingetreten und in den Krieg gezogen wäre.

Ein Krieg, der ihn auf einen Schatten seiner selbst reduziert hatte.

Nichts hätte sie auf den freien Blick auf sein Gesicht mit den genähten Narben und dem grässlichen Mangel an Gleichförmigkeit vorbereiten können. Ein gezackter Riss verlief diagonal von seiner rechten Augenbraue über den Nasenrücken und die Wange bis zu seiner linken Kieferpartie. Die Narbe zeugte von unerzählten Qualen, und die hastige Näharbeit des Feldscherers über schlecht ausgebrannte Hautpartien hatte das Endergebnis bloß noch makabrer gemacht. Wie in dem Roman *Frankenstein oder Der moderne Prometheus*.

Nur, dass dieser Herzog aus menschlichem Fleisch und Blut bestand, soweit sie es sagen konnte … In seinen Augen brannte ein unseliges bernsteinfarbenes Feuer, das sie in einem Glühen gefangen hielt, das eher in die Hölle gepasst hätte. Astrid konnte das Entsetzen, das ihren Körper durchströmte, nicht kontrollieren. Seine Nasenflügel bebten, als könne er ihr Unbehagen spüren, und plötzlich kam sie sich vor wie Beute – in die Enge getrieben von etwas viel Größerem und weitaus Gefährlicherem, als sie es war.

Aber Angst war nicht der einzige Grund, warum ihr Körper so auf den Mann reagierte.

Tief in ihrem Innersten fühlte sie auch pure Hitze und rohe körperliche Wahrnehmung. Einen Mann nackt zu sehen – wenn auch nur schlecht beleuchtet –, brachte anscheinend den Verstand durcheinander. Ihr Gehirn suggerierte ihr gemischte Bilder – wie er nackt als ein wunderschön zugerichteter Halbgott aus einem schimmernden Schwimmbad stieg, und als der übel gelaunte, Furcht einflößende Herzog, der vor ihr stand und sich in keinerlei Weise an die Etikette hielt.

Seine Narben waren allerdings in diesem Moment das, was sie am wenigsten erschreckte – obwohl sie schrecklich aussahen.

Mit schwindendem Mut wandte sie den Blick ab und dachte an Isobel. Sie konnte es sich nicht leisten, von ihrem Plan abzuweichen. Dieser Mann – dieser monströse Herzog – war ihre einzige Hoffnung. Sie warf einen Blick auf sein gezeichnetes Gesicht. Wie ihr klar wurde, schien er darauf zu warten, dass sie etwas tat. Dass sie floh, schrie oder in Ohnmacht fiel wegen seiner furchtbaren Erscheinung.

Und die war tatsächlich furchtbar. Außer der rechten, unteren Hälfte seiner Kieferpartie und seiner Lippen. Die waren intakt. Voll, unbeschädigt, maskulin. Seltsam, dass sein Mund der einzig sichere Ort in dieser zerklüfteten Landschaft seines Gesichts war. Sogar diese dämonisch bernsteinfarbenen Augen erschienen ihr in diesem Moment nicht so intensiv, so unergründlich, wie sie waren. Sie hatten ihr gespenstisches Glühen verloren. Aber vielleicht machte sie sich auch etwas vor, um sich ihr Ziel schmackhafter zu machen.

Isobel. Beaumont. Sicherheit.

Sie öffnete den Mund, um etwas zu sagen, aber er war schneller.

»Sagen Sie mir, Mylady, wollen Sie mich immer noch heiraten?« Der rauchige, sarkastische Tonfall seiner Stimme – vermischt mit Bitterkeit – umgab sie. »Wollen Sie in einen lebenden Alptraum hineinheiraten? Wollen Sie diese Visage jeden Morgen sehen, wenn Sie aufwachen?« Mit einer Hand deutete er abfällig auf seinen Körper, und seine Mundwinkel verzogen sich angewidert. »Bieten Sie mir weiterhin an, mir Erben zu schenken, ohne zu schaudern?«

Astrid schauderte nicht, zumindest nicht in diesem Moment, auch wenn ihr Herz in der Brust schlug wie ein um sich tretendes, wildes Tier. Allein der Gedanke daran, neben diesem Mann im Bett aufzuwachen, ließ ihren Körper im selben Atemzug in Flammen aufgehen und zurückschrecken. Als sie im Badezimmer an ihn gedrückt worden war, hatte sie alles gefühlt. Jeden harten Umriss, jede Kante, jede Wölbung. Sie errötete bei dem Gedanken an seinen erregten Penis, den sie durch die feine Wolle ihres Kleides an ihrem Bauch gespürt hatte.

Er war anscheinend genau wie jeder andere normale Mann.

Vielleicht nicht exakt wie jeder andere Mann, räumte sie ein. Ungeachtet seines zerstörten Gesichts war er größer und einschüchternder als jeder Gentleman, den sie kannte. Außerdem versprühte er uneingeschränkte Bedrohung. Ein gefährliches Raubtier. Würde er sie beschützen oder zerstören?

Dieses Mal konnte Astrid ihr Schaudern nicht ganz unterdrücken.

Sie spürte seinen Blick auf ihr. »Versuchen Sie erst gar nicht, zu lügen, Lady Astrid – oder Ihre Reaktionen zu verstecken. Zumindest sind Sie ehrlich. Ich schaudere auch meistens, wenn ich in den Spiegel blicke.«

»Das tue ich nicht«, setzte sie mit glühenden Wangen an. »Das ist nicht der Grund, warum …«

»Genug«, sagte er. »Ihre Abscheu ist offensichtlich.«

»Nein, Euer Gnaden, Sie missverstehen mich.«

Er knirschte mit den Zähnen. »Jetzt ziehen Sie auch noch mein Urteilsvermögen in Zweifel.«

O Gott, sie verlor ihn. Beswick war der Einzige, der ihr dabei helfen konnte, Beaumonts Plan zu vereiteln. Isobel war noch so unschuldig, und sie hatte Besseres verdient. Ihre Schwester war der einzige Grund, warum sie überhaupt hier war. Astrid reckte das Kinn hoch und nahm all ihren Mut zusammen. Sie war kein Feigling und würde jetzt keinen Rückzieher machen. Sie war nur aus einem einzigen Grund hierhergekommen.

»Ja, das tue ich, Euer Gnaden. Ich will Sie heiraten.«

Ein seltsamer Ausdruck legte sich über sein Gesicht. Fassungslosigkeit? Verblüffung? Verwunderung? Nach einem endlosen Augenblick nahm der Herzog seinen Platz hinter dem Schreibtisch wieder ein. Er setzte sich zurück in den Schatten – als König seiner natürlichen Umgebung. Ein Teufel, eingehüllt in ewige Dunkelheit. Wieder verspürte Astrid einen großen Selbsterhaltungstrieb.

Sie räusperte sich und konzentrierte sich auf ihre Aufgabe. In der für sie typischen Direktheit fragte sie ihn: »Was ist Ihnen zugestoßen?«

Sein Körper erstarrte in dem Stuhl, und für einen kurzen Moment dachte Astrid, dass sie zu weit gegangen war. Dass sie über die Grenzen der Höflichkeit hinaus gehandelt hatte. Doch dann antwortete er: »Ich habe ein halbes Dutzend Bajonett-Hiebe mit dem Gesicht abgefangen.«

Seine Worte klangen emotionslos, aber Astrid konnte ihren scharfen Stich tief in der Seele spüren. Grundgütiger, wie musste er gelitten haben. Sie unterdrückte ein Wimmern, dem Herzog entging allerdings nichts.

»Schämen Sie sich nicht dafür, abgestoßen zu sein. Das ist nichts für schwache Nerven, habe ich recht?«

»Nein, Euer Gnaden«, sagte sie und wusste, dass er jegliches Mitleid hassen würde. »Aber ich war nicht abgestoßen. Ich dachte mir nur, Sie hätten vielleicht von jemandem mit besseren Nähkünsten profitiert.«

Ein Raunen ertönte in der Nähe der Tür, doch Astrid wagte nicht, sich umzudrehen. Von ihrem Platz aus konnte sie die Verwunderung des Herzogs spüren.

»Ist das eines Ihrer Talente, die Sie mit in die vorgeschlagene Ehe bringen wollen?«, fragte Beswick schließlich. »Nähkunst?«

»Ich bin eine Lady, Euer Gnaden. Ich habe alle Fertigkeiten einer Dame anerzogen bekommen.«

»Ist dem so?«

Bei seinem Tonfall zog sie scharf die Luft ein, obwohl sie sich nicht sicher war, ob er sich über die verlangten Fertigkeiten einer Lady oder über sie lustig machte. »Ja.« Und dann fügte sie hinzu: »Zusammen mit vielen anderen Dingen.«

»Wie das Studium antiker chinesischer Replika?«

Astrid seufzte. Die meisten Männer fühlten sich ihrer Erfahrung nach von Frauen bedroht, die überhaupt etwas wussten. Doch sie war nicht hier, um ihre Intelligenz unter Beweis zu stellen. Sie war hier, um einen Mann zu heiraten, der ein noch gefährlicheres Raubtier war als das, mit dem Isobel und sie im Moment zu kämpfen hatten. »Ich lerne gern, Euer Gnaden.«

»Wenn man bedenkt, welch vielseitige weibliche Talente Sie haben – warum hat Sie nicht schon längst irgendein gesellschaftlich anerkannter Schnösel verführt und Ihnen eine Brut an zukünftigen Aristokraten in den Leib gepflanzt?«

Sie errötete. Grundgütiger, war dieser Mann derb. Sie konnte ihm ja kaum erzählen, dass ihr Wort gegen das eines lügenden Mannes gestanden und ihr diese Tür verschlossen hatte. »Vielleicht, weil ich nicht verführt werden wollte.«

»Sehnen sich nicht alle Frauen nach Verführung?«

Seine Augen brannten sich in ihre, und dieses heißblütige Krächzen stellte unnatürliche Dinge mit ihr an. Eine Handvoll Worte, und Astrid bekam keinen Atemzug mehr in ihre Lunge. Ein Schauer an prickelnder Hitze überzog ihren Körper. Ihr ganzer Körper fühlte sich so eng an, als würde der leichteste Druck sie zum Zerspringen bringen. Großer Gott, was war los mit ihr?

»Nicht alle Frauen«, stieß sie hervor und spürte, wie ihr ganzes Gesicht glühte. Doch ihr benebeltes Gehirn konnte nicht aufhören, sich ihn nackt und nur von Kerzenschein beleuchtet vorzustellen. Ein Hauch von einem Handtuch, das seine maskulinen Umrisse oder die breiten, muskulösen Schultern kaum hatte bedecken können. Sie hatte einen kurzen Blick auf sein Glied erhascht, und das war ihr durch und durch gegangen. Der Herzog mochte zwar von Narben gezeichnet sein, aber dort war er noch sehr intakt.

Konzentrier dich, du dummes Mädchen!

Astrid schluckte und brachte ihre verräterischen Gedanken unter Kontrolle. Nervös legte sie sich eine Hand aufs Haar, um es zu glätten. Aber es hatte sich keine Strähne gelöst. Sie spürte, wie sein eindringlicher Blick die Bewegung ihrer Handfläche verfolgte. Er schien sehr auf ihre Hand fixiert zu sein, und sie ließ ihre Finger noch durch die Luft gleiten, bevor sie sie zurück in den Schoß legte.

Beswick beugte sich nach vorne und verschränkte seine starken Arme auf dem Schreibtisch. Trotz der riesigen Narbe, die sein Gesicht unterteilte, zogen die aristokratischen Wangenknochen, die auf seinen verführerischen Mund hindeuteten, ihre Aufmerksamkeit auf sich.

Er legte den Kopf schief. »Wenn ich Ihr Angebot annehmen sollte, was hätte ich davon?«

»Sie brauchen meine Hilfe.« Astrid schaute sich im Raum um und berührte den wertvollen antiken Teller. »Zumindest, um all Ihre Antiquitäten zu katalogisieren. Aber als Ihre Ehefrau werde ich abgesehen von meinen ehelichen Pflichten auch noch eine perfekte Gastgeberin sein, falls Sie Besuch empfangen. Ich bin auch gut im Rechnen und kann Ihnen bei der Buchhaltung oder der Verwaltung Ihrer Anwesen helfen. Auf jeden Fall ist klar, dass Ihr Haushalt weiblichen Einfluss benötigt.«

Sie zuckte zusammen, weil ihr bewusst wurde, dass sie gerade seinen Haushalt kritisiert hatte, doch der Gesichtsausdruck des Herzogs blieb unbewegt.

»Und wann würden Sie vorschlagen, es zu tun?«, fuhr er fort. »Heiraten?«

Astrids Herz machte einen Sprung. Grundgütiger, war er dafür offen? Sie kniff die Augen zusammen. Oder spielte er nur mit ihr? Sie stieß die Luft aus. »Sobald wie möglich.«

»Haben Sie Konditionen?«

Sie nickte und griff in ihren Pompadour, um die Liste, die sie vorbereitet hatte, herauszuholen. Sie legte sie auf den Schreibtisch zwischen sich. Trotz ihres Optimismus hatte sie gewusst, dass die Chancen gering waren. »Was das Vermögen angeht – ich habe eine Mitgift. Aber ich erbitte mir, dass ein bestimmter Anteil davon für die Bräutigamschau meiner Schwester zur Seite gelegt wird. Im Gegenzug werde ich die zuvor genannten Aufgaben erfüllen und mich Ihnen unterwerfen, um Ihnen Erben zu bescheren.« Astrid biss sich auf die Unterlippe und kämpfte gegen das sinnliche Schaudern an, das ihren Körper durchzog. »Ich nehme an, wenn das erst vollbracht ist, werden Sie Ihre Bedürfnisse anderweitig befriedigen.«

»Anderweitig?«

»Ich werde Ihnen eine Mätresse nicht missgönnen.«

Thane war dankbar, dass er im Schatten saß. Eine Mätresse? Er war verwirrt. Auch wenn viele Lords zusätzlich zu ihren Ehefrauen Mätressen hatten, war er doch keiner von ihnen.

In diesem Moment war sein Stolz das Einzige, das ihn davon abhielt, sie hinauszuwerfen. Stolz und das Verlangen, ihr – so gut es ging – zu kontern. Obwohl ihn seine Instinkte vor einer Verlobung warnten, nickte er und schob das Tintenfass näher zu ihr heran, damit sie es erreichen konnte. »Sie sollten mehr als eine notieren.«

»Mehr als eine?«

»Mätresse«, sagt er. »Meine körperlichen Bedürfnisse sind sehr vielfältig. Und ziemlich anspruchsvoll.«

Ein gequälter Laut drang in seine Ohren, als sie nach dem Tintenfass und der Feder griff und ein Stückchen Papier abzog. Die Feder kratzte laut über das Papier, als sie dem Wort ein »N« zufügte. »Hier. Zufrieden?«

Es schmerzte ihn, seine perverse Genugtuung nicht zur Schau zu stellen. »Und wenn Sie vielleicht über den Ausdruck ›sich mir zu unterwerfen‹ nachdenken könnten. Das ist so altmodisch – eine Frau, die sich ihrem Ehemann unterwirft, als hätte sie nichts zu sagen. Ich bevorzuge eine Herzogin, die ausspricht, was sie will.«

Diese rosigen Lippen zuckten, und ihre Wangen erröteten. »Was würden Sie gern hinzufügen, Euer Gnaden? Stellungen? Orte?«, sagte sie bissig. »Wenn Sie das Ganze ins Lächerliche ziehen wollen, könnten wir genauso gut aufhören. Wir bewegen uns in den Bereich des Anstößigen.«

Was hier anstößig war, war sein Verlangen, sie vollkommen unbekleidet zu sehen, mit nichts als ihrem schnippischen Mundwerk, das ihn in Schach hielt. Thane vergrub seine Finger zwischen den Oberschenkeln und schüttelte den Kopf, um zu klarem Verstand zu kommen. Sie wussten beide, dass das nie passieren würde, ganz egal, was sie für törichte Konditionen hatte. Letztendlich würde sie seine Gesellschaft meiden, wo es ging, weil er ständig schlecht gelaunt war. So wie es jeder bis jetzt getan hatte.

Thane wollte nur sehen, wie weit sie gehen würde. Er hatte nicht die Absicht, irgendjemanden zu heiraten, geschweige denn, Erben zu zeugen, wie er es Fletcher bereits gesagt hatte. Aber in Wahrheit war er von ihrer Kühnheit beeindruckt. Die lauschenden Diener Fletcher und Culbert auch, wenn die Laute, die sie hinter der angelehnten Tür machten, als sie nach Luft schnappten, ein Zeichen dafür waren.

Er kniff die Augen zusammen. »Sie haben meine Frage noch nicht beantwortet, warum Sie noch nicht verheiratet sind.«

»Das habe ich, aber Sie haben es vorgezogen, in Ihrer Position als Herzog sexuelle Anspielungen zu machen.«

Diese Frau war vielleicht scharfzüngig! Er grinste, und sein Ärger verwandelte sich in schalkhaftes Vergnügen. »Das stimmt, aber ich bin ein Herzog, und anzügliche Anspielungen sind meine Stärke.

Bitte beantworten Sie mir die Frage wie einem Kind, das unter Ihrer Obhut steht. Sagen wir, als wären Sie eine Gouvernante.«

Sie blickte ihn böse an, und er konnte sehen, wie sich die Gedanken in ihrem Kopf drehten.

»Ich nehme an, ich bin schon mit Schlimmerem verglichen worden«, sagte sie schließlich. »Na gut, ich habe noch nicht geheiratet, weil ich noch nicht den richtigen Mann gefunden habe.«

»Niemand hat Ihnen je einen Antrag gemacht?«, fragte er, bevor er es sich verkneifen konnte.

Sie sah ihn mit frostigem Blick und hervorgestrecktem Kinn an. »Nicht, dass Sie das etwas angehen würde, Euer Gnaden, aber doch, mir hat schon jemand einen Antrag gemacht.«

»Aber wenn Sie Ja gesagt und geheiratet hätten, wären Sie doch nun nicht in dieser Lage, oder?«, sagte er. »Sie betteln jetzt, weil Sie zu wählerisch gewesen sind.«

»Ich bettle nicht«, zischte sie ihn an. »Und ich war nicht wählerisch.«

Er runzelte die Stirn. »Nein?«

»Während meiner ersten und einzigen Bräutigamschau war ich erst sechzehn. Dieser Gentleman kannte mich nicht und hatte auch nicht das geringste Interesse daran, mich kennenzulernen. Er hat mich nur wegen meines Gesichts, meines Geldes und meines Körpers willen begehrt.«

»Aristokratische Ehen wurden bereits auf einer weniger soliden Basis geschlossen.«

Verärgert stieß sie die Luft aus, entgegnete jedoch lediglich: »Vielleicht.«

»Und jetzt? Jetzt haben Sie beschlossen, die Tradition außer Acht zu lassen und selbst einem Mann einen Antrag zu machen?«

»Wie ich schon sagte, Euer Gnaden, das ist ein geschäftliches Angebot. Nicht mehr und nicht weniger«, antwortete sie.

»So viel Kaltblütigkeit von einer so jungen Frau.«

»Ich bin fünfundzwanzig, also keine sittsame Jungfer mehr.«

Thane zog scharf die Luft ein und umklammerte mit seinen Fingern den Schreibtisch. Ihre Erfahrung war hier natürlich nicht von Belang, aber jetzt, da das Spiel begonnen hatte und in wildem Gange war, gab es kein Zurück mehr. »Was das angeht, darf ich fragen, wie es um Ihre Jungfräulichkeit steht?«

Flammen löschten die Unnahbarkeit in ihren Augen aus.

»Sie sind unverschämt, Sir!«

»Kommen Sie schon, Sie haben doch selbst gesagt, dass Sie keine sittsame Jungfer mehr sind, und wir unterhalten uns über einen Ehevertrag. Ein Mann muss sich bestimmter Dinge gewiss sein können – ob er eine befleckte Taube oder eine jungfräuliche Schwalbe bekommt.«

Ihr Raunen durchdrang laut die Stille – genau wie das von Fletcher und Culbert. Wenn er nicht aufpasste, würden beide ins Zimmer stürmen, um die arme Frau vor den vulgären Worten ihres Herren zu beschützen. Nicht, dass diese Frau jemanden bräuchte, der sie beschützte. Ihre Zunge war scharf wie ein Schwert, das sie mit raffinierter Finesse führte.

Sie funkelte ihn bitterböse an. »Wie steht es, wenn ich fragen darf, um Ihre Jungfräulichkeit?«

»Definitiv nicht mehr vorhanden.«

Ihr spitzes Kinn hob sich noch ein bisschen. »Dann macht das einen von uns. Ich bin mit Sicherheit nicht annähernd so erfahren wie Sie anscheinend, auch wenn ich die Worte, die aus Ihrem Mund kommen, nicht so richtig glauben kann. Aus meiner bescheidenen Erfahrung heraus lassen Männer, die sich mit ihrem Talent rühmen, meistens viel zu wünschen übrig.«

Thane konnte nicht anders. Er warf seinen Kopf in den Nacken und brach in schallendes Gelächter aus, bis ihm Tränen in den Augen brannten. Noch nie hatte jemand so mit ihm geredet wie dieses schmächtige Mädchen. Wie diese schmächtige Frau, verbesserte er sich.

»Das war eine dumme Idee«, murmelte sie, stand auf, um zu gehen, hielt dann aber doch inne, als wäre sie in einer Art innerem Kampf gefangen.

Sie biss sich auf die Unterlippe, seufzte laut und spannte den Kiefer an. Als sie zu ihm hochblickte, war das Funkeln in ihren Augen weg. Übrig waren nur noch Verzweiflung und Resignation. Sie lehnte sich über den Schreibtisch, und Thane wusste, dass sie aus dieser Nähe jede einzelne seiner Narben sehen konnte. Aber sie zuckte weder mit der Wimper noch wandte sie den Blick von ihm ab.

»Bitte, Herzog, ich flehe Sie an, über mein Angebot nachzudenken«, sagte sie.

Trotz ihrer Wortwahl war es keine Bitte. Das war keine Frau, die jemanden um etwas anflehte, aber sogar er konnte ihre Hoffnungslosigkeit spüren. Ein winziger Teil seines verletzten Herzens wollte, dass er einwilligte. Doch sein Kopf wusste, dass er das nicht tun konnte.

Die Vernunft übernahm sofort die Oberhand. »Lady Astrid, ich …«

»Muss mich auf meine bevorstehende Verlobung vorbereiten«, unterbrach Fletcher ihn, als er ins Zimmer stürmte. Thane und Lady Astrid drehten sich beide überrascht um. »Sie können sich die Unterlagen der Lady später ansehen, Euer Gnaden.«

»Fletcher, das ist höchst unpassend …«, begann er vorwurfsvoll, aber wie immer nahm der Diener keine Notiz von ihm. Man konnte nicht erkennen, dass der Mann überhaupt für ihn arbeitete, geschweige denn, dass der Arbeitgeber dieses Mannes ein verdammter Herzog war.

»Kommen Sie, Mylady«, sagte Culbert, der Fletcher in den Raum gefolgt war. Er nahm ihr das Papier aus den Händen. »Lassen Sie das bei Seiner Gnaden.«

Lady Astrid sah angesichts dieser Wende der Ereignisse und den mitmischenden Dienstboten verwirrt aus. Genau wie Thane, doch er wusste genau, was Fletcher und Culbert vorhatten. Sie dachten anscheinend, dass das seine einzige Chance auf irgendeine Art von

Zukunft war. Aber er wusste es besser – er verstand die Realität. Sich nach unmöglichen Ausgängen zu sehnen, würde nur zu Verzweiflung führen. Und Verzweiflung hatte Thane schon für ein ganzes Menschenleben erfahren.

Er musste das beenden.

»Die Antwort ist nein«, knurrte er und bedeutete ihnen, stehen zu bleiben. »Nicht jetzt. Und auch nicht zu einem anderen Zeitpunkt.« Er wandte sich an Fletcher und Culbert. »Tut nicht so, als wüsstet ihr, was in meinem Kopf vorgeht. Beide nicht. Geht mir aus den Augen, bevor ich euch vor die Tür setze wie räudige Hunde.«

Beide Männer machten auf dem Absatz kehrt, als er sich wieder der stillen Frau zuwandte, die ihn mit einem angewiderten Gesichtsausdruck ansah. »Da Sie schon uneingeladen in mein Haus gefunden haben, nehme ich an, Sie finden auch wieder hinaus, Lady Astrid. Kommen Sie nicht wieder.«

Kalte eisblaue Augen fixierten ihn. Sie zuckte vor seiner Aggression weder zurück, noch brach sie in Tränen aus. Stattdessen hob sie – bewundernswerterweise – das Kinn. »Ich habe keine Angst vor Ihnen, Beswick. Sie können mich nicht rumkommandieren wie diese armen Männer.«

»Das sollten Sie aber«, zischte er sie an. »Und diese Männer sind meine Diener.« Meistens.

Überraschenderweise lächelte sie ihn an. »Das mag sein, doch Sie müssen wissen, dass ich keine Frau bin, die sich von einem tobenden Kerl einschüchtern lässt, der sich eher wie ein Kind als wie ein Herzog benimmt. Wenn Sie wieder bei Sinnen sind, können Sie mir gern Ihre Entschuldigung zukommen lassen. Sie finden mich im Everleigh House.«

»Bevor das passiert, müssen erst Schweine mit den Schwänzen voraus fliegen können.«

Sie drehte sich auf dem Absatz um und warf ihm einen eiskalten Blick über die Schulter hinweg zu. »Ich würde Ihnen ja einen schönen Tag wünschen, Euer Gnaden, aber selbst ich kann sehen, dass jegliche zivilisierte Manieren bei Ihnen kategorisch verschwendet wären.«

Und mit diesen Worten war sie verschwunden.

Kapitel Vier

Astrid kaute auf ihren Nägeln, und ihr Blick wanderte von ihrem Buch zum Fenster mit Aussicht auf den vorderen Hofbereich – nicht, dass sie Besucher erwartet hätte. Ein kleiner – winziger – Teil von ihr hatte gehofft, dass er eine schriftliche Entschuldigung senden würde. Schließlich war Beswick unter dieser mürrischen und ungehobelten Fassade doch einmal als Gentleman auf die Welt gekommen. Ein Tag war allerdings vergangen, dann zwei und heute drei. Sie musste geträumt haben, wenn sie dachte, dass dieser Mann auch nur einen Funken Anstand in sich hatte.

Was bedeutete, dass sie den nächsten Schritt machen musste. Verdammt. Wieder einmal verfluchte sie ihre scharfe Zunge. Aber nein, sie musste ihm ihre Meinung sagen und ihn provozieren. Und ihn dann zum Teufel schicken. Jetzt hatten sie und Isobel dank ihres unkontrollierten und unbeherrschten Mundwerks keine Optionen mehr. Außer … sie kehrte noch mal nach Beswick Park zurück.

Ihr wurde ganz übel. Sie könnte ihn anflehen, wenn sie müsste. Sie könnte um seine Gnade winseln. Sie hatte sich noch nie jemandem unterworfen, doch um Isobels willen könnte sie das tun. Sogar einem kaltherzigen, unhöflichen, fiesen Kerl von einem Mann.

»Wie war er denn so?«, fragte Isobel zum tausendsten Mal und ließ sich nicht länger von Astrids vagen Antworten abwimmeln. »Ist er so schlimm, wie sie sagen? Die Köchin hat erzählt, er hätte schon wieder eine Haushälterin gefeuert. Sie sagt, er ist so schrecklich, dass er anscheinend keine Hausangestellten halten kann.«

Das überraschte sie nicht. Sie hatte die Porzellanscherben im Foyer und in einigen der staubigen Korridore gesehen. Gedankenverloren verzog sie den Mund. Vielleicht könnte sie Beswick davon überzeugen, dass sie eine ausgezeichnete Haushälterin abgeben würde. Das war nicht die schlechteste Idee, auch wenn er sie dafür erst einmal einstellen müsste. Sie hatte das Anwesen nicht gerade im Guten verlassen.

Astrid seufzte und sah ihre Schwester an. »Die Köchin sollte nicht tratschen.«

»War er Furcht einflößend?«, wollte Isobel wissen.

»Sein Gesicht ist total vernarbt vom Krieg«, sagte Astrid, und die vielen gezackten Narben des Herzogs traten ihr vor Augen. »Aber es ist nicht so schlimm, wenn sich der erste Schock gelegt hat.«

Ihre Schwester schauderte. »Ich habe Leute im Dorf sagen hören, seine Haut würde wie ein genähter Sack aussehen und sein Anblick wäre so schrecklich, dass Kinder davon Alpträume bekommen. Sein eigener Vater hat einen Herzanfall bekommen und ist tot umgefallen, als er sein Gesicht gesehen hat.«

»Du weißt sehr gut, dass man nicht auf Gerüchte hören sollte, Isobel. So schlimm ist er auch wieder nicht.«

Tief in ihr drin zog sich Astrids Herz vor Mitleid zusammen. Sie hatte die gleichen Geschichten gehört. Kein Wunder, dass der Mann so verschlossen und gereizt war. Aber ehrlich gesagt trug der Herzog mit seinem grauenhaften Verhalten auch nicht wirklich dazu bei, die Meinungen über sich zu ändern. Die Menschen haben schon immer angenommen, wenn jemand aussah wie ein Monster, war er auch eins. Doch so barsch und abweisend er auch gewesen war, Astrid hatte sich in seiner Gegenwart nie bedroht gefühlt. Er hatte in ihr das Verlangen erweckt, sich die Haare raufen zu wollen, aber das hatte absolut nichts mit seiner Erscheinung zu tun gehabt.

Astrid starrte mit leerem Blick auf ihr Buch und versuchte, sich von den andauernden Gedanken über den verwirrenden Herzog abzulenken. Trotz ihrer Intelligenz und ihrem Menschenverständnis hatte sie den Mann völlig falsch eingeschätzt. Sie hatte gedacht, da er so ein Einsiedler war, würde er sich verzweifelt nach einer Ehefrau und einem Erben sehnen. Sie wusste, wie die Aristokratie funktionierte. Das Adelsgeschlecht war wichtig. Erstgeburt war wichtig. Sie konnte sich nicht vorstellen, dass auch nur ein Herzog, der etwas auf seinen Stand gab, wollen würde, dass sein herzogliches Erbe in Vergessenheit geriet.

Aber das Biest von Beswick wiederum war kein gewöhnlicher Herzog.

So ungehobelt er auch gewesen war, hatte sie den Schlagabtausch zwischen ihnen beiden seltsamerweise genossen. Er war überhaupt nicht so, wie sie erwartet hatte.

Er hatte sie nach ihrer Jungfräulichkeit gefragt, Herrgott nochmal. Bei dieser Unverfrorenheit wäre sie beinahe in Ohnmacht gefallen. Insgeheim war sie sogar beeindruckt davon gewesen, dass er sie nicht wie ein wertvolles Stück Porzellan behandelt hatte, dessen weibliche Ohren zerbrechen könnten, wenn sie so eine unzüchtige Unterhaltung mit anhören mussten. Tief in ihrem Innersten hatte ihr das gefallen.

Abgesehen davon, was sie auf seinem Anwesen gesehen hatte, brauchte er sie genauso sehr, wie sie ihn brauchte. Und nicht nur zum Katalogisieren seiner Antiquitäten, obwohl es sie in den Fingern juckte, die Chance zu bekommen, diese wundervolle Sammlung durchzusehen. Sie hatte auch beobachtet, wie er seine armen Dienstboten behandelte. Der Mann brauchte jemanden, der ihn an der Hand nahm ... jemanden, der hinter die Wutanfälle und Beleidigungen sehen konnte und der ihn nicht mit seinem schlechten Benehmen davonkommen lassen würde.

Aber wie konnte sie ihn davon überzeugen, dass eine Verbindung zwischen ihnen notwendig war?

Es gab keine anderen Lords in Southend, die auch bloß annähernd an den Stand des Grafen von Beaumont oder ihres Onkels herankommen konnten. Notfalls musste sie einen anderen Plan aushecken.

Und der bestand darin, Schmuck zu verkaufen und davonzulaufen, was für zwei unverheiratete Frauen nicht wirklich ein guter Plan war. Sie brauchte Zeit, um Beswick zu überzeugen, um ihr Anliegen vorzubringen.

Vielleicht konnte sie in der Zwischenzeit mit Fletcher, dem Hausdiener des Herzogs, über die Inventur der chinesischen Antiquitäten reden. Er schien sehr erpicht darauf gewesen zu sein, jemanden einzustellen. Sie könnte ihre Fähigkeiten anbieten und im Gegenzug einen sicheren Platz für sich und Isobel verlangen. Das war nicht die schlechteste Idee, die sie gehabt hatte. Aber das würde Isobel immer noch nicht vor den Rechten ihres Onkels über ihre Obhut beschützen, wenn Astrid den Herzog nicht überzeugen konnte und unverheiratet blieb. Und dann gab es natürlich auch noch keine Garantie dafür, dass Fletcher sie ohne die Erlaubnis seines Herren einstellen würde.

O Gott, es war hoffnungslos!

Astrid konzentrierte sich wieder auf ihr Buch und war entschlossen, ihre negativen Gedanken zumindest fürs Erste zu vertreiben, als eine Kammerfrau mit rotem Gesicht die Stufen hinaufgerannt kam. »Lady Astrid, eins der Pferde ist ausgerissen, und Patrick hat mich geschickt, Sie zu Hilfe zu holen.«

»Welches?«, fragte sie und sprang auf. Doch sie kannte die Antwort bereits. Der Stallbursche würde nur nach ihr schicken, wenn Temperance oder Brutus Ärger machten. Beide Vollblüter hatten eine lange Geschichte an Pferderennen hinter sich. Ihre Stute Temperance war sehr temperamentvoll, auch wenn ihr Name »Besonnenheit« bedeutete. Und Brutus war ein vorwitziger Dreijähriger, der eine strenge Hand brauchte. Anders als der Rest der Pferde gehörten die beiden ihr und waren Geschenke von ihrem Vater gewesen.

»Kommst du einen Moment alleine zurecht?«, fragte sie Isobel.

»Natürlich. Agatha ist hier«, sagte sie und deutete auf ihre gemeinsame Dienstmagd, die schweigend ihrer Flickarbeit nachging.

»Ich bin gleich wieder zurück.«

Astrid zog ihre Röcke hoch und rannte durch das Haus zu den Ställen hinunter. Natürlich war es Brutus, der ausgerissen war und Ärger machte. Der Hengst war von drei Stallburschen umrundet, stieg immer wieder auf die Hinterhufe und schnappte nach ihnen.

»Wie hat er sich losgerissen, Patrick?«

»Ich weiß es nicht, Mylady«, sagte der große schottische Stallbursche. »Die Tür von seinem Stand war eingerastet, muss sich aber irgendwie von selbst geöffnet haben. Vielleicht war sie nicht abgeschlossen. Ich werde mit den Kerlen ein ernstes Wort reden.«

Vorsichtig näherte Astrid sich dem lebhaften Hengst. Brutus war unvorhersehbar, wenn er aufgeregt war, und sie brauchte genug Abstand, um sich selbst zu schützen, falls er beschloss, sie zu beißen oder zu treten. Sie hatte schon einmal zwei Rippenprellungen erleiden müssen, als sie diesen Fehler gemacht hatte, als er noch ein Fohlen gewesen war. Jetzt war er viel größer und nicht weniger lebhaft.

Astrid bedeutete den Männern, zurückzutreten, und näherte sich mit erhobenen Händen dem Hengst. »Ruhig, Junge«, sagte sie leise. »Ich bin es nur. Ich tue dir nichts.«

Brutus stieg erneut und schlug mit den Hufen aus, war aber nicht mehr so wild. Nachdem er noch ein paarmal sein männliches Gehabe zur Schau stellen musste, erlaubte er ihr, sich ihm zu nähern und sein Halfter zu fassen. Die ganze Zeit flüsterte sie ihm beruhigende Worte ins Ohr. Innerhalb von ein paar Minuten führte sie ihn in seinen Stall zurück, wo er zahm wie ein Lämmchen stehen blieb.

»Sie können Wunder vollbringen, Mylady«, sagte Patrick voller Respekt und Bewunderung. »Ich schwöre, dieses Mal hätte er mich in Stücke gerissen.«

Astrid streichelte das schwarze Fell des Pferdes. »Er ist nur übermütig. Stell ihn in den Stand neben Temperance. Sie scheint ihn beruhigen zu können, wenn er seine Launen bekommt.«

Der Schotte sah sie an. »Haben Sie schon darüber nachgedacht, die beiden sich fortpflanzen zu lassen, Mylady?«

»Irgendwann«, antwortete sie und gab dem Hengst einen Klaps auf sein Hinterteil. »Aber nicht, solange mein Onkel die Fohlen an den Höchstbietenden verkaufen wird. Vielleicht, wenn Isobel sicher ein neues Zuhause hat.«

Astrid machte sich auf den Rückweg zum Haus und war dankbar, dass es nicht schlimmer ausgegangen ist. Die Pferde waren zwei ihrer wertvollsten Besitztümer. Plötzlich blieb sie stehen. Wenn es hart auf hart käme, könnte sie sie verkaufen, doch auch das würde Zeit in Anspruch nehmen. Der Gedanke daran, auch nur eins von ihnen hergeben zu müssen, gefiel ihr ganz und gar nicht. Aber wenn es bedeutete, dass Isobel glücklich und sicher war, war ihr kein Opfer zu groß. Sie hatte sich schließlich schon einem Herzog mit fürchterlichem Ruf angeboten.

Als sie über den Hof ging, zuckte sie beim Anblick einer Kutsche in der Einfahrt zusammen. Ihr wurde ganz bange ums Herz. Es war kein Herzog, der sich bei ihr entschuldigen wollte, sondern ein sehr unwillkommener Beaumont. Was tat er hier? Ihr Onkel und ihre Tante hatten geschäftlich im Dorf zu tun und waren nicht zu Hause. Astrid hob ihre Röcke an und rannte los. Sie schlitterte fast über den Gang, wo der Graf Isobel im Frühstückssalon entdeckt hatte.

»Hol Patrick«, flüsterte sie Agatha zu, die mit blassem Gesicht in der Nähe stand.

»Lord Beaumont«, sagte Astrid und hoffte inständig, dass ihre Stimme stärker klang, als sie sich fühlte. »Wie kommen wir zu der Ehre Ihres unerwarteten Besuchs?«

Beaumont drehte sich um, und ein Grinsen legte sich über sein Gesicht. »Ich wurde eingeladen.«

»Von wem?«, entgegnete sie mit einer Besonnenheit, die sie ganz und gar nicht fühlte. Angst um ihre Schwester überkam sie. »Meine Tante und mein Onkel sind nicht zu Hause.«

»Sie haben mir eine Einladung ausgesprochen, heute zu Besuch zu kommen.«

Astrid rutschte das Herz in die Hose. Natürlich hatten sie das. Es war ihnen egal, dass ein berüchtigter Schurke ihre Nichte gefährdete, solange er sie heiratete. Obwohl besagter Schurke bereits eine Nichte ruiniert hatte. Sie hatte alle Mühe, ihre aufsteigenden Emotionen unter Kontrolle zu halten. »Es tut mir leid, Mylord, aber Sie müssen wieder fahren. Ohne meine Tante als Anstandsdame ist das hier leider sehr unpassend.«

»Sie können dieses Amt sicher übernehmen«, sagte er, »während ich meine zukünftige Ehefrau besuche?«

Sie bekam eine Gänsehaut von seinem Tonfall, aber sie zwang sich, ruhig zu bleiben. Um Isobels willen. Um ihrer beider willen. »Ich bin ebenfalls unverheiratet, Mylord. Das wäre nicht angebracht. Ich muss Sie leider bitten zu gehen.«

»Mir gefällt Ihr Mangel an angemessenem Respekt und an Gastfreundschaft nicht, Astrid. Ich bin ein ebenbürtiger Adliger.«

»Dann tun Sie uns allen einen Gefallen und verhalten sich auch so«, entgegnete sie ihm. »Und für Sie ist es Lady Astrid.«

Mit finsterem Blick näherte sich Beaumont dem Raum, als hätte sie ihm überhaupt nicht widersprochen, aber bereits nach zwei Schritten hielt er inne, und sein Blick blieb auf Patrick und zwei stämmigen Stallburschen haften, die ihm an der Türschwelle den Weg versperrten.

»Lord Beaumont wollte gerade gehen«, sagte Astrid zu ihnen.

»Ihr Onkel wird davon erfahren«, zischte der Graf sie an. »Denken Sie an meine Worte.«

Doch zum Glück ging er, ohne eine Szene zu machen. Nachdem die Kutsche verschwunden war, ließ sich Astrid auf einen nahe stehenden Stuhl sinken. Ihre Hände zitterten nachträglich vor Angst. Sie hatte keine Zweifel daran, dass Beaumont sich bei ihrem Onkel beschweren und dieser sie schnell bestrafen würde. Würde er Astrid fortschicken? Das Aufgebot für Isobel bestellen? Herrje, was sollten sie tun?

»Astrid?«, flüsterte Isobel. »Wird er zurückkommen?«

Die Stimme ihrer Schwester durchdrang ihren Nebel der Unschlüssigkeit. Ohne Zweifel würde der Graf zurückkommen. Es gab keine andere Wahl – sie mussten fliehen. Astrid riss sich zusammen, stand auf und warf Patrick, der immer noch auf der Schwelle zum Salon stand, einen Blick zu. »Sattle Brutus und Temperance, und lass nach einer Kutsche rufen.« Astrid drehte sich zu Isobel und ihrer Dienstmagd Agatha um und sagte mit leiser Stimme: »Packe unsere Sachen zusammen. Leg alles, was du kannst, in unsere Schrankkoffer.«

»Wo fahren wir hin?«, fragte Isobel mit weit aufgerissenen Augen.

Astrid schüttelte den Kopf. Es waren noch zu viele Augen und Ohren um sie herum, um es laut auszusprechen. »An einen sicheren Ort.«

Verdammt noch mal. Nicht einmal der brutale stundenlange Ritt aus London zurück nach Beswick Park hatte die aufgestaute Energie in Thanes Muskeln vertreiben können. Er hatte sich die letzten drei Tage bis auf die Knochen abgearbeitet, sich weiter getrieben als je zuvor, aber nichts schien geholfen zu haben.

Er war nach London geritten, um sich mit dem Anwalt seiner Besitztümer zu treffen – Sir Thornton. Der Ausflug, der eigentlich nur für eine Nacht geplant gewesen war, hatte sich zu einem einwöchigen Aufenthalt entwickelt, während dem er rastlos durch die Hallen seines Londoner Anwesens gestreift war. Er wusste natürlich, warum er so durchdrehte.

Es war *ihret*wegen.

Thane nahm an, er fühlte sich schuldig, weil er sie so unwirsch fortgeschickt hatte. Doch die Wahrheit war, er konnte ihren Vorschlag nicht annehmen. Obwohl er nicht aufhören konnte, daran zu denken – oder an sie. Eine einzige Stunde der Unterhaltung, und er verzehrte sich nach mehr ihrer köstlichen Bissigkeit – wie ein Opium-Abhängiger. Es war verrückt. O Gott, dieses Mädchen war in jeder wachen Stunde in seinen Gedanken. In jeder schlafenden ebenso.

Bevor er sich auf den Weg nach London gemacht hatte, war er im Dunkeln zum Anwesen der Everleighs geritten und hatte versucht, herauszufinden, welches wohl ihr Schlafzimmer war. Und dann hatte er sie sich in einem durchsichtigen Nachthemd im Bett liegend vorgestellt, und all seine Selbstbeherrschung war beim Teufel gewesen. Er hatte die Stadt noch in dieser Nacht verlassen.

Thane konnte sich nicht daran erinnern, wann er das letzte Mal so unsicher gewesen war. Er war ein Mann, der für seine Disziplin wertgeschätzt wurde, für seine unfehlbare Fähigkeit, zu wissen, was in welchem Moment getan werden musste. Seine Kriegseinheit war wegen dieser Einstellung so effektiv gewesen. Auf dem Schlachtfeld war es diese Sicherheit, die ihm ermöglicht hatte, es mit sechs bewaffneten Franzosen alleine aufzunehmen. Im Rückblick mag es aus seiner persönlichen Sicht nicht die beste Entscheidung gewesen sein, aber sie hatte den Rest der Einheit davor beschert, abgeschlachtet zu werden.

Auf dem Hof von Beswick Park warf er die Zügel seinem wartenden Stallburschen zu und sah in der Ferne, wie ein großer, rothaariger Mann, den er noch nie zuvor gesehen hatte, mit einem prächtigen schwarzen Pferd trainierte. Wann hatte er sich ein weiteres Pferd zugelegt? Oder einen Stallburschen von dieser Größe?

Culbert würde es wissen. Doch als er die Tür aufstieß, war kein Dienstbote da, um ihn zu begrüßen. Tatsache war, niemand war hier. Er hatte keine Ankündigung im Voraus schicken lassen, aber er war der verdammte Herzog. Auf jeden Fall sollte irgendeiner seiner undankbaren Diener hier sein, um ihn willkommen zu heißen! Es war noch viel zu früh für sie, um ins Bett gegangen zu sein. Mit finsterem Blick begab er sich auf die Suche nach seinen abtrünnigen Hausangestellten.

Auf dem Weg zur Treppe hörte er etwas, was wie Musik und Lachen klang.

Weibliches Lachen.

Er runzelte so tief die Stirn, dass sein Gesicht drohte, sich von den Augenbrauen zu trennen. Wenn diese zwei unverschämten Taugenichtse von einem Hausdiener und einem Butler meinten, in seiner

Abwesenheit Huren aus dem Dorf herholen zu können, dann würden sie jetzt ein böses Erwachen haben. Er würde all seine Drohungen wahrmachen und sie sofort rausschmeißen.

Er folgte den Stimmen und betrat den ehemaligen Ballsaal, der jetzt ein Raum ohne Sinn und Zweck war, und was er sah, ließ ihn erstarren. Es war eine regelrechte Ansammlung. Aber keine Leute aus dem Dorf. Es war der Großteil seiner abwesenden Angestellten.

Die Klänge einer fröhlichen Volksweise drangen in seine Ohren, und die trällernde Stimme wurde von Klavierspiel begleitet. Thane blinzelte ungläubig. Sein verräterischer Butler und sein Hausdiener tanzten! Zusammen mit seinem französischen Koch, der jeden hasste, den meisten der Lakaien und Mägden und zwei gut gekleideten Damen ... eine für ihn leicht zu identifizieren, die andere ihm unbekannt.

Thane ignorierte den Anstieg seines Pulses und das unbändige Verlangen, jeden aus dem Raum zu befehlen.

Jeden außer *sie*.

»Würde mir bitte jemand verraten, was zum Teufel hier vor sich geht?«

Astrid hatte noch nie gesehen, dass sich Menschen bei der Ankunft des Hausherrn so schnell aus dem Staub gemacht hatten und auf ihre Positionen gegangen waren. In Sekundenschnelle waren von der lustigen Truppe nur noch Fletcher, Culbert, sie selbst und Isobel übrig. Ihr Blick wanderte zu der imposanten Gestalt im Türrahmen. Der Herzog hatte immer noch Reitklamotten an und trug einen Hut, den er tief ins Gesicht gezogen hatte. Dafür war sie dankbar, auch wenn Isobel ihn mit offenem Mund und mit entsetzter Neugier anstarrte, was aber wahrscheinlich mehr mit seinem Furcht einflößenden Verhalten als mit seinem Aussehen zu tun hatte.

Fletcher öffnete den Mund, um etwas zu sagen, doch Astrid war schneller. Sie zog den Ärger stattdessen auf sich.

»Keine Kraftausdrücke, Euer Gnaden.«

Er zog den Hut nur so weit zurück, dass sie seine Funken sprühenden, bernsteinfarbenen Augen sehen konnte. Astrid schreckte fast zurück vor dem Feuer in seinem Blick. Er war wütend. »Das ist mein Haus«, sagte er, und diese rauchige Stimme stellte sofort wieder unnatürliche Dinge mit ihren Sinnen an. »Hier sage ich, was ich will, verdammt nochmal!«

»Nicht in der Gegenwart von zwei wohlerzogenen Ladies.« Sie griff nach der Hand ihrer Schwester und drückte sie versichernd. »Mylord Herzog, darf ich Ihnen meine jüngere Schwester Lady Isobel Everleigh vorstellen?«

Isobel machte höflich einen Knicks. »Euer Gnaden.«

Astrid konnte an seiner Miene erkennen, dass er schreien und noch schlimmer fluchen wollte, aber er biss die Zähne zusammen und verbeugte sich. Dabei hielt er sein Gesicht im Schatten seines Huts versteckt. »Ist mir ein Vergnügen.«

»Mr Culbert«, sagte Astrid freundlich und drehte sich zu dem Butler um, dessen Wangen ganz rötlich geworden waren, »würden Sie meine Schwester bitte in ihre Gemächer begleiten, während ich mit Seiner Gnaden spreche?«

»Astrid?«, flüsterte Isobel mit erschrecktem Blick. »Würde er uns rausschmeißen?«

»Alles wird gut, Izzy. Ich verspreche es.«

Fletcher wollte Culbert und Isobel folgen, wurde aber von dem Herzog aufgehalten. Insgeheim war Astrid froh darüber. Sie wollte dem Mann nicht alleine gegenüberstehen. Nicht, nachdem sie sein Haus ohne jegliche Erlaubnis von ihm betreten hatte – wieder einmal. Sie holte tief Luft. »Haben Sie über mein Angebot nachgedacht, Euer Gnaden?«

»Nein.« Er funkelte sie böse an, warf seinen Hut in eine Ecke und ging zum Kamin. Seltsamerweise verstörte sie der Anblick seines ruinierten Gesichts gar nicht. »Meine Antwort ist dieselbe.«

Nach Beaumonts Besuch war Astrid nach Beswick Park geflohen, in der Absicht, die Meinung des Herzogs zu ändern. Aber als sie erfahren hatte, dass er in London war, hatte sie beschlossen, Fletcher um Arbeit oder wenigstens eine sichere Unterkunft für ein, zwei Tage für sie und Isobel zu bitten. Er hatte Mitleid mit ihnen gehabt. Wie dem auch sei: Dem Gesichtsausdruck des Herzogs nach zu urteilen, war der Hausherr nicht so einfach zu überzeugen.

Sie musste es versuchen. »Wie viele Haushälterinnen wollen Sie noch davonscheuchen, bevor Sie zu Sinnen kommen? Ich habe gehört, dass Sie eine weitere vergrault haben.«

»Sie war inkompetent.«

Astrid zog die Augenbrauen hoch. »Wie die vorherigen drei?«

»Ich brauche keine Haushälterin«, knurrte er, nahm eine grünweiße Ming-Vase in die Hand und schmiss sie in den Kamin. Das ließ Fletcher und sie zusammenzucken.

»Ich sehe, Sie haben alles unter Kontrolle«, sagte Astrid. »Eine schnelle Heirat wäre bestimmt in Ihrem eigenen Interesse.«

Ein wütender Blick traf sie. »Ich kann nicht sehen, inwiefern Ihr Vorschlag für meine haushaltlichen Bedürfnisse von Nutzen sein sollte, Lady Astrid, weder als Ehefrau noch anderweitig.« Die Spannung stieg bis unter die Deckengemälde, während die drei schweigend dastanden. Dann drehte sich der Herzog mit einem verärgerten Laut auf dem Absatz um. »Fletcher, da ich Sie nicht dafür bezahle, hier rumzustehen und zu schäkern, hätte ich jetzt gern ein Bad.«

»Ich habe den Befehl für ein Bad schon in dem Moment erteilt, in dem Sie angekommen sind.« Der vorlaute Hausdiener grinste und machte sich offensichtlich wenig Sorgen um sein Wohlergehen. »Und Schäkern ist immer umsonst, Euer Gnaden.«

Dem Herzog fiel die Kinnlade herunter, und Astrid sprang schnell ein. »Euer Gnaden, Sie können sicher sehen, dass …«, setzte sie stirnrunzelnd an, als er einfach davonging und sie mit offenem Mund stehen ließ.

Herrgott nochmal, war dieser Mann unverschämt! Wohin wollte er mitten in einer Unterhaltung? Was würden sie und Isobel tun, wenn er ihr keine Antwort geben würde? Wohin würden sie gehen?

»Sie dürfen mir folgen, wenn Sie noch mehr zu sagen haben«, rief er ihr über die Schulter zu.

Mit erhobenem Kopf ging sie an den in der Nähe stehenden Lakaien vorbei, von denen zwei wunderbare Singstimmen hatten, wie Astrid vor Beswicks Ankunft erfahren durfte. Sie hatte eigentlich nur Isobel mit etwas Musik aufmuntern wollen, aber dann schien es, als hätte jeder in diesem Haus ein bisschen Spaß nötig gehabt. Es war alles ihre Schuld, und sie würde es ihm erklären, wenn sie nur mit ihm mithalten konnte.

»Euer Gnaden, bitte lassen Sie Ihren Ärger nicht an dem Personal aus«, rief sie und rannte, um ihn einzuholen. »Oder an Fletcher.«

»Ich bin nicht verärgert.«

Aber das war er. Sie konnte seine Wut wie Donnergrollen fühlen. Er kochte vor Wut. Astrid tauschte einen Blick mit Fletcher aus, der vorausgeeilt war und am Eingang zu den Privatgemächern des Herzogs wartete. »Ich kann da nicht reingehen.«

»Es ist ein Wohnzimmer, Astrid, kein Schlafzimmer«, sagte der Herzog kalt.

Beim Klang ihres Vornamens durchströmte sie ein seltsam wohliges Gefühl, das sie schnell beiseiteschob. »So oder so ist es nicht angebracht.«

»Wenn Sie Ihre Gegenwart hier erklären möchten und ich Sie und Ihre Schwester nicht auf der Stelle rausschmeißen soll, dann werden Sie es mir dort erklären, wo ich will. Und im Moment will ich ein Bad, verdammt nochmal.«

Sie verzog das Gesicht. »Küssen Sie Ihre Mutter mit diesem Mund, Euer Gnaden?«

»Meine Mutter ist tot«, sagte er und blickte mit funkelnden Augen hinab. »Aber wenn Ihnen nach Küssen zumute ist, dann sollten wir eine andere Unterhaltung führen.«

»Ich würde Sie nicht küssen, wenn Sie mich dafür bezahlten.«

»Und trotzdem haben Sie mir weitaus mehr angeboten. Was denn nun, Lady Astrid?«

Sie zögerte und wurde rot, reckte dann jedoch das Kinn hoch. »Einfach nur dazuliegen und es über sich ergehen zu lassen, ist wohl kaum dasselbe.«

Beswick hielt abrupt inne, sein lodernder Blick bohrte sich in ihre Augen, und er ballte die Hände an den Seiten zu Fäusten. Großer Gott, war sie zu weit gegangen? Sogar Fletcher schnappte nach Luft. Aber Astrid hielt sich aufrecht. Jemand musste dem Herzog ja die Meinung sagen. Seine Laune war zu übel, um es in Worte zu fassen, und sie entgegnete ihm nur, was er austeilte … was er verdiente.

Er stieß kurz und heftig die Luft aus, und nach einem scheinbar ewig dauernden Moment drehte er sich um und stampfte an seinem Hausdiener vorbei. »Folgen Sie mir, oder gehen Sie. Sie haben die Wahl.«

Die Spannung in ihrem Körper wurde größer, als sie im Korridor stand und überlegte, was sie tun sollte. Wenigstens hatte er sie nicht rauswerfen lassen. Sie hörte das Rascheln von Klamotten und erstarrte. Nein, so vulgär würde er nicht sein, oder? Irgendwie musste sie ihn davon überzeugen, hierbleiben zu dürfen, auch wenn es unangebracht war, seine Privatgemächer zu betreten, und auch wenn er sie dazu brachte, zu fluchen und zu schreien wie ein Bauernweib.

Isobel. Beaumont. Sicherheit.

»Ich warte«, rief er nach ein paar Minuten ihrer Unschlüssigkeit.

Astrid holte tief Luft und trat durch die Tür, doch der Herzog war nicht im angrenzenden Schlafzimmer. Fletcher sah sie entschuldigend an, aber auch er sagte kein Wort, als wäre er selbst auf unsicherem Terrain. Astrid wurde erschrocken bewusst, dass seine Anstellung ihretwegen auf dem Spiel stand. Sie konnte ihn nicht dafür büßen lassen, dass er ein gutes Herz hatte, wo sein Herr anscheinend keins hatte.

Schnell überbrückte sie die Distanz zwischen sich und Fletcher. Die Tür führte in einen anderen Raum. Ein hell erleuchtetes Badezimmer, um genau zu sein. Astrid unterdrückte ein Raunen. Nicht wegen der opulenten, hochlehnigen Badewanne, die mitten im Raum stand, sondern wegen des Mannes, der darin lag und sein Gesicht von ihr abgewandt hatte. Sie konnte nicht viel über den Badewannenrand sehen, aber ihr wurde klar, dass der Herzog nackt war.

»Sprechen Sie«, befahl er.

Hastig bedeckte sie ihre Augen und verbannte die Worte »nackter Herzog« aus ihrem Kopf. Sie gab ihre Erklärung ab, betonte Fletchers freundliches Angebot und seinen Bedarf nach einem fähigen Historiker. Astrid entging der tadelnde Seitenblick des Herzogs nicht, den er dem Hausdiener zuwarf.

»Er wollte nur helfen«, sagte sie. »Wenn Sie nicht damit einverstanden sind, zu heiraten, und mir ein paar belanglose Monate Ihre Gastfreundschaft gewähren, dann werde ich für Sie die Inventur machen. Wenn Sie es nicht übers Herz bringen, es als Wohltätigkeit anzusehen, dann sehen Sie es eben als eine Anstellung an.«

Wenn sie sechsundzwanzig würde, wäre sie nicht mehr so machtlos. Dieses Geld stand ihr zu, und sie würde darum kämpfen, es zu bekommen.

»Sehen Sie mich an«, sagte der Herzog.

Astrid hob den Kopf und war darauf bedacht, ihren Blick starr auf seine Augen zu richten, aber peripheres Sehen war eine verflixte Sache. Sein schwarzes Haar war feucht, nasse Tropfen hafteten an seiner bronzefarbenen Haut. Auf seiner rechten Seite konnte sie nicht viele Narben sehen, und beim Anblick seiner muskulösen Schulter schnappte Astrid nach Luft. Als könne er ihre Gedanken lesen, wandte er ihr das Gesicht schnell mit der anderen Seite zu. Beinahe hätte sie bei dem Anblick in vollem Licht nach Luft geschnappt, schaffte es allerdings, nicht wegzusehen, obwohl sie spürte, dass ihr Tränen in die Augen traten.

»Ich will Ihr Mitleid nicht«, sagte er. »Ich würde Ihre Verachtung bevorzugen.«

»Ich verachte Sie nicht.«

»Das werden Sie aber vielleicht, wenn ich entscheide, was ich mit Ihrer Schwester und Ihnen tun werde«, sagte er. »Sie können nicht hier im Haus eines Junggesellen bleiben.« Sie öffnete den Mund, um zu protestieren, doch er hob einen Finger, um sie davon abzuhalten. Ein irritierter Ausdruck legte sich auf sein Gesicht. »Nicht ohne eine angemessene Anstandsdame. Der Ruf Ihrer Schwester und Ihr eigener hängen davon ab. Entgegen besserer Einsicht werde ich Ihnen erlauben, hierzubleiben, wenn sich meine Tante, die Herzogin von Verne, dazu bereit erklärt, während Ihrer Anwesenheit in meinem Haus zu wohnen. Wie vereinbart werden Sie die Inventur übernehmen, aber das ist das Höchste meiner Großzügigkeit.«

Erleichterung, gefolgt von Freude darüber, dass sie nicht weggeschickt werden würden, überwältigte sie so sehr, dass sie ein paar Schritte nach vorne machte, bevor sie es sich anders überlegte. Er zog scharf die Luft ein, und sie hielt inne, doch es war zu spät. Ihr Blick fiel auf die klare Wasseroberfläche, die nichts verdeckte.

Nicht die Narben, Furchen und Löcher in seiner Haut, die den linken Arm und die ganze linke Seite verschandelten. Nicht das seidig glänzende Haar auf seiner breiten Brust und seinem muskulösen Bauch. Nicht die vernarbten Hautflicken seiner unteren Gliedmaßen. Und mit Sicherheit auch nicht den unverkennbaren Beweis seiner Erregung.

Astrid tat, was jede Dame, die auch nur einen Funken Selbstachtung hatte, tun würde. Sie floh.

apitel Fünf

Herrje, er wollte sie.

Er wollte ihren schlanken Körper gegen die Badezimmertür drücken, ihre Beine um seinen triefend nassen Körper schlingen, in sie eindringen und kommen, bis nichts mehr übrig war. Thane stöhnte und legte einen Arm über seine Augen. Anscheinend war dieser Körperteil nicht so tot, wie er gedacht hatte.

»Fletcher«, sagte er, und ihm war bewusst, dass der Mann immer noch dastand.

»Ja, Euer Gnaden?«

»Dafür werden Sie bezahlen. Das wissen Sie, oder?«

Auch ohne ihn anzusehen, konnte er das Grinsen des Mannes in seiner Stimme spüren. »Ja, Euer Gnaden.«

»Gut. Und jetzt gehen Sie, damit ich mich in Selbstmitleid und Verzweiflung ertränken kann.« Er öffnete ein Auge und sah, dass sein Hausdiener verschmitzt grinste. »Schreiben Sie meiner Tante, und fragen Sie, ob sie auf einen langen, längst überfälligen Besuch Lust hat.«

»Die Freiheit habe ich mir bereits genommen, Euer Gnaden.«

Natürlich hatte er das. Dieser elende Kerl kannte seinen Wert, weshalb er diese Obdachlose und ihre Schwester überhaupt erst hier aufgenommen hatte.

»Lady Verne wird rechtzeitig zum Abendessen hier sein«, sagte Fletcher aus der anderen Ecke des Raumes.

Thane runzelte die Stirn. »Wann haben Sie einen Boten geschickt?«

»Vor vier Tagen, Euer Gnaden, als Lady Astrid auf Ihrer Türschwelle erschienen ist. Ich dachte, es wäre besser, vorbereitet zu sein, falls Sie beschließen sollten, ihr eine Stelle und einen sicheren Zufluchtsort zu bieten.«

Einen sicheren Zufluchtsort? Thane musste beinahe laut lachen. Die Menschen liefen nicht zu ihm. Sie liefen vor ihm davon. Das Biest von Beswick beherbergte keine jungen Unschuldigen und war auch nicht der Held in den Geschichten. Er war ein Außenseiter, ein Monster von einem Mann und ein Ungeheuer in jeder Hinsicht. Nicht nur eine, sondern gleich zwei adlige, unverheiratete Frauen auf seinem Anwesen zu haben, war undenkbar. Geradezu absurd. Ihr ehrenwerter Ruf wäre spätestens am nächsten Morgen zerstört.

»Und Sie haben nicht daran gedacht, mir einen Boten nach London zu senden?«

Fletcher erschien für einen Moment im Türrahmen. »Das habe ich, Euer Gnaden. Nach Harte House. Aber Sie waren seit ihrer Ankunft nicht dort gesehen.«

Nein, weil er tagsüber mit Sir Thornton gearbeitet und nachts seine Dämonen im Silver Scythe ertränkt hatte. Das Bild von zwei kalten eisblauen Augen in einem atemberaubend hübschen Gesicht, dunklem, präzise nach hinten frisiertem Haar und einem rosigen Mund, der sich beim Anblick seiner Nacktheit zu einem perfekten O geformt hatte, trat ihm vor Augen.

Herrgott nochmal, was war er doch für ein verkommener, herzloser Mistkerl, dass er sie gezwungen hatte, ihr Anliegen vorzutragen, während er badete! Das hatte er natürlich nicht vorgehabt, aber dann hatte ihn ihre Scharfzüngigkeit dazu veranlasst. Einfach nur dazuliegen und es über sich ergehen zu lassen, war wohl kaum dasselbe. Dieses kleine Luder.

Nachdem Fletcher gegangen war, wusch sich Thane und blieb im Wasser liegen, bis seine Haut die Konsistenz einer Backpflaume hatte und das Wasser deutlich abgekühlt war. Doch er hatte immer noch einen gewaltigen Ständer. Thane nahm seinen Penis in die Hand und verschaffte sich mit ein paar schnellen Bewegungen Erleichterung. Es fühlte sich bedeutungslos an, aber das war ihm egal.

Er würde ein Dutzend Mal am Tag auf seine eigene Hand zurückkommen, wenn es bedeutete, dass er nicht mehr von ihr phantasierte … einer wunderschönen Frau mit der schärfsten Zunge auf dieser Seite Englands, die er gerade dazu eingeladen hatte, die nächsten Monate unter seinem Dach zu verbringen.

Ganz offensichtlich hatte er eine masochistische Ader.

Er zog sich die Kleidung an, die Fletcher für ihn herausgelegt hatte, und ging die Treppe hinunter. Er hoffte, das Abendessen wäre schon fertig und serviert, und dass er nicht noch einmal von einer Amateur-Musikeinlage überrascht werden würde. Thane schüttelte den Kopf. Sein Personal auf dem Landsitz – genau wie das in London – war ruhig und effizient. Der Inbegriff eines fürstlichen Haushalts. Die Lakaien waren groß, kompetent und leise. Der Koch war Franzose und stolz darauf. Aus Mangel an einer Haushälterin führte Culbert die Dienstmägde und alle anderen mit strenger Hand. Aber noch nie hatte Thane gesehen, wie sie sich so fröhlich miteinander vergnügt hatten – ungeachtet ihrer verschiedenen Ränge im Haushalt.

Er war doch nur eine verdammte Woche weg gewesen.

Und er wusste genau, wer dafür verantwortlich war.

Mit finsterem Blick nahm Thane einen Hut von der Garderobe, bevor er das Esszimmer betrat. Er wollte dem jüngeren Mädchen keine Angst einjagen. Isabella oder Isabel oder etwas in der Art. Er hatte ihr nur einen flüchtigen Blick zugeworfen und ihre hübschen Gesichtszüge gesehen. Sie war tatsächlich eine perfekte englische Rose mit ihren goldblonden Locken und den strahlend blauen Augen. Aber er war mehr mit der kratzbürstigen Brombeere beschäftigt gewesen, die mit erhobenem Kinn und stechenden Augen neben dem Mädchen gestanden hatte. Bereit, wegen ein paar belangloser Dienstboten mit dem Hausherrn den Kampf aufzunehmen.

Astrid.

Allein ihr Name belebte seine Sinne wie ein eiskalter Wasserspritzer aus dem winterlichen Ozean. Abgebrüht und starrköpfig, war sie das komplette Gegenteil von ihrer Schwester, nicht nur in Bezug auf das Aussehen.

Sie war keine sanfte englische Rose, keine süße Jungfrau, keine elegante Miss. Sie war eine feurige Treibhauspflanze, die sein Blut in Wallung brachte und ihn in einem absolut nicht tolerierbaren Ausmaß ablenkte.

Culbert wartete am Eingang des großen Speisesaals. »Euer Gnaden«, sagte er und öffnete die Tür, »die Herzogin von Verne ist bereits angekommen und erwartet Sie.«

Gott sei Dank. Er wollte nicht für die Zerstörung des guten Rufs einer Debütantin verantwortlich sein. Die alte Herzogin war alleine, wie er erleichtert bemerkte. Er wollte noch kurz mit ihr sprechen, bevor seine uneingeladenen Gäste auftauchten.

»Tante Mabel«, sagte er und ging zu der kleinen, aber voluminösen Frau hinüber, die an einem Glas Sherry nippte und mit einem der Lakaien schäkerte. Er verkniff sich ein Grinsen. Manche Dinge änderten sich nie. Mit ihren fünfundsechzig Jahren war sie immer noch unverbesserlich. Das Letzte, was er gehört hatte, war, sie hätte sich einen Liebhaber genommen, der halb so alt war wie sie. Thane stutzte kurz. Vielleicht war sie doch nicht die beste Wahl als Anstandsdame, wenn man ihre Neigungen bedachte. Doch sie gehörte schließlich zur Familie, und man konnte ihr vertrauen.

Und sie war an sein Gesicht gewöhnt.

»Mein Lieber, wie geht es dir?«, fragte sie und umarmte ihn. »Seit Monaten habe ich nichts als schmutzige Geschichten über dich gehört. Du lebst in völliger Isolation und terrorisierst deine Angestellten. Komm schon, Beswick, willst du nicht einmal zur Ruhe kommen? Du wirst auch nicht mehr jünger, weißt du.« Sie hielt inne und betrachtete ihn. »Warum trägst du einen Hut zum Abendessen?«

Er gab ihr einen Kuss auf die Wange und nahm ein Glas Cognac von einem der Lakaien entgegen. Er ignorierte alle Bemerkungen bis auf ihre letzte Frage. »Eine der jungen Damen ist noch ziemlich unerfahren, und ich will sie nicht verängstigen, Tante.«

Der Herzogin entging nichts, und sie fixierte ihn mit ihren stechend grünen Augen. »Und die andere? Fletcher hat gesagt, es wären zwei. Wird sie keine Angst bekommen?«

»Die andere ist eine Hyäne, die immun gegen Angst ist«, murmelte er und leerte sein Glas. Er erwähnte nicht, dass besagte Dame ihm vor einer Woche den Vorschlag gemacht hatte, zu heiraten. Das würde der guten Tante Mabel nur einen hysterischen Lachanfall einbringen. Oder sie würde ihn höchstpersönlich zum Traualtar schleifen. »Ich nehme an, in der Gegenwart dieser Dame sind eher die anderen eingeschüchtert.«

Mabels Augen strahlten. »Das klingt wie ein Mädchen nach meinem Geschmack.« Thane runzelte die Stirn, und sie tätschelte seinen Arm. »Dass sie keine Angst vor dir hat, meine ich.« Sie beobachtete ihn. »Obwohl es erstaunlich ist, dass mir deine Narben gar nicht mehr auffallen. Vielleicht habe ich mich einfach an sie gewöhnt.«

»Oder vielleicht siehst du mit den Jahren auch immer schlechter.« Sie gab ihm einen Klaps. »Unverschämter Junge!«

Thane spürte, wie seine schlechte Laune verschwand. Mabel würde diese unerwünschte Invasion schon handhaben, und wenn es hart auf hart käme, würde er einfach nach London zurückkehren, bis das alles vorbei war. Allerdings hatte er keine Ahnung, wann das war. Er erinnerte sich daran, dass das ältere Mädchen etwas von ihrem sechsundzwanzigsten Geburtstag und einem Erbe erzählt hatte. Monate, hatte sie gesagt. Er versuchte, nicht daran zu denken, während der Braut- und Bräutigamschauen in London zu sein. Nicht, dass er etwas in Bezug auf Heiratsanträge zu befürchten hätte, es war ihm in dieser Zeit einfach zu voll.

Thane schätzte seine Einsamkeit. Und er hasste London, selbst wenn keine Parlamentssitzungen waren.

»Lady Astrid Everleigh und Lady Isobel Everleigh«, verkündete Culbert.

Thane drehte sich um, und sein Blick streifte kurz das jüngere Mädchen, ehe er auf der älteren Schwester haften blieb. Beide waren zum Abendessen gekleidet, Isobel in einem pastellfarbenen Kleid und Astrid in einem einfachen taubengrauen Gewand, das ihre Schönheit nur noch unnahbarer machte. Seine Finger zuckten vor Verlangen, diesen sittsamen Kragen aufzureißen, ihre strenge Frisur zu zerstören und ihren ernsten, hartnäckigen Gesichtsausdruck zu vertreiben. Ihre Gesichtszüge wurden weicher, als sie seine Tante sah.

»Lady Astrid, Lady Isobel, darf ich Ihnen meine Tante, die Herzogin von Verne, vorstellen?«

»Tante?«, murmelte Astrid, als hätte sie nicht erwartet, dass er Verwandte hatte.

»Ich wurde nicht von Wölfen großgezogen, falls Sie das angenommen hatten«, sagte er trocken. »Sie ist die Schwester meines verstorbenen Vaters.«

»Das habe ich nicht angenommen.« Sie warf ihm einen Blick zu, der es mit seinem aufnehmen konnte, und machte einen Knicks vor seiner Tante. »Es ist mir ein Vergnügen, Euer Gnaden.«

»Meine Damen«, begrüßte Mabel sie mit einem warmen Lächeln.

Unter der Herzlichkeit und der Führung der Herzogin verlief das Abendessen sehr angenehm. Das Essen war – wie immer – außergewöhnlich. André würde eher sterben, als etwas, was nicht des französischen Hofes würdig wäre, aus seiner Küche geben zu lassen. So war die Schildkrötensuppe cremig und locker, die Ente *à l'orange* zerging einem auf der Zunge, und der Hasenschmorbraten war saftig und wohlschmeckend. Es war ein Wunder, dass Thane bei so viel köstlichem Essen nicht schwerer war, doch er legte sehr viel Wert darauf, körperlich aktiv zu bleiben. Nach so vielen Jahren als Soldat lehnte er einen allzu zügellosen Lebensstil ab.

Die Unterhaltung war angenehm, da Mabel und eine überraschend gesprächige Isobel die Konversation führten. Es war seltsam, dass die beiden sich so gut verstanden, wenn man ihren Altersunterschied bedachte. Aber nicht überraschend. Seine Tante konnte jedem ein gutes

Gefühl vermitteln. Selbst, als er aus dem Krieg zurückgekehrt war, war sie diejenige gewesen, die ihn im Arm gehalten und ihn gefragt hatte, ob sein Verstand, sein Herz oder seine Seele zerstört worden waren.

»Schönheit ist vergänglich, mein Junge«, hatte sie zu ihm gesagt. »Du hast immer noch dein Leben.«

Seine Antwort war erwartungsgemäß grimmig gewesen. »Ein halbes Leben.«

»Es kommt darauf an, was du draus machst, mein Lieber. Es liegt alles in deiner Macht, und alles, was du vorher gehabt hast, hast du immer noch.«

»Ich habe kein Gesicht, Tante.«

»Dann musst du dich vielleicht auf deine anderen Qualitäten konzentrieren.«

Thane lachte fast bei dieser Erinnerung. Seine Tante Mabel war ein Wildfang und hart im Nehmen, hatte allerdings ein Herz aus Gold. Aber trotzdem hatte er sie enttäuscht. Leider war nichts Gutes in ihm mehr übrig. Das hatte selbst sein eigener Vater gedacht – genau, wie alle anderen.

Er spürte einen Blick auf sich und hob den Kopf, um Astrid in die Augen zu sehen. Sie hatte nicht mehr als zwei Worte gesagt, seit sie sich gesetzt hatten, doch sie schien nicht unglücklich. Eher nachdenklich. Obwohl das auch nicht das richtige Wort war. Sie schien konzentriert zu sein, als befände sie sich mitten in einer Vorführung.

»Schmeckt es Ihnen, Lady Astrid?«

»O ja«, sagte sie. »Es ist vorzüglich.«

»Wann gedenken Sie, mit der Inventur zu beginnen?«

Sie schien von der Frage überrascht zu sein. Thane hob die Augenbrauen. Das war es schließlich, was er im Gegenzug für ihren Aufenthalt hier verlangte.

»Morgen«, sagte sie knapp. »Ich habe schon mit Fletcher gesprochen.«

»Inventur?«, fragte Tante Mabel.

»Vaters geliebte Antiquitäten«, antwortete Thane. »Ich habe mich noch nicht entschieden, ob ich das Zeug verkaufe oder spende. Die Sachen sammeln hier nur Spinnweben an. Es war Fletchers Idee. Ich hätte sie ja eher zum Sport hergenommen. Es gibt nichts Besseres als den Klang von zerschellendem Porzellan. Ziemlich belebend, sage ich euch.«

Astrid verzog die Mundwinkel. »Euer Gnaden, einige dieser Dinge sind von unschätzbarem Wert.«

»Das sagten Sie bereits.«

»Wenn Sie mir nur zuhören würden«, entgegnete sie. »Aber dafür müssten Sie erst einmal lange genug mit dem Reden aufhören.«

Thane lehnte sich in seinem Stuhl zurück, und ihm war der plötzlich sehr interessierte Blick seiner Tante, der zwischen den beiden hin- und herging, bewusst. »Wenn die Stimme alles ist, was man hat, tendiert man dazu, sie zu nutzen.«

»Sie kennen das Sprichwort *Ein leerer Topf am meisten klappert, ein leerer Kopf am meisten plappert*?«

Er konnte nicht anders, als kurz aufzulachen. »*Touché*, Mylady.«

Obwohl Astrid Everleigh eine faszinierende Ablenkung und ein Lebensfunke in seinem sonst so trostlosen Umfeld war, ärgerte es ihn, wie sehr er diesen verbalen Schlagabtausch genoss. Wie sehr er sie zu genießen schien. Und das war ein sicheres Rezept für ein Desaster.

Thane nippte stirnrunzelnd an seinem Wein. Abgesehen davon, dass sich sein Körper für sie interessierte – was seit dem Krieg nicht mehr passiert war –, hatte sie keine Angst vor ihm, und sie amüsierte ihn … was an sich schon eine große Leistung war. Ihr Beschützerinstinkt ihrer Schwester gegenüber machte ihn neugierig. Er wollte unbedingt herausfinden, was sie verbarg. Und was er sich eingebrockt hatte.

Nach dem Abendessen zog sich seine Tante in ihre Gemächer zurück, um sich von der langen Reise zu erholen, Isobel ging hastig ins Bett, und nur Astrid und er blieben am Tisch sitzen. Thane stand auf und bot ihr ein Glas Brandy an. Dann bedeutete er ihr, ihm auf die angrenzende Terrasse zu folgen. Obwohl es dunkel war, beleuchtete weiches Laternenlicht das Anwesen, und der Duft der Gärten umwob sie.

»Das ist wunderschön«, sagte sie und stellte sich neben ihn an die Balustrade. Schweigend standen sie nebeneinander, nippten an ihren Getränken und blickten in die Schatten, bevor Astrid wieder sprach: »Ich möchte Ihnen für Ihre Freundlichkeit danken, Euer Gnaden.«

»Ich bin nicht im Geringsten freundlich, Lady Astrid«, sagte er leise und blickte ihr in der Dunkelheit direkt in die Augen. »Wovor laufen Sie davon? Sagen Sie mir die Wahrheit.«

Ihr Blick wich ihm aus, und sie nahm einen großen Schluck von ihrem Brandy, ehe sie antwortete. »Mein Onkel will Isobel verheiraten, und leider komme ich vor meinem sechsundzwanzigsten Geburtstag nicht an den Rest meines Erbes heran, um sie mit mir zu nehmen. Ich habe keine Möglichkeiten, und mein Onkel ist ein gieriger Mann, was sein eigenes Glück angeht, ganz egal, wie jung meine Schwester noch ist. Isobel war dort nicht mehr sicher.«

Thane blinzelte. Er wusste selbst nicht so recht, was er erwartet hatte. »Mit wem verheiraten? Einem Adligen?«

»Dem Grafen von Beaumont.«

Er erstarrte. Das war ein Name, den er schon jahrelang nicht mehr gehört hatte und den er am liebsten hinter sich gelassen hätte. Obwohl er eigentlich gar nichts gegen den Grafen selbst hatte, sondern nur gegen seinen Neffen. Thane klammerte seine Finger wütend um sein Glas. Das Letzte, was er gehört hatte, war, dass Edmund Cain sich auf dem Kontinent versteckte. Nachdem er seinen Posten unter Thanes Regiment verlassen und ihre halbe Einheit einem Hinterhalt der Franzosen ausgeliefert hatte, war Cain spurlos verschwunden.

»Warum sind Sie so sehr gegen diese Verbindung?«, fragte er.

»Beaumont mag zwar alt sein, aber er ist nicht anrüchig.«

»Meine Schwester ist erst sechzehn. Ein Mann wie er wird sie zerstören.«

Thane zog die Augenbrauen nach oben. Er konnte nicht behaupten, dass er Cains Onkel gut kannte, doch vielleicht hatte sie recht. Schließlich musste der Mann bereits in die Jahre gekommen sein, und Isobel war noch ziemlich jung. Nicht, dass es unüblich unter den Aristokraten war, sehr viel jüngere Frauen zu nehmen.

»War das der Grund für Ihren Antrag?«

Astrid nickte und warf ihm einen Blick von der Seite zu. »Beaumont plant, Isobel einen Antrag zu machen, bevor es ein anderer tun kann. Und ich werde nicht zulassen, dass das passiert. Wenn ich heiraten würde, hätte mein Ehemann das Sagen über Isobels Zukunft, nicht mein Onkel.« Sie seufzte in ihr Glas. »Sie waren mein einziger Weg, das zu verhindern.«

»Warum ich?« Thane wollte sich selbst treten für diese Frage.

Sie trank ihr Glas aus, ehe sie zur Terrassentür zurückging und dort stehen blieb. Kalte eisblaue Augen trafen seinen Blick, und sie sagte mit leiser Stimme: »Weil ein Mädchen manchmal keinen Helden braucht, um es zu retten. Manchmal braucht es das Gegenteil.«

Neben Temperance schien es Brutus in seinem neuen Stand in den geräumigen Stallungen von Beswick Park sehr zu gefallen. Die Stute war auch sehr ruhig, aber Astrid nahm an, dass es an dem ausgezeichneten Personal lag. Beswick hatte hohe Ansprüche. Seine eigenen Pferde – zwei Paar miteinander gekreuzter Andalusier und eine Handvoll feuriger Araber – waren auch sehr bewundernswert. Doch der Großteil der Stallungen blieb leer.

Patrick hatte darauf bestanden, in Beswick Park zu bleiben, und sich in den Quartieren der anderen Stallburschen eingelebt. Astrid war froh darüber. Sie hätte nicht gewollt, dass er dem Zorn von Beaumont oder ihres Onkels ausgeliefert gewesen wäre, weil er ihr geholfen hatte. Sie würde einen Weg finden müssen, ihn zu bezahlen – vielleicht von dem Geld, das sie aus dem Verkauf ihres Schmucks bekommen würde. Oder vielleicht würde der Herzog ihm auch eine Arbeit geben, obwohl sie darauf nicht zählen konnte.

Seit einer Woche hatte sie Beswick nicht mehr gesehen. Nach dem Abend, an dem sie ihm die Wahrheit über Beaumont erzählt hatte – zumindest, was Isobel anging –, war der Herzog verschwunden. Culbert hatte ihr versichert, dass der Herzog dringende Geschäfte in London zu erledigen hatte und sich für seine plötzliche Abwesenheit demütigst entschuldigen ließ. Astrid konnte sich bei dem resignierten Gesichtsausdruck des Butlers ein Losprusten nicht verkneifen. Sie nahm an, dass weder »demütigst« noch »entschuldigen« im Vokabular des Herzogs vorkam.

Isobel war erleichtert gewesen, dass sie keine weitere Begegnung mit dem Herzog zu befürchten hatte.

»Ich bin froh, dass er weg ist«, hatte sie am ersten Abend gesagt. »Er ist Furcht einflößend.«

»Seine Diener wären nicht so loyal, wenn er ein schlechter Herr wäre, Isobel. Außerdem bedeutet er seiner Tante sehr viel. Und du magst sie, oder?«

»Das tue ich«, hatte sie gesagt. »Aber sein Gesicht, Astrid. Es ist schrecklich.«

»Der Herzog ist ein Kriegsheld, Izzy. Ein paar Narben machen ihn unseres Mitgefühls oder unserer Dankbarkeit nicht unwürdig.«

»Ja, aber er kam mir so wütend vor«, hatte sie entgegnet. »So unhöflich und herrisch.«

Astrid hatte keine Lust mehr gehabt, ihr zu erklären, dass seine mürrische Natur vielleicht aus den Reaktionen auf sein Aussehen entstanden war. Es wäre Isobel nicht in den Sinn gekommen, dass der Herzog während des Abendessens um *ihretwillen* einen Hut getragen hatte – und damit auf die jahrhundertealte Etikette des Adels verzichtet hatte. Doch Astrid hatte es bemerkt, und sie war ihm sehr dankbar dafür gewesen. Das war eine nette Geste gewesen, die sie nicht erwartet hätte.

Und es hatte sie dazu gebracht, Isobel schroffer zu antworten, als sie gewollt hatte.

»Wir stehen in seiner Schuld, Isobel«, hatte sie gesagt. »Denk nur daran, wo du jetzt wärst, wenn er uns seine Gastfreundschaft nicht gewährt hätte. In den Klauen eines wahren Monsters. Er hätte uns fortschicken können, und deshalb verdient er deine Missachtung nicht. Nun geh ins Bett.«

Eine verärgerte und weinerliche Isobel hatte genickt, obwohl es ihr zuerst schwergefallen war, an einem fremden Ort zu schlafen. Astrid hatte insgeheim Mitgefühl gehabt. Sie selbst war auch seltsam aufgewühlt gewesen, eine brodelnde Energie hatte ihren Körper durchströmt, die sie davon abgehalten hatte, schlafen zu können. Aber sie wusste, dass ihre Unruhe etwas mit dem Herzog selbst zu tun hatte. Als könne sie ihn spüren, wie er durch die Korridore schlich wie ein wildes Tier, dessen Grenzen überschritten worden waren.

Trotz allem war ihre erste Woche im Haus des Herzogs nicht schlecht gewesen. Nach ihrer ersten Nacht hatte Fletcher darauf bestanden, dass in den Dienstbotenunterkünften nicht genug Platz war, und sie waren im Gästeflügel geblieben. Sie hatte angenommen, das wäre gelogen, wollte allerdings nicht widersprechen. Die Pracht ihrer Zimmer hatte Isobel und ihre Kammerzofe Agatha zum Staunen gebracht, doch Astrid war zu sehr über die Reaktion des Herzogs besorgt, um die üppige Ausstattung zu bewundern. Schließlich waren sie nicht wirklich Gäste.

»Es ist gut, dass Sie mit Brutus ausreiten, Mylady«, sagte Patrick und riss sie aus ihren Gedanken. »Er scharrt schon mit den Hufen, weil er mal wieder etwas Auslauf braucht.«

»Dann fühlen sie sich hier wohl?«, fragte sie stirnrunzelnd.

»Natürlich. Sie fühlen sich dort wohl, wo immer auch Sie sind.« Jetzt runzelte auch er die Stirn. »Ich mag mir gar nicht vorstellen, was Ihr Onkel vorgehabt hätte. Sie haben das Richtige getan, Mylady.«

Astrid nahm an, dass er nicht nur von den Pferden sprach. Sie seufzte und legte dem Mann eine Hand auf den Arm. »Das wird sich noch herausstellen. Er wird nie vermuten, dass wir hierhergekommen sind, also sind wir im Augenblick sicher. Aber wir dürfen nicht unvorsichtig sein. Oder den Herzog verärgern.«

»Wenn man vom Teufel spricht«, murmelte Patrick, und sie bekam eine Gänsehaut.

Astrid drehte sich um und sah Beswick den Weg vom Haus entlanggehen. Er hatte seinen Hut tief ins Gesicht gezogen, doch selbst aus der Entfernung konnte sie seine Gereiztheit spüren. Beim Anblick seiner großen Gestalt, die auf sie zukam, ging ihr Puls sofort schneller. »Du solltest gehen.«

»Sind Sie sicher?«

»Ja. Er wird mir nichts tun. Er ist ein Gentleman.«

Patrick setzte einen bösen Blick auf. »Das ist Beaumont auch.«

Die beiden Männer waren wie Tag und Nacht, und obwohl Astrid sich des Herzogs und seiner schwankenden Launen bewusst war, hatte sie nicht das Gefühl, dass sie von ihm etwas zu befürchten hatte. Zumindest nicht im Moment. Sie nickte versichernd und tätschelte dem Stallburschen den Arm. Der Schritt des Herzogs wurde schneller, bis er fast rannte. »Geh jetzt bitte, Patrick.«

Dieses Mal widersprach er ihr nicht und verschwand in dem Augenblick, in dem der Herzog vor ihr stehen blieb, während sie Brutus' Sattelgurt enger zog. Beswick war so wütend, dass seine bernsteinfarbenen Augen unter der Hutkrempe glühten wie heiße Kohle. Astrid war fasziniert, auch wenn sie nicht wusste, was sie getan hatte, um ihn so zu verärgern. Vor allem, wenn man bedachte, dass er die ganze Woche weg gewesen war. Sie hatte von Fletcher und Culbert nicht mehr über seine Abwesenheit erfahren können.

»Wer zum Teufel war das?«, fragte er mit kratziger Stimme, und sein funkelnder Blick folgte Patrick. Der leise, besitzergreifende Tonfall ließ ihre Brust enger werden. »Und was denken Sie, was Sie hier tun?«

Sie klopfte dem Pferd auf die schimmernde Flanke und zog die Augenbrauen nach oben. »Wonach sieht es denn aus, Euer Gnaden? Ich sticke ein Deckchen.«

Er öffnete den Mund und schloss ihn wieder. Diese dämonisch glühenden Augen hafteten auf ihr und verengten sich zu Schlitzen.

Vielleicht sollte sie das Ungeheuer nicht mehr als nötig provozieren.

»Ich reite aus. Brutus braucht Bewegung, und ich brauche frische Luft.«

Sein Kiefer zuckte, und sein Blick schweifte zum Stall hinüber.

»Wer war er? Der Mann?«

»Patrick ist mein Stallbursche.«

Er funkelte sie an. »Sie behandeln Ihre Stallburschen so familiär?«

»Er gehört schließlich zur Familie«, antwortete sie und wunderte sich darüber, dass er derart kurz angebunden war. Aber wahrscheinlich war das auf seinen üblichen Missmut zurückzuführen. Sie gab nicht vor, den Mann zu verstehen. Oder seine Launen.

»Ich kann mich nicht erinnern, Ihnen erlaubt zu haben, Ihre Leute mit auf mein Anwesen zu bringen.«

Sofort wurde Astrid ernst. »Patrick hat uns beschützt. Wenn Sie ihn wegschicken, müssen wir auch gehen.«

»Sie müssen?«, murmelte er.

Sie spürte seinen Blick auf ihr und wie er sie von Kopf bis Fuß abschätzig betrachtete. Sie wartete auf die Frage, die unausweichlich kommen musste.

»Und was zum Teufel haben Sie da an?«

»Eine Reitgarnitur, Euer Gnaden.«

Astrid sah sich nicht dazu genötigt, ihre unübliche Reitkleidung zu rechtfertigen. Das zog sie an, wenn sie mit den Pferden trainierte oder ausritt. Obwohl es alles andere als akzeptabel für eine adlige Dame war und sie es nie in London tragen würde, hatte sie schon früh gelernt, dass sie beide Oberschenkel brauchte, um Brutus zu kontrollieren. Also hatte sie sich die anliegende Hose mit den überhängenden Bundfalten selbst entworfen, um den Anstand zu wahren und nicht in Kniebundhose zu reiten.

Beswick wandte den Blick ab und wechselte das Thema. »Fletcher hat gesagt, Sie machen große Fortschritte mit dem Porzellan.«

Astrid nickte und war nicht überrascht, dass der fleißige Hausdiener von ihrer Arbeit berichtet hatte. Sie war beeindruckt gewesen von der riesigen Sammlung des verstorbenen Herzogs und dem astronomischen Wert einiger der Stücke. Als Fletcher einen Scherz über die Vorliebe des Herzogs für Indoor-Cricket gemacht hatte, war sie entsetzt gewesen.

»Ja, die Stücke Ihres Vaters sind sehr selten.« Sie verzog die Mundwinkel. »Vielleicht ein bisschen zu gut dafür, sie als Cricket-Bälle zu benutzen.«

Er setzte ein schiefes Grinsen auf. »Wessen Meinung nach?«

»Christie's in London, Euer Gnaden.« Astrid erlaubte sich ein selbstzufriedenes Lächeln. »Sie haben sich damit einverstanden erklärt, den Verkauf zu übernehmen, nachdem sie meine detaillierte Beschreibung über die Herkunft der Dinge, die zur Auktion freigegeben werden sollen, bekommen haben. Anscheinend war Ihr Vater ein ziemlich bekannter Kunstsammler. Seine Sammlung wird Ihnen eine sehr große Summe einbringen.«

»Spenden Sie den Ertrag an eine Wohltätigkeitsorganisation.«

Astrid riss die Augen auf. »Sie sprechen von mehreren hunderttausend Pfund, Euer Gnaden. Mindestens. Wollen Sie so ein Vermögen nicht lieber für Ihre Erben beiseitelegen?«

»Erben? Wie diejenigen, die Sie angeboten haben, mit mir zu zeugen?« Seine Augen sprühten Funken, obwohl seine Stimme sanft war. Vor Aufregung stellten sich ihre Nackenhaare auf. Andere Teile ihres Körpers wurden weich und schmolzen dahin.

Mit roten Wangen reckte Astrid das Kinn hoch. »Sie haben abgelehnt, erinnern Sie sich? Dieses Angebot steht nicht länger zur Diskussion.«

Spannung entlud sich zwischen ihnen, als dieser heiße, funkelnde Blick sich in ihre Augen brannte und jede Abwehr, die sie ihm entgegenbringen konnte, besiegte. Aber Astrid ließ sich nicht unterkriegen. Wenn sie nicht vorsichtig war, wäre sie nichts weiter als verkohlte Asche, wenn er mit ihr fertig war.

»Ich bin dafür bekannt, meine Meinung zu ändern«, sagte er sanft.

Ihr klappte beinahe die Kinnlade runter, doch in diesem Moment beschloss Brutus, zu steigen und mit den Zähnen in Richtung des Herzogs zu schnappen. Er verdrehte leicht die Augen, als wäre er von der Bemerkung des Herzogs und der Unruhe seiner Besitzerin nicht begeistert. Mit einem beruhigenden Laut brachte Astrid ihn klug unter Kontrolle und griff nach den Zügeln. Beswicks Blick wanderte zu dem riesigen, lebhaften Pferd, als hätte er es gerade erst gesehen.

»Sie werden dieses Biest *nicht* reiten.«

Astrid runzelte die Stirn, und die Nerven gingen mit ihr durch. »Brutus gehört mir, Euer Gnaden. Und ich werde ihn reiten, wann immer ich will.«

»Er ist nicht für eine Lady geeignet.«

Sie warf ihm einen bösen Blick zu. »Geben Sie mir keine Befehle. Ich bin nicht eine Ihrer Dienstmägde.«

»Sind Sie nicht?«, fragte er kalt.

»Mein Gott, Sie sind unausstehlich!« Sie drehte sich um, um Brutus fortzuführen. Allerdings nicht in Richtung Stall, wie er es wahrscheinlich erwartet hätte.

Er kniff die Augen zusammen, als wüsste er, was sie vorhatte, wenn sie erst einmal außerhalb seiner Reichweite wäre. »Astrid, ich verbiete es.«

O nein, das hatte er nicht gesagt! Ohne zu zögern, sprang sie auf den niedrigen Zaun, zu dem sie das Pferd geführt hatte, und stieg in den Sattel. Sie hörte sein Knurren hinter sich und spürte es bis in die Knochen, ignorierte es aber.

Sie wendete Brutus und galoppierte mit ihm vom Hof. Zum ersten Mal seit Tagen fühlte sich Astrid unbeschwert. Sie wartete nicht, und es war ihr auch egal, wie der Herzog auf ihren Ungehorsam reagierte.

Er war so was von arrogant und kontrollsüchtig!

Kapitel Sechs

Völlig entgeistert stand Thane starr da. Diese draufgängerische kleine Zicke hatte sich ihm gerade widersetzt. Während er laut vor sich hin fluchte, stapfte er in den Stall und ließ die anwesenden Stallburschen sofort hochschrecken.

»Sattelt mir Goliath. Jetzt sofort«, befahl er.

Er durchsuchte den Raum mit Blicken nach dem Stallburschen, der mit ihr geredet hatte, aber der rothaarige Mann war nirgends zu sehen. Das war auch sein Glück. Als Thane gesehen hatte, wie sie ihre Finger an den Arm des Mannes gelegt hatte, war er nicht vorbereitet gewesen auf den Drang nach Gewalttätigkeit, der ihn überkommen hatte.

Wut? Eifersucht? Er hatte noch keine Gelegenheit gehabt, seine Gefühle zu analysieren, er wusste nur, dass er den Arm des Mannes am liebsten entzweigerissen hätte.

Sie zu sehen, war Fluch und Segen zugleich. Es kam ihm vor, als wäre er verhungert ohne ihren Anblick. Er war nach London gefahren, um den Verkauf eines seiner vielen Anwesen in der Stadt mit Sir Thornton zu regeln. Und in dem Moment, in dem er dort angekommen war, hätte er am liebsten schon wieder zurückgewollt. Und sobald er zurück in Beswick Park gewesen war, hatte er sie gesucht. Obwohl er wusste, dass es klug wäre, Abstand zu ihr zu halten, wenn man seine unsteten Launen, was sie anging, bedachte. Doch Thane konnte nicht anders.

Goliath wurde ihm gebracht, und er stieg mit einem schmerzverzerrten Laut auf, als sich sein müder Körper zusammenzog. Normalerweise genoss er einen strammen Ritt, aber nicht an Tagen, an denen er zusammengepfercht in einer Kutsche gesessen oder die täglichen Schwimmübungen ausgelassen hatte, die ihn schmerzfrei hielten.

Thane verzog das Gesicht, als er sein Pferd antrieb, ihr hinterherzureiten. Der kräftige Araber brauchte nicht lange, um ihren Gaul einzuholen. *Brutus.* Das passend benannte Vieh, das versucht hatte, ihn zu beißen, war so unberechenbar und zickig wie seine Besitzerin.

Sie warf einen Blick über die Schulter zurück und trieb ihr Pferd in den Steigbügeln stehend noch mehr an. Der Wind trug einen Laut zu Thane, der sich wie Lachen anhörte, und das spornte ihn an. Er konnte nicht anders, als ihren ausgezeichneten Sitz und ihre anmutige Art, mit diesem kräftigen Pferd umzugehen, zu bewundern. Oder die Tatsache, dass diese überhängenden Bundfalten auf beiden Seiten flatterten und Einblicke auf ihre durchtrainierten Beine gewährten, die in einer abgetragenen Wildlederhose steckten.

Thane brachte Goliath fast nie an seine Grenzen, aber jetzt tat er es. Ihr Hengst stammte von Champions ab, das konnte jeder Idiot sehen. Doch das tat Goliath auch. Er musste zugeben, der Ritt war sehr belebend, während er spürte, wie sich die Muskeln des Tieres unter ihm zusammenzogen und ausdehnten.

Anders als andere Pferde, die für Rennen gezüchtet worden waren, bestritt Goliath keine Rennen mehr. Der loyale Hengst war mit ihm in den Krieg gezogen. Er hatte ihm das Leben gerettet, als er in einem Graben zusammengebrochen und zum Sterben zurückgelassen worden war. Es war ein Wunder gewesen, dass das Pferd ihn in ein kleines spanisches Dorf auf einem Hügel gebracht hatte. Der Arzt dort hatte einen Blick auf ihn geworfen und sofort nach dem Priester gerufen. Doch er hatte überlebt. Sie beide hatten das.

Thane schüttelte die Gedanken an die Vergangenheit ab und stieß beinahe mit der Lady und ihrem Pferd zusammen, die auf einem Hügel haltgemacht hatten und auf das Land des Herzogs unter ihnen blickten. Flecken der üppig grünen Landschaft waren mit Schafen und Pachthütten gesprenkelt, und die Sonne, die über den Hügeln in den Himmel stieg, machte diese ländliche Szene zu einem malerischen Anblick – selbst für seine abgestumpften Sinne. Aber es war die lächelnde Astrid mit wehenden Haaren, die ihm den Atem raubte. Ihre Wangen waren rosig, und ihr eleganter Hals hatte eine gesunde Farbe angenommen. Der helle Sonnenschein verwandelte die Strähnen, die ihrer strengen Frisur entwichen waren, in von der Sonne gebräunte, kastanienbraune Locken, und Thane wollte einfach nur seine Finger darin vergraben. Er wollte auch den Rest der Spangen lockern und sein Gesicht darin verstecken.

»Mein Gott«, sagte Astrid, »das ist wunderschön.«

»Ich nehme an, es ist besser als die Alternative«, erwiderte er und war wütend, dass er ständig so ein Verlangen nach ihr verspürte. »Schlachtfelder in Blut getränkt.«

Weit aufgerissene eisblaue Augen blickten ihn an, als Astrid sich ihm zuwandte, aber sie erwiderte nichts. Thane wusste es zu schätzen, dass sie nicht das Bedürfnis hatte, das Schweigen zwischen ihnen mit unnötigen Plattitüden zu füllen … damit, dass er aus irgendeinem Grund noch am Leben war, oder so was in der Art.

»Krieg ist eine schreckliche Sache«, sagte sie schließlich nur.

Er nickte, und seine Narben spannten sich über seiner Kopfhaut und entlang seiner Rippen. Das lustvolle Verlangen verschwand, bloß um von Geistern ersetzt zu werden. Phantomschmerz zog an seinen Nervenenden, die Schnitte von tausend Bajonetten stachen, der Lebenssaft entrann seinem Körper, das Brennen einer Klinge und der quälende Zug der Bedrohung übermannten ihn. Er erkannte den Schmerz, spürte jede einzelne seiner Narben. Doch zum ersten Mal, seit er nach England zurückgekehrt war, hatte er nicht das Bedürfnis, sich in der Erde zu vergraben.

Es war … seltsam.

In einvernehmlichem Schweigen starrten sie auf die hügelige Landschaft unter ihnen.

»Gehört das alles Ihnen?«, fragte sie nach einer Weile.

»Ja«, sagte er. »Beswick Park umfasst mehrere Hundert Hektar und hat Hunderte von Angestellten. Sie sind eine von vielen unter meinem Personal.«

Das war ein beabsichtigter Seitenhieb.

Das bewundernde Lächeln erstarb auf ihren Lippen, als sie sich wieder einmal mit einer kalten Gefasstheit zu ihm umdrehte und jegliche anderen Emotionen unterdrückte.

Er fragte sich, was – oder wer – sie so hatte werden lassen. Derart unnahbar, immer auf der Hut. Er wusste nicht viel über ihre Vergangenheit, aber er hatte Fletcher damit beauftragt, alles herauszufinden, was er konnte. Kenne deinen Feind und so weiter.

Thane wusste von ihr selbst nur, dass sie lediglich während dieser einen Bräutigamschau in London gewesen war. Er fragte sich des Weiteren, warum sie noch immer unverheiratet war, auch wenn es ihre eigene Entscheidung gewesen war, wie sie behauptete. Er konnte sich einfach nicht vorstellen, dass nicht ein Gentleman sie hatte überzeugen können. Sie hatte zugegeben, dass sie noch Jungfrau war. Obwohl sie im Moment nicht wie eine aussah. Jetzt, auf diesem Pferd, teils in Männerklamotten gekleidet, sah sie eher wie eine trotzige Kriegsgöttin aus. Eine, die ihm unverblümt widersprochen hatte.

»Befolgen Sie nie irgendwelche Befehle?«, fragte er.

Sie blickte ihn hochnäsig an. »Sie sind nicht mein Onkel oder mein Ehemann, Euer Gnaden. Ich muss Ihnen nicht gehorchen.«

»Aber ich bin Ihr Arbeitgeber«, sagte er.

Ihre Mundwinkel zuckten. »Das berechtigt Sie aber nicht dazu, mir zu befehlen, welches meiner Pferde ich reiten oder nicht reiten soll.«

Als ob er sie verstanden hätte, stieg ihr Hengst und schlug in der Luft mit den Vorderhufen. Sie erhob sich leicht im Sattel und brachte ihn mit einem strengen Schnalzen ihrer Zunge und einem gekonnten Zug an den Zügeln unter Kontrolle. Die Bundfalten, die sie wie Rockzipfel umgaben, teilten sich und legten für einen Augenblick ihre

Beine in der engen Hose frei, bevor sie sie wieder glatt strich. Das lenkte Thanes Aufmerksamkeit wieder auf ihre seltsame, aber doch faszinierende Kleidung.

»Das sieht nicht aus wie irgendeine Reitgarnitur, die ich je an einer Frau gesehen habe.«

Astrid warf ihm einen bösen Blick zu.»Nicht, dass es Sie etwas angehen würde, aber ich brauchte diese Beinfreiheit, um meine Pferde kontrollieren zu können. Und da es für eine Frau nicht angemessen ist, Hosen anzuziehen, habe ich diese Kombination selbst entworfen – den Haremshosen der Frauen im Orient nicht unähnlich.«

Thane öffnete und schloss den Mund – eine Angewohnheit, die in ihrer Gegenwart anscheinend Oberhand gewann. Die Vorstellung von ihr, wie sie die Kleidung dieser Frauen trug, drang in seinen Verstand. Der Stoff, den sie trug, war nicht transparent, doch das hätte er genauso gut sein können bei dem, was er sich im Moment dachte. Ihre eng anliegenden Hosenbeine gaben seiner Vorstellungskraft genug Nahrung, um sich ein Paar schlanke Beine, knackige Pobacken und sinnliche Hüften, die von hauchdünner Sommerkleidung verhüllt waren, vorzustellen. Thane bekam sofort eine Erektion.

Herrgott nochmal. Er spannte seinen Kiefer an und war wütend auf die Reaktion seines Körpers.»Wie dem auch sei, wenn ich einen Befehl erteile, erwarte ich, dass man ihn befolgt.«

Ihre Augen funkelten.»Sie mögen zwar die Kontrolle über all dies hier haben, Euer Gnaden, aber *mich* kontrollieren Sie nicht.«

»Wäre es Ihnen lieber, ich schickte Sie und Ihre Schwester wieder zu Ihrem Onkel zurück?«, fragte Thane ruhig.»Oder zu Beaumont?«

Er bereute es in der Sekunde, in der er es gesagt hatte, als er sah, wie ihr Körper zusammenzuckte, als wäre sie vom Blitz getroffen worden. Aber es war eine Sache des Stolzes. Er konnte nicht nachgeben. Astrid starrte ihn an, ihre Knöchel um die Zügel herum waren weiß, so sehr presste sie die Fäuste zusammen, und in ihren Augen sprühten die Emotionen. Er konnte ihre Hitze bis dorthin spüren, wo er saß – wie Feuer und Schwefel. Doch dann entwich plötzlich alle

Wut aus ihrem Gesicht. Es war, als wäre all ihr Licht – zusammen mit all ihrem Kampf – aus ihr verschwunden.

Er war derjenige, der es ihr genommen hatte, indem er ihre Schwester bedroht hatte, und auf einmal fühlte er sich schuldig. Das war auch der einzige Grund für seine nächsten Worte.

»Sie werden einen Stallburschen mit sich nehmen«, sagte er durch die Zähne hindurch. »Wann immer sie ihn auf meinem Anwesen reiten.«

Ihre Blicke trafen sich, und ganz kurz konnte er in ihren Augen Feindseligkeit statt Dankbarkeit erkennen, bevor sie die Lider in sittsamer, wenn auch falscher Ehrerbietung senkte. Feurig wie ihr Hengst war auch sie es nicht gewohnt, Befehle von jemandem entgegenzunehmen, obwohl es ihr Platz im Leben gebot. Sie hätte als eine aristokratische, folgsame Ehefrau erzogen werden sollen, aber anscheinend passte Lady Astrid nicht in dieses Bild.

Thane verkniff sich ein Lächeln. Was hätte er dafür gegeben, sie während ihrer ersten Bräutigamschau in London sehen zu können, wie sie all diese gesellschaftlichen Matronen in ihre Schranken gewiesen und den eitlen Verehrern, die ihr zu nahe gekommen waren, einen Korb gegeben hatte.

»Warum hatten Sie nur eine Bräutigamschau?«, fragte er abrupt.

Sie hielt ihren Blick auf die Hügel in der Ferne gerichtet. »Meine Eltern sind gestorben.«

»Und nach der Trauerphase?«

Sie antwortete nicht sofort, doch er konnte sehen, dass sie über die Frage nachdachte.

Thane wartete.

»Es wurde mir schon bei meiner ersten Bräutigamschau klar, dass eine zweite … nicht zu dem Ergebnis führen würde, das ich mir erhoffte. Also erschien es mir sinnvoller, das Geld für Isobel anzusparen.«

Er runzelte die Stirn. »Warum?«

»Was soll das Ganze?«

»Unterhalten Sie mich.«

»Ich wurde wegen schlechtem Urteilsvermögen von der Gesellschaft verstoßen, Euer Gnaden.« Sie errötete. »Isobel hat es nicht verdient, für meine Fehler bestraft zu werden. Und ich will, dass sie glücklich ist. Sie verdient es, glücklich zu sein.«

»Und Sie nicht?«

Sie schluckte. »Hier geht es nicht um mich.«

»Warum nicht?«

Es kam ihm so vor, als ob sie antworten würde, aber nach einem kurzen Moment wendete sie den Hengst und galoppierte Richtung Herrenhaus zurück. Thane starrte ihrer kleiner werdenden Gestalt gedankenverloren hinterher. Er hatte Loyalität bei seinen Männern auf dem Schlachtfeld gesehen, doch in der realen Welt war sie ihm selten untergekommen. Die Männer und Frauen der Aristokratie lebten mit Geheimnissen und Intrigen, und viele Gentlemen würden ihren eigenen Bruder verkaufen, wenn dafür etwas für sie heraussprang.

Aber nicht Lady Astrid. Sie würde ihren ganzen Stolz hinunterschlucken, um ihre Schwester zu beschützen. Das bewunderte er mehr, als er sich eingestehen wollte.

Was war er nur für ein unerträgliches, aufdringliches Ungeheuer! Was hätte sie denn sagen sollen? Dass ihre eigene Naivität ihr jede Chance auf Glück verbaut hatte? Dass sie dem falschen Mann vertraut hatte? Dass dieser besagte Mann zurück und auf Rache aus war? Beswick hätte sie wahrscheinlich ausgelacht oder ihr gesagt, dass sie aufhören solle, sich über Kleinigkeiten zu beschweren. Als ob ihr Leben eine Kleinigkeit gewesen wäre. Bei Gott, er war wirklich unsäglich!

Mit vor Erregung bebender Brust warf sie einem wartenden Stallburschen die Zügel zu und sprang vom Pferd ab, als sie bei den Ställen angekommen war. Normalerweise hätte sie Brutus selbst abgesattelt, aber sie war viel zu verärgert über den Herzog. Wie konnte er es wagen? Wie konnte er es wagen, ihre Schwester und ihre Entscheidungen infrage zu stellen? Sie stand in keinerlei Beziehung zu ihm.

Er ist dein Arbeitgeber, wurde sie von einer inneren Stimme erinnert.

»Das macht ihn nicht zu meinem Besitzer«, murmelte sie und klopfte den getrockneten Schmutz von ihren Stiefeln ab. »Er hat nicht das Recht dazu.«

Er ist ein Herzog, einer der höchsten Adligen im Land, und du lebst auf seinem Anwesen. Er hat sehr wohl ein paar Rechte.

»Halt den Mund«, zischte sie sich selbst an.

»Ist alles in Ordnung?«, fragte der junge Stallbursche.

Astrid nickte mit düsterem Blick. Natürlich war nicht alles in Ordnung. Sie redete mit sich selbst wie eine Irre.

Alles wegen eines durch und durch lästigen Mannes. Sie war in keinster Weise eine feine Dame der Gesellschaft, die erwartete, dass ihr alle Männer zu Füßen lagen. Aber die meisten Männer, die sie kennengelernt hatte, waren doch Gentlemen gewesen. Sie hatten keine unhöflichen Fragen gestellt oder gesagt, was ihnen in den Sinn gekommen war. Sie hatten sie nicht angesehen, als würden sie sie am liebsten umbringen oder die Mauern zerstören, die sie in den letzten zehn Jahren um sich errichtet hatte.

Sie stieß die Luft aus und marschierte vom Stall zum Haus. Gentlemen stellten keine neugierigen Fragen. Nicht, wenn die Antworten an hässliche Orte führten. Erstaunlicherweise schien Beswick nichts von ihrer Vergangenheit zu wissen, aber Astrid war bewusst, dass er es herausfinden würde. Irgendwann. Und wenn er auch nur annähernd so war wie der Rest der Aristokraten, die die gefallenen Everleighs wie Dreck unter ihren Schuhen behandelt hatten, dann würde er Isobel und sie sofort wieder rausschmeißen.

Astrid wollte das so lange wie möglich hinauszögern.

Wut und Angst durchströmten sie. Sie war viel zu erregt, um ins Haus zu gehen und mit jemandem zu sprechen, also ging sie in die Gärten. Ein schöner Spaziergang würde ihr helfen, sich zu beruhigen.

Die Wege waren wild und mit Rosenbüschen bedeckt, doch etwas an ihrer unbeherrschten Natürlichkeit zogen sie an. Ehrlich gesagt erinnerten sie sie an Beswick selbst.

Wild, widerspenstig und unzivilisiert.

Warum dachte sie eigentlich immer noch an ihn? Frustriert seufzend verbannte Astrid die Gedanken an den irritierenden Mann und konzentrierte sich auf das wesentliche Problem. Beaumont. Ein Teil von ihr wünschte sich, sie hätte nie ein Auge auf diesen Kerl geworfen. Er hatte alles ruiniert. Ihre Eltern waren außer sich vor Freude gewesen, als der charismatische und gut aussehende Kriegsheld *und* Neffe eines Grafen um Astrids Hand gebeten hatte. Überglücklich hatte sie sich selbst eingeredet, in ihn verliebt zu sein, bis sie aufgewacht war und erkannt hatte, dass die Liebe etwas für blauäugige Idioten war.

Mein Gott, war sie naiv und leichtgläubig gewesen! Sie hatte nicht gewusst, dass sie im Schlamassel steckte, bevor es zu spät gewesen war. Bis ihr betrunkener, aufdringlicher Verlobter sie einen Monat nach ihrer Verlobung in ein leeres Musikzimmer gedrängt und ihre ehelichen Pflichten eingefordert hatte. Die Erinnerung daran war immer noch gestochen scharf, und ihre Gedanken sprangen zurück in den dunklen Raum, in den er sie gebracht hatte.

Astrid hatte versucht, seine begierigen Hände abzuwehren, und sich hinter das Klavier gestellt. »Bitte hör auf, Edmund«, hatte sie ihn angefleht. »Du hast getrunken.«

»Du willst es doch auch«, hatte er gesagt. »Zier dich nicht. Du gehörst mir.«

»Ich bin nicht dein Eigentum.«

Sein Grinsen war bedrohlich gewesen. »Doch, das bist du, meine Liebe. Du gehörst mir, und ich kann mit dir machen, was ich will, wann immer ich will und wie immer ich will. Wir werden schließlich heiraten.«

»Wir sind aber noch nicht verheiratet.« Astrid hatte den Kopf geschüttelt und war entgeistert gewesen von der Seite von ihm, die sie noch nie gesehen hatte. Die Wahrheit war, seine Küsse hatten sie abgestoßen, und sie hatte sie ertragen, doch der Gedanke daran, dass er sie intim berühren könnte, hatte Übelkeit in ihr verursacht.

»Aber in ein paar Monaten. Was macht das schon?«

Er hatte nach ihr gegriffen und seine nassen Lippen auf ihre gedrückt. Astrid hatte sich ihm entzogen und sich den Mund mit der Rückseite ihres Handschuhs abgewischt.

»Es macht schon etwas, Edmund. O Gott, ich will das alles nicht. Ich fühle einfach nicht dasselbe wie du. Ich dachte, ich könnte es, aber ich kann es nicht.«

»Wer bist du, mich abzuweisen?«, hatte er mit glühenden Augen zu ihr gesagt. »Du bist nichts als ein dummes Mädchen vom Land, das sich glücklich schätzen kann, dass ich ihm einen Antrag gemacht habe. Ich bin der Erbe eines Grafen.«

Zitternd wegen seiner Feindseligkeit hielt sie ihm entgegen: »Das mag sein, aber ich bin eine Frau von klarem Verstand. Ich will dich nicht heiraten, Edmund. Jetzt sehe ich mehr denn je, dass wir überhaupt nicht zusammenpassen. Du erkennst das sicher auch.«

Er hatte sie lange einfach nur angestarrt, und ihre Beine hätten fast nachgegeben. Doch nach einer gefühlten Ewigkeit hatte er mit unergründlicher Miene genickt. »Na schön, wenn es das ist, was du willst.«

»Es ist das Beste.«

Bereits am nächsten Tag hatte Astrid erfahren müssen, was er getan hatte.

Edmund Cain hatte es sich zum Ziel gemacht, ihren guten Ruf zu ruinieren … er hatte behauptet, er hätte die Verlobung gelöst, weil sie keine Jungfrau mehr gewesen sei. Zuerst hatte Astrid gelacht, weil sie sicher gewesen war, dass die Wahrheit siegen würde. Sie war noch nie mit einem Mann intim gewesen. Aber am Ende hatte sie nie eine Chance gehabt gegen die vergifteten Gerüchte, die sich wie ein Buschfeuer ausgebreitet hatten … bis zu ihren Eltern, bis zum gesamten Adel.

Trotz Astrids Protest wurde sie für schuldig befunden. Wie hätte sie schließlich ihre Unschuld beweisen sollen, vor allem, wenn sie von einem männlichen Adligen beschuldigt worden war? Das mächtige Wort eines Mannes stand gegen das einer Frau. Und so war sie einfach in Ungnade gefallen. Ihr Leben war vorbei. Ruiniert.

Nie wieder, hatte sich Astrid damals geschworen.

Nie wieder würde ein Mann so eine Macht über sie haben.

Trotzdem stand sie neun Jahre später hier, war zwar weiser geworden, aber wieder hatte ein Mann Macht über sie. Doch so wenig sie den Herzog von Beswick auch kannte, er legte nie jemandem gegenüber Rechenschaft ab ... beugte sich niemandem.

Astrid pflückte eine Rose aus einem nahen Busch und hielt die zarte Blüte zwischen ihren Fingern. Die rosa anlaufenden Blütenblätter fühlten sich wie Samt an. Wenn es das Schicksal anders mit ihr gemeint und sie einen anderen Gentleman kennengelernt hätte, wäre Isobel nun sicher.

Wenn sie, Astrid, nicht so naiv gewesen wäre ...

Wenn Edmund nicht so ein Mistkerl gewesen wäre ...

Wenn nur irgendjemand ihr und nicht einem verachteten, dummen Mann geglaubt hätte ...

Wenn ... wenn ... wenn ...

Ihr Leben könnte eine Konstellation aus *Wenns* sein.

Sie ließ die Blume fallen und ging weiter. Nichts davon war jetzt noch wichtig. Das war alles Vergangenheit. Um auf Isobel aufpassen zu können, musste Astrid nach vorne blicken, nicht zurück. Aber ein Teil von ihr konnte nicht aufhören, sich Sorgen darüber zu machen, was passieren würde, wenn der Herzog die Wahrheit herausfinden würde. Und das war nur noch eine Frage der Zeit. Es könnte sich herausstellen, dass er genau wie alle anderen aus der Aristokratie war.

Kapitel Sieben

Irritiert saß Thane an seinem großen Mahagoni-Schreibtisch und starrte erst auf die sorgsam übertragenen Pergamentseiten und dann zu Fletcher hoch. »Was zum Teufel soll das bedeuten? Soll das ein Scherz sein?«

»Sie haben nach einem Bericht verlangt, Euer Gnaden.«

Thane las den absurden Text erneut. Und dann noch ein viertes und fünftes Mal, um sicherzugehen. Laut Fletchers Notizen war Astrid verlobt gewesen – mit einem gewissen Edmund Cain, diesem feigen Mistkerl von einem Verräter. Die Verlobung war wegen irgendeines Skandals aufgelöst worden, und danach hatten sie und ihre Familie London verlassen.

Thane blinzelte, und seine Gedanken rasten. Hatte sie sich Cain hingegeben? War es deshalb für sie so einfach gewesen, sich ihm im Gegenzug für seinen Schutz anzubiedern? Sich selbst auf eine Ehe mit dem Biest von Beswick einzulassen? Seine Brust zog sich vor Bitterkeit und Wut zusammen. Was hatte sie sonst noch vor ihm verschwiegen? Worüber hatte sie noch gelogen?

O Gott, sie musste ihn für einen verzweifelten Idioten gehalten haben.

Oder nicht?

In der kurzen Zeit, in der er sie kennengelernt hatte, konnte er sagen, dass Astrid viele Geheimnisse hatte, aber sie erschien ihm nicht wie eine Lügnerin. Ein kleiner Anflug von Vernunft überkam ihn, und er erinnerte sich daran, dass sie gesagt hatte, sie wäre wegen schlechten Urteilsvermögens aus der Gesellschaft ausgeschlossen worden. Hatte sie das in Bezug auf Männer gemeint? Thane runzelte die Stirn. Cain war eine Schlange. Ein Verräter und ein Schurke. War er schuld daran, dass sie ihren guten Ruf verloren hatte?

Er zog scharf die Luft ein und zerknüllte die Papiere in seiner zitternden Faust, bevor er Fletcher einen vorwurfsvollen Blick zuwarf. »Haben Sie gewusst, wer sie ist, als sie hier zum ersten Mal aufgetaucht ist? Dass sie mit Cain verlobt war?«

Der Hausdiener hatte wenigstens den Anstand, schuldig zu schauen. »Ja, Herzog. Aber nicht sofort, muss ich zu meiner Verteidigung sagen. Erst als sie wieder gegangen war, erinnerte ich mich an den Namen Everleigh.«

Er blickte ihn böse an. »Und Sie haben nicht in Erwägung gezogen, mich darüber zu informieren?«

»Es war nur eine kurze Verlobung.« Fletcher schüttelte den Kopf. »Nur knapp einen Monat, wegen des Skandals. Ihr Vater hat es persönlich genommen. Cain gehörte zu Leopolds Freundeskreis, wie Sie wissen.«

Dessen war Thane sich bewusst. Sein Vater war der einzige Grund, warum Edmund Cain einen Posten in Thanes Regiment bekommen hatte – als Gefallen für seinen Freund, den Grafen von Beaumont. Der alte Mann hatte nicht einmal mit der Wimper gezuckt, als er entschieden hatte, seinen Neffen in den Krieg zu schicken, obwohl er sein einziger Erbe war. Die meisten Adligen behielten ihre Nachfolger in ihrer Nähe. Vielleicht hatte der Graf auf einen anderen Ausgang gehofft.

»Erklären Sie es mir«, befahl Thane Fletcher, weil er trotzdem neugierig war. Nicht, dass ihn die aristokratischen Machenschaften seines Vaters interessiert hätten, während er im Krieg um sein Leben gekämpft hatte. Er hasste die Intrigen der Aristokratie.

Aber es ging hier um Astrid …

Fletcher zögerte mit schmerzverzerrtem Gesicht. »Cain machte einen Rückzieher und behauptete, dass sie Liebhaber gehabt hätte.«

Sein Magen verkrampfte sich. Er wusste besser als jeder andere, was für ein schmieriger Bastard Edmund Cain war. »Gab es Beweise?«

Der Hausdiener zuckte mit den Schultern. »Selbst wenn es keine gegeben hätte, Sie wissen selbst, wie es mit den Gerüchten so ist. Und Sie wissen so gut wie ich, dass Seine Gnaden – Gott hab ihn selig – Skandale nicht gemocht hat. In Anbetracht seiner Freundschaft mit dem Grafen damals hat er sie und ihre Familie am schlimmsten verurteilt. Den Schein zu wahren, war sein einziges Ziel.«

O ja, das wusste Thane nur allzu gut. Es war der Grund gewesen, warum er dem Ruf des Hauptmanns gefolgt war und seine Unabhängigkeit vom strengen Vater gesucht hatte. Leopold war der Vorzeigesohn gewesen. Er war sein ganzes Leben lang zum perfekten Erbfolger erzogen worden. Aber jeder Schritt, den Thane unternommen hatte, hatte das Ziel gehabt, seinen Vater zu provozieren und den Namen der Familie Harte in den Dreck zu ziehen.

Doch wie sich herausgestellt hatte, hatte das Schicksal einen seltsamen Sinn für Humor bewiesen, und er war nun der Herzog. Dasselbe Leben, das er so verachtet hatte, war inzwischen zu seiner Verantwortung geworden. Thane war jetzt für das Herzogtum und dafür verantwortlich, den Titel und die gesamten Ländereien an seine Nachfahren weiterzugeben. An seine Erben.

Aus irgendeinem Grund dachte Thane an Astrids feingliedrige, wunderschöne Finger. Er stellte sich vor, wie diese zarten Finger über seine aufgerissene Haut fuhren – nicht aus angewiderter Neugier, sondern aus Verlangen. Seine Brust zog sich zusammen, und andere Körperteile reagierten noch intensiver. Selbst wenn sie mit anderen zusammen gewesen wäre – inklusive Cain –, hätte er sie immer noch gewollt. Er hasste sich fast dafür.

Thane seufzte und schaute auf die Blätter.

»Wo ist Lady Astrid gerade?«, fragte er.

»Im privaten Studierzimmer Eures Vaters, Euer Gnaden«, antwortete Fletcher. »Gegenüber den herzoglichen Gemächern.«

Vier Jahre war er nun schon Herzog, aber Thane erinnerte sich nicht daran, dass es hier ein Studierzimmer gegeben hätte. Doch er schlief auch nur im Schlafzimmer und badete im Badezimmer. Der Rest blieb von ihm unberührt. Das Personal leistete gute Arbeit und hielt die Räume sauber. Thane hatte allerdings kein Interesse daran, eines dieser Zimmer zu betreten. Sie erinnerten ihn bloß daran, wer er war – und wie unpassend er für die Position eines Herzogs war.

Fletcher zögerte. »Sie werden ihr doch keine Szene machen, oder? Unabhängig von ihrem Familiennamen oder alten Gerüchten leistet sie hier gute Arbeit beim Katalogisieren der Antiquitäten Ihres Vaters.« Er hielt inne und wischte einen imaginären Staubfleck vom Schreibtisch. »Und es ist eine wahre Freude, sie und Lady Isobel hier in Beswick Park zu haben.«

»Sie werden mich sicher besser kennen, Fletcher«, knurrte Thane und lehnte sich in seinem Stuhl zurück.

»Das ist es ja. Das tue ich. Sie werden sie davonjagen – und was dann?«

Thane unterdrückte seine Verwunderung über den mangelnden Respekt seines Hausdieners. Stattdessen warf er Fletcher einen langen, bedrohlichen Blick zu. Dieser Blick hatte schon hartgesottene Generäle auf dem Schlachtfeld vor Angst bibbern lassen, aber der Mann zuckte weder zusammen, noch eilte er davon.

»Falls Sie mich einschüchtern wollen, dann verschwenden Sie Ihre Zeit«, sagte Fletcher.

»Ich bezahle Sie dafür, sich von mir einschüchtern zu lassen.«

Sein Hausdiener zog die Augenbrauen hoch. »Na gut. Dann stellen Sie sich vor, dass ich mir vor Angst in die Hose mache, wenn Ihnen das lieber ist.«

Thane musste kurz ungläubig auflachen und schüttelte den Kopf. Seit wann hatte Fletcher so eine große Klappe? Verdammt nochmal, Astrids Aufsässigkeit und ihr Ungehorsam schienen ansteckend zu sein. Bald würde sein gesamter Haushalt infiziert sein … wenn das nicht schon der Fall war.

Er seufzte und sah sich den Rest des Berichts an, den Fletcher ihm gebracht hatte. Ihr Hunger nach Wissen war nicht erfunden gewesen. Ihr Vater hatte ihr eine ausführliche Bildung zukommen lassen, die der glich, die er in Eton und Oxford genossen hatte. Sie hatte Lehrer in Mathematik, Naturwissenschaft, Geschichte, Sprachen und Anthropologie gehabt. Und sie war eine leidenschaftliche Leserin.

Sie war wirklich fünfundzwanzig. Ihr Geburtstag war in vier Monaten … der Tag, an dem sie rechtmäßig an ihr Erbe herankommen würde. Der Tag, an dem sie seine Hilfe nicht mehr länger brauchen würde. Nicht, dass er ihr seine Hilfe überhaupt angeboten hätte. Irgendwie hatte sie es geschafft, sich in seinen Haushalt und in seine Gedanken zu schleichen. Doch nun wusste er nicht mehr, was er denken sollte.

Vor allem über ihre Verlobung mit einem Mann wie Edmund Cain.

In dem kleinen, aber eleganten Studierzimmer blies sich Astrid eine Strähne aus den Augen und warf einen Blick auf das ordentlich vorbereitete Kanzleipapier. Ihre Finger waren mit Tinte befleckt, und sie war sich sicher, dass sie es auch geschafft hatte, Tinte auf ihr Kleid zu tropfen. Sie hatte schon Seiten über Seiten mit Notizen beschrieben, aber zum Glück war der ehemalige Herzog in seinen eigenen Transkripten sehr penibel gewesen. Sie hatte mehrere gebundene Protokolle im Schreibtisch gefunden, in denen die Zahlen zum Kauf der Antiquitäten festgehalten worden waren. Das hatte ihr bei ihren Mühen, den Wert und das Alter der Dinge zu bestimmen, sehr geholfen.

Sie rieb sich die Augen und gähnte. Sie hatte das Mittagessen ausgelassen und nur auf einem Stück kalten Toast vom Frühstück rumgekaut, und jetzt knurrte ihr Magen. Zumindest hatte sie wirklich Fortschritte gemacht. Es war eine mühsame Arbeit, doch die Ergebnisse waren es wert. Sie und Isobel waren in Sicherheit. Astrid wusste allerdings nicht, wie lange dieser Zustand anhalten würde. Sie wagte es nicht, ins Dorf zu fahren oder auch bloß einen Fuß auf die Ländereien der Everleighs zu setzen. Jemand könnte sie bemerken oder – schlimmer noch – erkennen. Im besten Fall galten sie und Isobel als untergetaucht, was bedeutete, dass sie gefunden und ihrem Besitzer zurückgebracht werden könnten.

Es machte Astrid unglaublich wütend, dass Frauen wie Eigentum bewertet wurden, nur um verheiratet und behandelt zu werden wie ein Verkaufsvorgang. Genau wie die Sammlerstücke, die sie gerade katalogisierte. Der Londoner Heiratsmarkt war nicht mehr als ein verherrlichter Auktionssaal, wo die besten Gegenstände ausgestellt und von wohlhabenden, adligen Männern erworben wurden. Frauen gingen dort wie Vieh von ihren Vätern in den Besitz ihrer neuen Eigentümer über.

Astrid seufzte. Sie hatte die Ehe nach dem Skandal jahrelang vermieden, aber es bestand kein Zweifel daran, dass sie ihr einen gewissen Schutz bieten würde. Mit einem Mann wie Beaumont verheiratet zu sein, war jedoch eine andere Form der Hölle.

Und eine Ehe mit Thane …

O Gott, sie musste aufhören, ihn in Gedanken bei seinem Vornamen zu nennen, den sie von seiner Tante erfahren hatte.

Bei ihrem Glück würde sie ihn vor ihm laut aussprechen und es nicht mehr rückgängig machen können. Beim Gedanken an den Herzog verspürte Astrid gemischte Gefühle – teils Verärgerung, teils Faszination. Man konnte ihn keinesfalls als gut aussehend beschreiben, aber Teile von ihm waren allein betrachtet wunderschön. Seine Augen zum Beispiel, wenn sie amüsiert aufblitzten. Oder sein Mund, wenn er einmal nachsichtig war – was nicht oft vorkam. Astrid fragte sich, wie sich diese vollen Lippen, die so im Gegensatz zum Rest seines Körpers standen, auf ihren anfühlen würden.

Warm. Lebendig. Sündhaft süß.

Sie schüttelte sich selbst vor Lachen. Sie war ein hoffnungsloses Klischee – träumte davon, den Lord des Hauses zu küssen. Sie täte besser daran, Lord Byron von sich zu geben oder von Jane Austen zu schwärmen. Astrid war so beschäftigt gewesen, dass sie noch keine Gelegenheit gehabt hatte, die Bibliothek anständig unter die Lupe zu nehmen. Und die Bibliothek in Beswick Park war sehr außergewöhnlich, wie sie festgestellt hatte.

Wenn sie an ihre eigenen Bücher dachte, die sie im Haus ihres Onkels zurückgelassen hatte, wurde sie geknickt. Sie hatte nur ein paar ihrer Lieblingsbücher einpacken können – darunter ihre eigenen Kopien von *Das Verlorene Paradies* und Homers *Odyssee*; einige Shakespeare-Stücke, die Geschenke von ihrem Vater gewesen waren; Gedichte von Lord Byron und Keats sowie ein paar lehrreiche Aufsätze über Naturwissenschaften und Bildung von Locke und Rousseau, die sie nicht hatte zurücklassen können.

Müde seufzend lehnte sich Astrid im Stuhl zurück und ließ ihren Blick durch das Studierzimmer schweifen. Es war eine Enttäuschung gewesen, dass die Buchhüllen aus Glas nur Antiquitäten und keine Bücher beinhalteten. Aber vielleicht war das besser so – sie konnte keine Ablenkung gebrauchen … oder irgendeinen Grund, aus dem der Herzog annehmen könnte, dass sie nicht bei der Arbeit wäre.

Astrid hatte sich selbst davon abgehalten, ihre Erkundung weiterzuführen, als Fletcher sie in das winzige Studierzimmer gebracht hatte und ihr klar geworden war, dass es an die privaten herzoglichen Gemächer angrenzte – wo sie den jetzigen Herzog nackt gesehen hatte.

Verdammt nochmal. Sie hatte sich geschworen, damit aufzuhören, diese zwei Wörter im Zusammenhang zu benutzen. Herzog und nackt. Nackter Herzog.

Nackter Herzog, nackter Herzog, nackter Herzog.

O Gott, sie war so müde, dass selbst ihr Gehirn bloß noch dumme Gedanken fassen konnte.

Astrid rieb sich die Augen und kicherte leise. Dann schob sie den Stuhl zurück und erhob sich. Ihre Gliedmaßen protestierten gegen diese Bewegung. Sie rieb sich die steifen Schultern und zuckte zusammen, als ihr Magen ein Geräusch von sich gab, das sich wie ein Brüllen anhörte. Eine Pause und etwas zu essen wären schon in Ordnung. Sie würde runter in die Küche gehen und nachsehen, ob der Koch ihr etwas aufgehoben hatte.

Nicht lange, nachdem sie ziellos durch mehrere identische, schmale, holzgetäfelte Korridore mit dicken Teppichen entlanggelaufen war, erkannte Astrid, dass sie sich verlaufen hatte. Schon wieder. Dieser Ort war ein wahres Labyrinth. Und wie immer war keine Magd oder kein Lakai in Sicht, um zu helfen. Sie hielt inne und blickte einen weiteren Korridor entlang, bevor sie an eine breite Treppe gelangte, die ihr bekannt vorkam.

Gerade als sie laut um Hilfe rufen wollte – es musste doch irgendwo ein Lakai sein –, hörte sie leise Stimmen und machte sich erleichtert in deren Richtung auf. Aber als sie näher kam, erkannte sie die Stimmen. Die eine gehörte Fletcher, die andere Beswick. Und sie kamen aus einem nahe gelegenen Zimmer.

Aus irgendeinem unerfindlichen Grund begann Astrids Herz schneller zu schlagen. Sie hatte keine Ahnung, warum der Herzog von Beswick so eine Wirkung auf sie hatte. Er war nur ein Mann. Nein, nicht nur ein Mann ... ein regelrechtes Ungeheuer von einem Mann, der seine Angestellten terrorisierte und jeden um ihn herum zu Tode erschreckte.

Sie sollte von ihm nicht fasziniert sein. Im selben Atemzug beschloss sie, dass es keine Faszination war. Er war wie ein Splitter in ihrem Daumen. Eher ein Ärgernis.

Als sie sich dem Zimmer näherte, wurden ihre Schritte von dem dicken Teppich verschluckt. Astrid wollte sich gerade bemerkbar machen, als sie ihren eigenen Namen aus dem Mund des Herzogs hörte und erstarrte.

»Kommen Sie schon, Fletcher. Lady Astrid ist keine Jungfrau in Nöten.«

Sie zögerte einen Moment und war hin- und hergerissen zwischen dem Verlangen, zu lauschen, und dem, sich angemessen zu verhalten und auf sich aufmerksam zu machen. Aber am Ende siegte die Neugier – und der Ärger über seinen herablassenden Tonfall – über den Anstand.

Sie ging noch ein bisschen näher heran und hörte die Stimme des Herzogs jetzt deutlich.

»Sie war mit einer Schlange von einem Mann verlobt, verdammt nochmal.«

Er schnaubte verächtlich, und dieses Geräusch zusammen mit seinen hitzigen Worten war wie ein Dolchstoß in Astrids Rippen. O nein, er wusste es. Sie presste sich eine Faust an den Mund. Aus irgendeinem Grund klang es so, als wäre er verärgerter über ihre Verlobung als über die Gerüchte oder das Dekret seines Vaters über die Unangemessenheit der Everleighs. Aber dann wiederum schien alles, was sie tat, ihn aufzuregen.

»Vor vielen Jahren«, hörte sie Fletcher antworten. »Geben Sie es zu: Sie haben Angst, weil Sie sich zu ihr hingezogen fühlen, und jetzt haben Sie einen schwachsinnigen Grund gefunden, dieses Gefühl zu verhindern.«

Astrid hielt den Atem an, und ihr Puls ging gefährlich schnell.

»Hingezogen zu dieser Kratzbürste? Wohl kaum. Sie ist noch anstrengender, als ich es bin.«

»Ihre Reaktionen auf sie erzählen etwas anderes«, entgegnete Fletcher schnippisch.

Der Herzog schnaubte. »Was wollen Sie? Sie macht mich wütend, ist ein Ärgernis und ein unerträglicher Besserwisser. Ich reagiere auf sie wie auf jeden anderen auch.«

»Ja, aber Sie sehen sie nicht an wie jeden anderen auch, habe ich recht?«

Einen Moment lang herrschte Schweigen, und Astrid stieß zitternd die Luft aus. Als der Herzog wieder sprach, war seine Stimme eiskalt.

»Noch einmal, Fletcher, Sie haben bewiesen, dass Ihre nervtötende und unaufgeforderte Meinung vollkommen falsch ist.«

Fletcher antwortete schnell und vergnügt: »Euer Gnaden scheint mir zu viel zu protestieren. Sie sind in einer Art Schockstarre, ganz einfach.«

Thane lachte ohne jegliche Freude in seinem Tonfall auf, und wieder schnitten seine Worte wie heiße Klingen durch Astrids Körper. »Wenn Sie denken, dass ich vor irgendjemandem Angst habe, Mann oder Frau, dann sind Sie vollkommen verrückt. Sie ist die Letzte, die ich in ganz England als Lady von Beswick auswählen würde, selbst wenn ich auf der Suche nach einer Ehefrau wäre, was ich aber nicht bin. Also hören Sie auf, sich einzumischen, bevor ich mein Versprechen wahrmache und Sie diesmal wirklich rausschmeiße.«

»Na schön, Euer Gnaden. Aber Sie liegen falsch, was sie angeht.«

Astrid wurde bei den verteidigenden Worten des Hausdieners ganz warm ums Herz, obwohl die brutalen Worte des Herzogs mehr als genug getan hatten, um ihren Stolz zu verletzen.

»Bezahle ich Sie dafür, mir zu widersprechen, Fletcher? Oder ist das ein weiterer Ihrer großzügigen Tipps?«

»Der Ratschlag ist umsonst. Aber es liegt an Ihnen, ob Sie ihn befolgen oder nicht.«

»Dann lassen Sie es mich in einfachen Worten ausdrücken«, hörte sie Beswick mit grimmiger Stimme fortfahren. »Jeglicher Ratschlag in Bezug auf die Lady ist ungebeten und unwillkommen. Ich bin nicht so verzweifelt, mich in eine Ehe zu stürzen. Ich mag Angst haben, aber ich bin ein Herzog, verdammt nochmal.« Der Klang einer großen Faust gegen Holz ließ Astrid zusammenfahren. »Nein. Ich werde sie nie und nimmer heiraten – oder irgendeine andere Frau.«

Der Kloß in ihrem Hals wurde immer größer und drohte, Astrid zu ersticken. Seine herzlosen Worte fühlten sich wie Blei auf ihren Schultern an und rissen sie gnadenlos auseinander. Sie hatte sie sich so sehr zu Herzen gehen lassen, dass sie den brutalen, hässlichen Stich jedes einzelnen Wortes verspürte.

Großer Gott, sie konnte nicht glauben, dass sie vor noch nicht einmal zehn Minuten von ihm phantasiert hatte! Der Herzog war nicht irgendeine tragische, romantische Figur, die in einem dämlichen Märchen gerettet werden musste, sondern der kalte, brutale Bösewicht … das gefühllose Monster, innen und außen, das jeden davonjagte.

Das Geräusch eines über den Boden geschobenen Stuhls und schwere Schritte ließen Astrids taube Gliedmaßen aufschrecken. Als sie sich umdrehte, um in ihr Zimmer zu fliehen, brannten Tränen in ihren Augen. Mittlerweile hätte sie über den Schmerz hinweg sein sollen. Aber nein, es wurde nie leichter. Der Schatten des Skandals würde ihr immer anhaften. In den Augen der Gesellschaft war sie ruiniert. Wertlos.

Und nun anscheinend auch in Beswicks Augen.

In der Geborgenheit ihres Zimmers drückte Astrid sich gegen die Schlafzimmertür und versuchte, sich zu beruhigen. Schwer aus- und einatmend versuchte sie, den kühlen Pragmatismus wiederzufinden, der in den ersten paar Jahren nach dem Skandal ihr Schutzschild gewesen war. Er hatte sie nie im Stich gelassen und würde es auch jetzt nicht tun. Sie würde fortbestehen. Sie hatte eine Aufgabe, und zwar, ihre Schwester in Sicherheit zu bringen.

Beswick war ein Herzog, ja, aber er war auch nur ein Mann. Außerdem wusste sie nun, dass er nicht immun gegen sie war. Seine gemeinen Worte mochten verletzend sein, doch er sah sie wirklich anders an. Sie hatte schon genug begierige Blicke vom anderen Geschlecht aufgefangen, um zu wissen, was diese bedeuteten.

Er wollte sie.

Und wenn die Ehe mit einem Adligen das Einzige war, was Isobel vollkommen schützen würde, dann würde Astrid tun, was dafür getan werden müsste.

Selbst wenn das bedeutete, ein Biest zu verführen.

Kapitel Acht

Beim nächsten Abendessen verlor Thane beinahe den Verstand und seine ganzen Moralvorstellungen, als ihm das Schicksal einen Engel mit der Seele einer Sirene schickte, um ihn zum Narren zu halten.

In dem Moment, in dem Astrid angekündigt wurde, stockte ihm der Atem und all seine sexuell ausgedörrten Nervenenden standen in Flammen. Ihr Gewand war schlicht – ein elfenbeinfarbenes Seidenkleid mit einem hellen Spitzenumhang –, aber es klebte an jeder ihrer weiblichen Kurven. Kurven, die er schon an diesem ersten Tag unter seinen Händen gefühlt hatte – eine schlanke Taille, ausgestellte Hüften. Kurven, die seitdem unter vielen Schichten von einfachem, praktischem Stoff verhüllt gewesen waren. Die Lagen aus transparentem Chiffon und Spitze hätten Kanonenkugeln für all die Zerstörung sein können, die sie über ihn gebracht hatten.

Als er das Kleid erst einmal verarbeitet hatte, gab es andere Hinweise, die schwerer zu ignorieren waren. Ein Blick hier, ein weiterer da. Eine bissige Antwort, ein heimliches Lächeln. Leises, heiseres Lachen. Und dann war da die Art, wie sie ihn ansah. Seit dem ersten Tag war sie seinen Blicken nie ausgewichen, doch das war anders. Er hatte schon fast vergessen, wie es sich anfühlte, wenn eine Frau ihn ansah. Begierig und irgendwie verlangend.

Was für ein Spiel spielte sie hier? Denn es musste ein Spiel sein. Astrid war noch nie so direkt gewesen.

Die Absurdität daran – zu denken, dass sie ihn begehren würde – machte ihn nervös. Sie brachte ihn aus dem Gleichgewicht. Während des gesamten ersten Gangs ließ sie ihn schimpfen und knurren wie das unzivilisierte Ungeheuer, für das ihn jeder hielt. Sogar Tante Mabel war angewidert. Gleich zu Beginn hatte sie ihn gemaßregelt, aber sein harter Blick hatte sie komplett zum Schweigen gebracht.

Astrid hatte seine jähzornige Laune mit erstaunlicher Anmut hervorgerufen. Ab und zu bildete sich mal eine kleine Falte zwischen ihren Augenbrauen, aber meistens lächelte sie und redete und fuchtelte jedes Mal dabei mit ihren eleganten Händen herum. Sie reizte ihn mit allem, was er nicht haben konnte. Und verdammt, er wollte alles. Diese Hände, ihren Mund, den Körper unter dieser unanständigen Seide. Das endlose, qualvolle Verlangen in seiner Hose war Beweis dafür.

Ein weiterer Grund für seine immer schlechter werdende Laune.

Dachte sie wirklich, er wäre so verachtenswert und verzweifelt, dass er dankbar wäre für ihre Aufmerksamkeit? Für ihr unverfrorenes Angebot? Ihr arrogantes sexuelles Anbiedern zusammen mit der Annahme, dass er nicht selbst eine Frau für sich finden könnte?

Nicht, dass er eine Frau gewollt hätte, aber trotzdem …

Thane knirschte mit den Zähnen, als sie ihm ein heimliches Lächeln zuwarf, sich auf die Unterlippe biss und sittsam die Lider senkte. Sein Verstand kochte vor Wut, doch unter dem Tisch machten Teile seiner Anatomie Luftsprünge vor Vorfreude. Verdammt, sogar sein Verstand und sein Körper befanden sich im Krieg.

Die Konversation hatte in der letzten Viertelstunde nur noch aus verbalen Grundlauten bestanden. Isobel hatte nach der Hälfte des Essens das Zimmer verlassen und vorgegeben, Bauchschmerzen zu haben. Seine Tante war nach dem letzten Gang geflohen und hatte Astrid noch einen mitleidigen Blick zugeworfen. Ihn hatte sie erneut tadelnd angesehen, aber zu diesem Zeitpunkt war er bereits unrettbar verloren gewesen.

Falls ein gefallener Engel zu ihm gekommen war, um ihn zu verführen … er hatte Erfolg gehabt.

Er leerte sein Glas, als die Dienstboten die Teller abräumten und den Nachtisch brachten. Zumindest nahm der Wein etwas von der

Mischung aus Lust, Elend und Bitterkeit, die ihn im Moment durchzog. Das Objekt seiner beachtlichen Frustration lächelte einen der Lakaien an und winkte sein Angebot eines Nachtisches ab.

»Nein danke, Conrad. Ich kriege einfach keinen Bissen mehr runter.«

»Natürlich, Mylady.«

Wer zum Teufel war Conrad? Thane kniff die Augen zusammen, als der Mann sie bewundernd ansah. War das der Name des Lakaien? Abgesehen von Fletcher und Culbert kamen und gingen die Diener in Beswick Park. Thane stellte sie wegen ihrer Diskretion ein, für nichts weiter. Und ganz bestimmt machte er sich nicht die Mühe, sich ihre Namen zu merken. Und schon gar nicht stellte er sie dafür ein, dass sie seinen Gästen bewundernde Blicke zuwarfen.

»Sind Sie damit fertig, mit den Dienstboten zu schäkern?«, raunte er sie an.

Astrid warf ihm einen kühlen Blick zu. »Habe ich das getan? Ich dachte, ich war nur höflich und wohlerzogen?«

»Sie haben den Mann zum Erröten gebracht.«

»Na, dann kann ich mir zumindest selbst dazu gratulieren, dass ich einigermaßen erfolgreich gewesen bin«, sagte sie mit neckischer Stimme, die ihm direkt zwischen die Beine ging. »Ich bin nämlich nicht gerade gut im Schäkern, wissen Sie?«

Eifersucht durchfuhr ihn wie ein Blitz, und er zog scharf die Luft ein. Grundgütiger, war es möglich, dass er auf einen Lakaien eifersüchtig war? Thane schickte die verbliebenen Dienstboten mit einem zornigen Befehl davon. Er bemerkte, dass Astrid ihren Abgang mit einem scheinbar erleichterten Blick verfolgte, konnte aber nicht sagen, ob die Erleichterung ihm oder ihr galt. Oder vielleicht dem armen, kleinlauten Conrad. Thanes Wut legte sich etwas, als er sich ein weiteres Glas bis zum Rand mit Wein einschenkte.

»Stimmt etwas nicht, Euer Gnaden?«, fragte sie und blickte ihm direkt in die Augen, sobald sie alleine waren. »Sie scheinen … verärgert zu sein.«

»Mir geht es gut.« Seine Antwort klang wie ein bissiges Knurren. Seine Laune verschlechterte sich noch mehr, als sein Blick auf den eleganten Spitzenumhang über ihrem Mieder und den weichen, erröteten Ausschnitt, der sich darüber erhob, fiel. Hatte Conrad ihre errötete Haut bemerkt? Hatte sie gewollt, dass er es bemerkte? Hatte sie den Mann deshalb ermutigt? Thane war plötzlich unglaublich streitsüchtig, und er wusste nicht, warum.

Obwohl all seine Instinkte ihn davor warnten, den Mund zu öffnen, tat er es trotzdem. »Das ist eine untypische Kleiderwahl für Sie.«

»Warum? Weil ich eine alte Jungfer bin? Weil ich in den Augen der Gesellschaft befleckt bin?« Sie hob ihre schmalen Augenbrauen und nahm ihm den Wind aus den Segeln. »Oder weil ich kein errötendes, dummes Fräulein bin? Sagen Sie es mir, Euer Gnaden, was genau beleidigt Ihre empfindlichen Sinne?« Astrid wartete nicht auf eine Antwort. »Vielleicht habe ich weiß gewählt, weil es mir gefällt. Es ist das Privileg einer Frau, zu tragen, was ihr gefällt, wenn Sie verstehen, was ich meine. Ihre Garderobe ist eines der wenigen Dinge, über die sie die Kontrolle hat.«

»Und wie wäre es mit einem Ehemann? Hätte er da ein Wörtchen mitzureden?«

Sie legte den Kopf schief. »Ich denke, ja. Obwohl ich unverheiratet bin, wie Sie wissen. Ich genieße meine Freiheiten, wo immer möglich, Euer Gnaden.«

Ihre frühere Verlobung mit Edmund Cain schoss ihm wieder in den Kopf, und eine frische Woge der Eifersucht überschwemmte ihn. Der Mann musste nach England zurückgekehrt sein, nachdem er seine Männer zum Sterben zurückgelassen hatte, nur um sich eine Braut zu suchen. Hatte er sie berührt? Hatte er diesen vorlauten, frechen Mund geküsst? Die sündigen Geheimnisse unter diesen Lagen sittsamer weißer Seide erkundet? Er kochte vor Wut.

»Rot wäre eine bessere Wahl gewesen«, knurrte Thane und dachte an das, was er in Fletchers Bericht gelesen hatte. »Für eine gefallene Frau.«

Ein kurzer Anflug von Verletzlichkeit huschte über ihr Gesicht, war jedoch schnell wieder verflogen. »Gefallen, aber nicht tot. Ich bin immer noch hier, Euer Gnaden, mit all meinen angeblichen Sünden, die ich begangen haben soll. Meinen Sie, Sie können mich aufgrund einer einfachen Farbe dafür verurteilen?«

Sofort fühlte er sich schuldig.

Sie hatte natürlich recht. Die Leute verurteilten ihn aufgrund dessen, was sie sahen. Und sie verurteilten sie aufgrund dessen, was sie dachten, das sie getan hätte. Astrid war der Auslöser eines Skandals gewesen, ja, das hatte sie auch zugegeben. Aber ob die Anschuldigungen wahr oder falsch waren – wer war er, sie dafür zu verurteilen? Nein, seine Reaktionen gründeten auf etwas anderem, etwas, über das er nicht weiter nachdenken wollte, weil es sich zu sehr wie Eifersucht anfühlte.

Thane atmete aus. »Ich nehme an, man sollte nicht mit Steinen werfen, wenn man gerade in einem Glashaus zu Abend isst.«

»Außer natürlich, man zerbricht gern Dinge.«

Das war eine Anspielung auf seine Vorliebe, das Porzellan seines Vaters zu zerschmeißen, und er grinste, ehe er sich davon abhalten konnte. »So ist es. Es ist ziemlich befreiend. Sie sollten es auch einmal versuchen.«

»Wie Sie selbst einmal gesagt haben, Euer Gnaden, bevor das passiert, müssen erst Schweine mit den Schwänzen voraus fliegen können.« Astrid lachte melodisch auf, schüttelte den Kopf und verdrehte die Augen. Thane konnte nicht anders, als ebenfalls zu kichern.

Das hatte er gesagt, als sie sich zum ersten Mal getroffen hatten, und plötzlich schämte sich Thane für sein Verhalten. Ein besserer Mann hätte sich entschuldigt, aber er war kein Gentleman – nicht mehr. Auch wenn sie ihn aus irgendeinem Grund dazu brachte, sich zu wünschen, wieder einer zu sein.

Er schob seinen Stuhl zurück und ging auf die geöffneten Terrassentüren zu. »Kommen Sie«, sagte er grimmig. »Ich möchte Ihnen etwas zeigen.«

Einen Augenblick lang sah Astrid unsicher aus, aber dann nickte sie kurz und folgte ihm schweigend auf die Terrasse.

»Wohin gehen wir?«, fragte sie, nachdem sie durch die dunklen Gärten und an einigen gut beleuchteten Zierbauten vorbeigegangen waren.

Aber sie wurde still, als das große Glasgebäude – ihr Ziel – in Sicht kam. Das flackernde Licht der Laternen darin ließ die Glasscheiben wie Feuer auflodern, und er hörte, wie sie vor Bewunderung nach Luft schnappte. Thane drückte die schweren Türen auf, und eine warme Luftbrise und der Duft von Orangenblüten umgaben sie.

»Herrlich. Was ist das für ein Ort?«, fragte sie überwältigt.

»Mein Gewächshaus. Ich habe es gebaut.«

Ihr blieb der Mund offen stehen. »Sie haben das gebaut?«

»Ja.«

Im Innern des Glasgebäudes standen üppige Orangenbäume mit Blüten und Früchten in der Mitte, und der einzigartige Duft war betörend. Bunte Sträucher und Pflanzen standen um die Bäume herum, und ein Steinweg führte durch sie hindurch. Skurrile Wasserformationen säumten den kurvigen Pfad. Blumen in allen Farben wuchsen in den Ecken und kletterten die kunstvollen Spaliere hinauf, die an den Glaswänden befestigt waren.

Das war seine Einöde. Sein Zufluchtsort. Während er im Krieg und später auf dem Kontinent gewesen war, hatte Thane eigentlich erwartet, dass er das Gewächshaus, das damals noch in den Anfangsplänen steckte, bei seiner Rückkehr verfallen und verwahrlost vorfinden würde. Aber weder Fletcher noch Culbert hatten das zugelassen. Als er wiederkehrte, baute er es zu Ende.

»O Thane, das ist unglaublich«, sagte Astrid mit angehaltener Luft, während ihr Blick immer weiter nach oben wanderte und dem Weg der Pflanzenreben bis ganz nach oben folgte. »Es ist, als wären wir in einer anderen Welt.«

Bei dem Klang seines Vornamens aus ihrem Mund erschrak er, doch ihrem gefesselten Gesichtsausdruck zu entnehmen, war ihr gar nicht aufgefallen, dass sie ihn benutzt hatte. Sofort hatte er das Verlangen, seinen Namen wieder von ihren Lippen zu hören. Astrid hatte die Augen vor Bewunderung weit aufgerissen, und das weckte in ihm das Bedürfnis, ihr noch mehr zu geben. Er wollte, dass sie ihn mit solcher Sanftheit und Bewunderung in den Augen ansah. Er wollte ihr alles geben.

Und dieser Gedanke flößte ihm eine Riesenangst ein.

Weil er das nicht konnte.

Angst war ein Teufel mit scharfen Klauen und riesigen Zähnen ... und sie war unnachgiebig.

Hatte er wirklich gedacht, ihr dies hier zu zeigen, würde sie vergessen lassen, wie er aussah? Wer er geworden war? Sie hier hereinzulassen, war nicht irgendein Wunder, das ihn plötzlich in einen besseren Menschen verwandelt hätte. Er war ein Ungeheuer und würde es immer bleiben. Er war jemand, der verschmäht und isoliert wurde. Er hielt die Menschen von sich fern. Das war es, was er machte und wer er war.

Thanes gesamter Körper zog sich zu einem kranken Bündel aus Zorn, Elend und Verbitterung zusammen. Astrid würde ihn nie auf diese Art wollen. Keine Frau würde das. Lady Sarah Bolton, die ihn sein ganzes Leben lang gekannt hatte, hatte ihn voller Abscheu angesehen bei dem Gedanken daran, von ihm berührt zu werden. Sie hatte ihn angestarrt, als wäre er ein Tier, und war vor ihm geflohen. Nein, solch einer Demütigung konnte er sich nie wieder aussetzen. Er drehte sich abrupt um und wollte der Dunkelheit, die ihn überkam, entfliehen. Dabei rannte er in Astrid hinein und brachte sie fast zum Fallen.

Lachend hielt sie sich an seinen Schultern fest, um sich zu stützen, und ihre eleganten Finger landeten wie Kolibris auf dem Stoff seines Mantels. Er hielt den Atem an. Sein Puls ging schneller. Zeit und Vorsatz kamen zu einem qualvollen Stillstand beim Anblick ihrer wunderschönen, *wunderschönen* Hände. Die ihn berührten. Ihn hielten.

»Danke, dass Sie mir das gezeigt haben«, flüsterte sie. »Es ist wunderschön.«

Du bist wunderschön, wollte er sagen.

Er erwartete, dass sie ihn von sich stieß, aber stattdessen hielten ihre Hände ihn fester. Ihr Gesicht war ernst, und sie durchbohrte ihn mit ihrem Blick. Er wollte in der Farbe ihrer Augen versinken. Wenn er ein Poet gewesen wäre, hätte er sie mit der Farbe eines Sees an einem Wintermorgen verglichen, der vom Sonnenschein aus dem hellblauen Himmel erleuchtet wurde. Doch er war kein Poet, war weit davon entfernt. Er war kein Träumer. Seine Träume waren Alpträume, und sie gehörte dort nicht hinein.

Thane stieß gequält die Luft aus und bereitete sich darauf vor, zur Seite zu treten, als sich ihre wunderschönen Lippen leicht öffneten, ihre rosige Zunge herauskam und die Unterlippe benetzte. Völlig hingerissen wirbelten seine Sinne umher, als das Verlangen ihn voll und ganz verschlang, Sachlichkeit und Logik zerbrach und alle Bedenken und Konsequenzen auslöschte. Jegliche Zurückhaltung wurde zerstört. Jegliche Angst ausgelöscht.

Es blieben nur noch Lust, Verlangen und ein unvermeidlicher Ausgang.

Er presste seinen Mund auf ihren.

Die Lippen des Herzogs auf ihren zu spüren, ließ jeden zusammenhängenden Gedanken in Astrids Kopf verschwinden. Was als schlechter Verführungsversuch begonnen hatte, hatte sich während des Abendessens in ein Mienenspiel der Peinlichkeiten verwandelt, aber das hier … das war unerwartet. Er hatte sie hierhergebracht … an einen Ort, der ihm etwas bedeutete. Dieses Gewächshaus war magisch. Genau wie der seltene Einblick in das, was dieser Mann war und vielleicht vor ganz langer Zeit gewesen war – bevor das Schicksal seinen Lauf genommen hatte.

Und jetzt küsste er sie, als wäre sie die Luft, die er zum Atmen brauchte. Als wäre sie das Leben und er würde nur ihretwegen existieren. Sie atmete seinen Geruch ein und genoss die süße Heftigkeit seines Mundes. Sie badete in seiner aufgeheizten Dringlichkeit.

Astrids Hände glitten an seinem Revers hinauf und fassten um seinen Nacken in die seidigen Locken über seinem Kragen. Sie entgegnete seiner Intensität mit ihrer eigenen Wildheit – mit diesem Feuer und dem Kampf, den er immer in ihr zum Vorschein brachte.

»So süß«, stöhnte er in ihren Mund.

Ohne Vorwarnung wurde der Kuss sanfter und seine Berührungen federleicht auf ihren geschwollenen Lippen. Beswicks Mund war warm und seidig weich und so zart, dass sie unter seiner Sanftheit zerfloss. Es war das krasse Gegenteil zu dem begierigen, leidenschaftlichen Kuss von gerade eben, und Astrid konnte sich nicht entscheiden, was ihr besser gefiel.

Er umfasste ihr Kinn mit seinen großen Händen und fuhr mit seinen Lippen über ihre Wangen, ihr Kinn und ihre Augenbrauen. Seine Stimme an ihrem Ohr war ein gequältes Keuchen. »Mein Gott, du bist hinreißend.«

Astrid errötete, aber sein Mund suchte wieder den ihren. Sie stellte sich auf die Zehenspitzen, um ihm entgegenzukommen, und war begierig nach mehr von diesen Gefühlen, die wie ein Fegefeuer in ihr brannten. Als er mit seiner Zunge tief in ihren Mund eindrang, stöhnte sie gegen seinen Mund. Voller Verlangen hielt sie sich an ihm fest, an diesen breiten Schultern, krallte ihre Finger in den Stoff seines Mantels und senkte ihre Lippen auf seine. Sie musste die köstlichen, entarteten Bewegungen seiner Zunge auf ihrer spüren.

Er schmeckte nach Brandy und Gewürzen – und seinem eigenen Geschmack der Sünde.

Sie wollte mehr.

Noch nie hatte sie so intensiv auf den Kuss eines Mannes reagiert – diese Leichtigkeit ihres Magens, das Zittern ihrer Glieder, die flüssige Hitze zwischen ihren Oberschenkeln. Ein Sturm von allem davon toste in ihr.

»Thane«, flüsterte sie.

Mit einem leisen Stöhnen antwortete er auf ihr Flehen, zog sie an sich hoch und gab ihr genau das, was sie wollte. Mehr von ihm. Ihre

Münder trafen sich wieder, jetzt wild und hungrig. Seine Lippen neckten ihre, seine Zunge dominierte ihren Mund mit tiefen, köstlichen Bewegungen. Verlangen durchzuckte sie. Ihre Sinne bebten und zerfielen in Stücke.

Sie war in seinem Universum gefangen, erfüllt von explodierenden Sternen und streifenden Meteoriten, ihrem eigenen Verlangen, das immer größer wurde in seiner Lust. Unzusammenhängende Worte kamen stöhnend aus ihrem Mund, als sie sein Kinn mit ihren Händen umfasste. Ihre Finger berührten schwielige, vernarbte Haut. Sie riss die Augen auf, als sie vor Schock erstarrte, und zog entsetzt die Hände zurück.

Sofort zuckte er zurück, brach den Kuss ab, und seine bernsteinfarbenen Augen glühten wie Zwillingssonnen über den vollen Lippen.

»Thane, ich …«

»Genug«, keuchte er. »Das ist genug.«

Beswick trat mit wildem Blick einen Schritt nach hinten, und Astrid überkam das dringende Bedürfnis, ihn zu beruhigen, wie sie einen misstrauischen, scheuen Brutus beruhigt hätte. Sie sah, wie er sich fast verwundert mit den Knöcheln über die Kurve seiner Oberlippe fuhr, und diese unterbewusste Handlung zog ihr das Herz zusammen. Seine Finger legten sich über die tiefe Narbe, die über seine linke Wange führte, um plötzlich fallen gelassen zu werden. Schmerz, Wut und pures Verlangen wirbelten in diesen wunderschönen Augen umher – aber gleich darauf folgten Bedauern und Scham.

Er hatte gezuckt, weil sie ihn berührt hatte. Hatte sie ihm irgendwie wehgetan?

»Es tut mir leid«, flüsterte Astrid.

»Bemitleide mich nicht.« Die Worte klangen gequält und wütend. Dann verschwand jegliche Spur von Emotionen aus seinem Gesicht. »Ich hätte Sie nicht küssen sollen.«

Sofort verletzt antwortete sie gleichermaßen. »Es war nur ein Kuss, Euer Gnaden.«

Aber schon, als die Worte ihren Mund verlassen hatten, wusste sie, dass sie gelogen waren. Mit einem Mann wie ihm gab es so etwas wie *nur einen Kuss* nicht. Sogar jetzt fühlten sich ihre Lippen immer noch erobert an, als würden sie immer noch ihm gehören – nicht mehr länger ihr. Sie kämpfte gegen den Drang an, sie zu berühren.

Stattdessen blickte sie durch ihre Wimpern zu ihm auf … und hatte einen Kloß im Hals. Beswick sah verbittert aus, und sein wunderschöner Mund war zu einer hässlichen, verformten Fratze verzogen. Sie konnte nicht sagen, ob diese Fratze ihr oder ihm selbst galt. Bei ihm konnte man sich nie sicher sein. Kalt und abweisend in einem Moment, heiß und flehend im nächsten. Seine Launen waren unmöglich zu lesen oder vorherzusehen.

Aber trotzdem war sein Bedauern deutlich.

Astrid unterdrückte den größer werdenden Schmerz in ihrer Brust, drehte sich um und gab vor, die flaumigen Blütenblätter einer gestreiften Orchidee zu betrachten.»Man könnte meinen, Sie sind noch nie zuvor geküsst worden.«

»So wie Sie?«

Die Spannung in der Luft verursachte ihr eine Gänsehaut. Die Augen dieses Jägers durchbohrten sie, etwas Dunkles glühte in ihnen, und Astrid fröstelte. Es gab nichts, wofür sie sich schämen müsste. Man konnte nicht noch tiefer fallen, wenn man bereits ruiniert und mit dem Tiefpunkt vertraut war.

»Ich hatte meine Erfahrungen«, sagte sie leise.

Ihre Erfahrungen konnte sie an einer Hand abzählen – ein oder zwei hastige Küsse mit Beaumont, die ihr die Nackenhaare aufgestellt und einen bitteren Geschmack in ihrer Kehle ausgelöst hatten. Und später noch ein Kuss, lange nach dem Skandal, in einem Moment des leichtsinnigen Trotzes mit einem Fremden, bei dem sie nichts als Gleichgültigkeit empfunden hatte. Nicht, dass sie ihm das erzählen musste. Sollte er doch denken, was er wollte.

Das taten alle anderen ja auch.

Kapitel Neun

Astrid zog sich das Kissen über den Kopf und schrie. Alle Nervenenden ihres Körpers, vor allem die zwischen ihren Beinen, standen in Flammen. Zum dritten Mal in Folge war sie von einem der erotischsten Träume heimgesucht worden, die sie je in ihrem Leben gehabt hatte. Darin war ein Herzog mit einer seidenweichen Zunge und ohne Klamotten vorgekommen.

Obwohl sie wusste, dass er es bereute, sie geküsst zu haben – sie hatten sich kurz darauf in unangenehmem Schweigen getrennt, und seitdem hatte er sie gemieden –, wünschte sich Astrid, dasselbe von sich behaupten zu können. Aber allein die Erinnerung an seine Lippen, seinen Geruch, seinen Geschmack rief ein pulsierendes Verlangen in ihr hervor. Bedauern war leider das Letzte, was sie verspürte.

In ihren Träumen war Beswick ein begieriger Liebhaber, dessen heißer, talentierter Mund feuchte Küsse auf ihrem ganzen Körper platzierte – von ihren Lippen über ihre Brüste bis dorthin, wo es am meisten pochte. Im Traum hatte der Herzog hier auch nicht aufgehört.

Nein, der Herzog ihrer Träume hatte auf ihren weiblichen Körperteilen gespielt wie auf einer Geige.

Astrid starrte an die dunkle Zimmerdecke, presste ihre feuchten Oberschenkel aneinander und kicherte und stöhnte gleichermaßen ins Kissen. Mein Gott, war sie schamlos! Obwohl sie in den Belangen der Leidenschaft noch unschuldig war, hatte sie einst mit einem ganz ordentlichen jungen Mann, den sie auf einem Jahrmarkt kennengelernt hatte, versucht, mehr zu erleben. Sie hatte sich damals gesagt, wenn ihr Ruf schon ruiniert war, könnte sie das Verbrechen, dessen sie beschuldigt worden war, genauso gut auch begehen. Aber sie konnte nicht weiter gehen als bis zu einem einzigen Kuss.

Erwartungsgemäß hatte sie es seitdem nie wieder versucht, bis neulich. Mit einem vernarbten, griesgrämigen, gebrochenen Herzog, der überhaupt kein Einfühlungsvermögen hatte.

Astrid schrie wieder ins Kissen und trat einfach so mit den Füßen.

Obwohl sie Beswick schon seit ihrer Begegnung im Gewächshaus nicht mehr gesehen hatte, wofür sie dankbar war, war er nie aus ihren Gedanken verschwunden. Auch nicht aus ihren Träumen, wie es schien. Doch irgendetwas wurde durch die Berührungen des Herzogs in ihr zum Leben erweckt. Etwas Dunkles und Verlangendes, als ob die Bedrohung der Sünde, die den Sturz in Ungnade überschattet hatte, wiederauferstanden wäre.

Astrid trat sich frustriert die Decke vom Leib, ihre feuchte Haut kühlte sich in der Nachtluft ab, und dann erkannte sie, dass sie nicht alleine war. Neben ihr im Bett lag jemand. Sie schrie fast auf vor Schreck, aber dann erinnerte sie sich daran, dass ihre Schwester in der Nacht zu ihr ins Bett gekrochen war, weil sie einen Alptraum gehabt hatte. Astrid bezweifelte allerdings, dass in Isobels Alpträumen ein nackter Herzog vorkam.

»Geht es dir gut?«, murmelte Isobel verschlafen, als Astrid sich aufsetzte und sich auf den Rand der Matratze hievte.

»Ja, Izzy. Schlaf weiter. Es ist noch mitten in der Nacht.«

Durch das obere Fenster war der Mond nach wie vor zu sehen, und die ersten Lichtstrahlen fingen an, den Himmel im Osten zu sprenkeln. Ein Spaziergang oder ein Ausritt kamen nicht infrage. Dazu war es nach wie vor zu dunkel. Vielleicht würde etwas warme Milch helfen. Sie gähnte und streckte sich. Dabei spürte sie, wie ihre immer noch harten Nippel den weichen Stoff ihres Nachtgewandes streiften. Ihr Körper erschauderte von Kopf bis Fuß, und die Erinnerung an die Hände ihres Traumherzogs ließ sie erröten. Ein kaltes Bad wäre sicher die bessere Wahl. Ein eiskaltes Bad in der Arktis vorzugsweise.

»Wohin gehst du?«, flüsterte Isobel, als Astrid mit einem lauten Gähnen aufstand.

»Ich hole mir etwas Milch aus der Küche«, sagte Astrid, zog sich ihren Umhang über und band die Schlaufen um ihre Hüfte.

Das hieß, wenn sie sich nicht hoffnungslos verlief.

Den größten Teil der letzten Tage hatte sie damit verbracht, in Arbeit zu versinken und die labyrinthartigen Korridore der alten Abtei zu erkunden. Es wurde etwas leichter, aber nicht sehr. Mit angehaltenem Atem zählte sie die Gänge, als sie sich leise in Richtung der Dienstbotentreppe und des schmalen Korridors bewegte. Der Schein ihrer Kerze flackerte an den Wänden. Sie wollte nicht darüber nachdenken, was sie und Isobel machen würden, wenn sie erst einmal mit der Inventur fertig war.

Obwohl es ihr Spaß machte, die wertvollen Antiquitäten zu katalogisieren, wusste sie, dass die Arbeit bestenfalls eine vorübergehende Lösung war. Und das auch nur, wenn ihr Onkel sie nicht zuerst entdeckte. Patrick hatte herausgefunden, dass die Everleighs einen Laufburschen angeheuert hatten, um sie zu finden – ohne Zweifel auf die Beharrlichkeit des Grafen von Beaumont hin. Astrid zitterte. Wenn das wahr war, würde es nicht lange dauern, bis sie sie fanden. Jeder der Dienstboten im Everleigh House hätte sie dabei beobachten können, wie sie ihre Koffer gepackt hatten, oder gesehen haben können, in welche Richtung die Kutsche davongefahren war.

Wenn es hart auf hart käme, müssten sie England verlassen. Vielleicht in den Norden nach Schottland fliehen. Sie hatten nicht viel Geld, aber vielleicht könnte sie Beswick davon überzeugen, ihnen etwas zu leihen, bis sie ihr Erbe ausgezahlt bekommen würde. Die Idee war nicht komplett abwegig. Es war klar, dass es ihm nicht an Geld mangelte, wenn er mit den wertvollen Ming-Vasen Cricket spielte.

Wenn er dazu nicht bereit wäre, würde sie eine andere Möglichkeit finden. Nach London fahren und einen mittellosen Lord zum

Ehemann nehmen, wenn sie musste. Und wenn das nicht funktionierte, könnte sie sich Arbeit in einem abgelegenen Dörfchen in Nordengland besorgen. Vielleicht wäre die Chetham's Bibliothek in Manchester nicht abgeneigt, eine Bibliothekarin einzustellen, obwohl Astrid vermutete, dass winzige männliche Gehirne solidarisch miteinander explodieren würden, wenn solch eine Sache ans Licht käme.

Astrid hielt inne und starrte in einen ihr unbekannten Korridor. Wo zum Teufel war die Küche?

O Gott, sie hatte sich schon wieder verirrt. Sie warf einen Blick über ihre Schulter zurück und bemerkte, dass die Wände sich im Kerzenschein in schräge Steinwände verwandelt hatten. Das hatte sie in der Dunkelheit nicht bemerkt. Irgendwo hatte sie eine falsche Abzweigung genommen, aber sie konnte sich nicht daran erinnern, ob sie noch eine Treppe genommen hatte oder immer noch im selben Stockwerk war.

»Besser vorwärts als rückwärts«, murmelte sie zu sich selbst und zuckte zusammen, als das Echo ihrer Stimme von den Wänden widerhallte. Am besten dachte sie nicht über Geister nach, während sie mitten in der Nacht durch eine verlassene Abtei wandelte.

Leicht zitternd eilte sie den breiten Gang entlang und fand sich selbst in einer Galerie wieder, die sie an den Schildern und Wappen erkannte, die die Wände schmückten. Beswicks Familie stammte von Generationen mutiger Wikingerkrieger ab. Sie konnte sich den Herzog leicht vorstellen, wie er von Kopf bis Fuß in Rüstung und Schild gekleidet war und eins dieser Breitschwerter oder eine dieser Äxte über seinem starken Rücken hingen. Seine breiten Schultern hatten sich unter ihren Fingerspitzen kompakt und hart angefühlt vor Muskeln.

Astrid ging langsamer und betrachtete die Porträts seiner Vorfahren in der nächsten Halle. Beswick sah ihnen mit seinem dunklen Haar und den feurigen Augen ähnlich. Sie ging die Galerie entlang, bis sie zu den Familiengemälden kam. Ein blondes Kleinkind in den Armen einer wunderschönen blonden Frau, die neben einem dunkelhaarigen Mann stand, der Ähnlichkeit mit dem jetzigen Herzog hatte. Beswick selbst war auf dem Porträt nirgends zu sehen.

Ein paar Gemälde später entdeckte sie ihn. Auf diesem war der blonde Junge älter, und die Frau auf dem Porträt hatte goldbraunes Haar und einen gewickelten Säugling in ihren Armen. Der Herzog war derselbe, auch wenn sein dunkles Haar an den Ansätzen schon graue Strähnen zeigte. Auf dem nächsten Gemälde waren die Brüder nebeneinander abgebildet. Der Jüngere machte ein trotziges Gesicht, als wäre er überall anders lieber als hier und als würde er es hassen, hier stillzustehen, damit ihn ein Maler unsterblich machte.

Astrid unterdrückte ein Lächeln. Der junge Thane war damals vielleicht zwölf oder dreizehn Jahre alt gewesen, aber ein kantiges Kinn war bereits deutlich zu erkennen gewesen, und in diesen untypischen bernsteinfarbenen Augen hatte schon damals ein Feuer gelodert. Eine Strähne der glänzend braunen Haare hing ihm in die Stirn.

Sie berührte mit der Hand sein jugendliches, unversehrtes Gesicht, und ihre Finger folgten den Rundungen seiner Wange. Er sah natürlich überhaupt nicht aus wie der Mann von heute. Beswick war durch die Hölle gegangen – eine Reise, die mehr als ein Pfund seiner Haut abverlangt und ihre Spuren auf ihm hinterlassen hatte. Er war zwar immer noch am Leben, doch Astrid wusste, dass er mehr als seine gerechte Last zu tragen hatte. Aber sie trauerte auch um den Jungen, der er gewesen war, und um seine verlorene Unschuld.

Das Schicksal konnte grausam sein.

Astrid nahm an, sie war genauso. Nur dass ihre Narben versteckte verknotete Seile im Innern ihres Körpers waren, die das Organ, das momentan in ihrer Brust schlug, fesselten, wohingegen seine außen und sichtbar für alle waren.

Wären die Dinge anders gekommen, wenn Beswick nicht in den Krieg gezogen wäre? Sein Aussehen wäre nicht ruiniert worden, aber wäre er zu einem sanfteren Mann geworden? Sie konnte es sich fast nicht vorstellen. Er hatte viel zu viel Strenge in sich, zu viel innere Dominanz.

Wäre sie denn eine andere Frau geworden, wenn sie Beaumont nicht kennengelernt hätte? Wäre sie mittlerweile glücklich verheiratet und hätte selbst ein oder zwei Kinder? Bevor ihr Ruf ruiniert wurde, waren ihre Herkunft und ihre Mitgift ein gutes Geschäft gewesen. In einer perfekten Welt hätten sie beide glücklich werden können. Aber perfekte Welten existierten nicht. Sie waren beide gebrannte Kinder – metaphorisch und physisch – und bewiesen es.

Astrid ließ die Galerie hinter sich zurück und betrat einen anderen Korridor, den sie sofort wiedererkannte. Es war der Korridor, den sie entlanggestürmt war, als sie den Herzog von Beswick das erste Mal getroffen hatte. Einen sehr nassen, sehr nackten Herzog. Sie spürte, wie sich ein beschämtes Grinsen um ihre Mundwinkel legte – diese bestimmte Wortkombination wollte einfach nicht aus ihrem Vokabular verschwinden.

Obwohl sie jetzt, da sie wusste, wo sie war, leicht den Weg zurück in die Küche gefunden hätte, trugen ihre Füße sie den Gang entlang in Richtung Schwimmbad. Es war unbeleuchtet, und die Luft fühlte sich kühl an ihrer Haut an. Aber es war nicht weniger beeindruckend. Das Wasser sah schwarz aus und reflektierte die Dunkelheit hinter den Rautenfenstern. Zuvor hatte sie noch nicht die Gelegenheit gehabt, die Architektur zu bewundern – sie war zu konzentriert gewesen auf einen nackten, muskulösen Mann –, doch dieser Ort war wahrlich atemberaubend.

Etwa so wie sein Gewächshaus.

Astrid fragte sich, ob er diesen Raum auch selbst entworfen und gebaut hatte. Sie hatte noch nie solche Bäder gesehen, allerdings erinnerte sie sich daran, dass in einigen türkischen und römischen Geschichtsbüchern Skizzen mit ähnlich aussehenden, öffentlichen Badeanstalten abgebildet waren.

Der Gedanke an Beswick, wie er sich in der Mitte des Beckens wie ein Pascha treiben ließ, drängte sich ihr auf.

O Gott, warum war sie denn so besessen von der Nacktheit des Herzogs?

Sie kickte ihre Hausschuhe von den Füßen, ging zum Beckenrand und tauchte einen Zeh ins Wasser. An ihrer plötzlich viel zu heißen Haut fühlte sich das wunderbar kühl an. Sie würde nicht wagen, ganz hineinzugehen, aber die Versuchung war zu groß, um komplett zu widerstehen. Sie legte ihren Umhang in der Nähe ihrer Schuhe ab, setzte sich an den Beckenrand und zog sich ihr Nachthemd bis zu den Knien hoch. Plötzlich blickte sie nervös über ihre Schulter, doch in den schattigen Ecken des Raumes war nichts zu erkennen.

Sie seufzte, als das angenehme Wasser ihre untergetauchten Beine umgab. Es hatte etwas Verruchtes, wie das Wasser sanft gegen ihre nackte Haut schwappte. Der Drang, hineinzugehen, wuchs, aber es war nicht nur eine Frage des Mutes, es war auch eine Frage der Logik. Sie hatte keine Ahnung, wo die Dienstboten die Handtücher aufbewahrten, und sie wusste auch nicht, ob sie zurückfinden würde, ohne überall im Haus Wasserspuren zu hinterlassen. Also begnügte sie sich damit, ihre Beine ins Wasser zu tauchen und zu beobachten, wie die Morgendämmerung am Himmel einsetzte.

Astrid hatte keine Ahnung, wie lange sie dort gesessen und durch die Fenster den Sonnenaufgang beobachtet hatte, aber es war unglaublich. Als würde sie wie bei einem Kunstwerk dabei zusehen, wie die Natur mit langen, eleganten Pinselstrichen zum Leben erweckt wurde. Zuerst erschienen helle, goldene Farben mit Rosa- und Orangetönen am Himmel und badeten die Umrisse der Bäume in Licht. Als die Sonne die Dunkelheit verjagt hatte, tanzten und wirbelten die glänzenden Farbtöne umher und badeten die Welt in frischen Farben.

Ein entferntes Klappern drang in ihre Ohren – einer im Haushalt war aufgewacht –, und Astrid sprang auf die Füße. Ihre Zehen sahen aus wie getrocknete Pflaumen.

»Mist!«

Die Kerze war beinahe bis auf den Stumpen niedergebrannt. Sie griff nach ihren Pantoffeln und dem Umhang, rutschte fast auf dem nassen Boden aus, konnte sich aber gerade noch, nach Luft schnappend, halten. Sie hörte das Echo ihres stoßartigen Atmens, doch sie war zu sehr darauf konzentriert, nicht von den aufwachenden Haushaltsangestellten erwischt zu werden, dass sie es auf die Akustik des Raumes schob. Sie machte sich auf den Weg ins Foyer im vorderen Bereich der Abtei.

Von dort fand sie leicht wieder in ihr Schlafzimmer zurück.

»Hier sind Sie ja, Euer Gnaden, ich wünsche Ihnen einen guten Morgen«, sagte Culbert und brachte Thanes verspannten Körper schmerzhaft zum Zusammenzucken, als der Butler den Raum betrat, den Lady Astrid erst vor ein paar Momenten verlassen hatte. »Sie hätten mich rufen sollen, um das Bad aufzuheizen. Sind Sie schon wieder hier eingeschlafen?«

»Guten Morgen, Culbert.«

Thane blinzelte und befreite seinen großen Körper aus der Position, in der er sich seit bestimmt einer Stunde befunden hatte. Der große Sessel stand in einer entfernten Ecke des Raumes, die als Sitzecke gedacht war, und er hatte den Großteil der Nacht hier verbracht. Gerade hatte er nach dem Butler rufen lassen wollen, um die Bodenfliesen zu heizen, als das Objekt seiner Begierde hineingekommen war. Thane war schockiert gewesen. Hatte er sie mit seinen lüsternen Gedanken herbeigerufen?

Aber nein, Astrid war keine Einbildung seiner Lust.

Thane hätte sie beinahe auf seine Gegenwart hingewiesen, wie es jeder Gentleman getan hätte, doch dann hatte sie sich dem Becken genähert. Er hatte den Atem angehalten, während sich ihre Gedanken im Kreis gedreht hatten. Anmutig hatte sie einen Zeh ins Wasser gesteckt und dann ihren Umhang abgelegt.

Jetzt hätte Thane sich nicht mehr bemerkbar machen können, selbst wenn er es gewollt hätte.

Die Silhouette ihres Körpers im Mondschein hatte ihm den Atem geraubt. Lang und geschmeidig war sie wie eine Nymphe auf das Becken zugegangen und hatte ihre Beine eingetaucht. Sie hatte sich wie ein Seidenband – gefangen in einer Brise – bewegt, mit eleganten und flüssigen Bewegungen. Ein ausgestrecktes Bein, ein wunderschön gebogener Fuß. Die Kurve einer schlanken Wade, als sie aus dem Blickfeld verschwand. Sie hatte sich bewegt wie Musik. Wie Poesie. Und er war verzaubert.

Sie hatte dort gesessen und den Sonnenaufgang beobachtet.

Er hatte dort gesessen und sie beobachtet.

Er hatte zugesehen, wie die Schatten von diesem majestätischen Profil wichen, als das Licht der Morgendämmerung sie ersetzte. Er hatte die lockigen Strähnen bewundert, die sich aus ihrer Nachtfrisur gelockert und ihr wunderschönes ovales Gesicht umrahmt hatten. Er hatte gesehen, wie sich ihr Mund vor Staunen leicht geöffnet hatte und wie ihre Brust auf- und niedersank. Er hatte die erotischen Klänge des Wassers gehört, wie es gegen ihre Haut schwappte, und hatte sich gewünscht, er könnte zu ihren Füßen sein. Sie liebkosen, sie umfassen, sie fühlen.

Sein Penis war ganz hart geworden.

Und das war er bis jetzt geblieben.

»Soll ich die Lakaien rufen, damit sie einheizen, Euer Gnaden?«, fragte Culbert.

»Ja.«

»Wollen Sie dann Ihr Frühstück auch hier einnehmen?«

Thane schüttelte den Kopf. »Nein, ein Kaffee reicht. Ich werde das Frühstück später mit meiner Tante und den jungen Ladies Everleigh einnehmen.«

»Wie Sie wünschen, Euer Gnaden.«

Nachdem Culbert gegangen war, zog Thane seinen Bademantel aus, ging auf das Becken zu und ließ sich genau dort nieder, wo Astrid gesessen hatte. Er schauderte wohlig auf, als er an derselben Stelle ins Wasser ging, an der sie ihre nymphenartigen Beine ins Wasser hatte hängen lassen.

Der Anblick ihrer wohlgeformten Knöchel und Waden hatte ihm den Atem geraubt. Er wollte mehr. Viel mehr. Die Vorstellung von ihr, mit offenen, nassen Haaren und in einem durchsichtigen Nachthemd gekleidet, kam ihm in den Sinn und half nicht im Geringsten dabei, seine Erektion, die er immer noch hatte, zu mindern. Ein Sprung ins kalte Wasser würde dabei helfen.

Ein paar Stunden später, nach langen Runden im Wasser, einem anstrengenden Training aus Gymnastik und Dehnen und nachdem Fletcher ihn angekleidet und ansehnlich gemacht hatte, ging Thane in den Frühstücksraum.

Stimmen erreichten ihn, als er die Tür öffnete, und verstummten wieder. Bei seinem Eintreten standen alle auf.

»Bitte erhebt euch nicht meinetwegen«, sagt er. »Setzt euch. Fahrt fort.«

Aber die jüngste der drei Damen am Esstisch starrte ihn mit weit aufgerissenen Augen an. Er drehte sich um und fragte sich, welcher Teufel ihm auf den Fersen gefolgt war. Hatte er ein wichtiges Kleidungsstück vergessen? Eine Krawatte? Er sah nach unten. Seine Hose? Nein, alles war am richtigen Platz.

Außer ...

Verdammt, er hatte seinen Hut vergessen.

Thane stieß erleichtert und verärgert gleichermaßen die Luft aus. Erleichtert, weil die Scharade vorbei war und alle weitermachen konnten. Verärgert, weil er sich in seinem eigenen Haus befand, verdammt nochmal, und er hier nicht mehr herumlaufen konnte, wie er wollte, nur weil er auf die Empfindlichkeiten irgendeiner prüden jungen Dame achtgeben musste. Er war bloß vernarbt, um Himmels willen, nicht der Teufel in Person.

»Isobel«, zischte Astrid ihre Schwester an, »reiß dich sofort zusammen und begrüße den Herzog anständig.«

Der Mund des Mädchens klappte sofort zu, und sie senkte den Kopf. »Morgen«, murmelte sie.

»Guten Morgen, Euer Gnaden«, sagte Astrid mit fester Stimme. »Bitte entschuldigen Sie die Manieren meiner Schwester. Sie ist normalerweise sehr wohlerzogen.«

»Ist schon in Ordnung«, sagte er.

»Beswick«, begrüßte ihn seine Tante und warf der jungen Dame, die ganz blass geworden war und ihre Lider gesenkt hielt, einen besorgten Blick zu.

Thane befüllte seinen Teller und nahm seinen Platz am Kopfende des Tisches ein. Er bereute seine Entscheidung, ihnen Gesellschaft zu leisten, schon fast. Bereits jetzt fühlte er sich gereizt. Nicht wegen Isobels Reaktion, sondern wegen der Frau, die nur ein paar Meter von ihm entfernt saß. Trotz ihrer Mühen, ihm auszuweichen, war ihre Anziehungskraft magnetisch. Unmöglich zu ignorieren, vor allem nach dem Kuss im Gewächshaus vor ein paar Tagen, und besonders nicht nach ihrem frühmorgendlichen Erkundungsgang, der ihn in so einem erbärmlichen Zustand zurückgelassen hatte.

Astrid trug ein taubengraues Morgenkleid, und ihre dunklen Haare waren streng nach hinten gebunden. Er wünschte sich beinahe, er könne ihr Haar vollkommen offen sehen und nicht nur die verführerischen Strähnen, die er heute Morgen im Schwimmbad gesehen hatte. Es wäre das pure Chaos. Ein dunkles, schamloses Chaos, in dem er seine Hände und sein Gesicht vergraben und solch unanständige Dinge tun könnte, die jede Kurtisane zum Erröten bringen würden.

»Haben Sie gut geschlafen, Lady Astrid?«, fragte er mit tiefer Stimme.

Klare Augen blickten ihn an, und er konnte den Hauch eines Schleiers darin erkennen, der aber sogleich wieder verschwand. »Natürlich, Euer Gnaden.«

»Hat sie nicht«, mischte sich eifrig Isobel ein, als würde sie ihren Fauxpas von gerade eben wiedergutmachen wollen. »Sie ist mitten in der Nacht aufgestanden und war stundenlang weg.«

Die Herzogin blickte von ihrem Toast auf. »Wohin sind Sie gegangen, meine Liebe?«

»Ich … ich konnte nicht schlafen, also habe ich versucht, die Küche zu finden, um mir ein Glas warme Milch zu holen … aber ich habe mich verlaufen«, antwortete Astrid sichtlich überrumpelt und verärgert, weil ihre Schwester ihre Nachtwanderung erwähnt hatte. »Es hat eine Weile gedauert, bis ich den Weg zurück ins Bett wiedergefunden habe.«

Thane ignorierte die Art, wie dieses eine Wort ein Verlangen in seinem Unterleib auslöste. Er schob sich eine Gabel voll Rührei in den Mund, kaute und schluckte. »Sie hätten nach einem Dienstboten rufen oder Ihre Magd es Ihnen bringen lassen sollen.« Er hielt inne und versuchte, sich an den Namen ihrer Zofe zu erinnern. »Aggie oder Agnes?«

»Agatha.« Astrid zuckte mit den Schultern. »Sie hat geschlafen. Warum sollte ich sie wecken, wenn ich wach genug bin, um es mir selbst zu holen? Ehrlich gesagt, finde ich den Mangel an Selbstständigkeit, der heutzutage vom weiblichen Adel erwartet wird, ziemlich ermüdend.«

Thane blinzelte und hielt die Gabel kurz vor seinem Mund an. Ihre untypischen Einstellungen überraschten ihn immer wieder. Die meisten aristokratischen Damen würden nicht einmal im Traum daran denken, etwas selbst zu tun. Er warf seiner schmunzelnden Tante einen Blick zu und nahm seine Behauptung zurück. Tante Mabel hatte den Erwartungen der Gesellschaft schon immer getrotzt.

»Ein Mädchen nach meinem Geschmack«, sagte Mabel. »Aber ich muss Ihnen zustimmen. Dieses Haus ist ein Labyrinth. Wundervoll für Kinder, die Verstecken spielen wollen, jedoch nicht für eine alte Lady an ihrem Lebensabend.«

»Du bist nicht an deinem Lebensabend, Tante«, sagte Thane loyal und warf Astrid einen Blick zu. »Haben Sie die Küche gefunden?«

»Nein«, sagte sie. »Aber es war nicht alles umsonst. Ich habe den Sonnenaufgang gesehen.«

»Oh!« Mabel klatschte in die Hände. »Dann müssen Sie auf der Ostseite der Abtei gewesen sein.« Sie runzelte die Stirn. »War es von der Galerie aus? Das ist die einzige Ebene, von der man teilweise Richtung Osten blicken kann.«

Lady Astrids Wangen erröteten nach einem Seitenblick in seine Richtung. »Nein, ähm, es war in einem Raum mit einem ziemlich großen Schwimmbecken.«

»Ein Schwimmbecken?«, mischte sich Isobel wieder ein, ließ aber dann sofort den Kopf sinken.

»Der Sonnenaufgang war heute Morgen in der Tat spektakulär«, murmelte Thane. Er vermied den Blickkontakt mit Astrid, konnte ihren Blick aber dennoch auf sich spüren. »Und ja, Lady Isobel, es gibt ein Innenschwimmbecken in Beswick Park. Wenn Sie nicht mehr so viel Angst haben, kann ich Ihnen und Ihrer Schwester das Becken vielleicht einmal zeigen.«

»Ich habe keine Angst.« Sie schaute interessiert und irgendwie komisch aus. »Können wir nach dem Frühstück hingehen?«

»Natürlich. Wenn Lady Astrid nichts dagegen hat.«

»Hat sie nicht!« Isobel klatschte in die Hände, und der Blick aus strahlenden Augen, die eine Nuance dunkler waren als die ihrer Schwester, trafen seine. »Stimmt's, Astrid?«

»Ich denke nicht, dass wir die Zeit des Herzogs verschwenden sollten, Isobel.«

»Das ist keine Verschwendung«, sagte er. »Ich verbringe die meiste Zeit dort.«

»Warum?«, wollte Isobel wissen.

Er blickte in ein zweites eisblaues Augenpaar, das viel mehr auf der Hut zu sein schien als das erste. »Wenn ich nicht schlafen kann, hilft mir Schwimmen gegen die Schlaflosigkeit.«

Thane musste fast grinsen, als er sah, wie Astrid klar wurde, dass er heute Nacht vielleicht auch dort gewesen sein konnte. Ihre eleganten Wangenknochen wurden von einer hellroten Farbe überzogen. Sie wandte den Blick ab und tat so, als würde sie einen Schluck von ihrem Tee nehmen, aber ihre roten Wangen verrieten ihre gefasste Haltung. Thane folgte der Rötung, die sich auf ihrer Haut entlangzog, und wurde erst aus seinen Gedanken gerissen, als seine Tante sich räusperte.

Die Herzogin sah ihn plötzlich fasziniert an, und er runzelte die Stirn. »Mein armer Neffe wurde schon als Junge von Schlaflosigkeit geplagt.«

Astrid stelle ihre Teetasse ab. »Ich habe einen akademischen Text über alternative Heilmethoden gelesen, in dem stand, dass Meditation auch gegen Schlaflosigkeit helfen kann. Neben Training, meine ich.«

Tante Mabel nickte interessiert. »Wo haben Sie den Text gefunden?«

»Vorsichtig, Lady Astrid«, sagte Thane. »Die Farbe Ihrer Strümpfe beginnt sich zu zeigen.«

Isobel schnappte nach Luft, und Astrid warf ihm einen despektierlichen Blick zu. »Die Farbe der Unterkleidung einer Frau ist kein angemessenes Unterhaltungsthema, Sir.«

»Wenn ich mich recht erinnere, haben Sie sich selbst als ›Blaustrumpf‹ bezeichnet.«

»Ich habe mich als ›Gelehrte‹ bezeichnet«, entgegnete sie. »Dieser bigotte Ausdruck kam von Ihnen. Und Sie wissen sehr gut, dass er nichts mit der Unterbekleidung einer Frau zu tun hat. Der Ausdruck stammt von den Männern, die in informellen blauen Hosen literarische Salons betreten haben. Sie versuchen nur, zu schockieren, Euer Gnaden.«

Er lehnte sich zurück und grinste. »Nun ja, sanfte Wesen zu schockieren, ist meine einzige Quelle der Unterhaltung.«

»Dann würde ich es hassen, so gelangweilt zu sein wie Sie«, feuerte sie zurück. »Und überhaupt, was ist so schlimm daran, wenn sich eine Frau für Literatur oder andere intellektuelle Themen interessiert? Oder wissenschaftliche Texte liest?« Sie verdrehte die Augen. »Niemand verurteilt die Männer wegen ihrer Bildung, mein Gott!«

»Ich für meinen Teil sehe keinen Sinn darin, dass eine Frau die Bildung eines Mannes genießen sollte«, sagte Isobel zimperlich. »Eine junge Dame sollte in den weiblichen Künsten unterrichtet werden. Musik, Gesang, Tanz, Malerei und was auch immer.« Sie wickelte ihre goldblonden Locken um einen Finger. »Meine gebildete Schwester hier ist allerdings anderer Meinung.«

»Und trotzdem stellst du deine eigene gehobene Intelligenz mit deiner Wortwahl zur Schau.« Astrid zwinkerte dem Mädchen zu. »Der Verstand ist ein Muskel«, sagte sie. »Wenn er nicht trainiert wird, wird er schwach. Und wir gebildete Frauen sollten das Patriarchat sich nicht auf seinen Lorbeeren ausruhen lassen, habe ich recht?«

»Hört, hört!«, rief Tante Mabel. »Mutige Frauen habe ich schon immer gemocht.«

»Sagt die Frau, die dafür gelebt hat, in ihren ungestümen jüngeren Jahren die Matronen von London zu schockieren, und einen ziemlich großen Teil des Patriarchats zu ihren Füßen liegen hatte«, sagte Thane trocken. »Und immer noch hat.«

»Als Herzogin kann man tun, was einem beliebt«, sagte sie und grinste Astrid an.

Zu seiner Überraschung lachte die Lady auf, und ihre Augen funkelten vor Intelligenz und Humor. »Sie sind wahrlich ein strahlendes Leuchtfeuer unseres unterschätzten Geschlechts, Euer Gnaden«, sagte Astrid und lächelte die Herzogin an. »Ich für meinen Teil würde liebend gern mehr über Ihre Abenteuer der Ungestümtheit hören.«

»Gibt es dieses Wort überhaupt, Madame Gelehrte?«, sagte Thane lachend und lenkte die Aufmerksamkeit seiner Tante und von Culbert auf sich, die ihn anstarrten, als hätte er den Verstand verloren. Sein Lachen brach abrupt ab. »Was?«, zischte er.

»Nichts«, sagte Tante Mabel mit einem weiteren faszinierten Blick. »Ich habe dich nur schon lange nicht mehr lachen gehört.«

»Ich lache ständig.«

»Vielleicht, wenn Sie kleine Kinder terrorisieren«, sagte Astrid und bedeckte überrascht kichernd sofort ihren Mund.

Isobel schnappte nach Luft. »Astrid!«

Aber Tante Mabels Gelächter wurde nur noch lauter. Sie lachte, bis ihr Tränen in die Augen traten, und machte sich keine Gedanken über Anstand oder Etikette. »Das ist phantastisch. Kleine ... Kinder ... terrorisieren.« Und schon wieder brach sie in schallendes Gelächter aus.

Thane verdrehte die Augen. »Es freut mich, dass ich zu solch großer Erheiterung beitrage, Tante.«

Astrid sah aus, als wüsste sie nicht, ob sie lachen oder aus dem Zimmer stürmen sollte, während ihre Schwester einen schockierten Gesichtsausdruck machte. Der Unterschied zwischen den beiden war beachtlich. Thane konnte sich die gefasste und bissige Lady Astrid nur schwer so jung und grün hinter den Ohren wie Lady Isobel vorstellen. Aber laut Fletchers Bericht musste sie ihre Bräutigamschau in London im selben Alter gehabt haben, als Cain ihr einen Antrag gemacht hatte.

Waren ihre Gedanken damals auch schon so exzentrisch wie heute gewesen? Die meisten Männer, Cain eingeschlossen, wären angewidert gewesen von dem Gedanken, dass eine Frau ihren männlichen Intellekt herausfordern oder revolutionäre Anmerkungen über die weibliche Parität machen könnte. Ihr nüchterner, cleverer Verstand wäre eine Verschwendung an ihn oder an alle anderen gewesen. Eine Lady mit Isobels Charakter und Einstellung wäre viel besser für die Aristokratie geeignet.

Nicht sie ... nicht Lady Scharfe Zunge.

Er unterdrückte ein Grinsen. Ein Mann wie Edmund Cain hätte jeden Funken von Originalität verschmäht. Er wäre niemals mit ihr zurechtgekommen, was Thane zu der Frage brachte, wie es überhaupt erst zu der Verlobung gekommen war.

Die Worte hatten seinen Mund verlassen, bevor er sie aufhalten konnte. »Warum haben Sie Cains Antrag angenommen?«

Ein vorsichtiger Blick traf seinen, und Astrids vage Antwort lautete: »Edmund war damals bereits ein vermögender Gentleman, auch wenn er noch nicht der Graf von Beaumont gewesen ist. Ich nehme an, für meinen Vater wäre er ein angemessener Schwiegersohn gewesen.«

Der Name hing in der Luft wie ein rotes Banner. Thanes Blick wanderte von Astrid zu Isobel, und dann kniff er die Augen zusammen. »Edmund Cain ist der Graf von Beaumont? Seit wann?«

Astrid sah ihn verständnislos an, nickte dann aber. »Sein Onkel ist vor ein paar Jahren verstorben, und er hat den Titel geerbt. Als er aus dem Krieg entlassen wurde, nehme ich an.«

Entlassen? Eher desertiert.

»Er ist also der Mann, der Isobel heiraten will«, sagte Thane langsam. Er hatte nicht gewusst, dass der alte Mann gestorben war. Aber er hatte sich auch schon länger nicht mehr für die Belange des Adels interessiert.

Als Astrid wieder nickte, spürte Thane Kälte in sich aufsteigen. Obwohl viele junge Damen früh verheiratet wurden, verstand ein Teil von ihm Astrids Besorgnis – ein Mädchen wie Isobel in den Händen von jemandem wie Cain war unverantwortlich.

Der offizielle Bericht lautete, dass Cain in Spanien auf der Flucht vor dem Feind angeschossen worden war, doch Thane hatte das keine Sekunde lang geglaubt. Eine Schusswunde an seiner linken Schulter aus nächster Nähe, wie er es vor vielen Jahren in dem Kriegsbericht gelesen hatte, klang eher nach einer selbst zugefügten Wunde. Etwas, was seine Abtrünnigkeit versteckte. Wenn Thane ihn jemals in die Hände bekommen sollte, würde er die Wahrheit herausfinden.

Jeder Mann, der seine sogenannten Brüder auf dem Schlachtfeld zum Sterben zurückgelassen hatte und vorgab, ein Kriegsheld zu sein, hätte Sitte und Anstand verletzt. Ihm fehlte jegliche Moral.

Was würde er einem unschuldigen Mädchen wie Isobel antun?

Thane atmete tief ein. Was ging es ihn an? Keines der Mädchen war sein Problem.

Aber sobald er das gedacht hatte, wusste er, dass er sich selbst anlog. Die Ehre würde es ihm nicht erlauben, auch nur eine der Frauen in Cains Hände zu überlassen. Sein Blick wanderte zu Astrid, und er war gebannt von den Bewegungen dieser langen, schlanken Finger, die ihn daran erinnerten, wie sie anmutig am Beckenrand gesessen hatte. An ihren Mund auf seinem ... an den honigsüßen Geschmack ihrer Lippen.

Ein spannungsgeladener Blitz durchzog seinen Unterleib. Wen wollte er täuschen?

Ehre war sein geringstes Motiv.

Kapitel Zehn

»Wir sollten uns dem Dorf nicht nähern, Isobel«, sagte Astrid und zog sich die Haube ihres Umhangs tief über die Augen, als sie die grasigen Wege in Richtung der Randbezirke des Dorfes von Southend galoppierten. Agatha und ein junger Stallbursche begleiteten sie. Isobel musste wirklich verzweifelt gewesen sein, da sie schließlich in der Tat auf ein Pferd gestiegen war – wenn auch auf ein sehr braves –, um Beswick Park einmal zu entfliehen. »Es ist nicht sicher.«

Ihre Schwester drehte den Kopf. »Das ist Southend, Astrid, und dort ist es absolut sicher. Wir kommen hier schon jahrelang her, und niemanden interessiert hier irgendetwas. Dir mag es ja gefallen, dich den ganzen Tag in deinen Büchern und Papieren zu vergraben, aber mir nicht. Ich brauche etwas frische Luft. Und normale Menschen, die nicht …«

Sie sprach den Satz nicht zu Ende, doch Astrid wusste, was sie sagen wollte: normale Menschen, die nicht den ganzen Tag lang versuchen, ihre Gäste zu verschrecken.

Obwohl sie dem Herzog gegenüber langsam auftaute, benahm Isobel sich in seiner Gegenwart immer noch seltsam. Es war nicht schwer zu verstehen, warum. Sie war ein beschütztes, süßes Mädchen, und Beswick war eine imposante, Furcht einflößende Gestalt, deren ständige Stimmungswechsel nicht besonders hilfreich waren. Ehrlich gesagt trugen seine Narben am wenigsten dazu bei. Wenn der Herzog daran arbeitete, weniger garstig um sich zu schlagen, konnte er tatsächlich richtig … nett sein.

Isobel stieg ab und ging zu einer Eiche, die auf einem Hügel mit Blick auf das Dorf stand, und schaute sehnsüchtig hinab. Astrid tat es ihr gleich und folgte ihr. Brutus ließ sie unter dem wachsamen Blick ihres Stallburschen grasen.

»Ich dachte, du magst den Herzog?«

Isobel sah Astrid mit großen Augen an. »Ihn mögen? Diesen Morgen erst hat der Koch zu mir gesagt, dass er wieder eine seiner Launen hat und man sich besser vom Ostflügel fernhält, wenn man keine Angst kriegen möchte. Dieser Mann ist wirklich durch und durch ein Biest.«

»Ein Mann, der uns Schutz bietet, Isobel. Das sollten wir besser nicht vergessen. Onkel Reginald hat seine Suche nicht aufgegeben. Geld ist eine mächtige Motivation – selbst für diejenigen, von denen wir denken, dass sie auf unserer Seite stehen.« Sie holte tief Luft. »Hat der Herzog dir je wehgetan oder den Anschein gemacht, dass er es würde?«

»Nein.« Das Zugeständnis kam leise.

Astrid seufzte. »Ich tue mein Bestes, Isobel. Für uns beide. Solange ich nicht an mein Erbe komme, haben wir in dieser Sache keine Alternative, und wir müssen uns auf die Großzügigkeit Seiner Gnaden verlassen.«

»Ich weiß. Ich bin nur einsam und vermisse meine Freunde.«

Es stimmte, dass Astrid beschäftigt gewesen war, und folglich war Isobel auf sich allein gestellt gewesen. Sie hatte die Liebe ihres Vaters zu den Pferden nicht geerbt, und sie zog Tanz und Näharbeit intellektuellerem Zeitvertreib vor – mit der Ausnahme von Büchern über Nähen. Und solche Bücher hatte der Herzog nicht in seinem Repertoire.

Da sie keine sozialen Kontakte mehr hatte, bedeutete das, dass Isobel mehr Zeit als üblich mit Nadel und Faden verbracht hatte. Vielleicht hätte Astrid die Zeichen der Einsamkeit bei ihrer Schwester schon früher erkennen sollen, aber sie war so mit ihrer Arbeit beschäftigt und damit, den Herzog auf Abstand zu halten, dass sie Isobels wachsenden Unmut einfach nicht bemerkt hatte.

»Ist es wirklich so schlimm?«, fragte Astrid mit sanfter werdender Stimme. »Es sind doch erst ein paar Wochen.«

Isobel biss sich auf die Unterlippe. »Nein, du hast recht, ist es nicht. Nach alldem, was du tust und was du getan hast, um uns in Sicherheit zu bringen, ist es nichts. Ich weiß nicht, was über mich gekommen ist.«

Astrid blinzelte und blickte in das blasse Gesicht ihrer Schwester, die mit feuchten Augen zu lächeln versuchte. Aber Astrid konnte ihr ihre Anspannung sehen.

»Es tut mir leid, Izzy. Ich wünschte, die Dinge stünden anders.«

Ihre Schwester ließ die Schultern sinken. »Das muss es nicht. Du tust das Beste, das du tun kannst. Und ich komme mir vor, als täte ich nichts. Als wäre ich nur eine Last für dich und du nur meinetwegen in so einer Lage.« Sie schluckte, und eine Träne lief ihr über die Wange. »Manchmal fühle ich mich so verloren. Vielleicht wäre es besser, wenn ich Beaumont einfach heiraten würde. Dann müsstest du dir keine Sorgen mehr machen.«

»Das darfst du niemals sagen.« Sie packte ihre Schwester bei den Schultern und zog sie an sich heran. »Wir stehen das zusammen durch, Izzy. Hörst du?«

»Ja«, murmelte sie in Astrids Halsbeuge und umarmte sie fest. »Ich hab' dich lieb, das weißt du.«

»Ich dich auch.«

Astrid entzog sich der Umarmung und warf einen Blick auf die verlassenen Straßen des Dorfes. Es war Sonntag, und alles war ruhig. Die meisten Menschen waren bestimmt in der Kirche, und es war unwahrscheinlich, dass Beaumont überhaupt ins Dorf kommen würde.

Sie drückte die Hand ihrer Schwester. »Wo wir schon einmal hier sind, können wir uns genauso gut ein Eis holen, oder? Ich denke, ein paar Minuten sind schon in Ordnung, wenn wir versuchen, keine Aufmerksamkeit auf uns zu ziehen.«

»O danke, Astrid!«, quietschte Isobel und warf ihrer Schwester erneut die Arme um den Hals. »Man wird gar nicht merken, dass ich da bin, versprochen.«

Sie ritten ins Dorf und holten sich ein Eis, bevor sie vor Howell's Emporium, dem Dorfladen, der alles von Stoffen über Hauben bis hin zu Fächern im Sortiment hatte, abstiegen. Nachdem sie dem Stallburschen die Anweisung gegeben hatte, mit den Pferden zu warten, folgten sie und Agatha Isobel in den Laden. Es wäre zu viel verlangt gewesen, zu hoffen, dass das Geschäft leer war, aber Astrid zählte auf eines ... dass ihr Onkel nicht öffentlich bekannt gegeben hatte, dass seine Nichten fortgelaufen waren. Es wäre ihm viel zu peinlich gewesen, das zuzugeben. Und natürlich aus reiner Gier heraus. Nein, er würde versuchen, sie still und heimlich zu finden, während er ihre Abwesenheit mit irgendeiner Ausrede erklärte. Bis jetzt waren sie noch nicht auf mehr als eine Handvoll Dorfbewohner gestoßen. Vielleicht hatten sie weiterhin Glück.

»Sieh an, Lady Astrid«, hörte sie eine nasale Stimme rufen.

Oder auch nicht, dachte Astrid, als sie sich mit klopfendem Herzen umdrehte, um Mrs Purley zu begrüßen, die schlimmste Tratschtante in Southend.

Die Frau zog die Augenbrauen hoch. »Ich dachte, Ihr Onkel hätte gesagt, Sie und Lady Isobel wären zu Besuch bei den Verwandten Ihrer verstorbenen Mutter in Colchester.«

Und da war sie schon, die Ausrede. Astrid zuckte mit den Schultern.

Mrs Purley runzelte die Stirn. »Obwohl ich meine, mich zu erinnern, dass Ihre Mutter ein Einzelkind gewesen ist.«

»Es sind entfernte Verwandte.«

Als sie sah, dass Isobel sich mit Mrs Purleys unverheirateter Tochter unterhielt, die fast so ein großes Mundwerk wie ihre Mutter hatte, geriet sie doch etwas in Panik. Sie hatte Isobel nicht ausdrücklich befohlen, mit niemandem zu reden, aber es konnte einem immer etwas herausrutschen, vor allem, wenn jemand neugierig war. Sie murmelte eine Entschuldigung in Mrs Purleys Richtung und eilte zu Isobel hinüber.

»Ich würde nur allzu gern zu Lady Ashleys Ball kommen«, sagte ihre Schwester gerade. »Aber ich denke nicht, dass wir es schaffen werden.«

Lady Ashley war eine verwitwete Marquise und das weibliche Oberhaupt der Aristokratie von Southend. Sie waren schon in der Vergangenheit zu mehreren Bällen eingeladen worden, doch Isobel war immer viel zu jung gewesen. Und in Astrids Fall, nun ja, für eine alte Jungfer hatte es keinen richtigen Grund gegeben, an gesellschaftlichen Ereignissen teilzunehmen.

»Aber jeder ist eingeladen«, sagte Miss Purley, und ihre Stimme wurde zu einem Flüstern. »Sie müssen einfach kommen, Lady Isobel. Ich habe gehört, dass der Graf von Beaumont dort sein wird. Ist das nicht aufregend?«

Astrid runzelte die Stirn und wurde allein bei der Erwähnung der beiden Namen in einem Satz nervös. Sie stellte sich an die Seite ihrer Schwester. »Komm jetzt, Isobel. Wir sind spät dran.«

Isobel nickte und verabschiedete sich schnell von Miss Purley. Astrid seufzte erleichtert auf, weil ihre Schwester mitgespielt hatte. Sie wollte nach Beswick Park zurückkehren, bevor zu viele Leute, vor allem die Purleys, über ihre Anwesenheit tratschen konnten. Sie hatten bereits zu viel riskiert.

Als sie aus dem Laden trat, blinzelte sie ins Sonnenlicht und konnte das Gemurmel von Stimmen schon hören, ehe sie eine kleine Ansammlung um eine ziemlich protzige Kutsche herum erkennen konnte. Mit einer unverwechselbaren roten Zierleiste. Plötzlich wurde ihr richtig übel.

O Gott, war der Graf hier?

»Schnell, Isobel«, sagte Astrid und drehte sich auf dem Absatz um, um nach ihrer Schwester zu sehen. Aber sie blickte direkt in das grimmige Gesicht von Lord Beaumont.

»Und wo in Gottes Namen sind Sie beide gewesen?«, fragte er und griff mit seiner behandschuhten Hand nach ihrem Ellbogen. »Sie haben Ihre Tante, Ihren Onkel und mich fast umgebracht vor Sorge.«

»Aber, Lord Beaumont, sicher wissen Sie, dass wir Verwandte in Colchester besucht haben«, sagte Astrid mit so unschuldiger Stimme, wie es ihr möglich war, obwohl jeder Muskel ihres Körpers aus Angst zu schreien schien. Sie waren in großer Gefahr. Wenn der Graf beschloss, sie in seine Kutsche zu setzen, was sie definitiv von ihm erwartete, würde ihn niemand aufhalten. Er war ein Adliger. Niemand, nicht einmal die Dorfbewohner, die sie seit Jahren kannten, würden sich gegen einen Grafen stellen.

Er kniff die Augen zusammen. »Haben Sie das?«

»Ist es nicht das, was meine Tante und mein Onkel überall erzählt haben?«

Astrids verzweifelter Blick wanderte über die Straße. Sie suchte nach ihren Pferden, aber die waren nirgends zu sehen. Wo war dieser verdammte Stallbursche? Woher hatte Beaumont es gewusst? Er musste einen Spitzel im Dorf gehabt haben. Natürlich hatte er das. Sie hätte wissen müssen, dass er nicht so schnell aufgab.

»Steigt in die Kutsche.« Sein Befehl klang nach einer leichten Drohung.

»Wir haben unsere eigenen Fortbewegungsmittel, Mylord«, sagte Astrid. »Wir wollen Ihnen wirklich keine Umstände machen. Ich muss Ihr Angebot leider ablehnen.«

Er senkte seine Stimme zu einem Zischen. »Ich sagte, steigt in die Kutsche.«

Isobel stieß laut die Luft aus, was sich wie ein Schluchzen anhörte, und Astrids Herz schlug wie wild in ihrem Brustkorb. Könnten sie davonlaufen? Nicht in diesen Röcken und den unpraktischen Schuhen. Und sie wusste nicht, wohin dieser verdammte Stallbursche verschwunden war!

Astrid straffte die Schultern. »Nein.«

Seine Mundwinkel verzogen sich missfallend, und er krallte seine Finger fester in die weiche Haut über ihrem Ellbogen. Sie machte sich auf eine öffentliche Demütigung gefasst, doch bevor es so weit kommen konnte, erklang das Geräusch von donnernden Hufen, die auf den Platz galoppiert kamen. Die Menschen schrien auf und stoben auseinander, als ein offener Zweispänner nur wenige Zentimeter vor Beaumonts Kutsche zum Stehen kam, der von niemand anderem gefahren wurde als von dem Biest von Beswick höchstpersönlich.

Ohne Hut, ohne Krawatte. Und herrlich überwältigend. Astrid war noch nie zuvor in ihrem Leben so froh gewesen, jemanden zu sehen.

»Ich denke, Cain, die Lady hat Nein gesagt«, sagte er mit seiner knurrigen Stimme, als er abstieg.

Die Mundwinkel des Grafen verzogen sich, in seinen Augen blitzte Abscheu auf, und er ließ seine Hand fallen. »Das geht Sie nichts an, Beswick. Und es heißt jetzt Lord Beaumont.«

»Du wirst für mich immer ein elender Verräter sein.« Beaumont stammelte: »I-ich wurde ehrenhaft entlassen.«

»Du und ich, wir beide kennen die Wahrheit, Cain, und du kannst dich nicht für immer davor verstecken.«

»Drohst du mir?«

Beswicks Antwort klang zuckersüß. »Fühlst du dich bedroht?«

Astrids Blicke wanderten von einem Mann zum anderen, aber mittlerweile war aus dem Raunen der Menge ein Aufruhr geworden. Jemand schrie, und ein Kind begann zu weinen. Der Herzog war undurchschaubar, ignorierte das Chaos um ihn herum, und seine harte Miene machte sein vernarbtes Gesicht im hellen Tageslicht nur noch grässlicher.

»Auf jeden Fall geht mich das hier sehr wohl etwas an«, fuhr Beswick fort. »Zwei Damen, die dich scheinbar nicht begleiten wollen, gehen einen Gentleman immer etwas an.«

»Du bist kein Gentleman«, zischte Beaumont. »Und ich begleite sie nach Hause.«

Das Lächeln des Herzogs bestand lediglich aus Zähnen, nichts weiter. »Laut dem Taschenbuch des Adels steht mein Rang über deinem.« Beswicks Blick aus seinen bernsteinfarbenen Augen landete auf Astrid, und sie musste dagegen ankämpfen, sich nicht in seine Arme zu werfen, als wäre er ein dunkler Racheengel, der zu ihrer Rettung gekommen war. »Wollen Sie Lord Beaumont begleiten?«

Zu Astrids Überraschung war es Isobel, die antwortete: »Nein, Euer Gnaden. Das wollen wir nicht.«

Beaumont warf ihm einen bösen Blick zu. »Sie stehen in keinerlei Verbindung zu dir, Beswick.«

»Ach, wie sehr du dich irrst«, knurrte der Herzog und machte eine schwungvolle Bewegung. »Sie ist meine zukünftige Ehefrau.«

Die Verkündung hatte Thanes Mund verlassen, bevor er sie laut aussprechen wollte. Aber entweder das, oder er würde aus diesem feigen Schnösel Hackfleisch machen. Der Anblick, wie der Graf Astrid berührte, hatte in ihm sofort Mordgelüste hervorgerufen.

»Deine zukünftige Ehefrau?«, schnaubte Beaumont. »Isobel ist mir versprochen.«

»Nein, nicht Lady Isobel. Lady Astrid.«

Thane hörte, wie Astrid leise nach Luft schnappte, doch er wandte den Blick nicht von dem Grafen ab. Astrid war klug genug, sie würde seine Absicht verstehen. Aber wie auch immer, er würde es auf keinen Fall zulassen, dass dieser Mann Isobel schnappte, sie in seine Obhut nahm und sie öffentlich zugrunde richtete.

»Du willst diese alte, vertrocknete Jungfer heiraten?« Beaumont lachte und zog die Augenbrauen hoch. »Ich hätte nicht gedacht, dass abgenutzte Dinge dein Stil wären, Beswick.«

Das Geschwätz um sie herum wurde lauter, und Astrid lief rot an vor Scham. Während das Biest in ihm an ihrer Stelle knurrte, hatte Thane sich unter Kontrolle. Das hier war kein Schlachtfeld. Das war der Dorfplatz von Southend – die Heimat seines Ahnensitzes. Beaumont provozierte ihn und wollte ihn blamieren. Aber Thane war nicht durch die Hölle gegangen und hatte überlebt, nur um in eine dumme Falle zu treten.

Er ließ den Zorn, der in ihm brodelte, nicht durchblicken. »Vorsicht, Beaumont. Das ist meine Verlobte, von der du da sprichst. Also pass auf, was du sagst.«

»Dann bist du ein noch größerer Dummkopf, als ich gedacht hätte.« Beaumonts Augen funkelten bedrohlich, und seine Lippen formten sich zu einem spöttischen Grinsen. »Genieß sie. Leider habe ich sie ein bisschen zu frigide gefunden.«

Astrid schnappte nach Luft. »Ich habe dich nie angefasst, du verlogener Bastard.«

Dieses Mal musste Thane all seine Willenskraft zusammennehmen, um sich nicht auf ihn zu stürzen. Sein Blick schweifte von Astrids erhitztem Gesicht zu Beaumonts fiesem Gesichtsausdruck, aber er verkniff sich eine Reaktion. Kein Zweifel, der Graf wollte, dass er körperlich reagierte, damit er ihn ins Gefängnis werfen lassen konnte.

»Du solltest zurück in deine Kutsche steigen, Beaumont«, sagte er mit dunkler Stimme. »Oder ich werde unverzüglich meine Sekundanten rufen lassen, wenn es das ist, was du wünschst.«

Der Mann erbleichte. »Das ist noch nicht vorbei.«

»Komm noch mal einer der beiden zu nahe, und du wirst mir in der Dämmerung begegnen.«

Nachdem Beaumont außer sich vor Wut in seiner Kutsche davongefahren war, nahm Thane zum ersten Mal, seit er angekommen war, die Blicke der Dorfbewohner um sich herum wahr. Er spürte Angst und Abscheu, hörte die Furcht in ihren Stimmen, sah ihren Horror. Er war beides – Mann und Mythos. Beides – Legende und die hässliche Wahrheit.

Und er hatte seinen verdammten Hut vergessen.

Raserei stieg in ihm empor, und er spürte, wie die Welt um ihn herum enger wurde. Die Stimmen wurden immer lauter, die Mienen der Dorfbewohner verschwammen, ihre Gesichter verschmolzen miteinander. Sein Kopf fühlte sich heiß an, und die Erde fing an, sich zu drehen.

»Atme«, sagte eine leise Stimme, und schlanke Finger in Handschuhen drückten seine große Hand. »Ich bin hier.«

»Astrid.«

Ihre Handfläche war wie ein Anker und brachte ihn wieder zu Sinnen. Nur wegen ihres lindernden Händedrucks klarte sein Verstand wieder auf.

»Hilf Isobel und Agatha hinauf.« Sie nickte zu dem wartenden Zweispänner und sagte mit leiser Stimme: »Ich bekomme das hin.«

»Du kannst den Zweispänner fahren?«, fragte er erstaunt.

Sie schenkte ihm ein schelmisches Grinsen und zwinkerte. »Ich habe unseren Kutscher davon überzeugt, es mir beizubringen.«

Er warf ihr einen nüchternen Blick zu. »Warum überrascht mich das nicht?«

»Vertrauen Sie mir nicht, Herzog?«

»Sie wären überrascht zu wissen, wie sehr ich Ihnen vertraue.«

Als sie alle saßen, stieg er neben sie auf den Kutschbock. Sie lenkte die Kutsche viel ruhiger zurück, als er sie in lebensbedrohlicher Geschwindigkeit hergelenkt hatte.

Natürlich kontrollierte sie die Pferde sehr geschickt und professionell. Aber trotz seiner Bewunderung kam der Ärger, den Thane vorher verspürt hatte, bei ihrer Rückkehr auf sein Anwesen mit voller Wucht zurück. Die Sache hätte viel schlimmer ausgehen können, wenn er auch nur eine Minute später aufgetaucht wäre. Er hielt seinen wachsenden Zorn unter Kontrolle, bis sie in den Hof von Beswick Park eingebogen waren. Doch sobald sie anhielten, konnte er nicht mehr an sich halten.

»Was hast du dir dabei gedacht?«, polterte er los, während er ihr seine Hand hinstreckte, um ihr vom Kutschbock zu helfen, diese aber auch nicht losließ, als er sie praktisch ins Haus zog.

Sie sah ihn mit großen Augen an. »Ich ...«

»Es war nicht Astrids Schuld«, schluchzte Isobel, die mit der Magd auf den Fersen hinter ihnen hereilte. »Es war meine Schuld, Euer Gnaden. Ich wollte ins Dorf reiten. Sie hat versucht, mich zu warnen, aber ich habe nicht auf sie gehört. Bitte seien Sie nicht wütend auf sie.«

»Ich bin nicht wütend.«

»Warum behandelst du mich dann so grob?«, fragte Astrid. Er ließ sie los, als wäre sie eine heiße Kartoffel, und sie taumelte zurück und stieß fast gegen ihre Schwester.

»In mein Arbeitszimmer«, befahl Thane und unterdrückte seine Wut. »Alle beide. Sofort.«

Er sah sich nicht um, ob sie ihm folgten, sondern setzte sich direkt hinter seinen Schreibtisch, um sich ein großes Glas Brandy einzugießen. Als sich die Tür hinter ihm schloss, drehte er sich um und sah lediglich Astrid im Zimmer stehen. Das wird auch das Beste sein, dachte er sich. Isobel würde wahrscheinlich in Tränen ausbrechen bei der Schimpftirade, die er sich überlegt hatte.

Thane öffnete den Mund, doch Astrid hob eine Hand. »Danke«, sagte sie. »Das muss schwer für dich gewesen sein.«

Er blinzelte. War ihr eigentlich klar, wie nahe sie dran gewesen waren, in Beaumonts Klauen zu geraten? »Schwer für mich?«

»Dich in der Öffentlichkeit blicken zu lassen.«

»Ich habe bis zum Schluss nicht darüber nachgedacht.« Er fuhr sich mit einer Hand durch sein hoffnungslos zerzaustes Haar. »Astrid, hast du überhaupt eine Ahnung, in welche Gefahr ihr euch begeben habt?«

»Du hast das verhindert«, sagte sie leise.

»Dieses Mal«, sagte er. »Aber Edmund Cain ist kein Mann, der sich zurückweisen lässt, und jetzt, da er weiß, dass ihr hier seid, könnte alles noch schlimmer werden. Viel schlimmer.«

»Ich weiß.«

Astrid näherte sich ihm, ihr Duft umgab ihn, und Thane stand stocksteif da, als sie das Cognacglas aus seiner Hand und einen großen Schluck daraus nahm, bevor sie es ihm zurückgab. Er starrte erst das Glas und dann sie verwundert an.

»Hast du gemeint, was du gesagt hast?«, fragte sie, und ihre Stimme klang schon rauchig vom Brandy. »Oder war die Heirat nur ein Trick, um den Grafen zu entmutigen? Es kam mir so vor, als würdet ihr zwei euch bereits kennen. Woher?«

»Er war in meinem Regiment.« Thane wollte nicht über Cain sprechen und die Erinnerungen wachrufen. »Und eine Heirat ist jetzt die
einzig sichere Möglichkeit«, fuhr er fort. »Wenn dein Onkel kommt,
um nach euch zu suchen – und das wird er –, und du hast keinen
Ehemann, der hinter dir steht, dann hast du keine Macht.«

»Und du willst mir deine geben?«

»Ich will, dass du in Sicherheit bist.«

Sie legte den Kopf schief und sah ihn mit offenem Blick und voller
Emotionen an. »Warum macht es dir jetzt etwas aus? Es war dir doch
vorher auch egal.«

Thane trank den Rest seines Cognacs und konzentrierte sich auf
das scharfe Brennen in seinem Magen anstatt auf das hartnäckige
Brennen woanders. »Du arbeitest für mich. Ohne dich wird diese
dämliche Auktion niemals stattfinden.«

»Ist die Auktion der einzige Grund?«

»Welchen anderen Grund sollte es sonst geben?«, gab er zurück
und wurde grundlos wütend. »Dass du und deine Schwester in mein
perfekt geordnetes Leben gestürmt und alles durcheinandergebracht
habt? Dass mir meine Existenz zufällig so gefiel, wie sie bis dahin war,
bevor du beschlossen hast, sie mit dem Hammer einer Frau zu zer-
trümmern?« Er stand da, atmete schwer und vermied es, ihr in die
Augen zu sehen, weil er keinen Zweifel daran hatte, dass sie direkt
durch sein Wutgeschrei, durch seine Lügen hindurchblicken würde.
»Jetzt macht es mir etwas aus, weil ich es mit meinem Gewissen nicht
mehr vereinbaren kann, wegzuschauen. Meine Mutter würde sich im
Grab umdrehen.«

»Wie ritterlich von Ihnen, Euer Gnaden.« Ihr Tonfall besagte das
Gegenteil. »Man könnte meinen, Sie hätten noch nie eine Jungfrau in
Nöten gerettet.«

Thane zog scharf die Luft ein. »Soweit ich weiß nicht, nein. Frauen
machen normalerweise mehr Ärger, als sie wert sind. Typisches Beispiel. Deshalb habe ich es mir zur Gewohnheit gemacht, mich von
eurer Spezies fernzuhalten.«

»Wir sind dieselbe Spezies, Euer Gnaden.« Sie hatte ihre Mauern wieder aufgebaut, und die Verwundbarkeit, die er in ihren Augen gesehen hatte, war schon lange verflogen. »Ich nehme an, Sie meinen mein Geschlecht.«

Dieser arrogante, pedantische Tonfall, der so typisch für sie war, war zurück und beförderte sie beide wieder auf sicheren Grund und Boden. Thane bedauerte und feierte diesen Umstand gleichermaßen.

»Na schön«, stimmte er ihr zu. »In jedem Fall kommen Sie mir wie eine Lady vor, die mehr als fähig ist, sich selbst zu retten, und das meine ich als Kompliment.«

»Danke, Euer Gnaden. In den meisten Fällen bin ich das. Aber nun haben Sie meine und Isobels ewige Dankbarkeit für das, was Sie heute getan haben.«

Thanes Brust zog sich bei ihren Worten zusammen. Endlich war er einmal der Held und nicht der Bösewicht in der Geschichte. Er hatte vergessen, wie es sich anfühlte, wenn man wirklich geschätzt wird. Einen Moment lang wurde er von seinen Emotionen überwältigt. »Gern geschehen.«

»Sie müssen mich nicht heiraten, Euer Gnaden. Ich habe beschlossen, dass Isobel und ich nach Schottland gehen sollten. Beaumont und mein Onkel werden uns nicht bis dorthin folgen.«

»Sie irren sich, was Beaumont betrifft. Und unterschätzen Sie nicht die Macht der Gier.«

Astrid zuckte mit ihrer eleganten Schulter. »Das ist mein Problem.«

»Und was ist mit Brigaden und Straßenpatrouillen auf der Strecke? Wie gedenken Sie, mit denen fertigzuwerden? Um ihre Schwester zu beschützen?«

»Wir werden Patrick bei uns haben«, sagte sie.

Der Stallbursche, mit dem sie so vertraut war. Thane überkam das dringende Bedürfnis, etwas zu zerstören. Vorzugsweise etwas Schottisches. Und Großes. Mit rotem Haar.

»Seine Familie wird uns Zuflucht gewähren«, sagte Astrid.

Wenn Thane sie nicht so sorgfältig beobachtet hätte, hätte er den Hauch eines Zweifels, der über ihr Gesicht huschte, nicht bemerkt. Er würde sein letztes Hemd darauf verwetten, dass sie den Stallburschen bis jetzt noch nicht in ihren törichten Plan eingeweiht hatte. Nach Schottland fliehen? Sie wären nicht in der Lage dazu, ihre Spuren für die Verfolger zu verwischen. Nicht in einer Kutsche mit zwei Damen, einer Magd und einem einzigen Stallburschen als Begleitung. Und Beaumont hätte Isobel genau dort, wo er sie haben wollte – an einem Ort, der für seine Entführungen und überstürzten Verheiratungen gefeiert wurde. Er spürte, wie seine Wut zurückkam, als hinge sie an einem Pendel.

Thane runzelte die Stirn. »Haben Sie ihm schon von Ihrem Plan erzählt?«

»Nein, aber er wird zustimmen.«

Mein Gott, war diese Frau stur! Thane wollte sie dazu zwingen, zuzuhören, aber sie einzuschüchtern, würde niemals funktionieren. Ihr Stolz konnte es mit seinem aufnehmen, und sie würde auf ihrem Standpunkt beharren, wenn sie müsste. Er musste seine Taktik ändern.

»Ich habe Sie nie für feige gehalten«, sagte er.

»Ich bitte um Entschuldigung?«, entgegnete sie. »Wie können Sie es wagen? Ich bin kein Feigling!«

Thane grinste. »Und schon bitten Sie mich wieder. Es gefällt mir, wohin diese Unterhaltung führt.«

»Fahren Sie doch zur Hölle!« Sie drehte sich auf dem Absatz um, aber er stellte sich ihr in den Weg und hielt die Tür mit einer Hand zu.

»Lassen Sie mich raus, Beswick.«

»Ich mag es, wenn du mich Thane nennst.«

»Und ich würde es mögen, wenn du tot umfallen würdest.«

Er presste seine freie Hand mit gespieltem Schmerz auf seine Brust. »So blutrünstig für eine schwache Frau.«

Ihre eisblauen Augen sprühten jetzt Funken. »Ich weiß, was Sie versuchen, Beswick. Aber Ihr Plan wird nicht aufgehen. Wissen Sie, ich habe tatsächlich ein funktionierendes Gehirn, im Gegensatz zu den anderen Frauen, die Sie kennen.«

Thane grinste und ließ den Arm sinken, um sie um die Hüfte zu packen. »Dieses funktionierende Gehirn von Ihnen ist es, auf das ich zähle.«

Und dann presste er seinen Mund auf ihre Lippen.

Kapitel Elf

Astrids sehr wohl funktionierendes Gehirn war gerade nicht mehr in der Lage dazu, unter dem riesigen, entschlossenen Herzog einen klaren Gedanken zu fassen. Ehrlich gesagt wollte sie auch gar nicht denken. In dem Moment, in dem er in das Dorf gedonnert kam, hatte sie ihn umschlingen und ihn küssen wollen. Und sie würde sich diese Gelegenheit jetzt nicht entgehen lassen, egal, wie wütend sie war.

Verdammter Besserwisser!

Aber Grundgütiger, küssen konnte er!

Es war, als wäre er zum Küssen geboren. Dazu geboren, diesen sündigen Mund auf jede erdenklich entartete Weise zu benutzen. In diesem Moment saugte er an ihr und forderte sie dazu auf, ihre Lippen weiter zu öffnen. Seine Zunge glitt in seidenweichen neckischen Bewegungen rein und raus. Nahm, gab. Verlangte, verehrte.

»Nimm die raus«, murmelte er mit belegter Zunge, und seine Hände griffen nach den Spangen in ihrem Haar. Sie spürte, wie ihre Haarpracht über ihre Schultern fiel, und hörte sein zufriedenes Stöhnen, als der Herzog seine Finger darin vergrub, ihren Nacken in seine großen Hände nahm und seinen Mund wieder auf ihren presste.

Dies war erst ihr zweiter Kuss, und obwohl er gleich schmeckte – süß mit einem herben Beigeschmack, und heiß –, fühlte er sich anders an. Dieser Kuss erinnerte an Winternächte vor dem Kamin, an Glühwein und köstliche Süßigkeiten.

»Sag meinen Namen«, flüsterte er zwischen zwei Atemzügen.

Sie wollte widerstehen, aber ihre Lippen wollten seine mehr.

»Thane.«

Die Belohnung war explosiv, als sein Mund ihren komplett bedeckte. Seine talentierte Zunge entfachte ein pulsierendes Verlangen in ihren Brüsten und zwischen ihren Oberschenkeln und sendete Schauder über ihre Haut. Sie war überwältigt von den Gefühlen, umgeben von Feuer, und sie wollte brennen.

Astrid schlang ihre Arme um seinen Nacken und hing sich an ihn, auch, als er sie ohne Anstrengung hochhob und sich mit ihr auf einen Sessel setzte. Er zog ihren Körper an sich, seine Lippen verließen ihre, um mit sinnlichem Knabbern und sanften Bissen ihren Hals entlangzuwandern, bis sie nur noch lustvoll aufstöhnen konnte und sich seinem Geschick vollkommen hingab. Am Rande wurde sie sich seiner härter werdenden Erregung unter ihren Oberschenkeln bewusst, und sie murmelte einen halbherzigen Protest über Dienstboten, den er prompt mit seinem Mund beendete.

Sie war so gefangen im Netz ihrer Leidenschaft, dass sie die Bewegung an der Tür nicht hörte, bis es zu spät war. Viel zu spät.

»Grundgütiger, Astrid, was tust du da?«

Isobels entsetztes Gesicht kam zum Vorschein, als Astrid ihre Lippen von Beswicks zurückzog. Aber es war nicht ihre Schwester, die sie vom Schoß des Herzogs aufspringen ließ, es war das veritable Gefolge hinter ihr. Einschließlich ihrer Tante, ihres Onkels, Lady Mabel, eines Gentlemans, den sie nicht kannte, einem unverhohlen hämischen Fletcher … und Lady Ashley. Bei ihrem Anblick zuckte Astrid zusammen. Die stilvoll gekleidete Lady war der Inbegriff der Gesellschaft von Southend. Und ihre Vermittlerin.

Astrid blinzelte entsetzt und starrte ins Angesicht ihres eigenen Ruins.

Schon wieder.

Lady Ashleys Anwesenheit in Beswick Park war kein Zufall.

Schon wieder war sie von einem Mann betrogen worden, nur dieses Mal war es keine Lüge. Und es gab Zeugen. Zeugen, deren Gesichter beim Anblick von Beswick in Fleisch und Blut die üblichen Ausdrücke annahmen. Angst, Verachtung und Entsetzen standen ihrer Tante und ihrem Onkel ins Gesicht geschrieben, obwohl sie schnell durch Feindseligkeit ersetzt wurden. Isobel und Lady Ashley sahen aufrichtig entrüstet aus, Lady Mabel geplagt. Der unbekannte Mann verzog keine Miene.

Astrid starrte den Herzog, der neben ihr aufgestanden war, vorwurfsvoll an und zischte leise: »Hast du das arrangiert?«

Sie wollte einen Schritt zur Seite machen, doch ein muskulöser Arm legte sich um sie und hielt sie fest. »Nicht auf diese Art.«

»Erklär es mir.«

Der Herzog nickte in Richtung Culbert. »Bringen Sie unsere Gäste bitte in den Frühstückssalon. Lady Astrid und ich werden gleich dort sein.«

»Aber sie ist unbegleitet«, sagte Lady Ashley aufgebracht. »Es ist nicht angemessen, mit einer unverheirateten Lady allein zu sein, Beswick.«

Der Ausdruck auf dem Gesicht des Herzogs war fast komisch in Anbetracht der Szene, bei der sie unterbrochen worden waren. Astrid hätte laut aufgelacht, wenn sie sich nicht so hintergangen gefühlt hätte. Vor neun Jahren hatte sie lediglich ihr Wort und die Wahrheit gehabt, und sie hatte alles verloren. Jetzt, da sie in flagranti erwischt worden war, würden sich die Menschen in dem, was sie geglaubt hatten, nur bestätigt fühlen. Dass sie eine unehrenhafte Frau war.

»Ich habe vor, das zu ändern, Lady Ashley«, antwortete er ruhig.

»Na, hören Sie mal«, sagte Onkel Reginald. »Das ist ungeheuerlich.«

Das leise Knurren kam von dem Mann an ihrer Seite. Astrid konnte spüren, wie sich jeder Muskel im Körper des Herzogs anspannte, als wäre er ein Tier bereit zum Angriff. Ohne nachzudenken, legte sie ihre Hand in seine – aus dem einfachen Grund, um ein Blutbad zu verhindern.

Lady Mabel räusperte sich, ihr Blick fiel auf die Hände der beiden, und Astrid ließ ihre schnell wieder sinken. »Du hast fünf Minuten, Neffe.«

Als alle den Raum verlassen hatten, blickte Astrid Beswick in die Augen. Es war ein Fehler. Er versteckte nichts vor ihr in den funkelnden, whiskeyfarbenen Tiefen – nicht sein Bedauern, nicht seine Absichten, nicht die Glut des Verlangens. Eine Locke seines seidigen braunen Haares fiel über seine Wange und ließ ihn beinahe wie den jungen Mann auf den Familienporträts aussehen. Kaum zu fassen, aber sie wollte ihn schon wieder küssen.

Astrid wandte den Blick ab und entzog sich seinem Griff. »Laut meiner Zählung haben Sie noch vier Minuten, Herzog.«

»Astrid.«

Sie presste die Zähne aufeinander. »Beswick.«

Bei ihrer schroffen Erwiderung zuckte einer seiner Mundwinkel, und er zog seine hellbraunen Augenbrauen hoch, als ob er auf die offensichtliche Tatsache hinweisen wollte, dass sie seinen Namen vor ein paar Minuten noch gestöhnt hatte.

Er schenkte zwei Gläser mit Cognac ein und bot ihr eins an, was sie mit undankbarem Schnauben entgegennahm. So stur war sie nun auch wieder nicht. Sie nahm einen kleinen Schluck, dann noch einen. Und dann noch einen großen dritten.

»Langsam«, sagte er und betrachtete sie über den Rand seines eigenen Glases hinweg.

»Sagen Sie mir nicht, was ich zu tun habe. Drei Minuten, Herzog.«

Nach einem Schluck von seinem Brandy legte er den Kopf schief. »Ich habe Fletcher in dem Moment damit beauftragt, Viscount Everleigh einzubestellen, in dem ich mich auf den Weg ins Dorf gemacht habe. Ich habe es vorgezogen, im Vorteil zu sein, sollte er hier mit seinen Forderungen eindringen. Lady Ashley sollte meine Versicherung sein, im Falle, dein Onkel würde mich beschuldigen, dich oder Isobel entführt zu haben.«

Astrid schüttelte den Kopf. »So weit würde er nicht gehen. Wer würde solch einer Lüge glauben?«

»Würde er nicht?« Beswick schluckte den Rest seines Brandys hinunter. Seine Miene wurde hart und zog somit die Aufmerksamkeit auf die Narben an der Seite. »Denkst du nicht, dass sie in London über mich sprechen? Sie denken, ich sei ein Biest. Der Schatten eines Mannes, der vom Krieg zerstört wurde. Äußerlich und innerlich. Die Aristokratie wird jedes schlüpfrige Gerücht glauben, das ihren Hunger stillt. Die Tatsache, dass ich einen Titel besitze, macht es nur zu einer größeren Sensation.«

Astrid zog scharf die Luft ein, und all ihr Ärger war verflogen. »Du bist ein Herzog.«

»Du sagst das, als wäre der Titel ein Zauberstab.«

»Ist er das nicht?«, fragte sie. »Du bist einer der mächtigsten Adligen im Reich.«

Beswick lächelte, und es war dunkler als alles, was sie bisher gesehen hatte. Sie unterdrückte ein Zittern. »Menschen mögen keine Monster, Astrid.«

»Du bist kein Monster.«

Er deutete auf sich selbst. »Die Welt sieht das anders.«

Die Erklärung ergab Sinn, doch sie nahm nicht den Schmerz seiner Vorgehensweise …, dass er ihr die Entscheidung in einer Art und Weise abgenommen hatte, die dem Vorgehen von Beaumont damals ähnelte. Es war nicht fair, die Situationen der beiden Männer miteinander zu vergleichen, aber sie konnte nicht anders, als sich hintergangen zu fühlen.

»Warum heiraten?« Sie nahm sein leeres Glas, ging zum Regal und füllte ihre Gläser beide frisch auf. Sie gab ihm seines zurück, und sie nippten schweigend daran. »Ich kann mich vage daran erinnern, etwas gehört zu haben, dass du mich nie und nimmer heiraten wirst.«

»Ich hatte unrecht. Und ich war wütend über das, was ich herausgefunden hatte.« Seine Mundwinkel zuckten. »Ich hätte gar nicht gedacht, dass du lauschst.«

»Glaub mir, ich hatte es nicht vorgehabt.«

Er hielt ihrem Blick stand. »Wie dem auch sei, wir scheinen eine unbestrittene Anziehungskraft aufeinander auszuüben, und obwohl Lust nicht immer eine Basis für eine Ehe ist, bin ich bereit, darauf aufzubauen.«

Ihre Wangen erröteten bei seinem nüchternen Eingeständnis, und sofort verspürte sie ein Pochen zwischen ihren Beinen. »Lust?«

»Ja.« Beswick nickte, und in seinen Augen war eine Hitze zu erkennen, die das Pulsieren zwischen ihren Beinen nur noch schlimmer machte. »Aber es ist nicht bloß das. Wenn es dir das schmackhafter macht, dann denk einfach daran, Isobel zu schützen. Ist es nicht das, was du wolltest? Ich biete euch beiden einen Ausweg an.«

Astrid musste schlucken. Er hatte recht. Das war es, was sie von Anfang an gewollt hatte. Um Isobels willen. Aber als sie ihm zuerst eine Heirat vorgeschlagen hatte, hatte sie gedacht, es wäre eine praktische, vernünftige Abmachung. Bevor es irgendeine Art von Anziehungskraft zwischen ihnen gegeben hatte und bevor ihre Entscheidungen von Gefühlen beeinträchtigt worden waren. Sie wusste nur allzu gut, wie so etwas enden konnte … und wie schnell es zu einem gebrochenen Herzen führte.

Astrid sah so hin- und hergerissen aus, dass Thane sie am liebsten in seine Arme gezogen und geküsst hätte, bis sie zustimmte. Aber er wusste, dass sie den letzten Schritt selbst gehen musste. Er hatte nicht gelogen, als er gesagt hatte, dass die Anziehungskraft zwischen ihnen beiden eine gute Basis für eine Ehe sei, doch seine tieferen Absichten waren eher, sie vor Cain zu beschützen.

Der Moment im Studierzimmer war den beiden entglitten, und obwohl Thane nicht geplant hatte, dass sie in flagranti erwischt wurden, würde das Resultat dasselbe sein – eine Heirat.

»Ich habe neue Bedingungen«, sagte Astrid schließlich.

»Ich hätte nichts anderes erwartet.«

Astrid holte tief Luft. »Anders als bei meinem ersten Angebot wird diese Ehe – abgesehen von den nötigen Gelübden – nur auf dem Papier bestehen.«

»Einverstanden.«

»Eine Sache noch«, sagte sie, und ihre Stimme zitterte leicht. »Was hier zwischen uns beiden passiert ist, darf nie wieder geschehen. Dass wir uns küssen, um genau zu sein.«

Ehe er etwas erwidern konnte, öffnete Tante Mabel mit verängstigtem Blick die Türen zur Bibliothek. Aber ihre Sorge galt nicht den beiden, wie es schien. »Beeil dich, Beswick, bevor die Dinge noch weiter eskalieren. Fletcher und Culbert sind nicht besonders hilfreich, und der Viscount gibt jede Menge Drohungen von sich.« Sie holte tief Luft. »Außerdem solltest du wissen, dass Beaumont mit dem Gemeindepolizisten im Schlepptau angekommen ist.«

»Beaumont?«, sagte Astrid und ging zur Tür. »Der Gemeindepolizist? Warum? Will er Isobel mitnehmen?«

Thane öffnete den Mund, um sie zu beruhigen, doch sie war bereits mit besorgtem Gesichtsausdruck an seiner Tante vorbeigeprescht. Er holte sie leicht wieder ein, und als sie an der Tür zum Frühstückssalon ankamen, fanden sie das vollkommene Chaos vor. Jeder war am Rumschreien, der Viscount hatte ein knallrotes Gesicht, und Beaumont trug sein übliches fieses Grinsen zur Schau. Anscheinend hatte der Mann seine vorherige Warnung nicht ernst genommen. Thane musste wohl überzeugender sein.

Er räusperte sich, und es wurde augenblicklich still im Raum. »Wir müssen eine Hochzeit planen.«

Der Viscount zischte ihn an. »Jetzt hören Sie mal, Sie Schurke. Sie ist meine Nichte. Ich habe das Recht dazu, jeden Mitgiftjäger und seinesgleichen davonzujagen.«

»Ich bitte um Verzeihung, Lord Everleigh.« Tante Mabel sah ihn von oben herab an. »Den Hartes fehlt es nicht an Wohlstand.«

Er errötete, knurrte aber: »Der Herzog fällt unter die Kategorie *seinesgleichen*.«

»Wie meinen Sie das, Sir?«

»Sehen Sie ihn sich doch an«, schnaubte Everleigh abfällig. »Mit einem Gesicht wie diesem müsste er jede Frau zwingen, ihn zu heiraten. Auf keinen Fall hätte eine hübsche Frau wie meine Nichte sich freiwillig zu einer Ehe bereit erklärt.«

»Sie hat ziemlich willig ausgesehen, als wir angekommen sind, oder, Culbert?« Das kam von Fletcher, dem aufsässigen Schlitzohr. Thane verkniff sich ein Grinsen, als er sah, wie Astrid sofort errötete.

»Verschwindet«, sagte Viscount Everleigh. »Dienstboten haben hier nichts verloren.«

Thane runzelte die Stirn. »Verzeihen Sie mir, Everleigh, aber Sie können meine Dienstboten hier nicht rumkommandieren. Fletcher darf seine Meinung gern mit uns teilen.«

»Wie dem auch sei«, schäumte der Viscount vor Wut. »Wenn Sie denken, dass ich dieser Vereinigung meinen Segen geben werde, dann liegen Sie falsch, Sir.«

»Euer Gnaden«, korrigierte ihn Lady Ashley.

Der Viscount funkelte sie unhöflich an. »Was?«

»Der Herzog steht im Rang über Ihnen, also müssen Sie ihn mit Euer Gnaden ansprechen, Lord Everleigh«, sagte Lady Ashley empört. »Das ist nur angemessen.«

»Ich stimme Ihrem Vorhaben nicht zu, *Euer Gnaden*«, sagte Everleigh spöttisch. »Die Antwort lautet nein.«

»Wir brauchen deine Zustimmung nicht, Onkel.«

Thanes Blick wanderte zu Astrid, die mit erhobenem Kopf rechts neben ihrer Schwester stand. Sie würde ihm zwar hinter verschlossenen Türen widersprechen und ihn zur Weißglut bringen, doch sie würde ihn niemals in der Öffentlichkeit blamieren.

»Ich habe meine Volljährigkeit erreicht, und im Testament meines Vaters steht deutlich geschrieben, dass ich mir bei klarem Verstand selbst einen Ehemann suchen darf.« Ihr Lächeln war gestellt. »Solange er von guter Herkunft ist, einen Titel trägt und kein Mitgiftjäger ist, was wir bereits ausgeschlossen haben. Meine Entscheidung steht fest. Der Herzog von Beswick ist eine angemessene Partie.«

»Angemessen? Du bist nicht bei klarem Verstand, wie es scheint«, beschimpfte er sie. »Sieh ihn dir doch an!«, rief er. »Er ist ein verdammtes Ungeheuer, das nicht einmal die Manieren besitzt, sich in der anständigen Gesellschaft zu zeigen. Ist es das, was du willst? Diese unzivilisierte Kreatur in deinem Bett zu akzeptieren?«

Isobel schnappte nach Luft und wurde feuerrot bei der Unhöflichkeit ihres Onkels. Die älteren anwesenden Damen murmelten missbilligend vor sich hin.

»Onkel!«, rief Astrid und blickte zu Thane. Doch er war Schlimmeres gewohnt. Er verzog keine Miene, obwohl er das dringende Verlangen hatte, dem Viscount die Faust ins Gesicht zu schlagen. Aber er würde weder ihm noch Beaumont zu der Genugtuung verhelfen oder ihnen einen Grund dafür liefern, seine geistigen Fähigkeiten infrage zu stellen. Er würde keinem der Männer einen Anlass bieten, ihn wegen körperlicher Gewalt beschuldigen zu können. Solche Sitten mochten zwar auf dem Schlachtfeld gelten, aber Thane würde niemals eine Frau verletzen.

Lady Ashley schnaubte. »Schämen Sie sich, Lord Everleigh – Sie werden obszön. Und das in Gegenwart wohlerzogener Damen. Schämen Sie sich, Mylord.«

»Es ist der Herzog, der sich schämen sollte. Er hat meine wertvolle Nichte entehrt. Sie gezwungen.«

Und da war sie – Anschuldigung Nummer eins.

»Ist das wahr, Euer Gnaden?«, fragte der Gemeindepolizist, der Beaumont begleitet hatte und zum ersten Mal den Mund aufmachte.

»Warum fragen wir die Lady nicht selbst«, entgegnete Thane. »Lady Astrid ist sehr wohl dazu in der Lage, für sich selbst zu sprechen.«

Er hatte erwartet, dass sie antworten würde, nicht, dass sie sich an seine Seite stellen und seine Hand fest in ihre nehmen würde. Thanes Kehle fühlte sich eng an. Ein Zittern ging durch seine Schultern. »Der Herzog hat mich nicht gezwungen. Ich habe sein Angebot aus freiem Willen angenommen.«

»Grundgütiger, sehen Sie nur, wie sie vor Angst zittert«, schrie Lady Everleigh. »Ich habe es gesehen. Dieses Mädchen ist total verängstigt. Das sieht doch jeder Dummkopf!«

Thane öffnete den Mund, um dieses Theater hier ein für alle Mal zu beenden, aber Astrid kam ihm zuvor. Sie erwiderte den Blick ihrer Tante kühl und mit dem Hauch eines Lächelns auf den Lippen. »Ich versichere dir, Tante Mildred, es ist nicht Angst, die mich zum Zittern bringt.«

Mein Gott, diese Frau!

Thane war in diesem Moment so verdammt stolz auf sie, dass er sie am liebsten an sich gerissen hätte. Vor ihr auf die Knie gegangen wäre und sie verehrt hätte, wie sie es verdiente. Sein eigener Racheengel. Die anderen sahen es auch. Er konnte Tränen in den Augen seiner Tante schimmern sehen und die Überraschung in Lady Ashleys Blick. Er ignorierte die Abscheu in den Blicken der anderen, als wäre es so unvorstellbar, dass irgendeine lebendige, atmende Frau etwas anderes als Ekel für ihn empfinden konnte. Thane verspürte ein seltsames Gefühl in seiner Brust … als hätte das Organ, das sich dort einst befunden hatte, plötzlich wieder zu arbeiten begonnen.

»Du bist ja krank im Kopf, Kind. Deshalb bist du so boshaft«, flüsterte Lady Everleigh. »Du würdest selbst den Teufel in dein Bett lassen.«

»Das reicht«, sagte Thane mit dunkler Grabesstimme. »Raus hier, alle.«

»Isobel, hol deine Sachen«, befahl der Viscount.

»Nein«, sagte sie ruhig. »Ich bleibe bei Astrid.«

Astrid ging auf ihre Schwester zu, aber Beaumont stellte sich ihr in den Weg. »Sie ist mir anvertraut«, sagte er. »Vielleicht sollten wir über eine Doppelhochzeit nachdenken.«

»Nur über meine Leiche«, zischte Astrid ihn an.

»Dagegen können Sie nichts tun«, sagte er. »Die Vereinbarung wurde bereits getroffen.«

Thanes langjähriger Anwalt Sir Thornton räusperte sich. »Laut den Dokumenten des verstorbenen Lord Everleigh, die ich von Jenkins und Jenkins bekommen habe, den ehemaligen Anwälten des Viscounts, ist es für mich klar, dass – sollte Lady Astrid heiraten – ihr Ehemann als Wächter über die Interessen seiner Frau und Lady Isobel agieren wird.«

»Isobel ist bereits versprochen«, beharrte Everleigh. »Es ist schon vereinbart.«

Sir Thornton fuhr fort, als hätte der Viscount nichts gesagt. »Da die Eheschließung Ihrer Nichte noch nicht vollzogen wurde, bedarf es des Einverständnisses von Lady Astrids Ehemann.«

»Dann werden wir eine Sondergenehmigung beantragen«, zischte Beaumont und griff nach Isobel.

»Fass sie nicht an«, sagte Thane mit leiser Stimme, die jedoch die Wirkung eines Brüllens hatte. »Ich habe dich gewarnt, Beaumont, was passieren würde, wenn du meiner Verlobten oder ihrer Schwester noch einmal zu nahe kämst. Und jetzt sieh zu, dass du verschwindest, oder der Ausgang wird dir nicht gefallen.«

»Forderst du mich heraus?«, fragte er und warf dem Gemeindepolizisten einen Blick zu. »Duellieren ist illegal.«

»Willst du, dass ich es ausspreche? Na gut. Mir missfällt dein Stil. Mir missfällt dein kleines Gehirn. Mir missfällt der Knoten in deiner Krawatte. *Du* missfällst mir. Soll ich fortfahren? Oder habe ich dich genug beleidigt?«

Schweißperlen formten sich auf der Stirn des Mannes. »Du gehst zu weit, Beswick.«

»Tue ich das?«

Beaumont riss die Augen auf, und Thane hätte fast laut aufgelacht. Hatte der Narr wirklich geglaubt, dass er sich durch die Anwesenheit eines Gemeindepolizisten einschüchtern lassen würde? Niemand terrorisierte einen Herzog in seinem eigenen Haus. Schon gar nicht einen wie ihn.

»Mein Gott, Beswick, du bist verrückt geworden!«

»Nein, ganz im Gegenteil. Ich bin bei vollkommen klarem Verstand.« Thane drehte sich zu dem Mann mit den Hängebacken hinter Beaumont um. »Officer Jones, wenn Sie nichts gegen mich vorzubringen haben, dann wünsche ich Ihnen noch einen schönen Tag.«

Der Mann erblasste und verbeugte sich. »Nein, das habe ich nicht, Euer Gnaden. Auf Wiedersehen.«

»Tante Mabel, Lady Ashley, wenn Ihr mich entschuldigen würdet – es scheint, als hätte ich mit Sir Thornton etwas Geschäftliches zu besprechen. Fletcher, wenn Sie Lady Isobel in ihre Gemächer geleiten würden.« Er wandte sich weder an Beaumont, den Viscount noch an seine widerwärtige Frau.

Thane griff nach Astrids Hand und zog sie an seine Lippen. »Mylady«, murmelte er.

Unergründliche eisblaue Augen trafen seinen Blick, aber sie zog ihre Hand nicht fort.

Auf dem Weg hinaus warf Fletcher ihm einen selbstzufriedenen Blick zu, und ein nervtötendes Grinsen legte sich um die Mundwinkel des Mannes. »Benötigen Sie eine Decke, Euer Gnaden? Und vielleicht einen Schal?«

»Nein.« Er sah seinen Hausdiener verwirrt an. »Warum fragen Sie?«

Fletchers Grinsen wurde breiter. »Ich habe gehört, es schneit ziemlich heftig in der Hölle.«

Seine zukünftige Ehefrau gab ein unterdrücktes Gurgeln von sich, das sich anhörte, als versuche sie, nicht zu lachen, was ihr jedoch misslang. Thane schüttelte den Kopf. Der Klang ihres unterdrückten Lachens war Balsam für seine Seele, und er musste ebenfalls kichern.

In der Hölle war Winter eingekehrt – das Biest von Beswick würde heiraten.

Kapitel Zwölf

Über die nächsten vierzehn Tage hinweg hatte Thane Vorkehrungen für seine Abreise nach London getroffen, um eine angebrachte Heiratslizenz zu beschaffen – wenn sich nur Beaumont nicht immer noch in Southend herumtreiben würde. Obwohl die Zeit ohne Vorfall vergangen war, würde es Thane nicht überraschen, wenn er etwas Hinterhältiges mit Lady Isobel vorhätte. Die meisten arroganten Aristokraten wurden nur noch hartnäckiger, wenn ihnen etwas verwehrt worden war. Und Beaumont war da keine Ausnahme.

Thane war zwar wirklich sehr vermögend, aber trotzdem war er schockiert gewesen, als er herausgefunden hatte, wie hoch Astrids und Isobels Aussteuer war. Kein Wunder, dass der Viscount so verzweifelt versucht hatte, an einen Teil davon heranzukommen. Sir Thornton hatte ihm berichtet, dass der Viscount hoch verschuldet war, und von Jenkins und Jenkins hatte er erfahren, dass das Geld nicht angerührt worden war, weil der Vater der beiden so strenge Bedingungen daran geknüpft hatte.

Astrid war mittlerweile auch überzeugt davon, dass ihr Onkel nicht kampflos aufgeben würde.

»Ich bin mir sicher, mein Onkel hätte einen Weg gefunden, sowohl Isobels als auch mein Vermögen an sich zu reißen«, hatte sie zu Thane gesagt. »Als Frau sind meine Rechte ohne einen Mann, der hinter mir steht, begrenzt. Mein einziges Ziel ist es gewesen, Isobel eine angemessene Bräutigamschau zu gewähren. Aber dann kam Beaumont angeschlichen.«

»Warum hat er das getan? Sosehr ich den Mann auch verachte, er ist nicht knapp bei Kasse. Mit seinem Titel, seinem Vermögen und seinem Aussehen könnte er viele Frauen haben.«

Ihr Blick hatte ihn fast zu Asche verbrannt.

»Warum heiratest *du* ihn dann nicht? Beaumont ist eine Kröte. Vielleicht kannst du ihn ja küssen, und ihr lebt bis an euer Lebensende glücklich und zufrieden.«

Thane hatte gelacht, aber sie hatte nicht unrecht, wenn sie sagte, er sei eine Kröte. »Es scheint so, als fühlte ich mich eher zu scharfzüngigen Hyänen hingezogen, nicht zu Kröten.«

Er war sehr versucht gewesen, die Bitterkeit von ihrer Zunge zu küssen.

In den letzten Wochen schienen sie zu einer Art inoffizieller Waffenruhe gekommen zu sein, und trotz ihres Moratoriums in Bezug auf körperlichen Kontakt musste Thane zugeben, dass er es genoss, Zeit mit ihr zu verbringen.

Er hatte erfahren, dass eine ihrer Lieblingsgeschichtensammlungen *Tausendundeine Nacht* war. Als er behauptet hatte, dass Scheherazade den König mit ihren Märchengeschenken absichtlich in die Falle gelockt hatte, hatte sie ihm entgegnet, dass Frauen in der Geschichte schon immer mit allen erdenklichen Hilfsmitteln ums Überleben kämpfen mussten.

Zugegeben: Der König in dem Märchen von Scheherazade hatte seine Königin umgebracht, all ihre Konkubinen und auch danach alle Frauen, die er geheiratet hatte. Scharfsinn, hatte Astrid behauptet, war der Schlüssel zur Beherrschung des Patriarchats. Herzöge eingeschlossen, hatte sie mit einem listigen Blick noch hinzugefügt. Thane hatte über ihre vollkommene Respektlosigkeit gelacht.

Er schätzte die Art, wie ihr Verstand funktionierte und wie sie die Welt sah. Ihre Ideen zu Bildung und weiblicher Berechtigung faszinierten ihn. Und sosehr es ihm auch Spaß machte, sie herauszufordern, liebte er es vor allem, wenn sie ihn herausforderte. Ihr vorlautes Mundwerk und ihr gerissener Verstand mochten vielleicht einen weniger selbstbewussten Mann einschüchtern, aber er hatte ihre verbalen Duelle zu schätzen gelernt.

Doch am allermeisten genoss er es, herauszufinden, wofür sie lebte. Loyalität. Lernen. Leidenschaft. Und sie war in der Tat leidenschaftlich. Was ihre Schwester und ihre Interessen anging. Ihre Überzeugungen. Thane wollte herausfinden, ob diese Leidenschaft noch weiter ging.

Ganz besonders im Bett. Dieses Verlangen zermalmte ihn förmlich.

Thanes aufgestaute sexuelle Lust hielt ihn nicht davon ab, ihre Nähe in der Wärme des Gewächshauses zu suchen, wo sie nach dem Abendessen meistens zusammen hingingen – sie mit einem Buch und er mit einem Glas Brandy –, bevor sie sich zur Nachtruhe betteten.

Also fand Thane sie auch heute nach seiner Arbeit auf ihrer üblichen Bank vor, die Schuhe ausgezogen, die Füße unter sich und ein Buch in ihrem Schoß. Er reichte ihr ein Glas und füllte es aus einem Flachmann, den er in der Tasche hatte.

»Danke«, sagte sie mit einem warmen Lächeln.

»Wie geht es Isobel?«, fragte er und betrachtete ein paar der blühenden Pflanzen.

Astrid zuckte mit den Schultern. »Sie ist am Nachmittag schon ins Bett gegangen. Patrick hat ihr beigebracht, richtig zu reiten. Und Fletcher hat ihr gezeigt, wie man schießt.«

»Hat er das?« Thane zog die Augenbrauen nach oben, als er das hörte. Fletcher hatte ihm schon als Junge das Schießen beigebracht. Der Mann konnte verdammt gut zielen. »Was ist mit dir? Willst du es nicht auch lernen?«

»Ich habe eine Arbeit zu erledigen, Euer Gnaden. Wenn Sie sich erinnern, katalogisiere ich die Antiquitäten Ihres Vaters«, antwortete sie förmlich. »Aber ich möchte hinzufügen, dass ich damit bald fertig bin. Außerdem waren meine Augen so müde, dass ich bestimmt das falsche Ziel getroffen hätte.«

»Gut, dass ich nicht in der Nähe war«, scherzte er.

»Wenn Sie dort gewesen wären, Euer Gnaden, dann hätte ich darauf bestanden, auch an die Reihe zu kommen.«

Thane schmunzelte über ihre Stichelei. »Eine untrainierte Frau, tief verwurzelte Abneigung und eine Pistole sind keine gute Kombination.«

»Ich bin nicht untrainiert«, sagte sie und nahm einen Schluck von ihrem Brandy. Sie leckte sich einen Tropfen von der Unterlippe, und er zog scharf die Luft ein. »Mein Vater hat mir das Schießen beigebracht. Isobel wollte nichts lernen, was sich außerhalb des üblichen Bereichs für Mädchen befand, aber ich ... ich wollte alles können, was die Jungs auch konnten.«

»Er verwöhnte dich.«

Sie warf ihm einen störrischen Blick zu. »Ich ziehe es vor, zu denken, dass er mir die Chance gegeben hat, mich mit Männern auf die gleiche Ebene zu stellen.«

»Du bist eine Lady, Astrid, kein Mann.«

Ihre Augen blitzten auf, und sie reckte das Kinn hoch. Beides Anzeichen dafür, dass sie bereit für eine Diskussion war. »Und deswegen soll ich weniger Bildung bekommen? Deswegen soll ich als das schwächere Geschlecht behandelt werden? Immer unterschätzt werden? Walzer tanzen und ständig gut gelaunt sein?« Die letzten Worte sprach sie mit so feuriger Verachtung aus, dass es ein Wunder war, dass die Büsche neben ihr keine Funken fingen.

»So läuft es in der Welt.«

Nicht, dass Thane das gut gefunden hätte. Frauen in anderen Gesellschaften rund um den Globus hatten unterschiedliche Rollen, kämpften so hart wie ihre Männer, wurden fast gleichberechtigt behandelt. Seine eigene Mutter war kein Schwächling gewesen. Sie hätte nicht überlebt mit einem Vater wie seinem. Die Herzogin von Beswick hatte ihre Rolle verstanden, aber sie hatte es nicht zugelassen, dass die Gesellschaft sie bevormundete. Genau wie Tante Mabel. Thane musste innerlich grinsen. Es schien, als wäre er schon immer von weiblichen Rebellen umgeben gewesen.

»Wollstonecraft würde widersprechen«, entgegnete Astrid. »Sie war der Meinung, dass der Wert einer Frau über ihren Unterleib hinausgeht und dass Bildung das Einzige ist, was unsere Geschlechter unterscheidet.«

Bei dem Wort »Unterleib« aus ihrem Mund setzte Thanes Verstand einen kurzen Moment lang aus. Ihre Augen funkelten leidenschaftlich, ihre Lippen waren leicht geteilt, und ihre Brüste hoben und senkten sich. Plötzlich wurde Thane von schmutzigen Bildern überwältigt, die ihm den Atem raubten. Er blinzelte und schüttelte sich. Unter seiner Hose zeichnete sich schon eine beginnende Erregung ab. Verdammt, was sollte das? Hastig lenkte er sich ab und untersuchte eine der Leitungen des Bewässerungssystems.

»Bist du deshalb so versessen aufs Lernen?«, fragte er über seine Schulter hinweg. »Weil du wie ein Mann sein willst?«

Astrid warf den Kopf in den Nacken und lachte auf. Bei dem unbefangenen Klang richtete sich sein Penis vollends auf und drückte gegen seine Hose. Verdammt noch mal, sie brachte sein Blut in Wallung wie sonst nichts. Er setzte sich auf die Bank neben sie und legte die Hände in den Schoß, um die Wölbung in seiner Hose zu verbergen.

»Nein, natürlich nicht«, sagte sie in amüsiertem Tonfall. »Aber ich will wertgeschätzt werden. Ich will eine Partnerin sein, eine Freundin und nicht nur eine Zuchtstute, deren einziger Sinn die Fortpflanzung ist. Frauen sind kein Eigentum, das wie Vieh behandelt wird, Euer Gnaden.«

Welch eine Leidenschaft sie doch in sich trug!

»Ich für meinen Teil bin froh, dass du kein Mann bist«, sagte er.

Sie richtete ihre Aufmerksamkeit wieder auf das Buch in ihren Händen, aber die Bewegung konnte den rosigen Teint nicht verbergen, der sich auf ihre Wangen legte. Gut. Thane deutete das als einen Sieg.

»Was liest du heute Abend?«, fragte er und betrachtete die Ausgabe, die sie in ihren eleganten Fingern hielt. Der Anblick rief ein

Ziehen in seinem Unterleib hervor, wie er es immer machte. Es verwirrte ihn, so besessen von den Fingern einer Frau zu sein. Wer hätte gedacht, dass er so ein Dummkopf sei? Er las den Titel auf dem geprägten Umschlag des Buches. »Lord Byron?« Er schnaubte laut auf. »Du überraschst mich. Wollstonecraft ist ein ziemlicher Gegensatz zu diesem Poeten.«

Errötend murmelte Astrid, dass sie den Poeten als Mann verachtete, aber seine Gedichte von Zeit zu Zeit gern las.

»Wenn du ihn nicht magst, warum liest du dann seine Werke?«

»Es ist interessant, den Mann mit seinen Gedichten zu vergleichen. Er war unfassbar indiskret, was seine Geliebten anging.« Sie hielt inne. »Männer kommen mit so vielem durch, aber Schande, wenn das eine Frau tut. Dann wird sie ihr Leben lang verschmäht. Wie Wollstonecraft.«

Thane nickte. »Eine von Lord Byrons Geliebten war mit Wellington liiert.«

»Das ist genau das, was ich meine. Lady Annesley inspirierte Lord Byron zu *Als wir uns trennten*. Wunderschön geschrieben, aber ehrlich … die Liebe kann man nicht in Eile finden, oder? Obwohl …«, fügte sie zynisch hinzu, »sie kann auch genauso schnell verloren gehen.«

Er starrte sie an. »Was weißt du davon?«

Sie musste schlucken, und er sah so etwas wie Schmerz in ihrem Gesicht, als sie den Kopf senkte, um ihr Gesicht vor seinem Blick zu verstecken. Sprach sie aus Erfahrung? Hatte sie sich damals in Cain verliebt?

»Nichts«, sagte sie.

»Wie viele Gedichte und Erzählungen wurden von Menschen mit gebrochenen Herzen geschrieben?«, sagte Thane und rückte auf der Bank ein bisschen näher. »Kompletter Unsinn, sage ich. Die Liebe ist etwas für Dummköpfe.«

»Sie glauben nicht an die Liebe?« Die Frage kam ganz leise, fast unhörbar.

»Nein.«

»Ich auch nicht.«

Thane war fasziniert von ihrer harten Aussage und dem unterschwelligen Schmerz in ihrer Stimme. »Was ist mit Cain passiert, Astrid? Warum hat er die Verlobung gelöst?«

Eisblaue Augen blickten ihn an, und er konnte einen kurzen Moment versteckten Schmerz darin entdecken, der aber sofort wieder verschwand. Sie hatte in seinem Studierzimmer schon etwas angedeutet, nachdem sie erwischt worden waren, doch er hatte sie nie direkt danach gefragt und es aus ihrem Mund gehört. »Sie wissen, warum. Beaumont hat die Verlobung gelöst, als Gerüchte über meine Abenteuer die Runde machten«, antwortete sie leidenschaftslos und mit einem Blick, der nichts verriet.

»Hat er dich bedrängt?«

Erst schien es, als würde sie nicht antworten, aber dann nickte sie – wenn auch eher zu sich selbst.

»Er hat es versucht«, sagte sie. »Er dachte, weil er mein Verlobter war, wäre er dazu berechtigt, seine …« Sie warf ihm einen Seitenblick zu und errötete. »… meine ehelichen Pflichten einzufordern. Auch wenn ich wusste, dass er mein Ehemann werden würde, habe ich Nein gesagt.« Sie atmete tief aus und schloss die Augen für einen scheinbar ewigen Moment. »Mir wurde schlecht, wenn er mich berührte, und da habe ich erkannt, dass es ein Fehler gewesen ist, seinen Antrag anzunehmen. Wir haben einfach nicht zusammengepasst. Also habe ich vorgeschlagen, dass wir die Verlobung freundschaftlich auflösen.«

Ein spöttisches Lachen kam über ihre Lippen.

»Freundschaftlich. Das ist so ein mildes Wort, nicht wahr? Es lässt einen denken, dass alles gut werden wird. Herrgott noch mal, ich war so naiv. Edmund war angeblich einverstanden, nur um am nächsten Tag bösartige Lügen über mich und meinen Charakter zu verbreiten. Er sagte, er wäre gezwungen gewesen, die Verlobung zu lösen. Niemand glaubte mir. Er zerstörte jegliche Hoffnung auf eine Zukunft für mich. Weil er sich verschmäht vorgekommen ist. Weil eine Frau sich erdreistet hat, ihn abzuweisen.«

»Er hat jede Hoffnung auf eine weitere Verlobung für dich zerstört«, stellte Thane fest.

»Ja. Die Everleighs wurden plötzlich zu Außenseitern. Freunde ließen uns fallen, Einladungen wurden zurückgenommen. Wir wurden gemieden und ausgeschlossen.« Astrid starrte auf das Buch in ihren Händen. »Arme Isobel … jetzt im Blickfeld des Mannes zu stehen, der mich ruiniert hat. Ich habe Angst, dass die Geschichte sich wiederholen wird und ich meine Schwester verliere.«

Thane spürte, wie sich sein Kiefer anspannte und ihr Blick darauf fiel. Ihre Augen wurden kalt, als erwartete sie, dass er ihr nicht glaubte. Aber er konnte die Gefühle, die sich in seiner Brust formten, gar nicht beschreiben – Mitleid für das, was sie durchmachen musste, die Tatsache, dass alles, was er in ihren Augen sehen konnte, Schmerz war und die Angst davor, erneut verletzt zu werden.

Thane wollte nichts lieber, als sie in seine Arme zu nehmen und all ihren Schmerz wegzustreicheln. Doch er nahm an, dass Astrid das nicht gefallen würde. Sie war viel zu stolz. Stolz, stark und unglaublich widerstandsfähig. Die meisten Frauen wären an einer Vergangenheit wie ihrer zerbrochen. Nicht sie.

»Nichts davon ist jetzt noch wichtig«, sagte sie schnell. »Die Menschen glauben, was sie glauben wollen.«

»Beaumont ist eine Schlange.«

»Ja, vielleicht. Aber er war nicht allein bei meiner Verschmähung durch die Gesellschaft. Alle lieben einen handfesten Skandal, egal, auf wessen Kosten er geht.« Der Anflug eines Lächelns legte sich um ihren Mund. »Doch er ist nicht ganz ungeschoren davongekommen. Ich glaube, ich habe ihn vor der versammelten Gesellschaft eine habgierige, liebestolle, dreckige Ratte genannt.«

Thane musste lachen. »Das war das Mindeste, was er verdient hatte.«

Sie zuckte mit der Schulter, aber er konnte den Schmerz in ihren

Augen immer noch sehen. »Beaumont war nur ein verwöhnter Schnösel mit einem geerbten Adelstitel.« Sie holte tief Luft. »Meine Geschichte unterscheidet sich nicht von denen vieler Frauen, die zum Schweigen gebracht worden sind. Deshalb lese ich so gern die Aufsätze von Wollstonecraft. Wenn Frauen gleichberechtigt behandelt werden würden, dann hätte ich in meinem Fall Einspruch einlegen dürfen. Um die Wahrheit zu sagen. Statt mit den Anschuldigungen und Strafen anderer zu leben.« Sie lächelte traurig. »Aber wie Sie es selbst sagten – so läuft es in der Welt.«

»Das sollte es aber nicht«, sagte er schnell. »Beaumont hat dir etwas weggenommen. Es mag nicht deine Unschuld gewesen sein, doch die Wahrheit ist, dass er dir etwas genauso Wertvolles genommen hat. Einen Teil von dir.«

Ein verletzlicher Ausdruck legte sich auf ihr Gesicht, den sie schnell wieder verbarg. Sie legte den Gedichtband zur Seite und griff nach unten zu ihren Schuhen. »Wenn Sie mich entschuldigen würden, Euer Gnaden. Ich bin müde.«

Er stand auf, kniete sich vor sie hin und nahm die Schuhe, bevor sie sie fassen konnte. »Wenn du erlaubst. Und ich heiße Thane.«

Ihre Wangen erröteten. »Was tust du da?«

»Wenn wir schon heiraten werden, ist es nur …«

Aber Thane verschlug es bei dem Anblick ihrer nackten Zehen und ihres blassen, hohen Spanns die Sprache. Sie trug keine Strümpfe unter ihrem Rock, und verdammt nochmal, ihre schlanken Füße waren genau wie ihre Hände – feingliedrig und elegant, als wären sie von einem meisterhaften Bildhauer geformt.

»Ist es was?«, fragte sie atemlos.

Er blinzelte. »Ist nur galant.«

Thanes begierige Hände umfassten ihren schlanken Fuß, und zwischen ihnen entstand eine explosive Spannung. Er erwartete fast, dass sie ihren Fuß zurückziehen würde, aber sie bewegte ihn nicht, als wäre sie in der zerbrechlichen, wunderschönen Intimität des Moments gefangen. Die Zeit stand still, und ein leises Stöhnen kam über ihre Lippen, als er ihr erst den einen, dann den anderen Schuh überstreifte.

Er konnte nicht sprechen, als er aufstand und ihr die Hand hinhielt. Sein ganzer Körper stand in Flammen. Schweigend und zitternd nahm sie seine Hand und ließ sich von ihm hochziehen. Ihre Brüste streiften bei jedem Atemzug beinahe seine Brust. Thane wollte sie so sehr berühren, dass sein ganzer Körper vor Verlangen vibrierte.

Sie wollte ihn auch. Das konnte er an ihrem flatternden Puls sehen und an den flachen Atemzügen spüren. Ihr schlanker Körper neigte sich zu ihm und schien in derselben magnetischen Anziehungskraft gefangen zu sein, die ihn als Sklave hielt. Er wollte sie in seine Arme nehmen und sie küssen, bis keiner von beiden mehr Luft bekam. Er wollte sie ganz fest halten und ihr immer wieder sagen, dass sie wertvoll sei.

»Astrid«, flüsterte er, »darf ich dich küssen?«

Sein Flüstern brach den Bann, der die zwei zusammengehalten hatte.

Sie riss die Augen weit auf und zog sich rasch zurück. »Bitte nicht. Ich kann nicht.«

Und mit diesen Worten drehte sie sich um und rannte aus dem Gewächshaus.

Astrid rannte zum Haus zurück, vorbei an einem bestürzten Culbert und einer erstaunten Lady Mabel. Sie knallte ihre Schlafzimmertür hinter sich zu, hielt sich den Bauch und versuchte, wieder zu Atem zu kommen. Von ihren Zehen strömte eine Hitze in ihren Unterleib und dann zurück in ihren Schritt, wo sie ein warmes, beharrliches Ziehen verspürte. Der Blick in Beswicks bernsteinfarbene Augen hatte sie total aus dem Gleichgewicht gebracht, als würde sie aus allen Nähten platzen, wenn er sie *nicht* berühre.

Astrid blinzelte und atmete tief durch. Während der letzten zwei Wochen war das, was zwischen ihnen war, weit über Anziehungskraft hinausgegangen. Es war ein allumfassendes, herzzerreißendes

Verlangen, dessen Macht ihr Angst einjagte. Eine Berührung, und sie würde in Flammen aufgehen, sich vor ihm auf die Knie werfen und ihn anflehen, mit seinen warmen, talentierten Fingern zwischen ihre Beine zu fassen.

Es wäre so einfach gewesen, Ja zu sagen.

Wovor hatte sie solche Angst?

Diese Frage hatte sie sich fast jede Nacht gestellt. Beswick verlangte überhaupt nichts von ihr. Er war nicht Beaumont und versuchte nicht, sich ihr aufzudrängen. Der Herzog hatte einfach nur nach einem Kuss gefragt, und die Wahrheit war, es gefiel ihr, ihn zu küssen. Vielleicht war es das – sie hatte keine Angst vor Beswick. Sie hatte Angst vor sich selbst … Angst davor, was es für *sie* bedeuten würde, ihn zu küssen. Deshalb die Regel des Nichtküssens, die sie sich selbst auferlegt hatte.

Aber Angst zu haben, passte nicht zu ihren eigentlichen Vorstellungen, ihr Leben zu ihren Bedingungen zu leben. Es machte sie zu einem Feigling. Astrid ging zum Spiegel und betrachtete ihr Spiegelbild – die Augen funkelten, ihr Haar hatte sich gelockert, ihre Wangen brannten.

Sie berührte ihre Lippen mit den Fingern und stellte sich vor, es wären Beswicks.

Du bist eine starke, aufgeklärte Frau … eine moderne Frau, die ihrer eigenen Begierde nachgeben kann. Du willst ihn, du dummes Ding, und er will dich. Was kann ein Kuss schon schaden?

Ein Kuss hatte die Macht, Leben zu zerstören – das wusste sie nur allzu gut. Doch Beswick war nicht Beaumont.

Astrid holte tief Luft und ging nach unten.

»Haben Sie den Herzog gesehen?«, fragte sie Culbert.

»Seine Gnaden hat sich für die Nacht zurückgezogen, Mylady«, sagte er. »Kann ich Ihnen bei etwas behilflich sein?«

»Nein«, sagte sie und drehte auf dem Absatz um. Enttäuschung machte sich in ihrer Brust breit, dann Entschlossenheit. Sie blieb an der Treppe stehen. »Ähm, wo sind die Gemächer des Herzogs?«

Culbert, der sich normalerweise durch nichts aus der Ruhe bringen ließ, klappte die Kinnlade runter, bevor er eine Antwort stammelte, als sie ihn stirnrunzelnd ansah. »Der Ostflügel, Mylady. Angrenzend an Ihre und Lady Isobels Gemächer. Soll ich Sie dorthin geleiten?«

»Nein danke, Culbert. Ich bin sicher, das schaffe ich alleine.«

Sie hoffte es zumindest.

Ihr neu erlangter Mut trieb sie aufrecht vorwärts, bis sie an eine vergoldete, kunstvoll geschnitzte Doppeltür gelangte, die zu etwas führte, was ihr wie der Familienflügel vorkam. Er war noch prachtvoller als der Gästeflügel, in Creme- und Goldfarben mit hellblauen Akzenten gehalten.

Sie biss sich auf die Unterlippe, klopfte an die erste Tür und fuhr zusammen, als das Echo in ihre Ohren drang. Was tat sie hier, in Gottes Namen? Augenblicklich verließ sie ihr ganzer Mut. Sie drehte sich um und wollte gerade dorthin zurückrennen, woher sie gekommen war, als die Tür geöffnet wurde. Von einer Frau, die ein einfaches Nachthemd und eine Nachtmütze trug.

»Oh, es tut mir leid«, rief Astrid. Der Stich der Eifersucht kam überraschend.

Wer war sie? Warum war sie in den Gemächern des Herzogs?

»Wer ist das, Frances?« Der gedämpften Stimme folgten Schritte, und Lady Mabel tauchte hinter der Tür auf. »Astrid, Liebes, was tun Sie hier?«

Astrids Mund öffnete und schloss sich, und sie fasste sich mit den Händen an den Hals. Hitze stieg ihr ins Gesicht. »Ich … ähm … habe mich verlaufen.«

Mabel lächelte und entließ die Frau. »Danke, Frances, das ist alles für heute Nacht.« Ihr Blick blieb auf Astrids Gesichtsausdruck haften. »Frances ist meine neue Dienstmagd.« Sie lotste Astrid in eine einladende Sitzecke, wo sie ihr zuflüsterte: »Die letzte ist wegen der Lakaien gegangen.«

»Wegen der Lakaien?«

Mabel grinste. »Die in meinem Bett, Liebes. Tee?«

»Nein, danke«, sagte Astrid und unterdrückte ihre Belustigung über die Herzogin.

»Gloria war zu hochnäsig für eine Dienstmagd, wenn Sie mich fragen«, fuhr sie fort. »Zum Glück hatte Frances gerade bei einer anderen Stelle gekündigt und wurde mir wärmstens empfohlen. Also, wo waren wir? Sie sagten, Sie hätten sich verlaufen?«

Astrid nickte und biss sich bei der Lüge auf die Unterlippe. »Ich habe, ähm, eine falsche Abzweigung genommen.«

»Sie haben nicht zufällig nach meinem Neffen gesucht?«

»Nein, natürlich nicht!«, antwortete sie viel zu schnell.

Mabel warf ihr einen vielsagenden Blick zu. »Ich würde es Ihnen nicht verübeln, wenn es so wäre, wissen Sie. Sie sind schließlich eine verlobte Frau. Und unter all diesem groben Gepolter ist Thane derselbe heißblütige Mann, der er einmal war.«

»Er ist nicht brutal«, sagte Astrid, ohne zu überlegen, und wurde dann errötete. »Und ob er leidenschaftlich ist, weiß ich nicht.«

»Ich sagte heißblütig, meine Liebe«, korrigierte Mabel sie mit schelmischem Blick. »Jeder, der Augen im Kopf hat, kann das Knistern zwischen euch beiden sehen. Ehrlich gesagt bin ich überrascht, dass keiner vom Rest von uns Brandflecken hat.«

Astrids Gesicht glühte. »Wir haben uns auf eine Ehe nur auf dem Papier geeinigt.«

»Menschen sind dafür bekannt, ihre Meinung zu ändern.« Mabel betrachtete sie genau, und Astrid hatte Angst, dass ihr ihr Verlangen ins Gesicht geschrieben stand. »Ich denke, Sie sind in der Vergangenheit verletzt worden, und davon lassen Sie sich jetzt beeinflussen. Aber Sie müssen ihre Ängste überwinden. Selbst wenn ich meinen Neffen nicht lieben würde, würde ich Ihnen das empfehlen.« Sie tätschelte Astrids Hand. »Wir radikalen Denker müssen zusammenhalten.« Sie grinste Astrid breit an. »Also, wenn Sie nach dem Gästeflügel suchen, der ist gleich die Treppe runter. Wenn Sie nach den Gemächern des Herzogs suchen, die befinden sich am Ende des Korridors.«

»Das tue ich nicht«, sagte Astrid und spürte die Röte bis an ihren Ohren. »Ich habe mich verlaufen.«

»Wenn Sie das sagen, meine Liebe.«

Nachdem sie der Herzogin eine gute Nacht gewünscht hatte, blieb Astrid am Treppenabsatz stehen und wurde von ihrem Innern in verschiedene Richtungen gezogen. Sie wünschte, sie wäre so mutig wie Mabel, aber die Frau hatte schon mehrere Jahrzehnte in der Gesellschaft auf ihrem Konto. Und sie war eine Herzogin. Eine Herzogin, die nichts bereute.

Astrid war nichts dergleichen.

Im Grunde ihres Herzens war sie bloß ein Mädchen, das zu viel zu verlieren hatte.

Kapitel Dreizehn

»Wo ist der Herzog?«, fragte Astrid zwei Tage später, als sie weit und breit nichts mehr von ihm gesehen hatte. Fletcher übrigens auch nicht. Allerdings war sie auch von früh bis spät im Studierzimmer damit beschäftigt gewesen, die Antiquitäten für die Auktion vorzubereiten.

»Er ist nach London gefahren, Mylady«, sagte der Butler.

Ohne es ihr zu sagen?

Astrid überkam plötzlich ein mulmiges Gefühl. War er ohne ein Wort abgefahren, weil sie ihn verärgert hatte? Weil sie Nein zu ihm gesagt hatte? Ihre Vergangenheit schien sie einzuholen. Sie hatte Beaumont abgewiesen, und er hatte ihr den Rücken zugekehrt und sie dafür bestraft. Tat Beswick jetzt dasselbe? Er war ihr nicht als der Typ Mann vorgekommen, aber sie hatte sich schon vorher in Männern getäuscht.

Nein, er musste gefahren sein, um endlich die Heiratsgenehmigung zu beantragen. Und selbst wenn er aus anderen Gründen gefahren war, über die es nicht nachzudenken galt, was sollte es sie angehen? Astrid konnte nicht anders, als verärgert zu sein. Über ihn, weil er abgereist war, ohne sie zu informieren, und über sich selbst, weil sie überhaupt etwas fühlte.

»Für wie lange?«, fragte sie den Butler.

»Das hat er nicht gesagt, Mylady.« Dieses Mal zeigte sie ihren Ärger, was Culbert einen Schritt zurücktreten ließ. »Ich bin sicher, er wird bald zurück sein.«

Na schön. Dann würde sie jetzt tun, wonach ihr zumute war. Zum Beispiel ein langer Ausritt auf Brutus und vielleicht ein Ausflug ins Dorf. Das würde Isobel gefallen, und sie wären sicher genug mit den Männern, die Beswick angeheuert hatte, um ein Auge auf alle zu werfen, die sich seinem Anwesen näherten. Diese Männer waren ihm treu ergeben, das wusste sie. Sonst hätte er ihnen nicht ihre Sicherheit anvertraut.

Warum war er gefahren, ohne mir etwas davon zu sagen?

Der Gedanke kränkte sie. Aber dann dachte sie wieder daran, wie sie sich zum letzten Mal getrennt hatten – sie war vor ihm davongelaufen und ihm seitdem aus dem Weg gegangen. Sie hatte ihn gemieden, und er war ohne ein Wort des Abschieds nach London gefahren. Astrid wollte das Gefühl in ihrer Brust nicht analysieren. Enttäuschung? Bedauern?

Darf ich dich küssen?

Diese geflüsterte Bitte war ihr bis in die Seele gegangen. Denn sie hatte ihn mehr als alles andere auf der Welt küssen wollen. Die brutale Kraft des Verlangens in ihrem Innern hatte sie schwach vor Lust gemacht. Der Griff seiner großen, warmen Hände um ihren Fuß … das unglaubliche Bedürfnis, diese Finger noch an anderen Stellen zu spüren. Sie hatte ihm alles geben wollen.

Ein Mann wie Beswick würde sie verschlingen.

Und das konnte sie sich nicht leisten.

»Agatha«, sagte sie, als sie in ihr Schlafzimmer ging, »meine grünen Reitklamotten bitte. Agatha?« Astrid sah sich in dem aufgeräumten Zimmer um, aber die Dienstmagd war nirgendwo zu sehen.

Vielleicht war sie bei Isobel. Sie konnte sich auch mühelos selbst anziehen. Die meisten ihrer Reitklamotten waren so geschnitten, dass sie vorne zu verschließen waren, und da sie einen wilden Ausritt mit Brutus plante, bräuchte sie ihre normalen Reitsachen für einen Damensattel nicht.

Der flotte Ritt würde vielleicht auch das Ziehen zwischen ihren Beinen verschwinden lassen, das sie seit Tagen verspürte. In den letzten Jahren hatte sich Astrid in privaten Momenten selbst Befriedigung verschafft, doch sie konnte nicht riskieren, dabei erwischt zu werden. Nicht hier. Obwohl sie in einer der Ausgaben von privaten Briefen, die sie in den oberen Regalen von Beswicks Bibliothek gefunden hatte, gelesen hatte, dass es überhaupt nicht schockierend war, wenn eine Frau sich selbst anfasste. Die Autorin Ninon de Lenclos, eine französische Kurtisane, ermutigte Frauen sogar dazu.

Einerseits hatte sie Bedenken, weil sie in einem fremden Haus war, andererseits ließ der Herzog selbst sie zögern. Der Gedanke daran, dass Beswick auch nur erahnen könnte, in welchen Wahnsinn er sie trieb, war so entsetzlich, dass sie dem Impuls widerstand, obwohl sie wusste, dass es ihr Erleichterung bringen würde.

Hatte er sich selbst angefasst und dabei genauso über sie gedacht?

Ein schmutziges Bild von Herzog von Beswick, wie er mit zurückgeworfenem Kopf und einer Hand auf der Wölbung unter seiner Hose auf dem Bett lag, kam ihr in den Sinn. Sie verlor jegliches Gefühl in den Beinen, sie bekam keine Luft mehr, und ihre Knochen versagten ihre Dienste, sodass sie schwankte und fast zu Boden stürzte.

Mein Gott, das wurde wirklich langsam lächerlich.

Ein Ausritt. Ein Ritt auf Brutus würde alle Probleme lösen. In ihrer Eile, zu den Ställen zu gelangen, bemerkte sie den Aufruhr im Foyer erst, als sie dort war. Sie krachte beinahe in Culbert hinein, der mit Patrick diskutierte, der so blass im Gesicht war, dass sie ihn kaum wiedererkannte. Seine natürliche rötliche Farbe war ihm vollends aus dem Gesicht gewichen, und die roten Haare standen ihm zu Berge.

»Was ist los?«, fragte sie und sah im Augenwinkel die Männer des Herzogs, die auf dem Anwesen patrouillierten. Ein ungutes Gefühl überkam sie. War etwas mit Beswick? War etwas in London passiert?

»Es ist Lady Isobel, Mylady.« Mrs Cross, die neueste Haushälterin von Beswick Park, trat aus dem Gedränge heraus. »Sie ist weg.«

»Weg?«, wiederholte Astrid. »Wohin?«

»Sie hat bei einer der Mägde eine Nachricht hinterlassen und gesagt, dass sie mit ihrer Tante und ihrem Onkel nach London fährt.

Agatha ist bei ihr.« Mrs Cross sah verwirrt aus. »Lord Everleigh hat vor ein paar Stunden seine Kutsche geschickt.«

»London? Warum um alles in der Welt sollte sie …?« Astrid brach ab und legte sich die Hand auf den Mund. Sie hätte es kommen sehen sollen, vor allem, nachdem Isobel an dem Tag in Southend erwähnt hatte, dass sie sich wie eine Last vorkomme. Ihre Schwester mochte zwar manchmal leichtfertig sein, aber sie hatte Rückgrat, besonders wenn es um die Menschen ging, die sie liebte. Zweifelsohne war sie nach London gefahren, um die Dinge selbst in die Hand zu nehmen – um Astrid davor zu bewahren, wegen Isobel heiraten zu müssen.

»Warum hat mich keiner gerufen?«, wollte sie wissen.

»Sie sagten, Sie wollten nicht gestört werden, Mylady«, sagte Culbert und machte einen beschämten Gesichtsausdruck. »Und Lady Isobel hat gesagt, sie hätte es bereits mit Ihnen besprochen.«

Natürlich hatte sie das gesagt. Astrids Gedanken rasten. Was plante ihre Schwester? Sosehr sie auch oft vorgab, nicht klug zu sein oder keinen Wert auf Intelligenz zu legen, hatte Isobel doch ein gut funktionierendes Gehirn in ihrem Köpfchen. Und wenn sie dachte, sie würde Astrid eine unerwünschte Heirat ersparen, dann würde sie sich nicht aufhalten lassen. Wenigstens war sie geistesgegenwärtig genug gewesen, ihre Zofe mitzunehmen. Astrid vertraute Agatha, dass sie auf Isobel aufpasste.

»Sie hat Ihnen eine Nachricht hinterlassen«, sagte die Haushälterin und reichte ihr einen Zettel.

Darauf stand in Isobels fein säuberlicher Handschrift genau das geschrieben, was Mrs Cross erzählt hatte. Isobel hatte ihren Onkel und ihre Tante nach London zum Beginn der Braut- und Bräutigamschauen begleitet und versprach, dass sie alles klären würde. Sie hatte hinzugefügt, ihr Onkel hätte ihr neue Kleider und neuen Schmuck versprochen, um ihr die Chance zu geben, einen Ehemann zu finden, der ihr gefiel.

Astrid knirschte mit den Zähnen. Natürlich hatte er das. Er hätte alles versprochen, um seine gierigen Hände an Isobels Mitgift zu bekommen. Astrid würde darauf wetten, dass Beaumont auch immer noch irgendwie involviert war. In ihrem Kopf drehte sich alles. Was hatten ihre hinterhältigen Verwandten vor?

Oder besser gesagt, was hatte ihre Schwester vor?

Culbert gab einen gequälten Laut von sich. Er sah gestresst aus. »Es tut mir leid, dass ich sie nicht aufgehalten habe, Mylady. Sie war so überzeugend. Steckt Lady Isobel in Schwierigkeiten?«

»Es ist nicht Ihre Schuld, Culbert. Isobel ist stur. Das scheint in der Familie zu liegen«, sagte Astrid. »Ob sie in Schwierigkeiten steckt, wird sich erst noch herausstellen. Ich vermute, das ist nur ein weiterer Trick meines Onkels. Und es ist auch meine Schuld. Ich hätte es kommen sehen sollen.«

»Sollen wir den Herzog rufen lassen?«

Astrid schüttelte den Kopf. »Nein, wenn Isobel nach London gefahren ist, werde ich auch selbst hinfahren.«

Thane saß in seinem Arbeitszimmer im Harte House in Mayfair und starrte auf die Dokumente in seiner Hand – eine Heiratsgenehmigung, erteilt vom Erzbischof von Canterbury. Es kam ihm ungeheuerlich vor, dass so ein kleines Stück Papier so viel Macht hatte, um zwei Menschen aneinander zu binden, die noch nicht einmal das Aufgebot bestellt hatten. Aber so war es.

Er und Astrid würden heiraten.

Thane hatte sie nicht mehr gesehen, bevor er nach London aufgebrochen war. Das hatte er Culbert überlassen. In Wahrheit konnte er ihr nicht mehr gegenübertreten, nachdem sie aus seiner Gegenwart geflohen war. Nicht, nachdem er sie angefleht hatte. Er war wirklich mitleiderregend. Nicht einmal seine eigene zukünftige Ehefrau konnte es ertragen, mit ihm im selben Raum zu sein.

Er spielte mit der Idee, seinen Club zu besuchen. Der Gedanke daran, sich in einer Flasche Portwein zu ertränken, während er andere Männer an den Spieltischen um ihr Vermögen brachte, hatte etwas.

Es war besser, als hier zu sitzen und über ein Stück Papier zu philosophieren.

»Ruft Fletcher herbei«, befahl er den Lakaien, die in seiner Nähe waren. »Sagt ihm, ich möchte ein Bad nehmen. Ich werde ausgehen.«

»Natürlich, Euer Gnaden.«

Das Hauptbadezimmer in Harte House war dem in Beswick Park angeglichen worden. Die Badewannen waren groß genug, um seiner Größe und seinen Ansprüchen zu genügen. Als das Bad vorbereitet worden war und Thane im heißen Wasser lag, spürte er, wie etwas von der Spannung langsam abfiel.

»Sie dürfen gehen«, sagte er zu Fletcher. »Ich werde eine Weile brauchen.«

»Ihre Kleidung, Euer Gnaden?«

»Das entscheide ich, wenn ich fertig bin.«

»Wie Sie wünschen.« Fletcher nickte, und sein normalerweise freundliches Gesicht war streng. Thane verspürte einen Anflug von Ärger. Er wusste, dass sein langjähriger Hausdiener und Freund etwas zu sagen hatte. Normalerweise war er auch immer froh über seine Ratschläge.

»Was würden Sie an meiner Stelle tun?«, hörte er sich selbst fragen.

Fletcher blieb im Türrahmen stehen. »Die Lady heiraten. Mein Leben leben. Glücklich sein.«

»Besagte Lady will mich aber nicht. Jedenfalls nicht auf diese Weise.«

»Sie kennt sie nicht, Euer Gnaden.«

Thane rieb sich die Schläfen. »Sie wissen, was ich durchgemacht habe. Ich bin nicht geschaffen für ein Leben wie aus dem Bilderbuch. Sehen Sie mich an.« Thane deutete auf die vernarbte Haut an seiner linken Gesichtshälfte und auf das hässliche Narbengeflecht auf seinen Beinen, die man unter dem Wasser erkennen konnte. »Ich bin ein verdammtes Monster. Wer würde es verdienen, damit zu leben?«

»Ja und?«, sagte der Hausdiener und spie die Worte aus, als kämen sie von einem dunklen Ort. »Sie haben mehr als ein paar Narben.

Wir alle haben Narben, Euer Gnaden. Mein Vater hat meine Mutter vor ihren vier Kindern umgebracht, weil ein anderer Mann sie angeschaut hatte. Sie hatte nichts getan, um seinen Missbrauch jahrelang verdient zu haben.«

Entsetzt starrte Thane Fletcher an, als dieser mit bebender Brust und zu Fäusten geballten Händen innehielt. »Das wusste ich nicht.«

»Woher auch?« Fletcher zuckte mit den Schultern. »Ich habe mich vom Hass so sehr vergiften lassen, dass ich jeder Chance auf Glück aus dem Weg gegangen bin. Und wissen Sie was, Euer Gnaden? Stolz ist ein einsamer Bettgefährte.« Er lächelte traurig. »Nur, weil ich äußerlich keine Narben habe, bedeutet das nicht, dass ich nicht verletzt bin. Dass ich nicht verwundet bin. Aber man muss sich entscheiden, ob man zulässt, dass die Narben das Leben beherrschen. Und wenn Sie das tun, wenn Sie denken, dass die Narben alles sind, was Sie ausmacht, dann verzeihen Sie mir, Euer Gnaden, wenn ich sage, dann hat Lady Astrid etwas Besseres verdient.«

»Sie hat so oder so etwas Besseres verdient«, flüsterte er, aber Fletcher war bereits gegangen und hatte die Tür hinter sich geschlossen.

Thane seufzte und tauchte seine verspannten Schultern ins Wasser. Vielleicht könnte er einfach hierbleiben. Ewig. Er ließ seinen Körper die Porzellanoberfläche der Badewanne hinabgleiten und tauchte den Kopf unter Wasser, bis er seinen Herzschlag in den Ohren hören konnte.

Hinter seinen geschlossenen Lidern tauchten Bilder von Astrid auf – Bilder von ihr, wie sie mit zusammengezogenen Beinen auf der Bank saß, mit rosiger Haut und intelligentem Blick, und Bilder, wie sie in all ihrer Pracht nackt auf seinem Bett ausgebreitet lag – die pure Sünde und Lust. Er konnte nicht anders, als sich auf Letzteres zu konzentrieren. Ihre vollen Lippen waren rosig, und ihre eisblauen Augen warme Becken der Begierde. Ihr schimmerndes Haar fiel ihr über die Schultern, versteckte ihre üppigen Kurven und neckte mit Einblicken auf ihre rosigen Nippel.

Sein bereits harter Penis begann, zu zucken. Er hatte noch nie ein

Problem damit gehabt, Hand an sich selbst zu legen, also griff er mit einer Faust um seinen Penis und rieb ihn hart. Er wiederholte die Bewegung mehrere Male, bis sein Atem flacher ging und seine Hoden sich zusammenzogen. Er warf den Kopf zurück und gab sich der Erleichterung hin, die ihn durchströmte, bis er fertig war. Es fühlte sich nicht so befriedigend an wie sonst. Natürlich wusste er, warum. Sein Körper verzehrte sich nach *ihr*.

Mein Gott, er war genauso fertig wie Fletcher.

Er stand auf, griff nach einem Handtuch und trocknete sich ab. Er würde ausgehen. Er würde sein Gehirn mit anderen Dingen füllen. Mit allem außer der Frau, die er nicht haben konnte.

Er zog sich seinen Bademantel an und ging in das angrenzende Zimmer. »Fletcher, lassen Sie meine Kutsche ...«

Mitten im Satz hielt er inne. Die Frau seiner Träume stand in Fleisch und Blut in der Tür zu seinem Schlafzimmer, nur wenige Schritte von seinem Bett entfernt. Sie sah wunderschön aus und errötete, als ihr Blick auf seinen halb nackten Körper fiel. Allerdings lag in ihrem Blick kein Verlangen, sondern Angst und Sorge. Thane blinzelte, um wieder zu Verstand zu kommen.

»Astrid, was ist passiert? Warum bist du gekommen?«

»Thane, es ist Isobel«, keuchte sie und legte die Hände an ihr Gesicht. »Sie ist mit meiner Tante und meinem Onkel hier in London.«

»Sie ist hier?« Als er sich seiner Nacktheit bewusst wurde, zog er den Bademantel enger und zog sie in eine lockere Umarmung. »Fang von vorne an. Erzähl mir, was passiert ist.«

In ein paar kurzen Sätzen berichtete sie ihm von der Nachricht und der Tatsache, dass Isobel freiwillig gegangen war. »Sie sagten, sie würden sie nur allzu gern selbst entscheiden lassen. Sie haben ihr Kleider und Schmuck versprochen, mehr als genug, um einem Mädchen den Kopf zu verdrehen. Mein Onkel führt etwas im Schilde, das weiß ich.«

»Angst vor dem Schuldgefängnis treibt Männer zu vielen Dingen«, sagte sie. »Aber vertrau deiner Schwester. So, wie ich sie kennengelernt habe, ist sie dir sehr ähnlich.«

»Sie ist überhaupt nicht wie ich. Sie hat ein gutes Herz und ist süß, und die Leute werden sie ausnutzen. Vor allem mein Onkel, der sie wahrscheinlich von seinen guten Absichten überzeugt hat.«

Er strich ihr eine Haarsträhne aus dem Gesicht. »Ich glaube, du unterschätzt, wozu sie in der Lage ist.«

»Wenigstens ist Agatha bei ihr«, sagte sie schließlich, machte die Augen zu und lehnte sich in seine Umarmung. »Sie wird, so gut es ihr möglich ist, auf sie aufpassen.« Thane hielt sie noch ein paar Minuten, bis sie sich langsam zurückzog. »Ich musste einfach herkommen.«

»Ja«, sagte er und drehte sich etwas zur Seite, damit seine Hüften seine Erektion verbargen. Trotz der Umstände war das Gefühl ihres schlanken, warmen Körpers in seinen Armen die süßeste Art der Bestrafung, und auch wenn seine Reaktion ihr wahrscheinlich nicht gefallen würde, konnte er sie doch nicht kontrollieren. Ihre roten Wangen ließen ihn allerdings glauben, dass sie den unpassenden Zustand seines Körpers schon bemerkt hatte.

»Wir müssen heiraten, bevor Onkel Reginald ein Schlupfloch im Testament meines Vaters findet.«

»Ja, ich habe die Genehmigung.«

Sie sah ihn mit großen Augen an. »Du hast sie?«

»Was denkst du, warum ich nach London gefahren bin?«, fragte er mit gerunzelter Stirn.

Astrid schluckte. »Ich weiß es nicht. Ich habe angenommen, dass du geschäftlich etwas zu tun hattest. Culbert hat nicht viel mehr gesagt, außer dass du gefahren bist. Ich dachte, vielleicht bist du gefahren, weil du wütend warst.« Ihr Blick fiel auf die Kleidung, die Fletcher zurechtgelegt hatte. »Wolltest du ausgehen?«

»Nein.«

Ihre Finger fuhren über das feine Jackett. »Es sieht aber danach aus.«

»Ich wollte, aber jetzt nicht mehr.«

»Beswick«, begann sie, und er seufzte bei der Anrede. Sie waren wieder zurück in der Höflichkeitsform. Als sie angekommen war, hatte sie ihn Thane genannt, und der willkommene Klang hatte sein Herz berührt. Ihr wunderschönes Gesicht war jetzt emotionslos, aber er konnte sehen, wie ihre schlanken Finger über ihre Kleidung streiften, als wären sie zu undiszipliniert, um sich von ihrer Willenskraft kontrollieren zu lassen. Diese ausdrucksstarken Hände verrieten sie immer. »Haben Sie eine Mätresse?«

Ihm klappte die Kinnlade runter. »Wie bitte?«

»Hier in London. Haben Sie eine?«

»Nein.«

»Ich dachte, deshalb wären Sie in die Stadt gefahren. Weil ich … Ihnen nicht geben konnte, wollte … was Sie wollten.« Astrid starrte auf den Boden, und ihr Gesicht wurde feuerrot. »Ich weiß, als wir anfangs über die Bedingungen und Mätressen gesprochen haben …«

Sie schluckte und konnte nicht mehr weiterreden. Thane hätte am liebsten laut aufgelacht, aber er war sich sicher, dass sie seine Art von Humor in dieser Situation nicht zu schätzen wüsste. Als sie ihm das erste Mal den Vorschlag gemacht hatte, hatte er nur mit ihr gespielt, um zu sehen, was sie sagen würde. Er nahm ihre Hände in seine.

»Astrid, ich versichere dir, ich habe keine Mätresse oder Mätressen. Und ich war nicht auf dem Weg, meine sexuellen Bedürfnisse zu befriedigen, wenn es das ist, was du gedacht hast.« Sie errötete, und er räusperte sich. »Aber wie der Zufall so will, habe ich jetzt wirklich etwas Wichtiges vor. Und du übrigens auch.«

Sie blickte auf ihre staubigen, zerknitterten Reitklamotten und zog überrascht die Augenbrauen hoch. »Ich bin nicht gekleidet für die Gesellschaft. Worum geht es?«

»Um unsere Hochzeit.«

Sie wurde ganz blass und senkte die Stimme, obwohl niemand in der Nähe war, der sie hören konnte. »Ich trage eine Reithose, Euer Gnaden.«

Thanes tiefes Lachen erfüllte den Raum. »Irgendwie würde ich es nicht anders haben wollen.«

Kapitel Vierzehn

Es war fast schneller vorbei, als Astrid blinzeln konnte.

Und sie war tatsächlich in Reitkostüm und Reit*hose* auf ihre eigene Hochzeit gegangen. Obwohl sie auch ein paar einfache Kleider mitgenommen hatte, schien Beswick zufrieden mit ihrer Aufmachung zu sein. Die geringfügige Demütigung wurde von der Einsamkeit des Moments überlagert. Nun war sie verheiratet. Mit einem Mann, den sie kaum kannte, dem sie aber doch irgendwie genug vertraute, um ihm alles zu geben, was ihr lieb war.

Ihre Schwester. Ihr Erbe. Ihre Zukunft.

Ihr zerbrechliches Herz allerdings würde sie so lange wie möglich beschützen.

Es war nach einem Pfarrer gesandt worden, und die Eheschließung wurde in dem leeren Ballsaal von Harte House vollzogen. Zwar war sie ein bisschen traurig, dass ihre Schwester nicht anwesend war, doch es war das Beste für Isobel, dass ihre Ehe so hastig geschlossen wurde. Astrid würde Beaumont nicht die Chance geben, Isobel zu ruinieren, aber ihr Onkel und ihre Tante würden den Skandal nicht gutheißen. Vielleicht hatte der Graf auch schon eine Sondergenehmigung beantragt, um Isobel zu heiraten.

Aber egal. Sie würde jetzt die Herzogin von Beswick sein.

Eine Herzogin.

Astrid zog scharf die Luft ein, als der entsetzte Blick des Pfarrers auf den imposanten Herzog fiel – der ohne eine Gesichtsbedeckung da stand –, um dann mit der Vermählung zu beginnen. Seltsamerweise erweckte die unbeherrschte Reaktion des Pfarrers in Astrid das Verlangen, ihn zu treten. Sie verstand, was er sah. Beswicks Aussehen war angsteinflößend, obwohl sie sich schon daran gewöhnt hatte. Sie sah den Mann dahinter.

Thane wiederholte sein Ehegelübde mit tiefer, klangvoller Stimme, ohne zu zögern. »Ich, Nathaniel Blakely Sterling Harte, nehme dich, Astrid Victoria Everleigh, zu meiner rechtmäßig angetrauten Ehefrau.«

Sein ganzer Vorname war Nathaniel?

Der Pfarrer räusperte sich. »Willst du diesen Mann zu deinem Ehemann nehmen und mit ihm zusammen unter Gottes Segen in den heiligen Stand der Ehe treten?«

Astrid zuckte zusammen, als der Blick des Pfarrers auf ihr landete. Er schien sie zu fragen, ob sie diesen Mann tatsächlich aus freiem Willen heiraten wolle. Sie lachte fast auf, obwohl sie so nervös war. »Ja, ich will«, sagte sie.

Sie holte tief Luft, wurde aber von dem exquisiten Saphirring abgelenkt, den der Herzog aus seiner Tasche zog und ihr an den Finger steckte. »Mit diesem Ring will ich dich zu meiner Ehefrau nehmen, dich mit meinem Körper verehren und all meinen weltlichen Besitz mit dir teilen.«

»Dann möge diejenigen, die Gott vereint hat, kein Mensch auseinanderbringen«, sagte der Pfarrer.

Thane drehte sich zu ihr um, und seine wunderschönen Augen hatten einen so klaren bernsteinfarbenen Ton angenommen, dass sie unzählige goldene Flecken darin sehen konnte. Würde er sie küssen? Das war eigentlich nicht üblich, doch er tat selten, was von ihm erwartet wurde. Sie schloss die Augen in dem Moment, in dem seine Lippen ihre Wange berührten. »Du und Isobel, ihr beide seid jetzt in Sicherheit.«

Und dann war es vollzogen.

Händeklatschen riss sie aus ihren Gedanken, und als sie sich umdrehte, sah sie Fletcher und den Rest der Angestellten des Stadthauses. Sie hatten Tränen in den Augen. »Wir gratulieren, Euer Gnaden.«

»Anstelle eines Hochzeitsfrühstücks«, sagte Thane, als sie sich heimlich die Augen wischte, »gehen wir heute Abend zum Hochzeitsessen in meinen privaten Club. Dem Personal wird zum Feiern freigegeben.«

Als er sie nach oben begleitete, beugte sich Astrid zu ihm. »Ich habe keine passenden Kleider für ein Dinner, Beswick.«

»Thane«, korrigierte er sie.

»Nicht Nathaniel?«, fragte sie grinsend.

Ihr Ehemann verzog das Gesicht. »Nicht, wenn dir etwas an deiner Zunge liegt.«

Bei der bösen, aber leeren Drohung kicherte sie erstaunt los. »Warum magst du den Namen nicht? Er ist sehr schön.«

»Ich habe mich nie daran gewöhnt«, sagte er. »Ich konnte ihn als Kind nicht buchstabieren, und Thane ist hängen geblieben. Der Name hat sich immer mehr nach mir angefühlt. Mein Vater hat ihn gehasst, aber als ich mich beinahe ein Jahr lang geweigert habe, auf Nathaniel zu hören, hat er schließlich auch nachgegeben.«

Astrid musste ihm zustimmen. Thane passte perfekt zu ihm. Nathaniel hingegen erschien zu kompliziert. Zu altmodisch. Thane klang nach Stärke, Individualität und angeborener Schlichtheit – was man sah, bekam man auch. Natürlich nur, wenn man hinter die Fassade schaute. Astrids Blick wanderte nach oben zu der gezackten Narbe auf seinem Gesicht und zu den Linien der kleineren, die über die linke Seite seiner Wange und seines Kinns verliefen. Er war ein Flickenteppich aus Schmerz, aber er hielt sich tapfer.

Thane.

Sie ignorierte den plötzlichen Druck hinter ihren Augen. »Aber ich bin so hastig aufgebrochen, dass ich gar kein Kleid für das Abendessen eingepackt habe.«

Der Herzog lächelte sie liebevoll an und brachte sie in die Gemächer der Herzogin von Beswick. »Da Agatha mit Isobel gegangen ist, habe ich die Schwester eines Lakaien damit beauftragt, dir zur Seite zu stehen.« Er verbeugte sich und grinste sie schelmisch an. »Wir sehen uns gleich beim Dinner … Mylady.«

Neugierig ging Astrid in ihre Gemächer. Sie waren – wie alles im Harte House – überaus schön angeordnet und in dezenten hellgoldenen und grünen Farbtönen gehalten, die sehr angenehm fürs Auge waren. In der Mitte des Schlafzimmers stand ein riesiges Bett, die Pfosten mit hauchdünner Gaze überzogen. Eine Verbindungstür auf der einen Seite führte zu den Gemächern des Herzogs. Ihr Herz machte einen Satz bei dem Gedanken daran, dass die Hochzeitsnacht noch vollzogen werden musste, vor allem wegen derjenigen, die versuchen könnten, die Hochzeit annullieren zu lassen. Aber sie war dankbar, dass sie ihre Privatsphäre hatte. Fürs Erste.

»Guten Abend, Euer Gnaden«, sagte ein junges Mädchen und machte einen Knicks. »Ich bin Alice.«

»Guten Abend, Alice.« Astrid ging zu dem Bett, an dem das Mädchen stand, und beim Anblick des Abendkleides auf dem Bett klappte ihr die Kinnlade runter. Es war eine eisblaue Kreation aus Tüll und Seide. »Woher kommt das?«, flüsterte sie.

»Von Madame Pinot«, klärte Alice sie auf. »Sie ist die bekannteste Modemacherin in London, Euer Gnaden. Mein Bruder wurde von Seiner Gnaden während der Hochzeit geschickt, es zu besorgen. Sie werden sie am Ende der Woche persönlich kennenlernen, um eine komplette Garderobe zu erhalten.«

Astrid war überwältigt von der Zuvorkommenheit des Herzogs. Es schien, als habe sie ihren neuen Ehemann unterschätzt – genau wie seinen Einfluss und sein unendliches Vermögen, wenn er es geschafft hatte, in weniger als einer Stunde so ein Kleid zu organisieren und eine gesamte Garderobe von einer bekannten Modemacherin während der hektischen Anfangszeit der Braut- und Bräutigamschauen. Sie starrte auf das wunderschöne Kleid, das Madame Pinot zur Hand gehabt haben musste, und fragte sich, ob es ihr passen würde.

»Seine Gnaden hat auch befohlen, ein Bad für Sie einzulassen.«

Alice hielt ihr ein gefaltetes Stück Papier entgegen. »Und ein Brief ist für Sie angekommen, Mylady.«

»Ein Brief?« Astrid blinzelte. »Von wem?«

»Ich bin mir nicht sicher, Euer Gnaden, aber er wurde vor ein paar Minuten in die Küche geliefert und ist an Lady Astrid adressiert.«

Sie nahm das gefaltete Papier mit zitternden Händen entgegen und öffnete es. Sie ließ sich auf den Sessel sinken, der in der Sitzecke stand. Der Brief war von Isobel und genau so, wie sie vermutet hatte.

Meine liebste Astrid,

ich hoffe, diese Nachricht erreicht Dich. Ich habe gerade von Agatha gehört, dass Du heute in der Stadt angekommen bist, und sie hat mir versprochen, Dir den Brief zukommen zu lassen.

Zuallererst: Mir geht es gut, also mach Dir keine Sorgen. Bitte verstehe, dass ich das tun musste, um unser beider willen. Du sollst nicht unter Zwang heiraten müssen. Nicht Beswick und auch keinen anderen Mann. Ich will nur, dass Du glücklich bist, Astrid. Ich möchte natürlich auch glücklich sein, aber nicht auf Deine Kosten. Du hast immer auf mich aufgepasst, und jetzt bin ich an der Reihe.

Mit anderen Worten: Onkel Reginald ist sehr wütend auf uns, aber er sagt, ich kann es wiedergutmachen, indem ich mir einen geeigneten Ehemann aussuche. Er sagt, dass wir zur Bräutigamschau hier sind, damit ich eine angemessene Auswahl an potenziellen Ehemännern haben werde. Der Graf von Beaumont ist ebenfalls in London, und er bleibt der Lieblingskandidat unseres Onkels für meine Hochzeit. Ich habe mit angehört, dass er versuchen will, die Erlaubnis des Prinzregenten zu bekommen, den Willen unseres Vaters zu umgehen.

Bitte mach Dir um mich keine Sorgen. Wenn Du mich erreichen willst, lass eine Nachricht durch Fletcher an Agatha schicken. Ich werde in einer Woche auf dem Ball der Featheringstokes sein. Es ist ein Maskenball. Vielleicht können wir uns dort sehen.

In ewiger Verbundenheit, Deine dich liebende Schwester

Isobel

Ihre Schwester klang … normal. Das hatte Astrid nicht erwartet, aber dann wiederum waren alle kürzlichen Ereignisse sehr überraschend passiert. Zudem war Isobel aus ihrem freien Willen heraus nach London gekommen. Vielleicht hatte Beswick recht. Ihre Schwester war aus demselben willensstarken Holz geschnitzt wie sie. Trotz ihres jungen Alters war sie stark und widerstandsfähig. Und sie war zutiefst loyal.

Astrids Herz klopfte, als sie die Nachricht noch einmal las. Der Ball der Featheringstokes. Es wäre eine Chance für sie, ihre Schwester mit eigenen Augen zu sehen, und da es ein Maskenball war, würde sie verkleidet sein. Sie plante auf jeden Fall, dort hinzugehen, selbst wenn sie so etwas hasste. Aber sie musste sich selbst davon überzeugen, dass es ihrer Schwester gut ging.

Sie legte den Brief zur Seite und folgte der Kammerzofe in das Badezimmer, das beide Gemächer miteinander verband. Es erschien ihr irgendwie viel zu persönlich, dass sie und Beswick nun solch einen Ort teilen sollten. Eine Badewanne voll heißem Wasser erwartete sie. Die Wanne war viel zu groß für sie, doch sie nahm an, dass sie für einen sehr viel größeren Herzog entworfen worden war. Astrid konnte nicht verhindern, dass sie bei dem Gedanken daran, dass sie beide nackt – wenn auch zu unterschiedlichen Zeiten – in dieser Wanne liegen würden, rot wurde.

Sie zog sich schnell mit Alices Hilfe die staubige Reitkleidung aus und stieg dann in das wundervoll warme Wasser. Mit einem zufriedenen Seufzen schäumte sie sich mit der nach Zitrone duftenden Seife ein, die Alice ihr hinhielt, und wusch sich die Haare.

Die Tür auf der anderen Seite des Badezimmers wurde geöffnet, und Astrid quietschte, als der Herr des Hauses – ihr neuer Ehemann – sich an den Türrahmen lehnte. Alice eilte aus dem Raum, als er sie mit der Hand fortwinkte.

Er kam nicht näher, und obwohl das Wasser voller Seifenschaum war, wanderte sein Blick von Kopf bis Fuß über Astrids Körper. Auch über die Körperteile, die er unmöglich sehen konnte. Sie spürte auf der ganzen Haut ein Kribbeln. Beschämt über ihre sofortige Reaktion auf ihn, verschränkte sie die Arme über ihren Brüsten.

Seine breite Gestalt ließ den Raum klein erscheinen. Er trug immer noch die Klamotten von vorhin, auch wenn seine Krawatte jetzt nur noch in einem lockeren Knoten um seinen Hals hing. Sein braunes Haar war liebenswert zerzaust, fiel ihm über ein Auge und ließ ihn verwegen aussehen. Astrid musste seine Narben fast suchen, so einnehmend waren seine juwelenartigen Augen und dieser wohlgeformte Mund.

»Das ist mein Lieblingsraum in diesem Haus«, sagte er leise. Er stellte seine Füße über Kreuz mit einem Stiefel über dem anderen, und Astrid kam nicht umhin zu bemerken, wie eng seine schwarze Stiefelhose die muskulösen Oberschenkel umschloss. Oder wie sich das weiße Batisthemd unter seiner geöffneten Weste um die wohlgeformten Bauchmuskeln darunter schmiegte.

»Es ist wundervoll«, presste sie hervor und war sich ihrer eigenen Nacktheit und seiner verstörenden Nähe nur allzu bewusst. Nicht, dass sie erwartet hätte, dass er sich ihr aufdrängen würde, doch sie kam sich irgendwie wehrlos vor. Astrid räusperte sich. »Ich bin nicht zu spät, oder?«

»Nein.«

»Oh«, antwortete sie.

Er räusperte sich ebenfalls, und eine tiefe Röte überzog seine Haut. »Ich weiß, dass du gern damit warten würdest, das Ehegelübde … zu vollziehen, aber unter diesen Umständen wäre es für uns wahrscheinlich besser, es früher als später zu tun.«

Ihre Brust zog sich zusammen. Grundgütiger, er sprach von ihrer Hochzeitsnacht. Während sie nackt war. In einer Badewanne. Ihr Verstand wusste, dass es getan werden musste, aber andere Teile von ihr erschauderten und zitterten. Astrid versuchte, Gelassenheit auszustrahlen, versagte allerdings kläglich. »Da stimme ich zu, Euer Gnaden.«

Sein Blick ließ sie nicht los. »Thane.«

»Thane«, wiederholte sie und ließ ihre Hand ins Wasser sinken.

Er entgegnete nichts, doch sein Blick wanderte auf einen Punkt unter ihrem Kinn. Auf den Saphirring, vermutete sie, aber ihre Vermutung wurde mit einem Blick nach unten widerlegt. Ein rosiger Nippel ragte aus dem Schaum an der Wasseroberfläche heraus. Bestürzt bedeckte sie sich mit einer Hand.

»Nicht«, sagte ihr Ehemann mit belegter Stimme und bewegte sich plötzlich so schnell, dass sie nach Luft schnappte, als er sich auf den Badewannenrand kniete. Er starrte sie fasziniert an, presste die Lippen aufeinander und sein Kiefer zuckte. Er hob den Zeigefinger, um ihren Nippel zu umkreisen, und ihre nasse Haut spannte sich noch mehr an. »Du bist wunderschön.«

Astrid zog scharf die Luft ein, aber der Herzog schien wie hypnotisiert. Ohne ein Wort zu sagen, nahm er ihren Nippel zwischen zwei Finger, und sie konnte ein Stöhnen nicht unterdrücken, als es sie wie ein Blitz von ihren Brüsten bis zwischen ihre Oberschenkel durchfuhr. Unterbewusst streckte sie ihren Rücken durch und schob ihren Körper in seine Liebkosungen. Sie wollte mehr. Wollte alles.

»Thane«, flüsterte sie.

Seine Wangen zuckten, als er aufstand und sie – nass, wie sie war – in seine Arme nahm. Astrid konnte nicht einmal erröten, als er sie in sein angrenzendes Schlafzimmer trug und die Tür hinter ihnen schloss. Er legte sie mitten auf sein großes Bett, ungeachtet seiner jetzt triefend nassen Bettlaken, und blies die einzige Kerze im Raum aus, bevor sie verräterisches Rascheln von Kleidung hörte.

In diesem Moment hatte sie keine Angst. Sie wollte es. Sie fühlte sich verwegen, ihre Nerven waren zum Zerreißen gespannt, Wärme schoss wie Honig durch ihre Glieder, und dieses Verlangen in ihr wollte unbedingt befriedigt werden. Einen kurzen Augenblick später sackte die Matratze unter seinem Gewicht zusammen, und als sich sein großer Körper über ihren legte, musste Astrid fast lachen. Wenn es den richtigen Zeitpunkt für ihr Gehirn gab, die Worte »nackt« und »Herzog« zusammenzufügen, dann wohl jetzt.

Obwohl er nicht komplett nackt war. Er trug immer noch sein Unterhemd. Astrid konnte den Stoff über ihre empfindlichen Brüste streifen spüren, und Mitgefühl überkam sie, als sie sich an die Narben erinnerte, die sie für einen kurzen Augenblick gesehen hatte, als er in Beswick Park in seiner Badewanne gelegen hatte. Aber dann legten sich seine muskulösen, behaarten Oberschenkel an sie, und ihr Verstand setzte aus. *Dort unten* war er sehr wohl nackt. Und fest und hart – bereit.

Ihr stockte der Atem.

Sie war kurz davor, ihre Unschuld zu verlieren. Das, was sie seit Beaumonts Anschuldigungen jeden wachen Moment geplagt hatte. Nein! Sie wollte nicht an ihn denken. Nicht hier und jetzt. Sie hatte sich entschieden, Beswick zu heiraten, und sie hatte entschieden, hier in seinem Bett zu liegen. Sie hatte entschieden, seine Frau zu werden. Das waren ihre Entscheidungen ... zu ihren Bedingungen.

»Du bist nass«, keuchte er.

»Ich habe gerade ein Bad genommen«, sagte sie, ohne nachzudenken.

Sein leises Lachen wärmte sie, als seine Finger die Härchen über ihren Oberschenkeln streiften, und sie fiel fast aus dem Bett. »Hier. Du bist meinetwegen feucht.«

Astrid schnappte nach Luft und stieß sie in dem Moment wieder aus, als seine großen Hände begannen, ihre nackten Beine zu liebkosen ... über ihre Waden, in ihren Kniekehlen, an der Innenseite ihrer Oberschenkel. Thane platzierte seinen großen Körper zwischen ihnen, und seine Fingerspitzen fanden empfindliche Stellen, die ihre Nervenenden aufschreien ließen. Zu dem Zeitpunkt, an dem er beim Höhepunkt ihres Verlangens angekommen war, war sie nur noch ein zitterndes Häufchen purer Lust.

»O Gott, Astrid, du fühlst dich an wie warmer Satin.«

Die Matratze gab unter seinem Gewicht nach – die einzige Vorwarnung, die sie bekam, ehe seine warmen Lippen sie *dort* küssten.

Genau an der Stelle, wo es am meisten zog. Sie richtete sich steil im Bett auf, als seine Zunge über ihre heiße Haut fuhr. Plötzlich wünschte Astrid, sie könnte in der Dunkelheit sehen, als sie sich seine breiten Schultern zwischen ihren Beinen vorstellte. Aber sie konnte es nur fühlen.

Und fühlen und fühlen und fühlen.

Thane ließ sich Zeit und fuhr jede Linie wie ein meisterhafter Kartograph entlang. Dabei lernte er jede Stelle kennen, die sie unter ihm aufstöhnen und sich winden ließ. Astrid hatte schon verruchte Bilder auf den Seiten von Erotikbüchern gesehen, aber nichts hatte sie darauf vorbereiten können, was sie nun spürte. In der Dunkelheit fühlte es sich frevelhaft entartet an. Geil. Pur. Mächtig.

»Das ist zu viel, Thane. Ich kann nicht …«

»Du kannst«, sagte er und blies kühle Luft auf ihre offen gelegte Vagina. Dann fuhr er mit seiner Tortur fort und nahm dieses Mal noch seine Finger hinzu. Astrids Rücken krümmte sich, als er sie mit seinen Lippen und seiner Zunge bearbeitete, gnadenlos an ihr saugte, sie leckte und umkreiste, während er mit zwei seiner langen Finger tief in sie eindrang.

Unter seiner schonungslosen Aufmerksamkeit baute sich ein Druck in ihr auf, der dann in süßen, heißen Wellen über ihr zusammenbrach. Aber ihr gewiefter Ehemann hörte nicht auf, bis er ihr nicht noch einen zweiten Orgasmus in schneller Abfolge entlockt hatte. Astrids Körper fühlte sich wunderbar schwerelos und ihr Verstand phantastisch leer an. Sie ließ den Kopf zurück auf die Kissen fallen, als Thane einen Laut purer, männlicher Befriedigung von sich gab und sich auf seine muskulösen Oberarme gestützt über sie legte.

»Du bist atemberaubend, Astrid.«

»Jetzt Thane, bitte«, flüsterte sie, bevor sie der Mut verließ. »Mach mich zu deiner Frau.«

Ihre Wangen brannten. Sie hätte ihm genauso gut befehlen können, sie zu nehmen wie das unschuldige Opfer in irgendeinem Groschenroman über Wikinger. Aber die Stelle zwischen ihren Hüften pulsierte zustimmend. Sie wollte genommen werden, verdammt.

O Gott, konnte sie noch bedürftiger sein?

Aber sie hatte keine Zeit, darüber nachzudenken, weil ihr sehr großer, sehr talentierter Ehemann über ihr Verlangen schmunzelte und sich zwischen ihren Beinen positionierte. Ihre Knie fielen auseinander, um seine Hüften zu umschließen, und sie schnappte nach Luft bei dieser unfassbar erotischen Pose. Es war fast nicht auszuhalten ... die Empfindsamkeit, sein Gewicht, die Figur seines starken, männlichen Körpers. Ein kurzer Anflug von Angst durchfuhr sie, und ihre Muskeln spannten sich vor Erwartung an.

Doch sie konnte diesem Gefühl nicht weiter nachgeben, als sie seinen warmen Penis an ihrer Vagina spürte und er langsam in sie eindrang. Astrid zog scharf die Luft ein und krallte sich an seinen Schultern fest. Das kurze Ziehen überraschte sie, genau wie das Gefühl, vollkommen ausgefüllt zu sein, obwohl sie auf das unangenehme Gefühl gefasst gewesen war. Aber ihr Körper gewöhnte sich schnell daran und entspannte sich. Dann begann er, sich mit langsamen, tiefen Stößen in ihr zu bewegen. Dabei zogen sich ihre Zehen zusammen, und ihre Hände ballten sich zu Fäusten.

Gemäß ihrer Vereinbarung küsste er sie nicht auf den Mund, aber seine unnachgiebigen Finger spielten mit ihren Nippeln, ließen sie zusammenzucken und trieben sie beinahe in den Wahnsinn vor Lust. Thane fasste mit seiner Hand zwischen ihre Körper und drückte auf diese pochende, ziehende Stelle zwischen ihren Oberschenkeln, wo sich all ihre Empfindungen zu vereinen schienen. Astrid stöhnte laut auf, als er sie mit seinen Fingern bearbeitete. Die Bewegungen seiner Hüften wurden schneller, wenn auch unkontrollierter.

Ein weiteres Mal schien sie in Flammen auszubrechen und dann in tausend Stücke zu zerspringen, als sie ein gewaltiger Orgasmus überkam. Mit einem letzten Stoß und einem animalischen Stöhnen zog sich der Herzog von ihrem Körper hinunter und brach schwer atmend neben ihr zusammen. Sie konnte eine warme, klebrige Flüssigkeit zwischen ihnen auf der Haut an ihrem Bauch spüren. Er sagte nichts, aber sie konnte seinen Atem spüren und sein Herz wild an ihrer Brust schlagen fühlen. Ihre Körper kommunizierten in ihrer eigenen Sprache.

»Astrid«, sagte er nach ein paar Minuten mit heiserer und befriedigter Stimme, »geht es dir gut? Habe ich dir wehgetan?«

»Nein, es war wunderbar«, flüsterte sie. »Habe ich …? War ich …?«

Ihr Ehemann nahm sie in seine Arme und drückte ihr einen Kuss auf die verschwitzte Stirn. »Du warst perfekt. Du bist perfekt.«

Thane knöpfte sich seine Weste wieder zu und blieb ruhig stehen, als Fletcher seine zerknitterte Krawatte von vorhin durch eine neue ersetzte. Ehrlich gesagt fand er dieses Ding schlimmer als einen verdammten Galgenstrick. Der Hausdiener streifte ihm das Jackett über die Schulter und wischte über ein paar imaginäre Fussel auf dem rabenschwarzen Stoff. Fletcher drehte sich um, um einen Kamm von der Kommode zu nehmen, und studierte ihn, als wäre er ein Pferd, das gestriegelt werden müsste. »Darf ich Ihnen etwas Haarfett vorschlagen?«

»Nein.« Thane warf ihm einen bösen Blick zu. »Ich sehe schon schnöselig genug aus. Astrid weiß, wer ich bin und was sie von mir zu erwarten hat.«

Fletcher grinste und ließ sich von seiner Ausdrucksweise nicht einschüchtern. »Das tut sie, aber heute ist Ihr Hochzeitstag, Euer Gnaden. Sie könnten sich etwas anstrengen für Ihre Herzogin.«

Seine Herzogin.

Thanes Herz schlug wie wild gegen seinen Brustkorb. Er hatte eine Frau. Eine, die ihn innerhalb von ein paar Minuten in einen Lustmolch verwandelt hatte – allein durch den feuchten Druck ihres Körpers. Obwohl sie noch Jungfrau war, hatten die Reaktionen ihres Körpers ihn fast gesprengt. Und ihr köstlicher Geschmack erst. Verdammt! Er konnte sie immer noch auf seiner Zunge schmecken – der Geschmack von Rosenwasser und Ozeanbrise. Er hatte nur noch mehr von ihr gewollt.

Er konnte sich nicht daran erinnern, wann er das letzte Mal so

schnell und heftig gekommen war. Wenigstens war er geistesgegenwärtig genug gewesen, sich aus ihr herauszuziehen. Die Verhütung
einer Schwangerschaft war etwas, worüber sie später reden mussten.
Aber fürs Erste hoffte er einfach bloß, dass sich diese Erfahrung wiederholen würde. Obwohl sie übereingekommen waren, lediglich die
Hochzeit zu vollziehen, würde er Astrid nach dem Abendessen noch
einmal aufsuchen und sich dieses Mal sehr viel Zeit nehmen, wenn
sie es erlaubte. Er würde jede noch so kleine Stelle von ihr erkunden.
Er würde sie dazu bringen, seinen Namen zu schreien und so viele
Male zu kommen, dass sie sie nicht mehr zählen konnte. Er wollte sie
so verehren, wie sie es verdiente.

Verdammt, allein der Gedanke daran erregte ihn.

Thane unterdrückte seine Lust und gestattete dem Hausdiener, ihn
zu kämmen und die Haare wieder in einen ordentlichen Zustand zu
bringen. Er betrachtete sich in dem Spiegelglas, und das vertraute
Antlitz seines zerfurchten Gesichts blickte auf ihn zurück. Zum
Glück hatte er sie unter dem Mantel der Dunkelheit und mit angezo-
genem Unterhemd genommen. Sein Gesicht sah nur redlich besser
aus als der Rest von ihm.

Er ging die Treppe hinunter und betrat das Foyer. Obwohl sie zum
Essen ausgehen würden, hatten sich seine Angestellten selbst übertroffen, um dieses Haus herauszuputzen. Weiches Kerzenlicht erleuchtete den Raum aus dem Kronleuchter, und Vasen mit frischen
Rosen aus dem Gewächshaus verliehen dem Raum Farbe. Seine Braut
war noch nicht unten. Thane verlangte nach einem Schluck Brandy,
während er warten musste, was allerdings nicht lange dauerte.

Seine Kehle wurde trocken, als er ihre Gegenwart spürte. Astrid
sah himmlisch und majestätisch gleichermaßen aus … wie eine Mär-
chenkönigin aus einem mystischen Land. Ihr dunkles Haar war in
losen Locken auf den Kopf gesteckt, und sie trug keinen Schmuck
außer dem Ring an ihrem Finger. Er hatte recht gehabt. Der transparente silber-blaue Stoff passte perfekt zu ihren Augen. Das Kleid
selbst war schlicht, aber Astrid darin machte es zu einem Werkzeug

der Verführung. Es schmiegte sich vollkommen an ihren Körper an, das Korsett formte ihre Brüste und erinnerte ihn daran, wie sich ihr schlanker, aber kurviger Körper unter seinem angefühlt hatte.

Augenblicklich verspürte er ein Ziehen im Unterleib.

Herrje.

Thane berührte ihre behandschuhten Finger mit seinen Lippen, bevor er ihr ihren Umhang über die Schultern legte. »Euer Gnaden«, murmelte er und führte sie zu seiner wartenden Kutsche. »Sie sehen wundervoll aus.«

Sie strahlte ihn an. »Genau wie Sie.«

Er setzte sich ihr gegenüber und klopfte gegen das Dach, um dem Kutscher zu signalisieren, das Gefährt in Bewegung zu setzen. »Wo fahren wir hin?«, fragte sie.

»Ins Silver Scythe. Zum Abendessen. Es ist nicht weit von hier. Ich dachte, es wäre ganz nett.«

»Oh.« Sie benetzte die Lippen. »Ich wäre auch zufrieden gewesen, im Haus zu essen.«

»Heute ist dein Hochzeitstag, Astrid. Du verdienst es, ihn in Erinnerung zu behalten.«

Ihre Wangen erröteten, und als sie den Kopf schief legte, sah er ein Funkeln in ihren Augen. »Er ist bereits unvergesslich.«

Thane unterdrückte die Woge der Lust bei ihren Worten, genau wie das Bedürfnis, dem Kutscher zu befehlen, sofort umzudrehen und zum Harte House zurückzufahren. Er wollte sie wieder. So sehr, dass er sie anflehen würde, ihre Vereinbarung zu brechen. Thane hatte noch nie in seinem Leben um etwas gebettelt, aber für sie würde er sofort auf die Knie fallen.

»Ich muss zugeben, dass ich meine wunderschöne neue Braut gern zeigen möchte«, sagte er.

»Wohl kaum wunderschön, Euer Gnaden«, sagte sie und errötete wieder. »Isobel ist die Schönheit in meiner Familie, nicht ich.«

Er runzelte die Stirn. »Schönheit liegt im Auge des Betrachters, nicht wahr?«

»Ich denke, dass dieser besagte Betrachter vielleicht durch das, was gerade zwischen uns passiert ist, beeinträchtigt wird und sein Gehirn noch nicht wieder richtig funktioniert«, sagte sie trocken. »Wenn er gerade überhaupt mit seinem Gehirn denkt.«

Thane lachte laut auf. Er mag zwar vorübergehend von dem Körperglied in seiner Hose beeinflusst gewesen sein, aber Astrid war wirklich schön. Auch wenn ihre Schönheit in Gefahr gekleidet war – in diesen scharfen Augen, der feingeschliffenen Intelligenz und der spitzen Zunge. Selbst jetzt, als er sich nach ihrem Körper sehnte, wollte er sie auch reden und lachen hören. Ein seltsames Gefühl baute sich in seiner Brust auf. Konnte er es wagen, es als Optimismus zu bezeichnen? Er verkniff sich ein Grinsen. Mein Gott, Fletcher würde ihn ewig damit aufziehen.

»Wollen Sie sagen, dass ich von meiner Leidenschaft beherrscht werde, Herzogin?«, fragte er, als die Kutsche vor seinem Club zum Stehen kam und der Kutscher die Tür öffnete. Er half ihr hinunter, wobei seine Finger ihre schlanke, in Seide gekleidete Hüfte berührten und er sich sofort daran erinnerte, wie samtweich ihre nackte Haut gewesen ist.

Astrids neckischer Blick fiel auf die Wölbung in seiner Hose, und ein schiefes Lächeln spielte um ihren Mund. »Ich weiß nicht, Herzog, werden Sie?«

Er stöhnte auf. »Kannst du es mir verübeln? Ich kann nur daran denken, dich wieder in meinen Armen zu halten.«

Ihre Antwort war so leise, dass er sie kaum hören konnte.

»Das wünsche ich mir auch.«

Thane blieb so abrupt stehen, dass seine arme Frau fast durch die Türen des Silver Scythe gestolpert wäre. Kaum zu hoffen wagend, drehte er sich um und sah ihr in die Augen. »Was willst du damit sagen, Astrid?«

Ihr Lächeln war Verführung pur. »Wie schnell kannst du essen?«

Bevor er eine zusammenhängende Antwort formulieren konnte, wurden sie vom Geschäftsinhaber willkommen geheißen und in einen opulenten Speisesaal geführt. Thane konnte sich kaum konzentrieren, so durcheinander waren seine Nerven von Astrids umwerfendem Eingeständnis. Als sie zu ihrem Tisch geführt wurden, drehten sich Köpfe nach ihnen um, und Thane konnte flüsterndes Gemurmel hören.

Als ihn ein ungutes Gefühl überkam, setzte er einen finsteren Blick auf. Die Leute starrten sie an, aber es dauerte einen Moment, dass ihre Blicke voller Mitleid und nicht voller Bewunderung waren. Er blinzelte und ballte die Hände zu Fäusten. Er war die Beleidigungen gewöhnt, aber sein Blick landete auf seiner Braut, deren Gesicht sich bei dem Wort »Biest«, das in der Luft lag, verhärtete. Sie zuckte zusammen, als sie plötzlich lautes, gemeines Gelächter hörten, und er widerstand dem Impuls, vor Missbilligung zu knurren.

Sie wurde blass, als mehr Geflüster in ihre Ohren drang. »Wie gehst du damit um?«

»Gar nicht.«

Und das stimmte. Meistens wich der Rest der Aristokraten vor ihm zurück – nicht nur wegen seines Aussehens, sondern auch wegen seiner berüchtigten Launen. Niemand wollte vom Biest von Beswick zerfleischt werden. Aber jetzt, mit Astrid, fühlte er sich entblößt. Jede Bewegung ihrer Augen, jedes gequälte Zucken ihrer Mundwinkel fühlte sich für ihn wie ein neuer Schlag an. Ein Stich in frisch verwundete Haut.

Entschlossen, den Abend um ihretwillen zu genießen, nippte Thane an der abgekühlten Gurkensuppe und kaute auf dem zarten Lammfleisch herum, bevor er seiner Herzogin einen Blick zuwarf. Ihre Miene war eine Mischung aus Verwirrung, Unbehagen und Verärgerung, doch sie schien auf ihr Essen konzentriert zu sein. Während er aß, spürte er hin und wieder ihren Blick auf sich, aber er blieb standhaft seinem Essen zugewandt. Er befürchtete, wenn er aufschaute, würde sie die Wut in seinen Augen sehen, die sich in ihm aufbaute, und denken, dass sie ihr galt.

Selbst, als die Erwähnung des Wortes »Bestialität« gefolgt von gehässigem Gelächter in seine Ohren drang, schaffte Thane es, seine Wut unter Kontrolle zu halten. Doch jeder Muskel seines Körpers war angespannt. Es war, als würden sie Astrid gar nicht sehen – das Juwel, das sie war. Sie sahen nur *ihn*. Er wollte fluchen und toben, aber gleichzeitig war seine Seele mit machtloser Wut gefüllt. Machtlos, es zu verhindern. Machtlos, sie zu beschützen.

Herrgott nochmal, wie hatte er so blind sein können? So dumm? Egal, was passieren würde, sein Aussehen würde sich nie ändern. Die Menschen würden ihn immer anstarren, sie würden immer flüstern, und die Grausamkeit des Adels kannte keine Grenzen. Sie hielten ihn für ein Monster, und nun war sie die Braut des Monsters. Er konnte sie nicht damit beschützen, *wer* er war – der Herzog. Er konnte sie nur verletzen mit dem, *was* er war – das Biest.

Keine Frau verdiente es, daran gekettet zu sein.

Die einzige Lösung war es, sich von ihr fernzuhalten. Sich selbst einzuschließen.

Als könnte sie seinen inneren Aufruhr spüren, drang ihre leise Stimme in seine hasserfüllten Gedanken. »Euer Gnaden, wollen Sie gehen?«

Er knirschte mit den Zähnen und musste schlucken. »Nein. Beenden wir unser Essen.«

Trotz ihrer besorgten Blicke machte er keinen Versuch, sich zu unterhalten, keinen Versuch, höflich zu sein. Sein Verhalten war ohne Frage rüpelhaft. Wenn sie von der Wende der Ereignisse oder seinem Benehmen überrascht war, zeigte sie es nicht. Aber Thane wusste, wenn er seinen Mund öffnete, würden nur giftige Worte rauskommen. Er würde eine unvergessliche Szene machen, und so wütend er auch war, es war immer noch ihr Hochzeitstag. Doch als sie mit dem letzten Gang fertig waren, war die Anspannung in Astrids Gesicht deutlich zu erkennen. Ob es wegen ihres Publikums oder seinetwegen war, konnte er nicht sagen.

»Habe ich etwas getan, was dir missfallen hat?«, fragte sie leise, als sie wieder in der Privatsphäre ihrer Kutsche waren.

»Nein.«

»Was bedrückt dich dann? Warum schließt du mich aus? Bist du ... bereust du deine Entscheidung bereits?«

Thane holte tief Luft und sprach die Entscheidung, die er während des Abendessens gefällt hatte, laut aus. »Wenn deine Schwester erst einmal sicher vor Beaumont ist, werde ich zurück nach Beswick Park fahren. Du wirst hier in London bleiben. Harte House gehört dir. Wenn es nicht zu deiner Zufriedenheit ist, werde ich dir ein anderes Anwesen kaufen, das dir besser gefällt.«

Astrid blinzelte. »Ich verstehe nicht.«

»Da diese Ehe nur ein Mittel zum Zweck ist, ziehe ich es vor, dass wir getrennt leben«, sagte er. Ihr Blick wich seinem nicht aus, und ihre blauen Augen funkelten ihn eisig an, als sie bei seinem Haus ankamen. Ihr Gesichtsausdruck war durchzogen von Schmerz und Verwirrung.

»Warum?«, fragte sie. »Weil die Leute starren und flüstern? Das ist mir egal.«

»Es wird dir nach einer Weile nicht mehr egal sein. Glaub mir, es ist das Beste, Astrid.«

Eine schwere Spannung lag jetzt zwischen ihnen in der Luft. Es war seine Schuld, das wusste er, aber er musste sie vor sich selbst beschützen. Und vor ihm. Das war die einzige Möglichkeit, wie sie unversehrt bleiben konnte. Wenn die Adelsgesellschaft glaubte, die Ehe sei nur aus Unannehmlichkeiten heraus vollzogen worden, dann hatte sie vielleicht eine Chance, unversehrt in ihre Ränge einzutreten. Thane krallte die Finger in seine Handballen.

Das schuldete er ihr einfach für den Preis, die unglückselige Herzogin von Beswick zu sein.

Kapitel Fünfzehn

»Fletcher!«, rief Astrid und betrat in dem Moment die Gemächer ihres Ehemannes durch die Verbindungstür, in dem sie wusste, dass der Herzog das Haus verlassen hatte.

Sie hatte bewusst ein weiteres schweigsames Essen abgewartet – eine Wiederholung ihres ersten fürchterlichen Hochzeitsessens und vieler weiterer danach – und gehört, wie der Herzog mit dem Hausdiener über ein Treffen mit dem Marquis von Roth am Mittag gesprochen hatte.

Der Herzog hatte in den letzten Tagen weder weitere Annäherungsversuche gemacht noch ihre Gesellschaft gesucht. Er war natürlich sehr höflich, wenn sich ihre Wege gekreuzt hatten, aber nicht mehr als nötig. Die plötzliche und unerwartete Kälte hatte wehgetan, doch Astrid war entschlossen, sie nicht an sich heranzulassen. Das war schließlich eine Zweckehe.

Das hatte er mehr als klargestellt.

Ein Teil von ihr fühlte immer noch mit ihm wegen dem, was er in der Öffentlichkeit in diesem Gasthof erlitten hatte. Aber jeder weitere Versuch einer Unterhaltung wurde schroff abgeschnitten. Er war hart und kalt, schon fast grausam. Genug, dass es ihr wehtat. Genug, dass sie aufgehört hatte, es zu versuchen. Obwohl er noch nicht wieder nach Beswick Park zurückgekehrt war, hätte er genauso gut weg sein können, so wenig hatte sie von ihm gesehen.

Astrid nahm das minimalistische Dekor seines Schlafzimmers im Tageslicht wahr. An ihrem Hochzeitstag hatte sie kaum einen Blick darauf geworfen, weil sie mit anderen Dingen beschäftigt gewesen war, bevor er die Kerze ausgeblasen hatte.

Im Gegensatz zu ihrem Schlafzimmer war seines durchaus maskulin eingerichtet, mit Möbeln aus dunklem Mahagoniholz und marineblauen und cremefarbenen Akzenten. Es war spartanisch, genau wie der Mann selbst.

Astrid wandte den Blick von dem Bett ab, das massiv und luxuriös und genau das Gegenteil vom Rest des Zimmers war. Ihr Verstand hatte seine Hinweise vielleicht akzeptiert, doch ihr Körper brauchte länger, darauf zu hören. Die Erinnerung an die beiden in diesem Bett, vereint in der Dunkelheit, schmerzte in ihrer Brust.

Dann unterdrückte sie ihre Gefühle und wandte sich an den Hausdiener, der mit einer Hose des Herzogs über dem Arm stehen geblieben war und sie erwartungsvoll ansah.

»Hat der Herzog kürzlich irgendwelche Einladungen erhalten?«

Der Hausdiener begutachtete sie interessiert. »Einige, Euer Gnaden.«

»Bitte, Fletcher. Nennen Sie mich Lady Astrid oder Lady Beswick, wenn Sie müssen. Aber dieses ständige Euer Gnaden kann ich nicht ausstehen.«

»Sie sind eine Herzogin, Euer ... äh ... Mylady.« Sie konnte genauso finster dreinblicken wie Beswick, mit demselben Effekt, und der Hausdiener trat alarmiert einen Schritt zurück. »Culbert hat die Einladungen des Herzogs.«

»Culbert?«, fragte sie erschrocken. »Er ist hier?«

»Ja, Seine Gnaden hat ihn zusammen mit ein paar weiteren Angestellten von Beswick Park sowie seine Tante hergebeten. Sie sind ganz früh heute Morgen angekommen, und Lady Verne ist direkt auf ihr Zimmer gegangen.«

Er grinste, als er den Butler im Korridor herumschleichen sah, und erhob die Stimme. »Wissen Sie, der arme Culbert fühlt sich ziemlich ausgeschlossen, wenn er nicht in die Angelegenheiten der Hausdiener mit einbezogen wird. Er denkt, der Herzog kann ohne seine ständige Aufsicht nicht überleben. Und jetzt werden Sie die Freuden seiner erdrückenden Fürsorge ebenfalls erleiden müssen.«

Der Butler warf Fletcher einen finsteren Blick zu und verbeugte sich in Astrids Richtung. »Darf ich Ihnen meine Gratulation ausprechen, Lady Beswick?«

»Danke, Culbert. Ich freue mich sehr, Sie zu sehen«, sagte sie und ließ den älteren Mann erstrahlen. »Würden Sie freundlicherweise durch den Stapel mit Einladungen sehen und herausfinden, ob eine von Lord und Lady Featheringstoke dabei ist? Und wenn das der Fall sein sollte, senden Sie bitte eine Zusage zurück.«

»Und der Rest?«, wollte Culbert wissen. »Es sind einige.«

Astrid überlegte. Beswick gab weder Bälle noch nahm er an den Veranstaltungen des restlichen Adels teil. Sie war auch nicht in London, um sich zu sozialisieren, aber sie musste ein Auge auf Isobel haben. Und dazu würde sie alles tun, was notwendig war, wenn sie musste, auch mit Tricks.

»Ich werde sie durchsehen. Lassen Sie mich wissen, wenn noch mehr ankommen. Ich werde mit dem Herzog reden, wenn er zurück ist.«

Culbert räusperte sich. »Seine Gnaden hat mich auch gebeten, Sie an Ihren Termin bei der Modemacherin zu erinnern, Euer Gnaden. Die Kutsche wurde bereits für Sie zurechtgemacht.«

Astrid nickte. Das hatte sie völlig vergessen. Andererseits musste sie angemessene Kleider haben, wenn sie ihren Platz in der Gesellschaft einnehmen wollte. Sie seufzte. Sie hatte noch nicht entschieden, ob es klüger war, unauffällig aufzutreten, um Isobel keine Probleme zu bereiten, oder ob sie als neue Herzogin von Beswick einen großen Auftritt hinlegen und ihrem Onkel von Angesicht zu Angesicht gegenübertreten sollte. Der Maskenball würde ihr die perfekte Möglichkeit bieten, die Lage auszuloten.

»Danke, Culbert.«

Als sich der zuvorkommende Butler verbeugt hatte und gegangen war, senkte sie die Stimme und beugte sich zu Fletcher. »Bringen Sie durch Agatha in Erfahrung, wohin Isobel plant zu gehen«, flüsterte sie. »Aber seien Sie vorsichtig, Fletcher. Ich möchte nicht, dass meinem Lieblingshausdiener etwas passiert.«

Erfreut nickend verließ er den Raum, und Astrid ging in ihre Gemächer zurück. Es wäre schön gewesen, Tante Mabel zu sehen, aber die Herzogin musste müde von ihrer Reise sein, wenn sie sofort in ihre Gemächer verschwunden war. Astrid rief nach Alice und machte sich auf den Weg in die Bond Street. Sie empfing mehrere seltsame Blicke, als sie aus der Kutsche ausstieg, die von Entsetzen bis Neugier reichten. Erst da wurde ihr klar, dass das Familienwappen der Beswicks – ein brüllender Löwe mit gekreuzten Schwertern – auf der Seite angebracht war.

»Komm, Alice«, sagte sie und zog an ihrer Haube. Als sie das Geschäft betraten, war es zum Glück leer. Sie wollte nicht auf irgendwelche Damen der Gesellschaft treffen, wenn es zu vermeiden war. Dass der zurückgezogene, vernarbte und Furcht einflößende Herzog von Beswick geheiratet hatte, war schon genug Nahrung für die Gerüchteküche.

»Euer Gnaden«, sagte eine musikalische Stimme. »Welch Ehre, Sie hier zu haben.«

»Madame Pinot, nehme ich an«, sagte Astrid und drehte sich zu einer kleinen Brünetten um.

»Das nehmen Sie richtig an, Euer Gnaden«, sagte die Modemacherin und führte sie in einen privaten Raum am hinteren Ende des Ladens, der mit wundervollen Stoffen gefüllt war und in dem mehrere Ausgaben der *La Belle Assemblée* mit der neuesten Mode aus Paris und England lagen. »Darf ich Ihnen einen Tee anbieten? Oder Wein? Oder etwas Stärkeres? Sherry vielleicht?«

»Tee wäre wunderbar.«

Die Modemacherin gab ihrer wartenden Assistentin einen Befehl und brachte dann ein paar Seiten mit Modeskizzen. Madame Pinot lächelte. »Der Herzog war sehr spezifisch, was Farbwünsche angeht, aber ich denke, Sie müssen mir auch sagen, was Ihnen gefällt, *oui*?«

»Der Herzog war hier?«

Die Modemacherin lächelte schüchtern. »Vorhin. Er gab mir Anweisungen, Sie wie eine Königin zu behandeln und keine Kosten zu scheuen.« Ihr Lächeln wurde breiter. »Es ist schön, so einen ergebenen Ehemann zu haben, *non*?«

»Ich denke, ja«, antwortete Astrid.

Seit Tagen hatte der Herzog kaum mit ihr gesprochen, und trotzdem nahm er die Mühe auf sich, ein Damenmodegeschäft aufzusuchen, um die Einkäufe seiner Ehefrau zu sichern. Dieser Mann war wirklich nicht zu verstehen.

Sie legte den Kopf schief. »Na, dann machen wir uns mal besser daran, das Geld des Herzogs auszugeben.«

»Mir gefällt, wie Sie denken.«

Stunden – und ein halbes Dutzend Tassen Tee und ein paar Gläser Sherry – später verließ Astrid Madame Pinots exquisiten Laden. Jede noch so kleine Stelle ihres Körpers war vermessen worden, aber der Geschmack der Modemacherin war wirklich erstklassig.

Als Astrid wissen wollte, woher sie die Maße für das vorgefertigte Kleid wusste, hatte Madame Pinot – oder Silvie, wie sie von Astrid genannt werden wollte – verschmitzt gelächelt und gesagt, der Herzog hätte ihr die Maße übermittelt. Astrid konnte nicht verbergen, dass sie errötete.

Die Modemacherin hatte versprochen, eines ihrer bereits fertigen Kleider anzupassen und ihr für den Ball der Featheringstokes zum Harte House schicken zu lassen. Das Kleid war ursprünglich für eine andere Dame vorgesehen gewesen, die allerdings einen unerwarteten Trauerfall hatte und es nicht mehr benötigte.

Es war Schicksal, hatte sie verkündet. Astrid hatte gezögert, als sie das fast transparente silber-weiße Kostüm gesehen hatte, aber Silvie hatte darauf bestanden, dass Astrid Titania, die Feenkönigin, sein sollte. Es war grotesk. Zu dem Kleid gehörten sogar hauchdünne Flügel und eine Maske, die ihr halbes Gesicht verdeckte. Das Gute war, keiner würde sie erkennen.

»Ich zähle auf Ihre Diskretion, Silvie«, hatte sie gemurmelt, bevor sie gegangen war.

Die Modemacherin hatte gelacht. »In meinem Beruf, Euer Gnaden, ist Diskretion so wichtig wie Geld. Ihre Geheimnisse sind bei mir sicher.«

Thane hatte eine weitere schlaflose Nacht verbracht, während seine frischgebackene Ehefrau wie ein Neugeborenes auf der anderen Seite der verkleideten Wand zwischen ihren Zimmern schlief. Wenigstens machte sie nie Geräusche, die er hören konnte, selbst wenn er wie ein Besessener sein Ohr an die Verbindungstür presste. Und er war wirklich besessen. Ständig löcherte er Fletcher über ihre täglichen Aktivitäten und wollte jedes Detail wissen.

»Warum tun Sie uns nicht allen einen Gefallen und reden mit Ihrer Frau?«, hatte der Hausdiener gestern schnippisch erwidert, und Thane hätte ihn fast durch die Wand gerammt.

»Weil ich *Sie* frage«, hatte er gezischt.

Fletcher hatte unter Androhung, seine Anstellung zu verlieren, gehorcht und ihm von ihren Spaziergängen durch den Garten; ihrem Aufenthalt in der Bibliothek von Harte House; von ihrem Treffen mit dem Chef von Christie's wegen der Auktion; dem Brief, den sie von ihrer Schwester erhalten hatte; ihrer Zusage zum Ball der Featheringstokes; ihrem erfolgreichen Besuch bei der Modemacherin; ihren Abendessen mit seiner Tante und der Zeit erzählt, die sie zum Zähneputzen benötigte; und wann sie ins Bett ging.

Bei Fletchers Sarkasmus hatte Thane beinahe die Beherrschung verloren, aber er machte sich mehr Gedanken um seine sture, willensstarke Frau. Er wollte nicht, dass sie ohne Begleitung auf irgendwelche Veranstaltungen des Adels ging, doch er würde sie mit Sicherheit nicht begleiten. Er hatte keinen Ball mehr besucht, nachdem er in den Krieg gezogen war. Allein bei dem Gedanken an formelle Anlässe konnte er den Knoten einer schweren Krawatte an seinem Hals und die erdrückende Hitze in einem Ballsaal voller schwitzender Körper spüren.

Nein danke.

Tante Mabel würde Astrid ohne Zweifel zur Seite stehen und sie beschützen. Die Adelsgesellschaft würde nicht lange brauchen, um eins und eins zusammenzuzählen und Astrids Identität herauszufinden. Vielleicht könnte Sir Thornton noch behilflich sein. Er hatte die Tochter eines Grafen, Lady Claudia, geheiratet, und sie waren beide gern gesehene Gäste während der Braut- und Bräutigamschauen. Der Anwalt konnte ein Auge auf seine sture Herzogin werfen.

Nach seinen morgendlichen Waschungen verließ Thane sein Schlafzimmer und erfuhr von Culbert, dass Astrid bereits gefrühstückt hatte und zu ihrem üblichen Morgenspaziergang durch den Garten aufgebrochen war.

»Die Herzogin«, informierte Culbert ihn, »ist zu einer unchristlichen Zeit aufgestanden, und Lady Verne ist noch im Bett.«

Kein Wunder, dass Thane nichts auf der anderen Seite der Wand gehört hatte. Es war nur ein schwacher Trost für ihn, zu wissen, dass sie auch nicht hatte schlafen können. Er war unentschlossen, ob er sie suchen oder in sein Arbeitszimmer gehen sollte. Obwohl er aus offensichtlichen Gründen seinen Sitz im Parlament nicht besetzte, wollte er trotzdem noch wissen, was dort vor sich ging. Sir Thorntons Berichte über diese Angelegenheiten waren immer peinlich detailliert.

In Anbetracht der Tatsache, dass er seine Ehefrau seit gestern Morgen nicht mehr gesehen hatte – wie zwei Schiffe, die in der Dunkelheit aneinander vorbeisegelten –, wollte ein Teil von ihm sich unbedingt selbst ein Bild von Fletchers Ausführungen machen. Schließlich war es sein Haus. Und auch sein Garten.

Es dauerte nicht lange, bis er sie gefunden hatte. Astrid saß auf einer Bank, einen Apfelbutzen in der einen, ein Buch in der anderen Hand. Thane wurde bewusst, dass er sie und ihre hitzigen Diskussionen über das Leben und die Literatur bei ihren gemeinsamen Brandys nach dem Abendessen im Gewächshaus von Beswick Park vermisste.

Nun ja, jetzt hatte er sie ja gesehen. Er sollte umdrehen und wieder gehen.

»Was liest du?«, fragte er stattdessen.

Eisblaue Augen blickten von der Seite auf, und die kurze Unsicherheit in ihnen wurde sogleich durch Distanziertheit ersetzt. Ohne zu antworten, hielt sie ihm das Buch entgegen, damit er den Titel selbst lesen konnte. Ironischerweise war es *Frankenstein oder Der moderne Prometheus*. Er hatte das Ding gekauft, als es vor einem Jahr anonym veröffentlicht worden war. Percy Bysshe Shelley, ein Dichter und entfernter Bekannter, hatte das Vorwort geschrieben, aber Thane hatte Gerüchte gehört, dass seine Frau Mary der eigentliche Verfasser dieser grausamen Geschichte war.

Er zuckte zynisch mit der Schulter. »Hattest du das Bedürfnis, Vergleiche zu ziehen?«

»Brauchen Sie etwas, Euer Gnaden?«, erwiderte sie kühl.

»Er stirbt«, sagte Thane. »Am Ende stirbt das Monster, nachdem es jeden ermordet hat.«

»Danke, ich habe es gelesen.« Sie warf ihm einen bösen Blick zu. »Aber wenn ich es nicht gelesen hätte, hätten Sie mir jetzt das Ende verraten.«

»Der Autor hatte recht. Er verdiente es nicht zu leben.«

Er wusste nicht, warum er sie provozierte, aber er musste es einfach tun. Er wollte ihr irgendeine Reaktion entlocken, irgendetwas anderes als diese starre Fassung, die sie wie eine Eisskulptur erscheinen ließ.

»Warum? Weil er anders war?«

»Er war ein Gräuel.«

»Das geliebt werden wollte. Er wollte einen Gefährtin.« Beim letzten Wort brach ihre Stimme, und sie versteckte den Kopf wieder in dem Buch. »Ist es nicht das, wonach wir alle suchen? Einen Partner im Leben? Freundschaft?«

»Nicht jeder.« Er verschränkte die Hände hinter seinem Rücken. »Wusstest du, dass Mary Shelly, Percys Frau, Wollstonecrafts Tochter war? Ich habe gehört, dass sie die Geschichte geschrieben hat, nicht ihr Mann. Von Frauenrechten und dem Weiblichkeitswahn zu unnatürlichen Monstern und unglücklichen Enden. Ein ziemlicher Sprung für eine Autorin, findest du nicht?«

Ihr Gesicht nahm einen neugierigen Ausdruck an, und ihre Mundwinkel zuckten, als würde sie antworten wollen, aber dann entschied sie sich doch dafür, ihn zu ignorieren und sich wieder auf ihr Buch zu konzentrieren. Nach einer Weile blickte sie auf. »Wollen Sie ewig hier stehen bleiben?«

»Ich betrachte dich gern.«

»Das ist auch überhaupt nicht störend.« Laut seufzend klappte Astrid das Buch zu, stand auf und schaute überallhin, nur nicht zu ihm. »Na gut. Ich sollte gehen, Euer Gnaden. Mir gefällt es nämlich nicht, von einem Augenpaar betrachtet zu werden, das zu einem Mann gehört, der sich nicht die Mühe gemacht hat, auch nur zwei Worte mit mir in der kurzen Zeit, in der wir verheiratet sind, zu sprechen. Anscheinend haben Sie Besseres zu tun, als sich um eine Ehefrau zu kümmern. Oder auch bloß so zu tun, als hätten Sie eine.«

Wie sehr hatte er doch ihre scharfe Zunge vermisst!

Sie rauschte mit ihren mehrschichtigen Röcken an ihm vorbei, und ihr Duft traf ihn wie ein Schlag auf den Kopf. Ohne nachzudenken, packte er sie am Ellbogen. Sie schnappte nach Luft, blieb aber wie zur Statue erstarrt stehen und drückte ihr Buch an die Brust.

»Astrid, sieh mich an.«

Widerwillig tat sie es. Aus der Entfernung war ihr Blick erträglich gewesen. Aus der Nähe war das Feuer in ihm tödlich. Ihr Gesicht verzog sich zu einer Grimasse, und Thane musste alle Willenskraft aufbringen, um bei klarem Verstand zu bleiben. Er wollte seinen Kopf hinabsenken und ihr diesen erbitterten Widerstand von den Lippen küssen. Sie auf diese Steinbank setzen und sie mit seiner Zunge liebkosen, bis in ihrem Blick nur noch Leidenschaft zu erkennen war.

»Wegen des Balls der Featheringstokes ...«, knurrte er. Er wollte ihr sagen, dass Sir Thornton sie an seiner Stelle begleiten würde, aber sie ließ ihn nicht ausreden.

Sie warf ihm einen mörderischen Blick zu. »Du kannst mir nicht verbieten, hinzugehen.«

Thane vergaß alles, was er zu ihr hatte sagen wollen, und reagierte einfach auf ihren Tonfall. »Natürlich kann ich das. Ich bin dein Ehemann.«

»Nur auf dem Papier.«

Er runzelte die Stirn. »Der Name ist das Einzige, was zählt.«

»Fahr doch zur Hölle, Beswick.«

Thane zog sie näher an sich heran, packte sie noch fester am Ellbogen, und sie versuchte, sich aus seinem Griff zu befreien. Er lachte sie aus. »Was für ein unflätiges Mundwerk du nur hast, meine Liebe. Du klingst wie ein trotziges Kind. Bist du ein Kind? Weißt du, was normalerweise mit trotzigen Kindern zur Bestrafung gemacht wird? Böse Kinder werden übers Knie gelegt.«

Bei seiner Drohung riss sie vor Schock die Augen auf, doch sein kleines Zankweib wich ihm nicht aus. »Das würdest du nicht tun.«

»Nein, aber bring mich nicht in Versuchung.«

Thane zog sie so nahe an sich heran, dass ihr Oberkörper gegen seinen gepresst und das Buch zwischen ihnen eingeklemmt war. Unter ihrem locker gebundenen Umhang bebten ihre Brüste. Er fragte sich, ob sie dieselben erregenden Gedanken hatte – ein paar erotische Klapse auf ihren nackten Hintern, während sie über seinen Knien lag. Mit der anderen Hand umfasste er ihren Rücken und fuhr dabei mit dem kleinen Finger ihre verführerischen Wölbungen nach.

Jetzt, da er sie im Arm hatte, konnte Thane an nichts anderes mehr denken. Nicht an seine Entscheidungen, nicht daran, sie auf Abstand zu halten und sie nicht mehr an sich heranzulassen. Sein gesunder Menschenverstand war irgendwo verloren gegangen.

Sie standen eine gefühlte Ewigkeit so aneinander gepresst da. Sie war erstarrt in seinen Armen. Er kämpfte verzweifelt dagegen an, sie auf den Boden zu legen und ihnen beiden die Erleichterung zu verschaffen, nach der sie sich beide so sehnten. Sie benetzte die Lippen, was Thanes Körper sofort reagieren ließ.

»Thane«, keuchte sie.

Ihre Pupillen waren geweitet vor Widerstand und Verlangen, ihr Mund leicht geöffnet. Lange Finger nestelten an seinem Kragen herum, sie drückten ihn nicht weg, ermutigten ihn aber auch zu nichts. Er würde die Frage, die er ihr schon einmal gestellt hatte, nicht noch mal stellen. Nein, wenn sie ihn wollte, würde sie dieses Mal diejenige sein müssen, die nachgab.

»Wenn du mich küssen willst, Astrid«, sagte er zu ihr, »musst du nur fragen. Du machst schließlich die Regeln.«

»Du bist ein Biest.«

Er zuckte mit den Schultern. »Ich habe nie etwas anderes behauptet. Wenn du mich willst, sag es bitte.«

Sie fasste nach seinem Revers, als sie sich auf die Zehenspitzen stellte und ihre Augen vor Wut und Verlangen gleichermaßen aufleuchteten. Thanes Herz klopfte in seiner Brust. Würde sie es tun? Würde sie nachgeben? Er öffnete den Mund etwas und beugte sich ein paar Millimeter nach vorne. Sein Körper war steif vor Verlangen. Die sexuelle Anziehungskraft zwischen ihnen war so stark, dass er sie auf seiner Zunge schmecken konnte.

Erlöse uns beide von unserer Qual, drängte er sie wortlos.

Ihre Lippen streiften seine, der zarte Hauch einer Feder an seinem Mund. Ein eisblaues Augenpaar richtete sich auf ihn. »Ich würde dich nicht bitten, mich zu küssen, selbst wenn du der letzte Mann in England wärst.«

Dann entriss sie sich seinem Griff und wirbelte davon in Richtung Haus.

Ein gequältes Lachen kam aus seiner Kehle. Dieses sture kleine Luder!

Grundgütiger, dieser Mann machte sie zu einer rasenden Irren.

»Verdammt nochmal«, fluchte sie, als sie über die Terrasse ins Haus stürmte. Culbert und der Rest der Dienstboten sahen sie mit weit aufgerissenen Augen an und bekreuzigten sich wahrscheinlich selbst, als sie sie vor sich hin fluchen hörten. »Als würde ich jemals darum bitten, diesen abscheulichen, arroganten Rüpel zu küssen.«

Auch wenn sie wütender auf sich selbst war, dass sie diesen Mann küssen wollte. Und das hatte sie gewollt, ziemlich verzweifelt sogar. Sie hatte den Anflug von Schmerz in seiner Stimme gehört, als er sich selbst mit Frankensteins Monster verglichen hatte. Es war nicht Astrids Absicht gewesen, ihn zu verletzen, indem sie sich dieses Buch ausgesucht hatte. Sie war nur neugierig gewesen, ob sie anders dabei empfinden würde, nachdem sie Beswick kennengelernt hatte, der in selbst auferlegter Einsamkeit lebte, weil er sich tief in seinem Innern als Monster fühlte.

Zugegebenermaßen war sie wegen des Balls etwas aufbrausend gewesen, doch er besaß sie nicht.

Das tut er, erinnerte sie eine besserwisserische innere Stimme.

Als seine Ehefrau war sie so etwas wie sein Eigentum. Sie knirschte mit den Zähnen – sie hatte sich selbst geschworen, dass sie sich niemals einem Mann unterwerfen würde, und doch hatte sie genau das getan. Es war ein Wunder, dass er sie nicht übers Knie gelegt und ihr die angedrohte Bestrafung verpasst hatte.

Astrid verspürte ein Ziehen im Unterleib. Die Vorstellung, dass seine Hand auf ihrem nackten Hintern wäre, vernebelte ihre Sinne und sorgte für ein sehr intensives Empfinden zwischen ihren Beinen.

Du lieber Gott.

Sie musste etwas tun, sonst würde sie noch verrückt werden.

»Culbert«, sagte sie, »ich möchte ausreiten.«

»Natürlich, Euer Gnaden. Ich werde sofort einen der Lakaien auf die Weiden schicken.«

»Sagen Sie dem Mann, je schneller das Pferd, desto besser«, ordnete sie ihm an, da Brutus und Temperance beide noch in Beswick Park waren. »Und kein Damensattel. Ein normaler Sattel reicht.«

Culbert runzelte bei diesem Befehl die Stirn, nickte aber. »Wie Sie wünschen, Euer Gnaden.«

Sie ging ein Risiko ein, wenn sie die Rotten Row hinunterritt, doch es war immer noch so früh, dass kaum jemand unterwegs sein würde. Als Astrid ihre Reitklamotten angezogen hatte, stand schon ein gesatteltes Pferd bereit. Die Stute, die ihr gebracht worden war, war ein Rennpferd. Das konnte Astrid an der schieren Größe des kastanienfarbenen Tieres, dem definierten Kopf, den muskulösen Hinterläufen und dem langen, eleganten Hals erkennen. Sie war eine wahre Schönheit. Sie scharrte mit den Hufen, und Dampf trat aus ihren Nüstern in die kühle Morgenluft.

»Sie ist perfekt.«

»Das hier ist Luna«, sagte der anwesende Stallbursche und beugte sich verschwörerisch zu ihr. »Eine Verrückte«, fügte er hinzu. »Aber erzählen Sie dem Herzog nicht, dass ich das gesagt habe. Sie war vor Goliath eins seiner Lieblingspferde. Jetzt ist sie ein richtiges Biest.«

Astrid grinste. Das war genau das Pferd, das sie brauchte – eins, das eine starke Hand und eine enorme Konzentration verlangte. Sie würden sich beide bis auf die Knochen abarbeiten. Sie wollte an nichts denken. Nicht an ihre Ehe. Nicht an den Herzog. Nicht an den Verlust jeglicher Freiheit, die sie je gekannt hatte. Der junge Stallbursche half ihr in den Sattel, und Astrid machte sich mit ihm auf einem anderen Pferd im Schlepptau auf den Weg.

Sie winkte Beswick zu, der an der Seite der Terrasse stand, und er machte große Augen, als er sie auf dem Pferd sah. Er öffnete den Mund, doch sie konnte kein Wort verstehen, weil der Wind so in ihren Ohren rauschte.

»Versuchen Sie, mitzuhalten«, rief sie dem Stallburschen lachend zu und presste ihre Knie an die Flanken der Stute.

Astrid ritt wie der Wind durch den Hyde Park, bis sie ans südliche Ende zur Rotten Row gelangte. Dann weigerte sich Luna standhaft, ihre Befehle zu befolgen. Astrid war eine ausgezeichnete Reiterin – diese Stute wollte laufen. Sie hatte viel zu lange im Stall gestanden und genoss den Ausritt. Unter normalen Umständen hätte Astrid das Pferd unter Kontrolle gebracht, aber sie konnte nicht mehr klar denken. Niemand verdiente es, eingesperrt zu sein. Unter den Launen eines anderen zu leiden. Dahinzuvegetieren und zu sterben. Sie und Luna verdienten ein kleines bisschen Freiheit.

Sie ließ Luna ihren Willen.

Kapitel Sechzehn

Thane blieb beinahe das Herz stehen, als er beobachtete, mit welcher mörderischen Geschwindigkeit Astrid in die südliche Ecke des Hyde Parks ritt. Sie war wirklich verrückt.

Er hätte den Stallburschen am liebsten in der Luft zerrissen, als er gesehen hatte, dass er ihr Luna gegeben hatte. Das Pferd war unberechenbar, und er selbst hatte es bereits mehrere Monate nicht mehr geritten. Normalerweise war er der Einzige, der die Stute unter Kontrolle hatte, doch er war beschäftigt gewesen. Damit, eine Furie zu heiraten, die sich gleich den Hals brechen würde.

»Ihr Sitz ist unglaublich«, hatte Fletcher gesagt und versucht, ihn zu beruhigen. »Tatsächlich besser als Ihrer.« Unter Thanes wütendem Blick wich er zurück. »Culbert sagte, sie hätte nach einem temperamentvollen Pferd verlangt.«

»Temperamentvoll, nicht teuflisch«, hatte Thane gemurmelt.

Aber als er auf Goliath hinter ihr her galoppierte, sah er ihren perfekten Sitz. Einen Moment lang war er froh, dass sie nicht im Damensattel auf dem Pferd saß, denn Astrid und das Tier schienen eins zu werden – fließend und mühelos. Er hatte sie auf Brutus gesehen, doch das hier war ein ganz anderes Level an Fertigkeit. Thane konnte sich nicht daran erinnern, schon einmal eine Frau – oder einen Mann – so fähig auf einem Pferd sitzen gesehen zu haben. Vielleicht wusste sie doch, was sie tat? Trotz seines Zorns empfand er einen Anflug von Bewunderung.

Bis sein Blick auf den abgebrochenen Ast auf dem Weg fiel.

Luna war bereits über höhere Hindernisse gesprungen, aber Astrid wusste das nicht.

»Spring«, rief er. Doch sie war zu weit weg, um ihn zu hören.

Astrid zog an den Zügeln, was das Pferd nur verwirrte. Luna stolperte und blieb abrupt stehen – ihre Reiterin flog in hohem Bogen über sie hinweg.

»O Gott, Astrid!«, rief Thane und lenkte Goliath an ihre Seite, wo sie mit Blick in den Himmel und zitterndem Körper auf dem Boden lag. Er kniete sich neben sie. Krampfte sie? Hatte sie sich den Kopf angeschlagen? Innere Verletzungen erlitten? Er blinzelte, und ihm klappte die Kinnlade runter, als sie sich an ihre Seiten fasste und in schallendes Gelächter ausbrach. »Bist du wahnsinnig geworden? Du hättest tot sein können!«

»Ich weiß, wie man vom Pferd fällt, Thane«, sagte sie mit leuchtenden Augen.

»Du hättest gar nicht auf diesem Pferd sitzen sollen.«

»Sie war wunderbar. Der Ritt war wunderbar.« Sie stützte sich auf ihre Ellbogen und verzog leicht das Gesicht, während sie dem Stallburschen, der sie endlich eingeholt hatte, dabei zusah, wie er Luna einfing, die in der Nähe graste. »Warum hast du sie hier und nicht in Beswick Park?«

»Sie steht zum Verkauf«, sagte Thane. »Mit ihr stimmt etwas nicht.«

Astrid schüttelte den Kopf und hielt sich an seinem Mantel fest, um aufzustehen. »Sie braucht jemanden, der sich um sie kümmert, Thane, und Platz zum Rennen. Mit ihr ist alles in Ordnung. Als ich Brutus bekommen habe, war er vorher gnadenlos mit der Gerte missbraucht worden. Er ließ keine Menschenseele an sich heran, und jetzt sieh ihn dir an.«

Hingerissen stand er da und betrachtete sie in stiller Faszination. Die Frau brachte ihn total durcheinander. Sie war unfassbar stur, mit dieser bissigen Zunge konnte sie schneiden wie mit einer Klinge, und dennoch sorgte sie sich um die Zukunft und das Wohlergehen eines ausrangierten Pferdes. Irgendein undefinierbares Gefühl füllte seine Brust, als er ihr einen Arm hinhielt, um ihr aufzuhelfen. Sie nahm seine Hilfe an, stand auf und klopfte sich die Blätter von ihrer Reitjacke.

»Du bist außergewöhnlich«, sagte er kopfschüttelnd. »Wie kann es sein, dass du etwas Vielversprechendes in den Dingen siehst, die die meisten Menschen loswerden wollen?«

»Nur, weil etwas kaputt ist, heißt es nicht, dass es seinen Wert verloren hat.«

Sie redeten nun über etwas ganz anderes, doch neugierige Passanten hatten begonnen, sich um sie herum zu scharen. Noch nicht viele und niemand aus der höheren Gesellschaft, aber genug, damit das entsetzte Flüstern lauter werden konnte. Und schon wieder hatte er in seiner Eile den verdammten Hut vergessen, als er Harte House verlassen hatte. Thane straffte die Schultern und warf den Gaffern einen bösen Blick zu, ehe er auf sein Pferd stieg. Bevor Astrid nach dem Stallburschen rufen konnte, der Luna in der Hand hatte, griff er nach unten, um sie heraufzuziehen, und setzte sie auf seinen Schoß.

»Ich kann sehr gut alleine reiten«, protestierte sie.

Er trieb Goliath zu einem sanften Galopp an. »Du hast vorhin aufgestöhnt. Du bist irgendwo verletzt. Wo tut es dir weh?«

Thane blickte nach unten und bemerkte die Röte auf ihren Wangen. »Das zu sagen ... gehört sich nicht.«

Er blinzelte und verstand dann, was sie meinte. Sie hatte sich ihr spektakuläres Hinterteil verletzt. Dutzende schmutzige Vorschläge kamen ihm in den Sinn – eine Massage, ein näherer Blick, ein warmes Bad –, aber Thane biss sich auf die Zunge. »Du hättest nicht auf diesem Pferd sein sollen«, wiederholte er.

Sie versteifte sich. »Wirst du mir das Reiten verbieten, wie du mir verboten hast, auf den Ball der Featheringstokes zu gehen?«

»Ich habe es dir nicht verboten.«

»Was?« Sie drehte sich um, um ihn anzusehen, und die reibende

Bewegung ihrer weichen Oberschenkel an seinem halb erigierten Penis ließ ihn für einen Moment Sterne sehen. »Du wolltest mir …«

»Du hattest eine Vermutung, du kleiner Teufelsbraten. Eine falsche, voreilige. Ich wollte dir nur sagen, dass Sir Thornton und meine Tante auch auf dem Ball sein werden.«

Ihr schienen die Worte zu fehlen. »Oh.«

»Ich muss sagen, es ist ziemlich befriedigend, dass es dir die Sprache verschlagen hat.« Thane zog die Zügel an und brachte Goliath zum Stehen. Dann blickte er in den Himmel und machte ein seltsames Gesicht.

»Was tust du?«, fragte sie ungehalten.

»Ich will nur sichergehen, dass der Blitz uns nicht auf der Stelle trifft.«

»Das ist nicht lustig.« Sie stieß ihm mit dem Ellbogen in die Rippen und schnappte dann nach Luft. »Mein Gott, Beswick, du bist ja hart wie ein Stein.«

Das war er noch nicht, aber er war nahe dran. Thane war sich nicht sicher, ob sie seine Korrektur zu schätzen wüsste, also hielt er den Mund.

»Warum kommst du nicht mit?«, fragte sie. »Mit mir. Auf den Ball.«

»Mit diesem Gesicht? Du hast die Reaktion der Arbeiterklasse im Hyde Park gesehen. Denke nicht, dass es unter den adligen Leuten besser wäre. Ihre Blicke sind noch vernichtender. Sie zögern nicht, wenn sie Blut riechen.«

»Es ist ein Maskenball.«

»Es ist ein Ball.«

»Isobel wird dort sein«, sagte sie.

»Ich weiß«, sagte er. »Deshalb habe ich auch Sir Thornton gebeten, hinzugehen. Seine Frau, Lady Claudia, ist die Tochter eines Grafen. Sie ist genauso ungestüm wie du. Ihr werdet euch prächtig verstehen.« Er runzelte die Stirn, konnte seine Erheiterung aber nicht ganz verbergen. »Obwohl: Wenn ich recht darüber nachdenke, ist das vielleicht nicht die beste Idee.«

»Was wäre, wenn ich dich bitten würde, auch zu kommen?«, fragte sie leise.

Er ballte die Hände um die Zügel zu Fäusten. »Das werde ich nicht, Astrid. Ich habe mir selbst geschworen, mich nie wieder ihren Blicken auszusetzen. Während ich da draußen für ihre Freiheit, für ihre Art zu leben, gekämpft habe, hat die feine Gesellschaft mir den Rücken zugekehrt. Und jetzt sehen sie in mir nur noch das Biest von Beswick.« Er wurde so aufgebracht, dass sogar Goliath leise wieherte. »Ein Alptraum von einem Mensch.«

»Du bist kein Alptraum, und du hast nicht zugelassen, dass dich auch nur einer von ihnen richtig kennenlernt. Du hast dich abgeschottet. Du hast ihnen den Rücken zugedreht, bevor sie es mit dir machen konnten.«

Thane konnte nichts gegen ihre Logik einwenden, weil sie recht hatte. Er holte tief Luft, als sie vor Harte House hielten. Einige Umstehende hielten an, um zu glotzen, was ihn darin bestätigte, dass er nichts weiter als eine entsetzliche Kuriosität war. »Trotzdem, Astrid. Ich kann nicht. Ich werde nicht mitkommen.«

»Nicht einmal mir zuliebe?«

Thanes Kiefer spannte sich an. »Nicht einmal, wenn mich der Prinzregent höchstpersönlich darum bitten würde.«

Alice trug die abschließende Schminke auf Astrids Wangen auf – ein Hauch von Silberstaub entlang ihrer Wangenknochen – und etwas Rouge auf ihre Lippen. Der Silberstaub war auch über ihre Wimpern und ihr Haar verteilt, das ihr in dicken Locken über den Rücken hing. Ein Diamant-Diadem bedeckte ihr Haupt. Wie mit Isobel vereinbart, hatte sie sich eine knallrote Rose hinter ein Ohr gesteckt.

Astrid erkannte sich kaum selbst im Spiegel wieder. Das Kleid war wie versprochen von Silvie geliefert worden, und es war wirklich ausgefallen. Und wunderschön. Es kam ihr sogar noch durchsichtiger vor als zuvor und entblößte einen skandalösen Anteil ihres Dekolletés. Astrid war sich sicher, dass die Feenkönigin sich jede Menge

Ärger eingehandelt hätte, wenn sie sich wirklich für so ein Kleid entschieden hätte. Aber viele Künstler wiederum hatten Titania nackt gemalt, als sie versucht hatten, das Stück *Ein Sommernachtstraum* unsterblich zu machen.

Da war das hier schon besser.

Astrid band sich die Maske um. Nun ja, zumindest würde sie inkognito sein, auch wenn ihr Kleid im besten Fall eine strategische Platzierung von Chiffon, Satin und Spitze war. Als sie sich ein letztes Mal vor dem Spiegel drehte, empfand sie etwas Enttäuschung, dass Beswick nicht da sein würde. Vielleicht sollte sie ihn suchen, bevor sie abfuhr. Es bestand die Möglichkeit, er würde nicht wollen, dass sie in diesem Kleid irgendwo alleine hinging. Doch er hatte ja bereits gesagt, dass er nicht einmal für den Prinzregenten zum Ball gehen würde, und schon gar nicht für sie.

Das hatte sie verletzt, sie hatte allerdings das Gefühl beiseitegeschoben, damit es keinen Schaden anrichten konnte.

Er würde sich nie ändern, nicht einmal für sie.

Als Astrid nach unten ging, stand Tante Mabel mit einem Glas Sherry in der Hand da. Sie hatte ein Kleopatra-Kostüm an, ihre Augen waren mit Kohlestift umrahmt, an den Armen trug sie Armreife, und das Kostüm betonte jede ihrer beachtlichen Kurven. Astrid würde darauf wetten, dass Tante Mabel heute Nacht ein paar Herzen brechen wollte.

»Lord Oberon wird das ganz und gar nicht gefallen«, bemerkte die Herzogin lachend.

Astrid schnitt eine Grimasse. »Beswick wäre es egal, wenn ich als Lady Godiva nackt durch die Straßen von Coventry reiten würde.«

Tante Mabel warf ihr einen ungläubigen Blick zu, lachte dann aber erheitert auf. »Warum ist mir das nicht eingefallen? Nächstes Jahr mit Sicherheit!«

Obwohl die Fahrt zum Grosvenor Square schnell ging, schwitzte Astrid, als sie ankamen. Sie würde Isobel sehen. Anders als bei den anderen Bällen gab es keine Verkündung der richtigen Namen – nur die Bezeichnungen der Maskerade. In diesem Fall empfing sie ein bereits angeheiterter Marquis von Featheringstoke, der als Poseidon verkleidet war, wenn sein Dreizack ein Hinweis sein sollte. Sein Atem hätte ein Inferno entfachen können.

»Wer mögen Sie wohl sein, wunderschöne Dame?«, lallte er. »Persephone? Nein, Venus!«

»Königin Titania«, sagte Mabel und pikste den Marquis in die Seite. »Und Kleopatra.«

Er riss vor Erkenntnis die Augen auf. »Mabel, sind Sie das?« Er blinzelte und schwankte. »Ich muss zugeben, ich habe ein paar Gerüchte über eine hastige Eheschließung gehört. Wenn das also Sie sind, dann muss diese junge Schönheit die neue ...«

»Sprechen Sie es nicht aus«, warnte Mabel ihn. »Oder andere Geheimnisse werden ans Licht kommen, die Ihnen nicht gefallen werden, *Feathers*.«

Astrid musste fast laut darüber lachen, wie nüchtern er bei der Erwähnung seines Spitznamens wurde. Er warf seiner Frau einen Blick von der Seite zu, die in etwas gekleidet war, das aussah wie ein Sirenenkostüm. Entweder das, oder jemand hatte ihr eine riesige Menge an Algen über die üppigen Brüste geworfen.

»Natürlich«, murmelte Poseidon und machte eine Verbeugung, die durch einen lauten Rülpser ruiniert wurde. »Dann mal auf und viel Spaß.«

Sie gingen zusammen die Stufen hinunter, und Astrids Blick wanderte auf der Suche nach Isobel durch den Ballsaal. Aber sie sah niemanden mit weißen Rosen in der Frisur. Hatte sie beschlossen, doch nicht herzukommen? Hatten Onkel Reginald oder Tante Mildred ihr verboten zu kommen? Astrid wurde ganz bang ums Herz, obwohl es noch recht früh war. Sie folgte Mabel ans hintere Ende des Ballsaals, wo ein paar ihrer Bekannten standen.

Nachdem sie Mabels Bekannten vorgestellt worden war, konnte Astrid sich noch einmal im Ballsaal umsehen. Sie war sich der prüfenden Blicke der Freunde der Herzogin bewusst, die versuchten, sie einzuordnen. Niemand würde sich an einen Skandal von vor zehn Jahren erinnern, oder? Aber natürlich hatte sie nicht so viel Glück.

»Sie waren doch mit Beaumont verlobt«, verkündete eine rundliche Frau, die als Biene verkleidet war – Lady Bevins, eine berüchtigte Wichtigtuerin – im Flüsterton. »Everleigh oder so.«

Astrid nickte steif.

»Ihrer jüngeren Schwester wurde am Anfang der Woche ihre Einladung zu Almack's überreicht«, fuhr die Frau fort. »Sie ist eine Schönheit.«

»Ist sie hier?«, rief Astrid bei der Erwähnung von Isobels Namen, aber die Lady wurde bereits von der klugen Mabel davongeleitet. Astrid war ihr dankbar.

Ihr Blick wanderte wieder durch die Menge und blieb auf einem bekannten Gesicht haften. Ungewöhnlich bekannt, weil er keine Maske trug. Natürlich nicht. Beaumont war so arrogant, dass er nicht einmal auf einem Maskenball den Anstand hatte, sich anzupassen. Er war ganz in Gold gekleidet, mit einem goldenen Stock und goldenen Kranz.

»Beaumont ist hier«, murmelte Mabel, die zurückgekehrt war und Astrid ein Glas Punsch in die Hand drückte. »Obwohl ich mir nicht sicher bin, was er darstellen will.«

»Einen Italiener vielleicht?«

»Einen goldenen Phallus. Und zwar einen sehr kleinen.«

»Tante Mabel!«, prustete Astrid in ihren Drink los. »Du darfst solche Dinge nicht sagen.«

Intelligente bernsteinfarbene Augen wie die ihres Neffen hielten ihrem Blick stand. »Warum? Dürfen nur die Männer die Frauen versachlichen? Wir haben auch Augen.«

»Wir sind Ladies.«

»Ein schrecklicher Kodex des Benehmens, der uns vom Tag unserer Geburt an zu schaffen macht.« Die Herzogin grinste und klopfte ihr überschwänglich auf den Rücken. »Aber niemand muss wissen, dass wir innerlich Rebellinnen sind.«

Astrid musste lachen. Ein paar Augenpaare fielen auf sie, eins ganz besonders. Von einem Mann, den sie vorher noch nicht bemerkt hatte. Diese Augen brannten und versengten und verliehen ihr das Gefühl, ein Kaninchen zu sein, das gerade von einem Wolf in die Enge getrieben worden war. Einem großen Wolf, der eher aussah wie ein Höllenhund. Oder der Teufel höchstpersönlich. Der Gast war ganz in Schwarz gekleidet und hatte eine Furcht einflößende Maske mit Hörnern auf. Astrids Herz klopfte unkontrolliert in ihrer Brust und erweckte ihre Überlebensinstinkte.

Wer war das? Und wie konnte er es wagen, sie so unverhohlen anzustarren?

Sie hob die Augenbrauen, reckte das Kinn hoch und wandte den Blick ab. Zu ihrem Entsetzen begann der Fremde, auf sie zuzugehen. Zum Glück wurde der Weg des Teufels von Sir Thornton und einer Lady im Schlepptau, die als Engel verkleidet war, durchkreuzt.

»Euer Gnaden«, murmelte der Anwalt leise, damit ihn keiner hörte, und verbeugte sich kurz. »Darf ich Ihnen meine Ehefrau Lady Claudia Thornton vorstellen?«

Astrids Blick fiel auf die hübsche Blondine, deren blaue Augen vor Intelligenz und Humor funkelten. »Bitte nennen Sie mich Claudia.«

»Dann müssen Sie mich Astrid nennen.« Sie betrachtete die Engelsflügel der Frau und lächelte. »Wir geflügelten Wesen müssen zusammenhalten.«

Claudia lachte mit tiefer Stimme. »Ich muss zugeben, ich konnte es kaum erwarten, Sie kennenzulernen. Die Frau, die das Biest gezähmt hat.«

Astrid zuckte zusammen, aber in Claudias Tonfall oder Ausdruck lag nichts Böses. Sie erinnerte sich selbst daran, dass Sir Thornton für ihren Ehemann das war, was einem Freund am nächsten kam. »Ich würde nicht sagen, dass ich ihn gezähmt habe. Dann wäre er jetzt nämlich hier.«

»Henry sagte, er ist vernarrt in sie.«

Astrid riss die Augen auf. »Vernarrt« wäre nicht das Wort, mit dem sie Beswick beschreiben würde. »Wohl kaum.«

Sie wurde vor der chaotischen Wende, die ihre Gedanken nahmen, erlöst, als eine atemberaubende junge Frau die Treppe hinunterkam, die als Frühlingsgöttin verkleidet war. Weiße Rosen zierten ihr Haupt in einem Blumenkranz, und Bänder hingen ihren Rücken hinab. Sogar in einem Sack verkleidet würde sie ihre Schwester erkennen. Astrid spürte, wie ihr Tränen in die Augen traten. Zwei Menschen mit venezianischen Masken flankierten Isobel. Ihr Onkel und ihre Tante, vermutete Astrid. Sie kam nicht umhin, zu bemerken, wie viel Aufmerksamkeit ihrer wunderschönen Schwester entgegenschlug. Tatsächlich war Isobel ein ungeschliffener Diamant, und sie verdiente alles, was diese Bezeichnung mit sich brachte – ihre eigene Auswahl an Verehrern.

Bestimmt würde Onkel Reginald ihre Popularität auch erkennen und ihr erlauben, sich einen anderen Ehemann als Beaumont zu suchen. Aber die meisten Ehen wiederum wurden von der Mitgift der Ehefrau bestimmt und nicht andersherum. Und ihr Onkel wollte auf jeden Fall seinen Anteil aus dem Verkauf seiner Nichte bekommen. Hilflos musste sie zusehen, wie Beaumont mit besitzergreifenden Schritten auf die drei zuging. Die Zeit lief Isobel davon, und Astrid hatte wenig Möglichkeiten. Eigentlich gar keine Möglichkeiten, seit Isobel beschlossen hatte, die Sache selbst in die Hand zu nehmen. Eine Entscheidung, die umsonst gewesen wäre, wenn Beaumont es schaffen würde, sie zu kompromittieren.

»Entschuldigen Sie mich«, murmelte sie Claudia und Tante Mabel zu. »Ich brauche frische Luft.«

Um sich selbst davon abzuhalten, zu Isobel zu rennen und eine Szene zu machen, ging sie geradewegs auf die nächstgelegene Tür zu und trat auf die Veranda. Sie sog die kühle Abendluft tief in ihre Lungen. Astrid hielt sich mit tauben Fingern an der Balustrade fest. Ihr Korsett fühlte sich zu eng an, drückte gegen ihre Rippen und machte sie benommen.

O Gott, sie würde ohnmächtig werden. Das wurde sie nie.

»Trinken Sie das.«

Ein Glas Brandy wurde ihr in die Hand gedrückt, und Astrid nippte dankbar an dem Alkohol. Sie drehte sich um, um ihrem Gönner zu danken, und erstarrte. Augen, die im Mondschein furchtbar unheimlich wirkten, loderten wie Bernsteine in den Tiefen der Maske.

Der Hades leibhaftig.

Kapitel Siebzehn

Thanes Blick fing die sinnliche Bewegung von Astrids Hals ein, als sie schluckte, und jeder Muskel seines Körpers war quälend angespannt. Großer Gott, sie machte sogar den Akt des Trinkens zu einem verführerischen Ereignis, so unschuldig es auch war. Es war allerdings nichts Unschuldiges daran, wie sie ihre Zunge aus dem Mund führte, um einen Tropfen Brandy von der Unterlippe zu lecken. Sein Unterleib zog sich zu unerträglicher Härte zusammen, als ihre durchsichtig schimmernden Augen, die im Mondlicht leuchteten, auf seine trafen und ihr Mund sich schockiert öffnete.

Er wollte sie bis zur Besinnungslosigkeit küssen.

Und er wollte glauben, dass er gerade eben nicht fast gekommen wäre.

Früher am Abend war der Gedanke daran, dass Astrid alleine auf dem Ball der Featheringstokes war, mehr gewesen, als er ertragen konnte.

Sie hatte so wunderschön ausgesehen. Eine Göttin außerhalb seiner Reichweite.

»Wenn Sie erlauben, Euer Gnaden?«, hatte Fletcher gemurmelt, als Thane aus der Dunkelheit der Terrasse heraus beobachtet hatte, wie sie sich in ihrem vom Kerzenschein beleuchteten Schlafzimmer anzog.

»Sie sind doch nie um einen Ratschlag verlegen, Fletcher, warum also jetzt?«

»Sie sind ein Idiot, Sir.«

Er musste kurz auflachen. Ja, das war er. Es gab keinen größeren Idioten als ihn. »Ich hätte sie nie heiraten dürfen.«

»Die Hochzeit ist vollzogen. Sie müssen nach vorne schauen.« Thane hatte geschluckt, und das Bild des verführerischen Körpers seiner Frau hatte sich in sein Gedächtnis eingebrannt. »Sie haben recht, Fletcher, das muss ich. Ich muss sie aus meinen Gedanken verbannen.«

Sie hatte mehr verdient als ihn.

Sie verdiente einen Mann, der normal war.

Sie verdiente einen Partner und Ehemann, auf den sie stolz sein konnte.

Sein Körper hatte geschmerzt, aber es war eine andere Art von Schmerz gewesen als der, der ihn normalerweise plagte. Dieser Schmerz kam aus dem Innern heraus – eine Leere, die sich angefühlt hatte wie ein Eimer mit Steinen, der auf seine Brust drückte. Thane hatte gehofft, dass einige Zeit an den Spieltischen im Silver Scythe zu verbringen als Ablenkung dienen könnte und er dann aufhören würde, über seine verführerische Frau, in nichts gekleidet als ein paar Streifen hauchdünnen Stoffes, zu phantasieren.

Also war er zuerst dorthin gefahren.

Aber die vertrauten Gerüche von Räucherstäbchen und Zigarrenqualm hatten nicht geholfen, seine erregten Sinne zu beruhigen. Ein Drink, hatte er beschlossen, wäre in Ordnung. Ein paar Drinks. Die nächsten zwei Stunden hatte er an den Spieltischen verbracht, ein halbes Vermögen verwettet und Unmengen an Alkohol getrunken – alles im Interesse, sich selbst abzulenken.

Es hatte nicht funktioniert. Nichts davon hatte funktioniert.

»Begleichen Sie meine Rechnungen«, hatte er dem Inhaber gesagt.

»Sie verlassen uns schon so früh?«, hatte der Mann gefragt.

»Ich habe vergessen, dass ich noch etwas Wichtiges zu erledigen habe«, hatte er gesagt und auf eine Maske gedeutet, die an einem Haken hing. »Könnte ich mir die ausleihen?«

»Natürlich.«

Er war in seine Kutsche gestiegen und hatte dem Kutscher die Adresse zum Ball der Featheringstokes genannt. Zum ersten Mal seit Stunden war der Druck in seiner Brust etwas schwächer geworden, und als er auf der Schwelle zum Ballsaal gestanden und seine Frau gesehen hatte, war die Stelle mit etwas anderem als Steinen gefüllt gewesen.

Er hatte es in dem Moment gefühlt, in dem sie ihn gesehen hatte – die Verbindung zwischen ihnen, die durch den ganzen Raum ging. Er hatte ihrem Blick hungrig standgehalten. Ihre Wangen erröteten leicht, aber seine Feenkönigin hatte ihren Blick bei seiner unverhohlenen Abschätzung nicht abgewandt. Stattdessen hatte sie die Augenbrauen hochgezogen und ihn dann mit einem abfälligen Hochrecken ihres Kinns abgewiesen.

Astrid hatte ihn nicht erkannt.

Das hatte sie immer noch nicht, obwohl er nur noch ein paar Schritte von ihr entfernt stand. Die Maske, die er sich geliehen hatte, erfüllte ihren Zweck. Prüfend kniff sie die Augen zusammen, und ihre Zähne vergruben sich konzentriert in ihre Unterlippe. Lust durchströmte ihn, und das Verlangen, sie zu küssen, wurde zehnmal stärker. Als ob sie seine schmutzigen Absichten spüren könnte, trat sie einen Schritt zurück und sah ihn alarmiert an.

Grundgütiger, war sie atemberaubend.

Und sie gehörte ihm.

Hades war riesig, dachte Astrid bei sich. Und er roch nach Rauch und Whiskey. Sie konnte seine Augen durch die Maske hindurch wie glühende Kohlen auf sich spüren.

»Ich danke Ihnen zwar für Ihre Hilfe, denke aber nicht, dass wir uns schon vorgestellt worden sind, Sir«, sagte sie abwehrend und widerstand dem Verlangen, zu fliehen. Sie blickte ihn an, und anscheinend gewann ihre Neugier die Oberhand. »Wer sind Sie?«

Als Reaktion beugte er sich zu ihr runter, und sie wich ihm mit klopfendem Herzen aus. Sie hatte bereits viele übereifrige Männer in ihrem Leben abgewehrt. Er wäre nicht der Erste, obwohl er bestimmt der größte war, und sie wollte nicht gegen das Steingeländer gedrängt werden.

Astrid drehte sich um, um zu gehen. »Sie sind zu forsch, Sir. Ich bin eine verheiratete Frau.«

»Ich bin froh, das zu hören.«

Der vertraute rauchige, tiefe Tonfall ließ sie sich auf dem Absatz umdrehen, und Fassungslosigkeit überkam sie, als ihr Verstand die gewohnte Größe und die Form seiner Schultern erkannte. Sie war so auf diese Furcht einflößende Maske fixiert gewesen, dass sie keinen Gedanken an den Mann dahinter verschwendet hatte. »Thane?«

»Zu Ihren Diensten.«

»Was tust du hier?«

»Meine Frau hat um meine Anwesenheit gebeten.« Astrid konnte sein Grinsen spüren, wenn auch nicht sehen. »Du siehst heute Abend phantastisch aus, meine Liebe.«

Bei seinen Worten durchströmte sie Wohlgefallen, aber sie stand nach wie vor unter Schock. »Isobel ist hier. Und Beaumont. Und meine Tante und mein Onkel.«

»Ich habe sie gesehen. Sie ist die Schönheit des Balls – abgesehen von Königin Titania natürlich.« Er legte den Kopf schief. »Die Feenkönigin will wohl nicht tanzen?«

Sie lächelte. »Nicht, ohne den Zorn Oberons zu riskieren.« Sie betrachtete ihn von Kopf bis Fuß. »Obwohl mein Feenkönig sich anscheinend in Hades verwandelt hat.«

»Vielleicht hat er ja teuflische Absichten.«

Herrje, jeder Knochen ihres Körpers wurde bei seiner heiseren Stimme ganz weich. »Wollen Sie mich vom rechten Weg abbringen, Euer Gnaden?«

»Nur, wenn das Ihr Wunsch ist.«

Sie konnte kaum zustimmend nicken, als sein Blick sich unter der Maske heraus tief in sie einbrannte. »Nimm dieses Ding ab«, sagte sie. »Ich will deine Augen sehen.«

»Nicht hier«, erwiderte er. »Wollen wir in den Garten gehen, Eure Majestät?«

Astrid warf einen Blick zurück in den Ballsaal, aber es war so ein Getümmel, dass sie ihre Schwester nicht sehen konnte. »Was ist mit Isobel?«

»Sie ist gerade erst angekommen. Sie wird ihre Runden drehen müssen, bevor sie dich aufsuchen kann, ohne die Aufmerksamkeit auf euch zu lenken.« Er streckte ihr eine Hand entgegen. »Komm.«

Wie in Trance legte Astrid ihre Hand in seine und folgte ihm von der Terrasse herunter. Andere Pärchen hatten dieselbe Idee gehabt, wie sie an gedämpftem Lachen, das die Luft erfüllte, erkennen konnte. Ihr Körper war angespannt und ihre Sinne voller Erwartung. Ein kurzer Blick über ihre Schulter verriet ihr, dass sie schon recht weit vom Haus entfernt waren, und das Stimmengewirr war in Stille übergegangen. Ihr Ehemann führte sie in eine Gartenlaube, wo eine schmale Steinbank in einen kleinen Marmorbrunnen mit tanzenden Feen eingelassen war.

Thane lachte leise, und das Geräusch stellte seltsame Dinge mit ihren Sinnen an. »Angemessen, findest du nicht?«

Sie ließ seine Hand los und betrachtete den Brunnen. Er war kunstvoll gemeißelt, und die Gesichtsausdrücke der Feen waren verschmitzt und fröhlich, als wären sie gerade erst in Stein gemeißelt worden. »Das ist wunderschön.«

»Ja.« Aber er sah sie an, als er das sagte.

Astrid wandte sich ihm nervös zu und stellte ihm die Frage, die ihr auf der Zunge lag. »Warum bist du gekommen, Thane? Was willst du?«

»Ich weiß es nicht.«

Seine Antwort war unsicher und ehrlich. So, wie sie sich fühlte. Sie wusste nicht, wer sie war, wenn sie sich in seiner Gegenwart befand. Er verwirrte sie, benebelte ihre Sinne. Er brachte sie dazu, im selben Atemzug fliegen und weinen zu wollen. Mit Thane zusammen zu sein, war, wie inmitten eines heftigen Sturms auf einem kleinen

Ruderboot zu sitzen. Mit einem Blick von ihm verlor sie jegliche Orientierung, aber dieses Gefühl machte sie nicht schwach. Wie konnte es sein, dass man sich kraftvoll fühlte, wenn man sich einem Menschen vollkommen hingab?

Thane hatte sich nicht vom Fleck bewegt und betrachtete sie durch die Augenschlitze in seiner Maske. Astrid trat auf ihn zu, bis sie Brust an Brust standen, und streckte ihre Arme aus, um die Bänder der Maske zu lösen. Er zog hörbar die Luft ein, als sie die Gipsmaske mit der Hand wegzog und sein Gesicht enthüllte. Diese kantigen Wangenknochen, seine wohlgeformten Lippen, und dieser schwelende goldene Blick, der jeglichen Widerstand in ihr wegbrannte.

»Da bist du«, flüsterte sie.

»Ich bin mir nicht sicher, ob das, was darunter liegt, nicht monströser ist als diese Maske.«

»Tu das nicht«, sagte sie, ließ die Maske fallen und legte ihre Hände an sein Gesicht. »Du bist ... du.«

Vielleicht war es der Mond oder die funkelnden Sterne über ihnen oder die Feen, die hinter ihnen in fröhlicher Unbekümmertheit herumsprangen, aber Astrid fühlte sich mutig. Der Herzog machte keine Anstalten, sie zu halten, und sie dachte daran, was er gesagt hatte. Als ihr einfiel, was sie gesagt hatte, errötete sie ... dass sie ihn nicht bitten würde, sie zu küssen, selbst wenn er der letzte Mann in England wäre.

Er war der einzige Mann, von dem sie geküsst werden wollte.

Die Regeln waren ihr egal. Sie machte sich keine Gedanken, was morgen sein würde. Das Einzige, das zählte, war dieser Moment. Und sie beide in diesem Moment.

Astrid fuhr mit ihren Fingern über seine Lippen und benetzte ihre. Das Gold in seinen Augen verdunkelte sich zur Farbe von Whiskey.

»Thane?«

»Ja, meine Königin?«

»Küss mich.«

Thane wusste nicht, was er getan hätte, wenn sie nicht gefragt hätte. Wahrscheinlich wäre er vor ihr auf die Knie gefallen und hätte sie angefleht. »Bist du sicher?«

Denn wenn sie das einmal taten, gab es kein Zurück mehr.

Seine Frau nickte, und ihr schlanker Hals zuckte. »Ja.«

Thane blickte auf den Silberstaub auf ihren Wimpern hinab, der ihre Augen wie Becken aus Sternenlicht erscheinen ließ. Sie war himmlisch und wunderschön. Und sie war sein. Er zog seine Handschuhe aus und steckte sie in seine Westentasche – wenn er sie berührte, wollte er nichts als nackte Haut zwischen ihnen haben. Dann zog er sie ganz sanft und langsam an sich. Er ließ ihr Zeit, zurückzuweichen, wenn sie es wollte. Aber das tat sie nicht. Thane fuhr mit den Fingerknöcheln die Haut an ihren Wangenknochen entlang.

»So weich«, murmelte er. »Ich habe nie so weiche Haut wie deine gespürt.«

Sie gab sich seiner Liebkosung hin, und seine Hand glitt über ihre Wange zu ihrem Kieferknochen und ihrem sturen Kinn. Er fuhr die üppige Kurve ihrer Unterlippe und den Bogen der oberen nach. Ihre Lippen öffneten sich mit einem leisen Seufzen, und er machte mit seiner Erkundungstour weiter und streichelte ihre schlanke Nase und ihre weichen Augenbrauen. Silberstaub funkelte in ihrem Haar, und dicke Strähnen fielen ihr über ihre Porzellanschultern. Er sog sie ein, ihre durchsichtige Schönheit im Mondlicht. Sie war etwas anderes – wahrhaftig eine Feenkönigin, die gekommen war, um normalen Sterblichen das Herz zu stehlen.

»Du überwältigst mich«, sagte er.

»Ist das schlimm?«

»Ja. Ich wollte mich von dir fernhalten.«

Sie schluckte. »Warum?«

»Weil du mehr verdienst.«

Er nahm ihr Gesicht in beide Hände und beendete die Unterhaltung, indem er sich herunterbeugte und mit seinem Mund über ihren fuhr. Vor und zurück. Er sog die Form und die Beschaffenheit ihres

Mundes in sich ein. Sie schmeckte nach Brandy und Magie, nach Schönheit und Geheimnissen, und er wollte sie alle erkunden. Thane konnte nicht anders, als mit der Zunge über ihre Lippen zu streifen, sie zu teilen und dann tief in ihren Mund einzudringen.

Mit einem leisen Aufschrei schlang Astrid ihre Arme um seinen Hals und presste ihren ganzen Körper an seinen. Dann ging der Kuss in Flammen auf. Ihr Mund war heiß und feucht und öffnete sich für ihn. Ihre Zunge kreiste, neckte und zog sich wieder zurück. Thane stöhnte und vergrub seine Finger in ihrem Haar. Sie war die Leidenschaft in Person und entgegnete jedem Vorstoß seiner Zunge. Astrid gab sich dem Kuss vollends hin und hielt nichts zurück. Genau wie er.

Es war der erotischste Kuss seines Lebens.

Wie der Hammerstiel in seiner Hose bezeugte. Er zog seine Hüfte etwas zurück, weil er sie nicht verängstigen wollte, aber sie wollte nichts davon wissen. Ihre Hüften folgten seinen, bis sie gebogen in seinen Armen lag und ihr Körper an seinem klebte. Er zog seinen Mund von ihrem zurück, um ihren Hals zu küssen und sich in der Aushöhlung ihres Schlüsselbeins zu vergraben. Sie roch nach frischem Gras mit einem Hauch von Rosenwasser. Der Duft eines Sommergewitters in einem Wildblumengarten.

»Mein Gott, du bist köstlich«, murmelte er und fuhr mit der Zunge über ihre heiße Haut.

Sie zog scharf die Luft ein, und ihre Knie zitterten leicht. Mit den Fingern krallte sie sich an seinem Kragen fest. Thane hob sie mühelos hoch, legte eine Hand in ihre Kniekehlen und trug sie – ohne den Kuss zu unterbrechen – zu der Steinbank am Brunnen. Er setzte sie auf seinen Schoß ab. Ihre vollen Lippen waren wundervoll geschwollen, ihre eisblauen Augen wurden fast von der Schwärze ihrer Pupillen verschluckt.

»Sollen wir aufhören?«, fragte er heiser und fuhr mit einem Finger ihren Ausschnitt entlang.

»Auf keinen Fall.«

Thane lachte bei ihrem vehementen Protest. »Gut, denn das will ich schon seit Tagen tun. Dieses erste Mal hat sich in mein Gedächtnis eingebrannt.«

Er zog ihr Korsett nach unten und entblößte ihre Brüste im Mondschein und unter seinem lüsternen Blick. Sein ganzer Körper erschauderte, und eine Woge der Lust überkam ihn so heftig, dass er beinahe geblendet war. Dieser verlockende Blick im Bad war ihr nicht gerecht geworden. Die blassen, cremigen Brüste sanken in seine Hände, und ihre pfirsichfarbenen dunklen Spitzen verhärteten sich zu Knospen. Sie zog scharf die Luft ein, als er mit seinem Daumen über ihren Nippel streifte, und presste sich in seine starken Arme. Großer Gott, sie war einfach wundervoll. Sein Puls hämmerte vor Verlangen.

Sie war sein.

Thane senkte den Kopf.

»Warte, was tust du da?«, murmelte sie mit großen Augen, die vor Lust glühten.

»Dich küssen«, sagte er. »Ich erfülle nur den Wunsch meiner Frau.«

Ein Lächeln legte sich auf ihre Lippen, und sie senkte die Augenlider. »Dann fahre fort, in Gottes Namen.«

Und das tat er. Er berührte mit seiner Zunge die Süße ihrer Brust, schenkte ihr seine ganze Aufmerksamkeit und genoss das heisere Stöhnen, das er ihrer Kehle entlockte. Er leckte ihr zart über den Ausschnitt und widmete sich dann der anderen Brust, die er verschlang, als wäre er kurz vor dem Verhungern. Es erstaunte ihn, wie leidenschaftlich sie auf ihn reagierte, als würde sie ihn genauso wollen, wie er sie. Sie presste ihren Unterleib an seine Erektion, und er stöhnte auf.

»Thane«, flehte sie, »ich will … ich brauche …«

»Ich weiß, Liebste. Ich fühle es auch.«

Dieses allumfassende, unerbittliche Verlangen, das nicht verschwinden würde, bevor es gestillt war. Er umschlang ihre Lippen in einem ungezähmten Kuss, und ihre Zungen tanzten leidenschaftlich miteinander, voller Erwartung auf den Akt, nach dem sie sich beide so sehnten. Sie gab genauso viel wie er, sie leckte, saugte, knabberte.

Thane griff unter ihre dünnen Röcke und fuhr mit der Hand über ihren warmen, in Seidenstrümpfen steckenden Knöchel und weiter über ihre Wade. Er streichelte über ihre Kniekehle, vorbei an einem Strumpfband bis zu einem seidigen Oberschenkel, dessen Weichheit durch jahrelanges Reiten im Herrensitz nur ein bisschen geschmälert wurde.

Er zwinkerte, als seine Fingerspitzen weiches Schamhaar und nackte Haut streiften. »Du trägst keine Unterhose.«

»Unterwäsche passt nicht zu der Aufmachung dieses Kleids«, antwortete seine verführerische Ehefrau und errötete, bevor sie den Kopf in seiner Halsbeuge vergrub. »Es gefällt dir nicht?«

Stöhnend bewegte er seine Hüften an ihr. »Fühlt sich das an, als würde es mir nicht gefallen?«

Er bedeckte ihre Vagina und legte einen Finger zwischen ihre Schamlippen. Herrje, sie war bereits feucht. Sie war feucht für *ihn*. Ein Gefühl von Glück mischte sich unter seine Lust. Er streichelte sie wieder an der Stelle, und sie presste ihre Oberschenkel um seine Hand zusammen und bewegte sich leicht vor und zurück. Dieses erotische Gefühl und der Gedanke daran, dass sie seinen Penis mit diesen Muskeln umschließen könnte, trieben ihn fast in den Wahnsinn.

Als könnte sie seine Gedanken lesen, richtete Astrid sich in eine sitzende Position auf und schob ihre Röcke zur Seite, als sie sich drehte und ein Knie über seine Beine schwang, um sich rittlings auf ihn zu setzen. Seine Erektion drückte gegen die Knopfleiste seiner Hose und jetzt auch gegen ihre heiße, nackte Scheide. Sie nestelte an seinen Hosenknöpfen herum, aber er hielt ihre Hände fest.

»Astrid, nicht hier. Nicht so.«

Er würde nicht in einem Garten mit ihr schlafen, als wäre es beschämender, heimlicher Sex.

Sie hielt inne und blickte ihn an. »Warum nicht?«

»Weil du meine Ehefrau bist und nicht irgendein Flittchen.«

Sie lächelte ihn an, doch ihr Gesichtsausdruck war von einem Hauch Scham getrübt. »Und was, wenn ich mir wünsche, das Flittchen zu spielen, Euer Gnaden? Wie Sie wissen, wurde ich dessen schon beschuldigt. Und mehr.«

Thane zwinkerte, seine Überraschung verwandelte sich allerdings in Entschlossenheit. Er wollte ihr diese Scham nehmen. Was immer ihr in der Vergangenheit passiert war, konnte ihre innere und äußere Schönheit nicht trüben. Sie war eine Kriegerin. Seine Göttin.

»Wenn du ein Flittchen bist«, flüsterte er. »Was bin dann ich?«

Sie verzog einen Mundwinkel. »Bei Männern ist das etwas anderes. Von euch erwartet man, dass ihr eure Samen verstreut, während man von den Frauen erwartet, dass sie zu Hause bleiben und kochen.«

Thane knabberte an ihrem Hals. »Das klingt ungerecht, oder?«

»Warum müssen Männer alle Macht haben? Ist es zu viel verlangt, gleichberechtigt behandelt zu werden? Nach denselben Standards und Werten beurteilt zu werden?«

Er fuhr ihre Unterlippe mit seiner Zunge nach und tauchte noch einmal kurz in ihren Mund ein. »Ich sag dir was – ich werde dich nicht verurteilen, wenn du mich nicht verurteilst. Wir begehen diesen … ähm …« Sein Verstand setzte aus. Körperlichen Geschlechtsakt? Sexualverkehr?

»Beischlaf«, half sie ihm aus.

Gott sei Dank gab es kluge Frauen mit umfassendem Vokabular.

»Ja, genau das«, stimmte er ihr zu. »Als gleichwertige Partner. Und wenn Sie mehr verlangen, dann übergebe ich gern all meine Macht an Sie, Königin Titania. Als Matriarchin, wenn Sie wünschen.«

»So verlockend das Angebot auch ist, aber ich bin dafür, dass wir gleichberechtigt sind.«

Sie lachte, und Thane wollte sie so sehr, dass es eine Qual war. Schlimmer als jeder Schmerz, den er je erlitten hatte. In diesem Moment existierte er nur für sie. Er presste sich hart an sie, und sie riss die Augen auf, als eine Schockwelle der Lust sie beide überkam. Astrid handelte sofort und befreite ihn von seiner Hose. Sie schob ihre Röcke aus dem Weg, um ihren Körper in die richtige Position zu bringen. Ihre Blicke trafen sich, als sie sich, so tief es ging, auf ihn niedersenkte.

Verdammt nochmal.

Thane wäre fast auf der Stelle gekommen.

Hochmut und Patriarchat wurden schwer überschätzt.

Kapitel Achtzehn

Wenn sie sich nicht in der vorzüglichsten Position ihres Lebens befunden hätte, hätte Astrid über ihre eigene Absurdität gelacht. Hier saß sie, halb nackt in den Armen eines sehr maskulinen Mannes, mit dem sie zufällig verheiratet war, vereinte sich in der magischsten Umgebung, die es nur gab, mit ihm und konnte bloß über Frauenrechte reden.

Thane schien es nichts auszumachen.

Nicht jetzt, da seine Augen geschlossen waren, sein Kopf zurückgeworfen, sein harter Penis pulsierend in ihr vergraben, was etwas befremdend, allerdings unglaublich wundervoll war. Anfangs war sie eng gewesen – wenn man bedachte, dass es erst ihr zweites Mal war –, aber ihr Körper hatte sich schnell angepasst und den Weg freigemacht. Er war mehr als bereit. Astrid rutschte leicht umher, um ihre Position anzupassen, und er stieß ein gequältes Stöhnen aus.

»Geht es dir gut?«, flüsterte sie.

Sein Kiefer war angespannt, genau wie seine Unterarme, die er gegen die Steinbank presste. »Ja, aber ich komme, wenn du dich nochmal bewegst.«

»Ist das nicht der Sinn der Sache?«

Er unterdrückte ein Lachen. »Gleichberechtigt, schon vergessen? Das hier muss für dich auch gut sein. Es wäre nicht fair von mir, so schnell mein Versprechen zu brechen, oder?«

Dieser Mann.

Astrids Brust zog sich zusammen. In diesem Moment wollte sie ihm alles geben. Ihren Körper, ihre Seele, ihren Verstand. Ihr Herz. Und sie wollte all das von ihm zurück. Aber dann ließen sie alle bewussten Gedanken im Stich, als ihr Ehemann begann, sich zu bewegen. Er packte ihre Hüften, hob sie hoch und zog sich dabei fast vollständig aus ihr heraus. Danach ließ er sie wieder runter, und beide stöhnten auf, als er sie wieder voll ausfüllte. Es war besser als beim ersten Stoß, da sich ihr Körper jetzt an seine Größe gewöhnt hatte.

»Noch mal«, befahl sie.

Bei ihrem Befehlston zog er die Augenbrauen hoch, gehorchte jedoch. »So herrisch.«

»Ich weiß, was ich will, und du kannst nicht Gedanken lesen«, sagte sie und keuchte vor Lust auf, als er zum dritten und vierten Mal in sie eindrang. »Ich nenne es Führungskraft.«

»Ich liebe es, wie dein Gehirn funktioniert.« Erneut drang er in sie ein. »Und ich liebe Frauen, die die Kontrolle haben.«

Sie öffnete den Mund, um etwas zu erwidern, aber da legten sich seine Lippen über ihre. Seufzend empfing Astrid den Kuss. Er schmeckte nach Stärke, Brandy und ihm. Sie liebte es, ihn zu küssen. Er war ein beeindruckender Mann, der nichts zurückhielt. Und seine wachsende Leidenschaft entfachte das Feuer in ihr umso mehr. Er war von Kopf bis Fuß ein Hauptmann auf dem Schlachtfeld. Und es verlieh ihr ein Gefühl der Stärke, einen Mann wie ihn zu haben, der ihre Bedürfnisse erfüllte.

Seine Zunge forderte ihre heraus, lockte sie in seinen Mund, wo er sie zwischen seinen Zähnen gefangen hielt. Er knabberte an ihren Lippen und saugte dann ganz sanft an ihnen, als wären sie etwas unendlich Wertvolles. Die Süße darauf strafte die Wildheit darunter Lügen – er nahm sie mit immer kürzer und unkontrollierter werdenden Stößen komplett in Besitz. Die beiden Extreme brachten sie um den Verstand.

»Du fühlst dich himmlisch an«, murmelte er.

Er stöhnte, schloss die Augen und schien die Kontrolle zu verlieren, als er seine Geschwindigkeit erhöhte. Thanes Hand glitt zwischen sie beide und legte sich unter die Lagen ihrer Röcke auf die Stelle, an der ihre Körper vereint waren. Er streichelte sanft mit dem Daumen über ihr Nervenbündel, und Astrid verlor fast den Verstand, als eine Glut ihren Körper durchströmte. Er tat es noch einmal, aber dieses Mal rollte er dabei auch noch wunderbar mit den Hüften. Und plötzlich floss alles in ihr – jeder Gedanke, jede Emotion, jede Empfindung – zu einem riesigen, spannungsgeladenen Ball zusammen, der ihr das Gefühl verlieh, in tausend verschiedene Richtungen gerissen zu werden.

»Bitte, Thane, ich kann nicht mehr …«

»Gleich, Liebste. Das ist für dich.«

Und dann war es so weit. Der Druck baute sich bis ins Unermessliche auf, um dann in unzähligen Wogen der ungetrübten Lust über ihr zusammenzubrechen. Astrid unterdrückte ihren Schrei in seinem Mund und hielt sich an seinen Schultern fest, als ginge es um ihr Leben. Ihr Körper fühlte sich schwach an, als sie von den Nachbeben des Orgasmus erschüttert wurde. Thane drang noch ein-, zweimal in sie ein, bevor sein ganzer Körper pulsierte und sich wieder beruhigte, als er sie an sich zog.

»O mein Gott«, flüsterte er in ihr Haar.

Astrid biss sich auf die Unterlippe und fragte sich, ob sein Höhepunkt auch nur halb so extrem gewesen war wie ihrer. Der Nervenkitzel war mit jeder Sekunde gestiegen. Dem entrückten Ausdruck auf seinem Gesicht nach zu urteilen, könnte seiner genauso gut gewesen sein. »War das gut?«

»Verdammt gut.« Bei seinen überstürzten Worten öffnete er die Augen. »Es tut mir leid, ich …«

»Nein, es gefällt mir, wenn du so sprichst.«

Er zog die Augenbrauen hoch, und seine Mundwinkel zuckten. »Ach ja? Was würde deine geschätzte Jane Austen dazu sagen?«

»Wäre sie noch am Leben, hätte sie wahrscheinlich noch ein paar mehr Worte in petto, die sie dir beibringen könnte, wenn man bedenkt, dass sie über solch arrogante, begriffsstutzige und mürrische Männer und über ihre zerbrechlichen männlichen Identitäten geschrieben hat. Ich würde wetten, sie hat zu ihrer Zeit auch die einen oder anderen schmutzigen Wörter über die Lippen gebracht.«

Er lachte. »Da könntest du recht haben.«

Astrid küsste seinen entstellten Nasenrücken und fuhr mit ihrem Finger sanft über die dicke, gewundene Narbe, die von seiner rechten Augenbraue bis zu seiner linken Kieferpartie ging. Dieser Mann war so voller Gegensätze. Äußerlich unzivilisiert, aber innerlich ein leidenschaftlicher, hingebungsvoller Liebhaber. Außerdem vermittelte er ihr nicht das Gefühl, dumm zu sein, wenn sie ihm ihre unkonventionellen Ideen und Ideale verriet.

»Wir sollten zurückgehen«, sagte er und entzog sich ihren sanften Liebkosungen.

»Ja.«

Aber keiner von beiden bewegte sich, nicht dazu bereit, in den Ballsaal zurückzukehren ... und wieder frisch verheiratete Fremde zu sein. Auf eine Art und Weise hatte die Maskerade beiden erlaubt, ihre Mauern fallen zu lassen und zusammenzukommen, als hätte der Kampf zwischen ihnen Pause. Aber das würde nicht lange anhalten. Grenzen waren gezogen worden, Seiten bezogen. Sie würde wieder die schnippische Besserwisserin sein, die seine Antiquitäten katalogisierte und ihn nur zur Sicherheit geheiratet hatte. Er würde wieder der unnahbare, jähzornige Herzog sein. Und die Welt wäre wieder in Ordnung.

Thane stieß die Luft aus und war anscheinend in seinen eigenen Gedanken gefangen. Er zog sie noch einmal eng an sich heran, bevor er sie sanft neben sich auf der Bank absetzte. Astrid zog ihr Korsett wieder zurecht, als der Herzog schnell ein kleines Baumwolltuch aus seiner Jackentasche holte.

»Wofür ist das?«, rief sie aus und errötete, als er sich vor ihr hinkniete. »Oh, das musst du nicht tun.« Doch er tupfte bereits ihre feuchten Oberschenkel ab.

Thane runzelte die Stirn, als er das Taschentuch entfernte. »Ich hätte nicht so unvorsichtig sein sollen.«

Sie blinzelte, als ihr wieder einfiel, dass er sich beim ersten Mal vor dem Höhepunkt aus ihr zurückgezogen hatte. »Ist schon in Ordnung.«

»Nein, das war dumm.« Er stand auf und steckte das Tuch in seine Tasche. Astrid errötete noch mehr, als ihr bewusst wurde, dass er so etwas Intimes und mit ihrer Körperflüssigkeit besudelt am Leib tragen würde. »Diesen Fehler dürfen wir nicht noch einmal machen.«

»Fehler?«

Er starrte sie an, als wäre sie schwer von Begriff. »Ich will keine Kinder, Astrid.«

Die kalte Abendluft legte sich auf ihre Schultern. Vielleicht war es aber auch die Kälte aus ihrem Innern ... von einem Ort, von dem sie dachte, ihn gut vergraben zu haben. Sie hatte zuvor noch nicht darüber nachgedacht, ob sie mit Thane Kinder haben wollte. Doch jetzt, da ihr jemand sagte, dass sie bei dieser Entscheidung keine Wahl haben würde, machte es die Sache so endgültig. So resolut. Sie kam nicht gut mit Ultimaten zurecht.

Astrid reckte das Kinn hoch. »Und was, wenn ich welche will?«

Seine Lippen wurden schmal, und die Farbe seiner Augen verwandelte sich in frostigen Bernstein. Die Veränderung in ihm war rasant und bemerkenswert. Da war er wieder – ihr Ehemann, der abgeklärte, herzlose Herzog von Beswick.

»Wenn du Gesellschaft suchst, wird es ein Haustier auch tun. Ich würde einen Fuchshund vorschlagen.«

»Einen Fuchshund?«, wiederholte sie ungläubig.

Als hätte er sie nicht gerade mit seinen grausamen, schrecklichen Worten zerstört, bot er ihr seinen Arm an. »Ja, das sind loyale und liebenswürdige Tiere. Wollen wir?«

Astrid stand auf und entgegnete: »Du bist ein Biest, Beswick.« Schließlich hatte sie auch ihren Stolz.

Thane kippte ein weiteres Glas Whiskey hinunter. Sein viertes. Oder fünftes, er konnte sich nicht erinnern. Er hatte sich nicht von der

Stelle gerührt, seit er zurück in den Ballsaal der Featheringstokes gekommen war, und stand neben einer unauffälligen Säule in der Nähe einer Nische, während er seine Frau beobachtete.

Königin Titania ... die über ihren Hof herrschte.

Als er angekommen war, war Astrid schüchtern und reserviert gewesen und hatte sich als verheiratete Herzogin gegeben. Aber jetzt war es, als wäre sie vom Teufel besessen. Jedes Mal, wenn er ihr Lachen hörte, zuckte er zusammen. Jedes Mal, wenn er sie lächeln sah, kam es ihm vor wie ein Schlag in die Magengrube.

Sie hielt sich weiter an die Anstandsregeln und tanzte nie zweimal mit demselben Partner, doch sie hatte schon mehrere Tanzaufforderungen akzeptiert – darunter auch von engen Freunden wie Thornton und Roth, was ihn rasend vor Eifersucht machte, obwohl er keinen Grund dazu hatte. Schließlich war er derjenige gewesen, der sie gebeten hatte, an seiner Stelle auf sie aufzupassen.

Herrgott nochmal, es würde nicht lange dauern, bis sie feststellen würde, wie sehr sie in dieser Ehe mit ihm gefangen war, und dann würde sie ihn dafür hassen – mehr noch, als sie es bereits tat. Es war nur eine Frage der Zeit, bis ihr klar werden würde, dass er sie nicht verdient hatte. Dass sie mehr verdiente. Einen dieser Gentlemen. Ohne Narben. Nicht gebrochen. Ohne einen seelischen Schaden. Er hätte sie nie in sein Leben lassen, nie heiraten, nie berühren dürfen. Und nun war es zu spät.

Er war wirklich ein Bastard.

Sie stieß ihn bereits von sich, oder?

Thane stürzte seinen Whiskey hinunter und bestellte einen neuen.

»Wenn du so weitermachst, wirst du dich übergeben«, sagte eine leise Stimme zu seiner Linken. »Neffe.«

»Tante«, begrüßte er sie und drehte den Kopf, um der Herzogin einen Kuss auf ihre gepuderte Wange zu geben. Es überraschte ihn nicht, dass sie ihn erkannt hatte. Sie kannte ihn, seit er in den Windeln lag. »Oder sollte ich sagen, Kleopatra. Du siehst heute Abend phantastisch aus. Woher wusstest du, dass ich es bin?«

»Ich habe dich mit deiner Frau verschwinden sehen.« Ihre Augen funkelten verschmitzt auf. »Für eine ganze Weile. Ich wollte schon fast einen Suchtrupp losschicken.«

Ihr tadelnder Blick brachte Thane dazu, sich wie ein ungezogener Schuljunge zu fühlen. Anscheinend hatte er nicht nur jegliche Kontrolle, sondern auch sein Zeitgefühl verloren. Sie hatten Glück gehabt, dass sie nicht entdeckt worden waren. Der Skandal wäre katastrophal gewesen, noch schlimmer, wenn ihre Identitäten ans Licht gekommen wären – das Biest von Beswick zwang seine wunderschöne, frisch vermählte Braut dazu, sich ihm in der Öffentlichkeit hinzugeben. Denn natürlich hätte niemand geglaubt, dass sie es freiwillig getan hatte. Er war zu abscheulich, als dass ihn eine Frau wollen könnte.

Aber Astrid hatte ihn gewollt. Bis er alles mit seiner schroffen Antwort über Kinder ruiniert hatte, doch das war ein Thema, das er nicht ändern konnte. Kein Kind verdiente es, einen Vater wie ihn zu haben. Genau, wie keine Frau einen Ehemann wie ihn verdiente. Und er hatte sie trotzdem geheiratet.

Mabel sah ihn stirnrunzelnd an und folgte seinem Blick. »Astrid hat den Spaß ihres Lebens. Zumindest oberflächlich, wenn man sie nicht kennt.«

»Was meinst du?«, fragte er und erhaschte einen Blick auf ihre voluminösen weiß-silbrigen Röcke, als sie vorbeiwirbelte.

»Sie ist deine Herzogin, Thane. Der Einzige, mit dem sie Spaß haben sollte, bist du. Was auch der Fall gewesen zu sein scheint, bis sie wütend und ganz durcheinander in den Ballsaal zurückgekehrt ist und dabei wunderschön ausgesehen hat – für das geschulte Auge zumindest.« Sie legte den Kopf schief. »Was hast du zu ihr gesagt?«

Er knurrte leise unter seiner Maske und zog seine Tante in die Nische hinter ihnen. »Warum denkst du, dass ich etwas zu ihr gesagt habe?«

»Weil ich dich kenne«, sagte sie. »Du stehst dir immer selbst im Weg und machst alles kaputt.«

»Sie will Kinder.«

»Dann schenk ihr welche.«

»Das kann ich nicht.« Thane holte tief Luft. »Und du weißt, warum.«

Wenn es jemanden gab, der mehr über den Selbsthass, der ihn erfüllte, wusste, dann war es Tante Mabel. Sie war in den Jahren für ihn da gewesen, in denen es kein anderer war – nicht einmal sein Vater. Sie war dabei gewesen, als er jeden Spiegel im Haus zerstört hatte. Als er sich wochenlang eingesperrt hatte. Als er jeden angeschrien und wie ein Tier angeknurrt hatte. Sie hatte sein genähtes Gesicht gestreichelt, seine Launen beruhigt und ihn dennoch geliebt.

»Ein Kind wird seinen Vater immer lieben, Thane.«

»Und was ist mit allen anderen?« Gern hätte er sich den Nasenrücken gerieben, um die beginnenden Kopfschmerzen loszuwerden, aber die dämliche Maske war im Weg. Seine Narben zogen durch die Spannung, die seinen ganzen Körper umschloss. »Ich werde nicht zulassen, dass ein Kind von mir verspottet wird. Ist es nicht schon schlimm genug, dass ich sie geheiratet und sie in diese Lage gebracht habe?« Er deutete auf sich selbst. »Ich bin wütend und gebrochen, Tante. Ich kann nicht lieben oder jemanden nahe an mich heranlassen, ohne ihn zu verletzten. Ich weiß nicht, wie das geht.«

»Du hast mich an dich herangelassen.«

Er seufzte und rieb sich das Gesicht. »Schon, aber das ist etwas anderes.«

»Hast du schon einmal darüber nachgedacht, dass du sie von dir stößt, bevor sie die Chance bekommt, dich zu verlassen?«

Thane ballte die Hände zu Fäusten und starrte sie an, während die vertraute Verbitterung in ihm aufstieg wie ein Vulkan. Er war nicht der Kleber, der Dinge zusammenhielt. Er war der Schläger, der sie zerbrach. Seine Dunkelheit hatte Besitz von ihm ergriffen, innen und außen. Die Menschen rannten vor ihm davon, weil er sie dazu brachte. All seine Freunde – außer Roth –, Lady Sarah Bolton und die meisten seiner Diener. Sie alle hatten ihn verlassen.

Und Astrid würde das auch tun … eines Tages.

Sie an sich heranzulassen, würde ihn nur empfänglich werden lassen für Herzschmerz. Aber was war die Alternative? Sie gehen lassen? Das konnte er sich nicht vorstellen.

»Ich muss gehen«, sagte er knapp. »Vergib mir, Tante. Bringst du Astrid nach Hause?«

»Natürlich, mein Lieber.«

Astrid spürte es sofort, als Thane gegangen war. Es war, als hätte eine enorme Energie den Raum verlassen – als wäre er die Sonne und sie irgendein einsamer, kreisender Planet, der hilflos in seiner Schwerkraft zurückblieb. Ihr aufgesetztes Lächeln und ihr falsches Lachen hatten sich schwer angefühlt. Das Gewicht war fast unerträglich, aber sie hatte sich dazu gezwungen, zu tanzen und sich zu unterhalten, obwohl sie wusste, dass er dort stand und sie beobachtete. Grübelnd.

Wie konnte er in einem Moment so erhitzt und im nächsten so kalt sein?

Wie konnte er so liebe Worte in ihr Ohr flüstern und sie dann so tief treffen?

Ein paar Augenblicke im Garten war er ungeschützt gewesen. Er hatte sie an sich herangelassen. Sie hatte ihn ebenfalls an sich herangelassen. Doch vielleicht war das für sie beide viel zu früh gewesen. Seine Narben gingen tief unter seine Haut und brachen ihn irreparabel im Innern.

Sie konnte ihn nicht retten. Nicht reparieren.

Nach dem letzten Tanz hätte Astrid Mabel aufsuchen sollen, aber stattdessen war sie ins Badezimmer gegangen, wo sie ein nasses Handtuch über ihre Wangen gelegt und sich im Spiegel betrachtet hatte. Ihr Haar war hoffnungslos zerzaust, obwohl das Königin Titania nichts ausmachen würde. Hinter ihrer weißen Halbmaske aus Seide waren ihre Augen unnatürlich hell, wie zwei gefrorene Aquamarine in ihrem Gesicht. Ihre Lippen waren immer noch geschwollen von den Küssen ihres Ehemanns. Sie legte die Spitze ihres Zeigefingers an die Unterlippe und erinnerte sich an seine Liebkosungen mit der Zunge. Dann zog sie ihre Hand zurück.

Genug, du törichtes Weib, schalt sie sich.

Gerade als sie sich umdrehte, um den Raum zu verlassen, wurde sie von einer Wolke aus Satin umhüllt. »O Gott, Astrid, es ist so wunderbar, dich zu sehen«, rief Isobel. »Wir haben bloß einen Moment. Ich habe es geschafft, Tante Mildred auf der Toilette abzuhängen. Diese Frau ist wie ein Blutegel!«

Astrid zog ihre Schwester eng an sich heran, und ihr Herz schwoll vor Liebe und Erleichterung an, was ihr Gefühlschaos nur noch weiter befeuerte.

»Wie geht es dir?«, rief sie aus und drückte ihre Schwester von sich, damit sie sich selbst ein Bild machen konnte. Ihre Schwester sah … glücklich aus. Sie erschien ihr sehr gefasst. Sogar älter.

»Gut«, antwortete Isobel strahlend. »Onkel Reggie hat mir eine komplette neue Garderobe anfertigen lassen in der Hoffnung, dass ich während dieser Braut- und Bräutigamschauen einen angemessenen Verehrer finde.«

»Isobel, du kannst ihm nicht trauen«, sagte Astrid mit zusammengekniffenen Augen. »Du weißt, wie er ist. Er will dich nur kontrollieren. Und dir all diese Dinge zu schenken, ist seine Art, das zu tun. Ich bin mir sicher, Beaumont ist immer noch hinter dir her.«

Isobels glückliche Miene verschwand. »Dessen bin ich mir bewusst, Astrid. Ich weiß, dass es Bestechung ist.«

Astrid hielt den Atem an. Wusste sie das wirklich? Sie war so arglos, und ihr Onkel hatte lediglich seine Interessen im Sinn. Und Beaumont war auch nicht zu unterschätzen. Sie runzelte die Stirn. »Beswick wird mit deiner Wahl einverstanden sein, wenn es so weit ist.«

»Wir brauchen den Herzog nicht. Ich habe alles im Griff.«

»Bitte sei nicht so naiv, Isobel.«

Ihre Schwester sah sie erschrocken an. »Ich bin nicht dumm.«

»Nein, das habe ich nicht gemeint«, sagte Astrid und griff nach ihr, aber Isobel entzog sich mit verletztem Blick ihrem Griff. »Ich denke nur, du hast ein weiches Herz und willst das Beste in jedem sehen, eingeschlossen Onkel Reggie.« Ihre Stimme wurde sanfter. »Isobel, du bist mein Ein und Alles. Ich habe stets auf dich aufgepasst, und ich war immer ehrlich zu dir, was Beaumont und jeden anderen anging. Ich will nur, dass du in Sicherheit bist, das weißt du. Ich will, dass du mit dem Herzog und mir in Harte House wohnst. Der Herzog ist jetzt dein offizieller Vormund.«

Die eisblauen Augen ihrer Schwester verdunkelten sich vor Enttäuschung. »Dann hast du ihn geheiratet?«

»Ja. Du wusstest, dass das von Anfang an der Plan war.«

Die Lippen ihrer Schwester zitterten. »Aber ich wollte nicht, dass du ihn heiraten musst! Das war der ganze Sinn dahinter.« Sie schwenkte ihren Arm durch die Luft. »Deshalb bin ich nach London gekommen. Um einen Verehrer zu finden, damit du es nicht tun musst.«

»Das ist nun egal, Izzy. Du bist in Sicherheit, und das ist alles, was zählt.«

»Aber du nicht! Meinetwegen bist du mit einem Mann verheiratet, den du nicht willst.« Isobels Gesicht nahm einen verzweifelten Ausdruck an. »O Gott, ich habe zu lange gewartet. Ich hätte bereits vor Wochen nach London fahren sollen, dann wärst du nicht in dieser schlimmen Lage. Es ist alles meine Schuld.«

»Nein, ist es nicht. Das ist es, was wir tun mussten.«

Astrid zog sie fest an sich, aber Isobel befreite sich aus ihrer Umarmung. »Ich habe das nie auf Kosten deines eigenen Glücks gewollt. Hast du meinen Brief nicht gelesen? Ich wollte das tun. Für uns.«

Sie starrte ihre Schwester an, und die Frustration und Qual in ihren eisblauen Augen brach ihr das Herz. »Ich weiß, dass du es deswegen getan hast, und ich liebe dich dafür mehr, als du dir vorstellen kannst. Aber jetzt ist es vorbei. Bitte komm mit mir nach Hause. Unter Beswicks Obhut bist du in Sicherheit. Du kannst eine richtige Bräutigamschau haben, ohne dir über Beaumont Gedanken machen zu müssen.«

Das Angebot hing zwischen ihnen, doch dann schüttelte Isobel den Kopf und sah sie entschlossen an. »Nein, ich will bei Onkel Reggie und Tante Mildred bleiben.«

»Izzy …«

»Bitte, Astrid«, sagte sie mit einem sturen Tonfall. »Wenn du mit dem Herzog frisch verheiratet bist, dann ist mein Platz nicht bei euch, zumindest jetzt nicht. Mir wird es gut gehen für den Rest der Bräutigamschauen. Du musst dir um mich keinen Sorgen machen.«

»Es ist nicht sicher«, sagte Astrid. »Ich muss darauf bestehen.«

»Nein, Schwester. Ich bin, wo ich sein sollte.« Isobel lächelte matt und küsste sie auf die Wange. »Ich muss gehen. Tante Mildred wird mich schon suchen.« Sie drückte Astrids Hand und stand wie ein erwachsener, selbstbewusster Engel vor ihr. »Ich hab' dich lieb, Astrid, ganz egal, was passiert. Aber du musst mich gehen lassen. Ich muss meinen eigenen Weg gehen. Meine eigene Zukunft finden. Und du musst dich endlich einmal um dich kümmern. Finde das Glück, das du verdienst. Wenn das mit Beswick der Fall ist, dann ist es so.« Sie ging Richtung Tür, hielt jedoch noch einmal inne. »Selbst mit seinen Launen. Ich habe versucht, dich davor zu bewahren, ihn meinetwegen heiraten zu müssen. Aber tief in meinem Innern denke ich, dass du ihm wirklich etwas bedeuten könntest.«

Astrid korrigierte ihre Schwester nicht und sagte ihr nicht, dass Beswicks Vorstellung von Zuneigung bei der Anschaffung eines Hundes endete. Sie schluckte das bittere Gefühl hinunter. Doch in dem Moment, in dem Isobel die Tür hinter sich geschlossen hatte, sank Astrid auf einen Stuhl, der in der Nähe stand. Alles geriet außer Kontrolle … Beswick, Isobel, ihre Ehe. Und es schien nichts zu geben, was sie dagegen machen konnte.

Und zu guter Letzt war sie auch noch kurz davor, die einzige Familie zu verlieren, die sie hatte.

Kapitel Neunzehn

Mit erhobener Hand blieb Thane vor der Schlafzimmertür seiner Frau stehen. Er hatte sie seit Tagen nicht gesehen. Nicht zum Essen, nicht im Vorbeigehen. Er hatte alles nur noch schlimmer gemacht. Die Schuld schlug mit Peitschenhieben auf ihn ein. Nach seinem Gefühlsausbruch hatte ihn die Scham über seine Taten in seinem Studierzimmer gefangen gehalten, wo er sich auf seine Arbeit konzentrierte. Das Gute war, dass seine Besitztümer hervorragend geordnet waren. Seine Ehe hingegen war eine andere Sache.

Thane fuhr sich mit einer Hand durchs Haar und klopfte.

»Herein.«

Er öffnete die Tür, und der wachsame Blick seiner Ehefrau traf ihn.

»Können wir reden?«

Astrid war gerade frisch gebadet, und das feuchte Haar hing ihr ins Gesicht. Sie trug ein sauberes Nachthemd und darüber einen locker gebundenen Umhang. Sie öffnete den Mund und gab ein Seufzen von sich. »Wenn es sein muss.« Schützend verschränkte sie die Arme vor der Brust, was ihm einen Stich gab. »Obwohl ich mich immer noch von unserer letzten Unterhaltung erhole.«

Kleinlaut betrat Thane ihr Zimmer und schloss die Tür hinter sich. Ihr frischer Duft stieg ihm in die Nase. Sie starrten sich schweigend an, und so viele ungesagte Dinge hingen zwischen ihnen in der Luft. Er wusste, dass er sie sehr verletzt hatte. Er räusperte sich und begann, bevor er seine Meinung ändern konnte.

»Astrid, ich will mich für das, was ich vor ein paar Tagen gesagt habe, entschuldigen … Du weißt schon, was Kinder angeht. Das war nicht fair.« Er zögerte und sah, dass sie ihre Lippen zusammenpresste. »Ich … du hast mich überrumpelt.«

»Wie meinst du das?«, fragte sie.

Er suchte nach den richtigen Worten, damit sie ihn verstand. »Was zwischen dir und mir passiert ist, und dann die Unterhaltung über Kinder. Das war zu viel, zu schnell.« Er geriet ins Stottern, und sein Herz zog sich schmerzhaft zusammen. »Du bist leidenschaftlich und mutig und wunderschön und alles, was ein Mann sich wünschen könnte. Die Sache ist, ich bin deiner nicht wert, und eines Tages wirst du zur Besinnung kommen und mehr wollen. Und ich werde es dir nicht geben können.«

»Also stößt du mich weg, ist es das?«

Er schüttelte den Kopf, streckte die Hände nach ihr aus und ließ sie wieder fallen. »Ich beschütze dich, Astrid.«

»Wovor?«

»Vor mir, verdammt. Sieh mich doch an! Wer, der bei klarem Verstand ist, würde sich mit mir einlassen wollen? Ich bin auch innerlich ein Biest. Ich verletze Menschen. Ich tue ihnen weh.«

Ausgebrannt stieß er die Luft aus, und sein Herz donnerte wie ein Gewitter gegen seinen Brustkorb. Sein Hals tat ihm weh, sein Gehirn tat ihm weh, sein verdammtes, nutzloses Herz tat ihm weh. Noch nie hatte Thane sich so sehr verstecken wollen. Er wollte zurück nach Beswick Park rennen und die Welt ausschließen. *Sie* ausschließen. Vergessen, wie es sich angefühlt hatte, zu fühlen, wie sehr es schmerzte, jemanden an sich heranzulassen. Denn jetzt zahlte er den Preis dafür, dass er nicht allein geblieben war.

Dafür, dass er nicht in der Dunkelheit geblieben war, wo er hingehörte.

»Ich schaue dich an«, sagte sie sanft. »Ich bin nicht blind, Thane. Ich sehe dich sehr gut. Und du würdest mich nie verletzen.«

»Zumindest nicht absichtlich«, murmelte er. Ihr Blick durchbohrte ihn und stellte ihn bloß, bis er sich nicht mehr verstecken konnte. Er wollte austeilen. »Bemitleide mich nicht, Astrid.«

»Du denkst, was ich fühle, ist Mitleid?« Sie erhob die Stimme, und ihre Augen sprühten blaue Funken, als sie ihn anfunkelte. Der Blick in ihrem Gesicht konnte nur als ungläubig beschrieben werden, und für den Bruchteil einer Sekunde fühlte Thane sich, als wäre er mit verbundenen Augen auf ein Minenfeld getreten. »Denkst du, was im Garten passiert ist, war ein Scherz? Dass es mir nichts bedeutet hat? Denkst du, ich habe mich dir in unserer Hochzeitsnacht hingegeben, weil ich Angst vor dir oder Mitleid mit dir hatte?«

Er zuckte zusammen, weil diese Gefühle einen wunden Punkt trafen. Er versiegelte seine Lippen, um diese Wahrheit nicht auszusprechen, um seine Seele nicht zu offenbaren. »Warum dann?«

Sie hielt seinem Blick stand. »Weil ich dich wollte, du dummer, nichtsahnender Mann.«

»Was ist mit der Zukunft?«

»Was soll damit sein?« Sie zuckte mit den Schultern.

»Was, wenn …?«

Seine Frau legte einen Finger an seine Lippen und brachte ihn zum Schweigen. »Wenn es eins gibt, das ich gelernt habe, dann, dass *Was-wäre-wenns* gefährliche, gemeine kleine Biester sind.«

»Aber …«

»Nichts aber.« Sie stellte sich auf die Zehenspitzen und küsste ihn sanft, ihre Stimme ging in ein samtiges Flüstern über. »Ich bin jetzt hier. Du bist jetzt hier. Ich nehme deine Entschuldigung an. Ich gehöre ganz dir, mein Herzog. Was gedenkst du also zu tun?«

Alles schien zu erstarren, der Blick ihres Ehemanns traf ihren.

Astrids Gesicht stand nun in Flammen. Noch nie war sie mit ihren Forderungen so direkt, so schamlos gewesen. Sie sah, dass ihn ihre Nähe nicht kaltließ. Seine Hände, die zu Fäusten geballt an seiner Seite hingen, zitterten, als würde er alle Willenskraft zusammennehmen, um sie nicht zu berühren. Sie musste nicht nach unten blicken, um die stattliche Erhebung in seiner Hose zu sehen.

»Ich will dich«, sagte sie einfach. Seine Augen funkelten vor Verlangen, und sie wurde noch mutiger, weil sie wusste, dass ihm das gefiel. Ihr gefiel es auch. »Wenn ich deutlicher werden muss, Euer Gnaden, ich will Beischlaf. Körperliche Vereinigung.«

»Astrid«, warnte er sie, und diese wundervollen goldenen Augen quollen über vor Lust. Ein Muskel zuckte an seinem vernarbten Kinn.

»Vögeln«, fuhr sie mit roten Wangen fort und benetzte die Lippen mit einem – wie sie hoffte – verführerischen Blick.

Er hob sie so schnell hoch, dass ihr die Luft wegblieb. »Sie haben einen schmutzigen Mund, Lady Beswick.«

»Dann geben Sie ihm etwas zu tun.«

Neckisch biss sie ihm in die Schulter, was ihn zum Aufstöhnen brachte. Dieses animalische, lustvolle Geräusch ließ ihren Körper vor Erregung erschaudern. Astrid zog ihr Nachthemd nach oben und schlang ihre Beine um seine Hüfte. Ihr Umhang öffnete sich, und ihr Herz klopfte wundervoll an seiner Kleidung und den harten Bauchmuskeln darunter. Verlangen durchfuhr sie, als er ihren Hintern packte und sie höher hob. Sie keuchte in seinen Westenkragen.

Stöhnend biss er ihr ins Ohrläppchen. »Dein Bett oder meines?«

»Deins. Ich will von dir umgeben sein.«

In seinem Schlafzimmer hatte Fletcher eine Kerze angelassen, die Thane auf dem Weg zu seinem riesigen Bett auspustete. Das versetzte ihr einen Stich im Herzen, aber Astrid machte die Dunkelheit nichts aus. Darin lag Sicherheit. Sie verstand, warum Thane die Dunkelheit wegen seiner Narben brauchte. Und in Wahrheit hatte auch sie zu viel Angst vor dem, was ihr ins Gesicht geschrieben stehen würde ... was er in ihren Augen sehen würde.

Er wollte seinen Körper verstecken. Sie musste ihr Herz verstecken.

Als sie in die Mitte des großen Bettes kroch, hörte sie das Rascheln, als er sich auszog. Ein unendliches Verlangen überwältigte sie, und mit jedem Laut steigerte sich ihre Erregung nur noch. Ohne etwas sehen zu können, waren ihre anderen Sinne um ein Hundertfaches geschärft. Die Matratze sank ein, als Thane sich zu ihr legte. Warme Hände streichelten ihre Fußsohlen und sendeten Blitze durch ihren ganzen Körper.

Er leckte an ihren Nippeln, nahm einen in den Mund und saugte daran. Sie erschauderte vor Erregung, als er sich geduldig und voller Hingabe dem anderen widmete. »Ich bin immer wieder überwältigt davon, wie talentiert Ihr Mund ist, Euer Gnaden.« Sie grinste in der Dunkelheit und spürte, dass er ebenfalls grinste. »Das ist nur der Anfang, Liebste.«

»Und so selbstbewusst.«

»Ich bin ein Herzog«, raunte er. »Wir sind eine beeindruckende Spezies, da können Sie jeden fragen.«

Astrid wollte lachen, schnappte aber stattdessen nach Luft, als er sein sehr beeindruckendes männliches Stück zwischen ihre Beine drückte und seine Hüften langsam und verlockend kreisen ließ. Ihre Hände, die zuvor noch nicht auf Erkundungstour gehen konnten, fassten nach seinen Schultern und zogen ihn zu einem heißen, leidenschaftlichen Kuss herunter. Sie sog das Gefühl seines Körpers in sich auf, als er sich über sie beugte. Sein Brusthaar kitzelte köstlich an ihren Brüsten, und sie reckte sich ihm entgegen und rieb ihre harten Nippel an ihm.

»Du fühlst dich so gut an«, stöhnte er.

»Du dich auch.«

Neugierig wanderten ihre Finger über seinen gepeinigten Rücken und die Seite, und obwohl sie jede Erhebung und Narbe auf seiner geschundenen Haut spürte, war Astrid sorgsam darauf bedacht, nicht innezuhalten. Kummer und Mitleid durchströmten sie. Sie wünschte, sie könnte jede Narbe küssen und ihn von innen heraus heilen, aber sie begnügte sich damit, mit ihren Handflächen jede noch so kleine Körperstelle von ihm zu erkunden. Bewundernd streichelte sie über seine breiten Schultern, das lange Rückgrat und die zwei Grübchen über seinen straffen Pobacken.

In sich hinein grinsend packte sie seinen Hintern im gleichen Moment, in dem sie ihre Knie hochzog, um seine Hüften zu umfassen. Sie stöhnten beide laut auf bei dieser intimen Position.

»Füll mich aus«, befahl sie ihm mit heiserer Stimme.

Und das tat er.

Seine liebe Ehefrau würde ihn umbringen.

Die kluge, wunderschöne, scharfzüngige kleine Hyäne, die seine Welt auf den Kopf gestellt und ihn auf jedem erdenklichen Level herausgefordert hatte. Astrids natürliche Leidenschaft erstaunte ihn. Überwältigte ihn. Sie hielt nichts zurück und gab sich ihm voll und ganz bedingungslos hin. Wie ein Geschenk.

Der Druck um seinen Penis war eine wunderschöne Folter, ihr Geschmack und ihr Geruch betäubten seine Sinne. Seit er sie frisch und rosig gebadet gesehen hatte, war er dauerhaft erregt gewesen. Zum Glück hatte sie ihn genauso gewollt wie er sie.

Und jetzt, das Gefühl ihres warmen, sinnlichen und willigen Körpers – entgegen jahrelanger Disziplin und Erfahrung. Tief in ihr drin pulsierte sein Penis. Langsam zog er ihn zurück und spürte, wie sie ihn nur widerwillig gehen ließ. Thane musste schlucken, und jeder Muskel in ihm war angespannt, als er wieder in sie eindrang.

»Ich liebe es, wie du dich in mir anfühlst«, flüsterte sie. »Du bist mein fehlendes Puzzlestück.«

Da wäre er schon fast gekommen. Ihre Worte hatten die Macht, das mit ihm zu machen, wie er bemerkte. »Und du bist meines.«

Sein rasendes Herz wiederholte seine Gedanken: meines, meines, meines.

Thane zog sich zurück und stieß wieder zu. Seine Geschwindigkeit beschleunigte sich. Er konnte spüren, wie ihre Knie sich um seine Hüften klammerten und ihre Hände sich in seine Schultern krallten, als er immer wieder in sie eindrang. Sie suchte nach seinen Lippen, und er gab sie ihr. Er verschmolz mit ihrer heißen und drängenden Zunge, die mit seiner tanzte. Je mehr sie sich ihrem Höhepunkt näherte, desto hektischer wurden ihre Bewegungen.

»Ja, Liebes. Komm für mich.«

»Thane«, rief sie und warf den Kopf zurück, als ihr Orgasmus sie überkam.

Er drang noch einmal tief in sie ein, und während sich ihre inneren Muskeln um seinen Penis zusammenzogen, überflutete auch ihn eine gewaltige Welle der Lust. Er konnte sich gerade noch rechtzeitig aus ihr zurückziehen, bevor sein Verstand aussetzte. Er ergoss seinen Samen über ihrem Bauch und brach mit einem Schrei und schwer atmend über ihr zusammen.

Da er sie nicht erdrücken wollte, legte er sich an ihre Seite und zog sie dicht an sich heran. Nur langsam wurde er wieder Herr seiner Sinne. Thane gab seiner Frau einen sanften Kuss, wobei er kein Problem hatte, den Mund seiner Frau in der Dunkelheit zu finden. Astrid sagte nichts, aber er konnte spüren, dass sie sich darüber Gedanken machte, weil er sich aus ihr zurückgezogen hatte. Er wollte nicht kaputt machen, was sie gerade geteilt hatten.

Nach einem Moment erhob er sich nackt und ging ins Badezimmer, um eine Kanne mit lauwarmem Wasser und ein Handtuch zu holen. Thane brauchte keine Kerze, die ihm den Weg leuchtete, denn er war daran gewöhnt, sich in der Dunkelheit zu bewegen. Seine Augen hatten sich der Finsternis genug angepasst, um Astrids Umrisse auf dem Bett zu erkennen. Sanft wischte er seinen Samen von ihrem Bauch und ihren Oberschenkeln.

»Willst du hierbleiben oder in dein Zimmer zurückgehen?«, fragte er, als er auch damit fertig war, sich selbst zu säubern.

»Hierbleiben«, sagte sie nach ein paar Sekunden.

Tief in seinem Innersten war Thane glücklich. Seltsam, denn in der Vergangenheit wollte er nach dem Geschlechtsakt nie mit einer Frau zusammenbleiben. Entweder die Frau oder er waren gegangen – je nach Aufenthaltsort. Es war immer bloß eine körperliche Erleichterung gewesen. Aber mit Astrid war alles anders. Er kroch ins Bett zurück und zog die Bettdecke über sie beide. Thane zog sie eng an sich heran, mit ihrem Rücken an seinen Oberkörper. Sie schmiegte sich an ihn, und ihr runder Hintern füllte genau die Wiege seiner Hüften aus.

Nach einem Moment drehte Astrid sich um, um ihn anzusehen. Obwohl sie nur Silhouetten im Schatten erkennen konnten, spannte Thane sich an. Als würde sie sein Unbehagen spüren, streichelte sie ihn mit der Handfläche über sein rechtes Schulterblatt, und Thane war überrascht von ihrer Fürsorge. Nach allem, was sie durchgemacht hatte, tröstete sie ihn. Seine Brust zog sich schmerzhaft zusammen.

Diese einzigartige, kluge, leidenschaftliche, mutige Frau.

Sie war alles.

Thanes Herz blieb einen Augenblick lang stehen, bevor es wieder rhythmisch zu schlagen begann. Diese Erkenntnis war wie ein Blitzeinschlag in sein System, als wäre er tot gewesen und plötzlich und unerwartet wieder zum Leben erweckt worden. Er umschlang sie mit all seiner Stärke und sagte ihr mit seinem Körper, was er ihr mit Worten nicht sagen konnte.

Was er niemals sagen konnte.

Kapitel Zwanzig

»Astrid, Liebes. Astrid, geht es dir gut?«

Bei dem festen Piks in die Rippen blinzelte sie und zuckte zusammen, bevor Tante Mabels besorgtes Gesicht in ihren Fokus geriet. »Ja, ja, natürlich. Ich war nur in Gedanken.«

Mabel warf ihr einen verschmitzten Blick zu. »Etwa Tagträume von einem bestimmten Herzog?«

Sie spürte die Röte in ihre Wangen steigen. »Eigentlich habe ich an Isobel gedacht.«

Das war nicht ganz unwahr. Sie hatte über Isobel nachgedacht, zumindest, bis Beswick sich wieder in ihre Gedanken geschlichen hatte. Dieser böse Mann war der Grund für ihre unhöfliche Verspätung zum Theater, nachdem er ihr jedes Stück Stoff, das die arme Alice sorgfältig an ihrem Körper platziert hatte, heruntergerissen hatte. In ihrer Hast, den Körper des anderen zu verschlingen, waren Knöpfe ab- und Stoff auseinandergerissen worden, aber Astrid hatte keine Minute davon bereut. Genauso wenig wie er.

Das war der Grund, warum sie den größten Teil des ersten Akts des Stückes verpasst hatte.

Und es war wahrscheinlich der Grund, warum Mabel so schelmisch grinste.

Astrid schüttelte den Kopf. Der einzige Grund, warum sie ins Theater gegangen war, war der, dass sich Isobel im Publikum befand. Sie hatte immer noch an der neu gefundenen Unabhängigkeit ihrer Schwester und der Tatsache, dass Isobel aufzublühen schien, zu knabbern. Obwohl sie mit ihrer Tante und ihrem Onkel in der Loge des Grafen saß, schien Isobel weiterhin fröhlich und gelassen und zeigte keine Anzeichen, dass etwas nicht in Ordnung wäre.

Sie hatte den Blick ihres Onkels einmal getroffen, aber er hatte höflich den Kopf gesenkt und keinen Groll gezeigt, was sie nur noch mehr davon überzeugte, dass er etwas im Schilde führte. Ihr Onkel hatte sie stets als Hindernis betrachtet, wenn es um Isobel ging, und seiner behüteten Nichte etwas Unabhängigkeit zuzugestehen, war ein brillanter Schachzug von ihm gewesen. Wenn das Undenkbare passierte und Isobel Beaumont aus irgendeinem Grund aus freiem Willen wählen und heiraten würde, gäbe es wenig, was Astrid dagegen tun könnte. Außer, ihre Schwester für immer zu verlieren.

»Sollen wir einen Abstecher ins Foyer machen, Liebes?«, schlug Mabel vor, als die Pause begann. »Ich war schon Ewigkeiten nicht mehr im Theater. Das macht einen durstig.«

Astrid würde wagen, zu behaupten, dass der Durst der Herzogin eher von den skandalös gekleideten Schauspielern auf der Bühne rührte. Sie war überrascht gewesen, dass ihr Onkel Isobel erlaubt hatte, sich dieses spezielle Stück anzusehen, wo es doch einen sehr unzüchtigen Ruf hatte. Aber bei diesem Mann war alles pure Berechnung. Vielleicht würde ein Stück wie dieses Isobel das Gefühl geben, weltgewandter zu sein. Unter anderen Umständen hätte Astrid den überspitzten Humor zu schätzen gewusst, sie war allerdings zu beschäftigt mit den Motiven ihres Onkels.

»Beswick sollte hier sein«, kommentierte Mabel.

Astrid warf der Herzogin einen nüchternen Blick zu. »Du weißt doch, dass er sich eher für Folter entscheiden würde.«

»Er ist auf den Maskenball gegangen«, sagte die Herzogin lächelnd. »Und glaube nicht, ich weiß nicht, was zwischen euch beiden vor sich geht – auch wenn behauptet wird, die Ehe würde nur auf dem Papier bestehen. Er sollte hier an deiner Seite sein.«

Astrids Wangen glühten. Großer Gott, wusste denn jeder im Haus Bescheid?

»Das wird nie passieren«, sagte sie. »Ehrlich gesagt bin ich dankbar für deine Gesellschaft, Tante Mabel, vor allem in Abwesenheit des Herzogs. Es tut gut, nicht so alleine … so ausgesetzt zu sein.«

Was sie meinte, war, den Wölfen als neue Herzogin von Beswick entgegenzutreten. Nach dem Maskenball haben sich die Gerüchte über die Hochzeit des einsiedlerischen Herzogs wie ein Lauffeuer in den Adelskreisen verbreitet. Und Astrid brachte schließlich auch ihre eigenen Skandale mit. Es musste wohl nicht betont werden, dass die Gerüchte nicht freundlicher Natur waren – wenn Gerüchte das je waren.

Astrids Sorge musste sich auf ihrem Gesicht ausgebreitet haben, denn die Herzogin legte den Kopf schief und sah sie betroffen an. »Wie geht es ihm?«

Es war eine einfache, wenn auch tiefgreifende Frage. Die Wahrheit war, Astrid wusste es nicht. Ihr Ehemann hatte über die Karikaturen in der Klatschpresse gelacht, die ihn als Monster darstellten, das seine zupackende, gierige Opportunisten-Ehefrau mit einem Geldbündel in der Hand verschlang. Die offene Bosheit hatte Astrid schockiert. Die begleitenden Textzeilen waren nicht minder boshaft. Anscheinend waren ein Biest von einem Herzog und eine Kratzbürste von einer Jungfer ein zu gutes Thema, um es ruhen zu lassen.

»Wie gehst du damit um?«, hatte sie Thane gefragt, als eine weitere gemeine Parodie in den Zeitungen erschien.

»Ignoriere es«, hatte er gesagt. »Sie werden bald etwas Neues finden.«

Doch Astrid war das besorgte Aufflackern in seinen Augen nicht entgangen, das seine Worte begleitet hatte.

Abgesehen von den Gerüchten war die körperliche Seite sehr angenehm – mehr als angenehm –, aber Astrid hatte immer noch das Gefühl, dass Thane einen großen Teil von sich verschlossen hielt. Er hielt die Menschen absichtlich auf Abstand und ließ niemanden an sich heran. Ihr Blick fiel auf die Herzogin. Na ja, außer Mabel, wie es schien. Thane hatte sich selbst einen Bunker errichtet, in dem es keinen Platz für jemand anderen gab.

Astrid beschloss, sich Mabel anzuvertrauen. »Er denkt, dass ich ihn verlassen werde.«

Die Herzogin nickte. »Das überrascht mich nicht. Der Junge ist durch die Hölle gegangen. So viele haben ihn verlassen, andere hat er von sich gestoßen.«

»Aber dich nicht?«

Mabel grinste. »Oh, er hat es versucht. Er kann unheimlich grausam sein, das kommt allerdings aus dem Schmerz heraus. Er trägt die Narben, die wir sehen, aber es sind die unsichtbaren, die den größten Schaden anrichten.« Sie holte tief Luft und nahm einen ernsten Gesichtsausdruck an. »Tief in seinem Inneren denkt er nicht, dass er es verdient, glücklich zu sein. Also stößt er jeden von sich. Er hat sich schon so verschlossen, dass er nicht mehr erkennen kann, wenn etwas Gutes direkt vor ihm steht.«

Astrid sagte nichts, obwohl sie dasselbe dachte … dass der Herzog sich nie selbst erlauben würde, einem anderen Menschen zu nahe zu kommen. Nicht einmal ihr.

»Ich hatte in meinem Leben bereits viele Lieben und Liebhaber«, fuhr Mabel fort. »Und jetzt sehe ich euch beide zusammen. Ihr streitet, ihr schäkert, ihr …« Lachend hielt sie inne. »Nun ja, wir beide wissen, was ihr noch tut. Du bist in ihn verliebt, stimmt's?«

Astrid schnappte nach Luft und wollte es vehement abstreiten. Was sie fühlte, war kompliziert, und sie dachte nicht, dass es Liebe war. »Ich … ich mache mir etwas aus ihm, ja. Aber ich kann es mir nicht leisten, mein Herz zu verlieren, wenn die Gefahr besteht, dass er seines nicht riskieren wird.«

»Das wird er, wenn er die Gelegenheit bekommt.« Ihre Stimme ging in ein Flüstern über. »Ich denke, Thane steckt schon zu tief drin, sonst würde er sich nicht so dagegen wehren. Er ist verloren, und er braucht dich mehr, als ihm bewusst ist. Gib ihn nicht auf, Astrid. Bitte.«

Ihre Kehle wurde eng. »Man kann niemanden dazu zwingen, einen Menschen an sich heranzulassen. Egal, wie sehr man es sich auch wünscht.«

»Versuch es um meinetwillen.« Die Herzogin grinste Astrid breit an, als hätte sie sie nicht gerade gebeten, das Unmögliche zu tun, als hätte sie nicht gerade ihre eigene Seele offengelegt. »Wir sollten uns etwas Erfrischendes zu trinken holen, findest du nicht?«

Mabel stand auf, hängte sich bei Astrid ein und ging zum Ausgang der Loge. Als sich die Vorhänge teilten, waren sie sofort von neugierigen Bekannten umgeben, die sich ohne Zweifel selbst ein Bild von Beswicks neuer Herzogin machen wollten. Astrid schrak zurück. O Gott, sie konnte das nicht … nicht jetzt … aber es gab kein Entkommen.

»Nur Mut, Liebes«, flüsterte Mabel und drückte ihre Hand. »Du darfst keine Furcht zeigen, sonst spüren sie es wie Raubtiere.«

Astrid straffte die Schultern, befolgte Mabels Rat und lächelte, als hinge ihr Leben davon ab. Immerhin war sie die Herzogin von Beswick.

»Euer Gnaden, Ihr geheimnisvolle Hexe, warum stellen Sie uns nicht Ihre wunderschöne Begleiterin vor?«, rief einer der Gentlemen.

»Meine Güte, Lady Verne. Wo haben Sie sich denn versteckt?«, ertönte die Stimme einer Frau, die Astrid nicht erkannte.

Ein gut aussehender älterer Mann griff nach Astrids Hand und verbeugte sich vor ihr. »Wer, verraten Sie uns, Herzogin, ist dieses wunderschöne Geschöpf?«

Der Rest von ihnen starrte sie unverholen an.

»Bringe mir bitte jemand ein Glas Madeira, bevor ich austrockne«, sagte Mabel und wedelte schnell mit ihrem Fächer. »Danach werde ich eine kleine Vorstellungsrunde machen.«

Als der Madeira gebracht wurde – einer für Mabel und einer für Astrid –, zog Mabel sie in die kleine, aber hingerissene Runde ihres Publikums hinein. Astrid bekam ein flaues Gefühl im Magen. Niemand würde wissen, wer sie war, außer sie erinnerten sich an den Skandal vor einem Jahrzehnt. Und jetzt war sie mit einem notorischen Eigenbrötler verheiratet.

»Erlauben Sie mir, Ihnen – inoffiziell natürlich – die neue Herzogin von Beswick vorzustellen. Lady Astrid Harte.«

Das Raunen wurde von Glückwünschen, Bemerkungen über ihre Schönheit und Gerüchten über das schreckliche Aussehen des Herzogs unterbrochen. Dann begannen die Fragen. Astrid zuckte zusammen, als sie sah, wie eine Frau einer anderen etwas zuflüsterte. Die wiederum gab das Geflüster weiter. Das Wort »Biest« fiel des Öfteren und ließ Astrid erschaudern. In ein paar Minuten würde jeder im Theater wissen, dass die Frau des Biests von Beswick im Publikum war. Dank der Nachrichten in den Zeitungen war der unschöne Spitzname mittlerweile bis nach London durchgedrungen.

Der Lärm wurde lauter, und eine männliche Stimme verkündete den Beginn des dritten Akts des Stückes, aber Astrid blieb wie angewurzelt stehen und spürte tausend Blicke auf sich. Sie hielt ihr Kinn erhoben und erwiderte den Blick eines jeden, der es wagte, sie anzustarren. Schließlich war sie eine Herzogin, verheiratet mit einem Adligen von Geburt an. Sollten sie doch starren.

»Verraten Sie uns, Mylady«, erklang die Stimme eines Mannes, »war es eine Zweckehe?«

Die Stimme war ihr leider nur allzu vertraut. Beaumont erschien mit Isobel an seinem Arm. Astrid bewahrte die Ruhe, obwohl sie ihm ihre Schwester am liebsten entrissen hätte.

»Die angemessene Anrede für jemanden meines Ranges, Lord Beaumont, ist *Euer Gnaden*«, berichtigte sie ihn nüchtern. »Und sind nicht die meisten Ehen in Adelskreisen Zweckehen oder, noch wichtiger, Ehen, um Beziehungen zu knüpfen?«

Die Betonung auf dem Wort »Beziehungen« schien ihm nicht zu entgehen. Auch nicht ihrem Onkel oder ihrer Tante, die er im Schlepptau hatte. Beaumonts Gesichtsausdruck verdunkelte sich, und er verzog verächtlich die Mundwinkel. »Die meisten Frauen bräuchten weit mehr als das, um das Biest von Beswick zu heiraten.«

Astrid lachte und war sich dessen bewusst, dass alle sie beobachteten. Aber sie schöpfte Mut mit Mabel, die an ihrer Seite stand. »Da haben Sie recht, Lord Beaumont. Diese Dinge nennt man Ehre und Respekt. Zwei Prinzipien, die Sie niemals haben werden. Schönen

Tag noch, Sir.« Sie warf ihrer Schwester ein mildes Lächeln zu. »Isobel, du siehst heute wirklich bezaubernd aus. Genieß den Rest der Vorstellung.«

Astrid zwang sich dazu, von Isobel fortzugehen. Der Kampf fand zwischen ihr und Beaumont statt, nicht zwischen ihr und ihrer Schwester. Zudem musste sie Isobel beweisen, dass sie nicht die überfürsorgliche, eifersüchtige große Schwester war, als die sie ihr Onkel und ihre Tante darstellten. Es war bei Weitem das Schwerste, was sie je getan hatte – ihre Schwester in den Klauen der Wölfe zurückzulassen.

»*Bravissimo*«, murmelte Mabel und blickte sie voller Stolz an, als sie wieder in ihre Loge zurückkehrten.

»Sie ist so jung.«

»Liebes, wenn sie auch nur annähernd so ist wie du, dann musst du nichts befürchten.«

Astrid blickte in die Augen der Herzogin und erkannte nichts als Bewunderung. »Du wirst sicher von meiner Beziehung zu diesem abscheulichen Mann gehört haben. Wenn Isobel auch nur annähernd so ist, wie ich damals war, geblendet und dumm, dann muss ich mir sehr wohl Sorgen machen. Ich habe sie bei den Wölfen zurückgelassen.«

Sie versuchte, sich zusammenzureißen, doch die Aufmerksamkeit, die vom Rest des Theaters in Richtung ihrer Loge geschickt wurde, entging ihr nicht. Gerüchte verbreiteten sich schnell. Anregende Gerüchte noch viel schneller. Nach dem Zusammentreffen mit Beaumont würden die Leute eins und eins zusammenzählen.

Astrid Everleigh – ruinierte Erbfolgerin.

Astrid Harte – Herzogin von Beswick.

Beides Betrügerinnen.

»Du vergisst eine Sache, meine Liebe«, sagte Mabel.

»Und zwar?«

Die Herzogin lächelte fröhlich. »Lady Isobel ist die letzten zehn Jahre mit dir als Vorbild aufgewachsen … mit einer selbstbewussten

Frau. Denkst du nicht, dass das auf sie abgefärbt hat? Sie mag sich gerade unter den Wölfen tummeln, das ist richtig. Aber hab ein wenig Vertrauen in sie.«

»Ich wünschte, das wäre so einfach.«

Sie tätschelte Astrids Arm. »Dann konzentriere dich auf etwas anderes. Zum Beispiel auf die Auktion, die du geplant hast. Das Letzte, was ich gehört habe, ist, dass jeder kommt?«

Als wäre das besser.

Astrid Magen verkrampfte sich bei dem Gedanken an die Auktion, die für den nächsten Tag geplant war, doch sie spürte auch freudige Aufregung. Sie hatte keine Ahnung, wie es laufen würde oder ob die Auktion den Erfolg bringen würde, den sie sich erhoffte. Astrid kannte allerdings ihre Antiquitäten, und sie vertraute auf ihre Fähigkeit. Sie mochte sich zwar Sorgen um Isobel und ihren eigenen neuen Status als Herzogin machen, aber es gab zwei Dinge, auf die sie sich immer verlassen konnte … Wissen und Vorbereitung.

Und in diesem Fall verfügte sie über beides.

Die wuselnde Auktion bei Christie's war dank Thanes kluger, sehr kompetenter Herzogin ohne Zwischenfälle verlaufen. Thane hatte sich nie stolzer gefühlt, als er im Schatten gestanden und von einem privaten Balkon aus beobachtet hatte, während der Herzogin von Beswick öffentlich und übermäßig vom Besitzer des Auktionshauses gedankt wurde. Die Gesamtsumme, die die Sammlung eingebracht hatte, war astronomisch hoch … und jeder Cent davon würde in das Geschenk an seine Frau fließen. Er grinste – nicht, dass sie davon schon wusste.

»Cricket wird mir fehlen«, sagte er zu Fletcher, der neben ihm stand.

Der Hausdiener warf ihm einen nüchternen Blick zu. »Ich werde Ihnen einen Ball wie normalen Kindern kaufen.«

»Wo bleibt da der Spaß? Es bringt nicht annähernd die gleiche Befriedigung wie das Geräusch von zerberstendem Porzellan zu hören und sich die Reaktion meines Vaters vorzustellen«, murmelte Thane, legte dem Mann aber einen Arm um die Schulter. »Sie haben das Richtige getan, Fletcher. Mit der Sammlung und mit ihr.«

»Bekomme ich eine Gehaltserhöhung?«

»Ich zahle Ihnen bereits ein fürstliches Gehalt, Sie undankbarer Mensch.« Thane verdrehte die Augen. »Das erinnert mich daran, dass ich Ihnen diese Woche noch gar keine Kündigung angedroht habe. Also nehmen Sie sich in Acht. Ich werde in der Kutsche warten. Wenn Sie so freundlich wären, meine Herzogin dorthin zu geleiten.« Er nahm die Privattreppe zu dem wartenden Fuhrwerk an der Seite des Gebäudes.

In der Sicherheit der Kutsche nahm Thane den schweren Metallschlüssel aus seiner Tasche und verspürte erwartungsvolle Vorfreude bei dem Anblick in seinen Fingern. Er war nervös. Er konnte sich nicht daran erinnern, wann er das letzte Mal jemandem ein Geschenk gemacht hatte. Und jetzt saß er hier, kurz davor, das größte Geschenk seines Lebens zu machen. Wenn sie es nicht annehmen würde, stünde er als Trottel da.

Die Tür der Kutsche wurde geöffnet, und der Kutscher half seiner Frau hinein. Astrid strahlte, als sie sich ihm gegenübersetzte. »Hast du das gesehen?«, fragte sie atemlos.

»Ja.«

»Danke, dass du gekommen bist«, sagte sie und sah ihn ernst an. »Ich weiß, diese öffentlichen Veranstaltungen können anstrengend sein.«

Thane grinste sie an und klopfte auf das Dach der Kutsche, damit sie losfuhren. »Ich hätte es um nichts auf der Welt verpassen wollen.«

»Vielen Dank.« Zufrieden lächelnd schaute sie aus dem Fenster auf das Getümmel in der Abenddämmerung. Die meisten von ihnen verließen gerade das Auktionshaus. »All die Stücke haben ein schönes neues Zuhause gefunden. Dein Vater wäre glücklich.«

»Mein Vater kann in der Hölle verrotten«, sagte er, biss sich aber sofort auf die Unterlippe. Er wollte ihre gute Laune nicht mit seinen unangenehmen Gefühlen für den verstorbenen Herzog verderben.

Sein Vater hätte es verdient gehabt, dass jedes einzelne dieser Stücke – ohne mit der Wimper zu zucken – zerschmettert worden wäre, so wie er Astrids Hoffnungen auf eine Zukunft zerschmettert hatte.

Thane räusperte sich. »Wo wir gerade von einem schönen neuen Zuhause sprechen«, begann er. »Ich habe ein Geschenk für dich.«

»Ein Geschenk? Für mich?« Ihre Augen funkelten vor kindlicher Vorfreude. »Was ist es?«

Thanes Brust fühlte sich seltsam eng an, als er ihr den Schlüssel gab. »Das ist ein Teil davon.«

»Ein Schlüssel.« Sie lachte und strahlte ihn an. »Zu deinem Herzen?«

Besagtes Organ zog sich schmerzhaft in seiner Brust zusammen, aber er konnte ihrem Lächeln entnehmen, dass sie ihn nur aufzog.

»Um Gottes willen, sollte ich jemals so sentimental werden, erlöse mich bitte von meinem Elend.« Er holte tief Luft und war sehr verunsichert. »Vom Erlös der Auktion habe ich ein paar Immobilien gekauft, drei miteinander verbundene Gebäude in Nordlondon. Ich habe mir gedacht, du könntest sie dafür hernehmen, junge Mädchen zu unterrichten, oder einen Ort für junge Frauen schaffen, die begrenzte Aussichten haben, selbst etwas zu finden. Ein sicheres Zuhause.«

Astrid wurde still und durchbohrte ihn mit ihrem Blick. Vor Überraschung blieb ihr der Mund offen stehen. »Du hast mir ein Gebäude gekauft.«

»Mehrere Gebäude, ja.«

»Mit dem Erlös«, sagte sie undeutlich.

»Der Rest des Geldes befindet sich auf einem Konto, das ich dir zu deiner freien Verfügung eingerichtet habe. Aber ja, alles davon gehört dir, und du kannst damit machen, was du willst.«

Ihre Augen füllten sich mit Tränen. »O Thane.«

Bei ihrem Gesichtsausdruck musste er lächeln. »Lass ein paar Broschüren drucken. Starte eine unorthodoxe Revolution. Stell weibliche Auftragsmörder an, um Beaumont bis ans Ende der Welt zu jagen. Es ist mir egal, solange du glücklich bist.«

Seine Frau sprang auf und warf sich in seine Arme. Schon lag ihr köstlicher Mund auf seinem. »Du schrecklicher, hinterlistiger Mann«, sagte sie zwischen den Küssen, mit denen sie sein Gesicht bedeckte. »Warum machst du das?«

»Um dich glücklich zu machen?«

Astrid zog sich zurück und nahm seine Wangen in ihre Hände. Sie streichelte über seine Narben, und er wollte sich an sie schmiegen wie eine Katze, die darum bettelte, gestreichelt zu werden. Ihre Hände fühlten sich auf ihm wie Balsam an, wie eine Segnung. »Das ist das Schönste, was jemand je für mich getan hat. O Thane, es ist perfekt.« Sie brach in Tränen aus. »Das ist nicht fair.«

»Warum?«, fragte er verwirrt.

»Du machst, dass ich dich mag, und das hasse ich.«

»Du willst mich nicht mögen?« Er wischte ihre Tränen weg.

Sie schniefte und vergrub ihr Gesicht in seiner Halsbeuge. »Nein, ich will, dass du wieder das widerspenstige Biest von Beswick bist.«

»Ich bin immer noch ein Biest, sieh mich an.«

»Ich sehe dich an.« Sie richtete ihre eisblauen Augen auf ihn, und das schwelende Verlangen darin brachte seinen Körper sofort in Aktion. »Thane«, flüsterte sie, »bring mich nach Hause.«

Er drückte seinen Mund auf ihren und streichelte sie am ganzen Körper … die langen Muskeln ihres schlanken Rückens unter ihrem Mantel, die weichen Strähnen, die sich im Nacken aus ihrer Frisur gelöst hatten, die runden Kurven ihrer Hüften. Er drückte ihre Pobacken, und sie stöhnte in seinen Mund.

»Großer Gott, ich will dich so sehr«, sagte er mit belegter Stimme.

Thane wollte sich in ihren süßen, einladenden Tiefen vergraben, sie dazu bringen, leidenschaftlich aufzuschreien, ihr hinterher den Schweiß von der Haut lecken. Sie sanft küssen. Sie beim Einschlafen beobachten. Sie halten. Sie nie wieder gehen lassen.

Astrid griff mit einer Hand zwischen ihre Körper, streichelte seinen Penis der ganzen Länge nach und machte ihn damit so hart, dass es wehtat. »Nicht, Darling. Ich scheine mich nicht unter Kontrolle zu haben, wenn du in meiner Gegenwart bist.«

»Ich mag es, wenn du die Kontrolle über dich verlierst«, flüsterte das kleine Luder ihm zu, biss ihn ins Ohrläppchen und fuhr mit ihrer heißen Zunge seine Ohrmuschel nach. Ihr Mund legte sich wieder auf seinen, und einen Moment lang verlor er sich komplett im Gefühl von ihr ... von ihrem Geschmack, ihrer Beschaffenheit, ihrer sinnlichen kleinen Laute.

Als die Kutsche schließlich vor Harte House zum Stehen kam, waren beide schon schweißgebadet. Sie starrten sich an und brachen gleichzeitig in schallendes Gelächter aus. Astrid glättete sein zerzaustes Haar, während er über ihres strich. Sie tauschten noch einen Kuss aus, als er den Kragen ihres Mantels wieder zurechtstrich und sie seine Krawatte ordnete. Sie unterbrachen den Kuss erst, als der Kutscher die Tür öffnete.

Astrid biss sich auf die Unterlippe und sah verärgert aus, aber Thane lachte nur und geleitete seine Herzogin die Stufen hinunter. »Glaub mir, Liebste, wenn du begehrenswert aussehen kannst, wenn du betrunken bist, kann eine derangierte Frisur nicht von deiner Schönheit ablenken.«

»Das sagen Sie, Lord Beswick.« Errötend drückte sie seinen Arm und stellte sich auf die Zehenspitzen, während sie die Treppe zum Haus hinaufgingen. »Wollen Sie mich nicht ins Bett bringen, Euer Gnaden?«

Seine kühne Ehefrau quietschte auf, als Thane sie hochhob. »Mit dem größten Vergnügen.«

»Lass mich nicht fallen!«

»Niemals.«

Er würde sich eher selbst kastrieren, bevor sie sich in seinen Händen Verletzungen zuzog.

Kapitel
Einundzwanzig

Thane hatte gehofft, dass seine Glückseligkeit verschwinden würde – dass das, was er begonnen hatte, für Astrid zu empfinden, eine emotionale Konsequenz der Lust wäre –, aber es wurde nur noch schlimmer, je mehr Zeit er mit ihr verbrachte. Am nächsten Morgen ihr beschämtes Lächeln am Frühstückstisch zu sehen, gab ihm das Gefühl, ein siegreicher König zu sein. Obwohl er normalerweise nackt schlief, wenn er alleine war, war er früh aufgestanden, um sich einen noch nie getragenen Pyjama anzuziehen, bevor er wieder ins Bett kroch. Er hatte nicht gewollt, dass sie ihn bei Tageslicht überraschenderweise zu Gesicht bekam.

Seine Narben bei Nacht zu spüren und sie im Tageslicht zu sehen, waren zwei verschiedene Dinge.

Wenn man bedachte, wie er seinen Narben gegenüberstand, machte es ihm Angst, wie sie darauf reagieren könnte. Sein Rücken und seine Beine sahen viel schlimmer aus als sein Gesicht. Den größten Schaden hatten die Bajonette seinem Rücken zugefügt, und einige der tieferen Schnitte hatten sich entzündet. Es war ein Wunder gewesen, dass er die Wochen voller unablässigem Fieber und Wahnvorstellungen, gefolgt von qualvollem Ausbrennen, überhaupt überlebt hatte. Das, was von seinem Körper übrig war, war der Beweis für den Horror, den er hatte durchmachen müssen. Die einzige Möglichkeit war, es seine Frau nie sehen zu lassen.

Was bedeutete, er konnte das Schicksal nicht herausfordern.

Nicht, ohne ein erhebliches Risiko einzugehen.

»Es sieht so aus, als würde es heute regnen … wie schade, wo ich doch gehofft hatte, einen neuen Spenzer einkaufen zu können«, verkündete seine Tante und bestrich ein Stück Buttertoast mit Marmelade, während ihre Blicke zwischen den beiden hin und her wanderten. »Was sind eure Pläne für heute?«

Thane räusperte sich. »Ich treffe mich mit Sir Thornton und dem Verwalter meines Anwesens im Norden.«

»Ach ja«, sagte sie stirnrunzelnd. »Ich habe auch von Culbert gehört, dass du unerwünschte Neuigkeiten bekommen hast.«

Sofort blickte Astrid besorgt auf. Thane hatte noch nicht die Gelegenheit gehabt, mit ihr über das Schreiben zu reden, das er heute Morgen mit seiner anderen Post erhalten hatte. »Beaumont hat Isobel offiziell den Hof gemacht.«

»Was bedeutet das?«, fragte Astrid.

»Dass ein Angebot kommen wird, über das ich mir Gedanken machen soll.«

»Er ist ein Taugenichts«, sagte Tante Mabel. »Und er ist ein schlechter Anwärter für so ein nettes Mädchen wie Isobel. Ich hoffe, du hast vor, das Angebot abzulehnen.«

»Ja«, antworteten er und Astrid im Einklang.

Er schenkte ihr ein zaghaftes Lächeln, von dem er wusste, dass es den Argusaugen seiner Tante nicht entgehen würde. »Ich befürchte trotzdem, dass ihn das nicht entmutigen wird. Die Everleighs haben mit dem Mann eine geheime Abmachung, und der Graf hat es irgendwie geschafft, sich das Wohlwollen des Prinzregenten einzuholen, um zu versuchen, die Bedingungen des Testaments von Astrids Vater zu umgehen.«

»Von Prinny?«, fragte Mabel. »Und welche Vereinbarung soll das sein?«

»Sie behalten Isobels Anteil«, sagte Astrid. »Dem Grafen geht es nicht um Geld, er will nur sie. Es ist nicht mehr als ein Verkauf, eine Transaktion.«

Thane nickte. »Und Beaumonts Onkel, der frühere Graf, stand vor

Gericht gut da. Ich muss annehmen, dass er hofft, den Ruf seines verstorbenen Onkels nutzen zu können, um seinen eigenen aufzubessern.«

Die Herzogin schüttelte den Kopf. »Ekelerregend. Solche Taktiken erscheinen mir sogar für Beaumont extrem.«

»Ich nehme an, es geht um seine Gefühle Astrid gegenüber«, sagte Thane und spürte Wut in sich aufsteigen. »Sie hat ihn gedemütigt, und er hegt seit Jahren einen Groll gegen sie. Natürlich spielt es ihm in die Hände, dass Isobel genauso hübsch ist wie ihre Schwester.«

Seine Frau errötete, behielt jedoch einen ernsten Gesichtsausdruck. »Er ist eine Schlange.«

»Darauf können wir uns einigen, meine Liebe«, sagte Mabel. »Aber Beaumont ist nicht zu unterschätzen. Wir brauchen eine Strategie, um einen angemessenen Verehrer für Isobel zu finden. Gibt es jemanden, den sie in Betracht ziehen würde? Wir wollen schließlich, dass sie glücklich ist.«

Astrid trommelte mit ihren Fingern auf den Tisch. »Agatha hat geschrieben, dass sie in vier Tagen in der Oper sein wird. Vielleicht können wir sie dann fragen.«

»Dann schlage ich vor, wir bieten all unsere Kräfte auf.« Die Herzogin drehte sich zu ihm um. »Beswick, ich nehme an, deine Loge ist immer noch verfügbar?«

Thane nickte. Er hat sie so gut wie nie genutzt, aber trotzdem behalten. Es wäre nicht angemessen für den Herzog von Beswick, keine Loge in der Oper zu haben. Selbst wenn er die Gesellschaft, die ihn mied, verabscheute. »Ich werde auch hingehen.«

Zwei Augenpaare richteten sich schockiert auf ihn.

»Geht es dir gut, Beswick?«, fragte seine Tante.

»Ziemlich«, antwortete er trocken. »Du musst bei dieser Aussicht nicht so entsetzt schauen. Ich war schon ein-, zweimal in der Oper, und meine Loge ist sehr privat.«

»Ich war bestimmt nicht entsetzt«, sagte sie mit einem ebenso nüchternen Blick in seine Richtung. »Vielleicht werde ich meine

Kräfte woanders einsetzen. Ich sollte Lady Featheringstoke bitten, sie begleiten zu dürfen, da ihre Loge direkt neben der des Grafen von Beaumont ist und ich annehme, dass unser kleiner Diamant und deine unleidigen Verwandten dort sein werden.« Ihre Mundwinkel verzogen sich zu einem schelmischen Grinsen, als sie sich an Astrid wandte. »Ich werde alles in meiner Macht Stehende tun, um dir die Gelegenheit zu bieten, mit deiner Schwester zu reden.«

»Du hast das gut durchdacht, Tante«, sagte Thane.

»Wenn man in mein Alter kommt, mein Lieber, zahlt es sich aus, vorbereitet zu sein.«

Der Abend der Oper war schnell da. Astrid hatte sich für ein lavendelfarbenes Seidenkleid mit einem quadratischen Korsett entschieden, das mit hellgrüner Spitze besetzt war und Ärmel hatte, die ihr bis über die Ellbogen reichten. Es war aus einem der Stoffe, die ihr Ehemann ausgesucht hatte, als Madame Pinot sie ausgestattet hatte. Der Stoff schmiegte sich an ihren Körper, und die Farbe brachte den lila Ton in ihren Augen zur Geltung.

Astrid musste zugeben, dass Thane einen ausgezeichneten Geschmack hatte.

Als sie an seine Freundlichkeit nach der Auktion und an das außergewöhnliche Geschenk dachte, das er ihr gemacht hatte, war sie überwältigt. Niemand – und schon gar kein Mann – hatte sie je so gut verstanden. Das Geschenk hatte ihr mehr bedeutet als die Kronjuwelen. In derselben Nacht hatte er sie dann so sanft geliebt, dass sie fast in Tränen ausgebrochen wäre. Ihre eigene Verletzlichkeit, wenn es um ihn ging, machte ihr Angst, und ein Teil von ihr warnte ständig, dass sie ihr Herz beschützen musste.

Sie hatte das Gefühl, es wäre bereits zu spät.

Nachdem Alice letzte Hand an ihre Frisur angelegt hatte, ging sie nach unten, wo der Herzog wartete. Mabel war schon früher gefahren, um sich mit den Featheringstokes zu treffen wie vereinbart. Astrid fand ihn in seinem Arbeitszimmer über ein offenes Haushaltsbuch gebeugt. Sie war froh, die Chance zu bekommen, ihn unbemerkt beobachten zu können. Er war von Kopf bis Fuß in Mitternachtsblau gekleidet, mit einer Weste in ähnlichem Ton und einer schneeweißen Krawatte. Das raubte ihr den Atem. Das Kerzenlicht flackerte auf seinem dunklen Haar und glitzerte golden in der Strähne, die ihm in die Stirn hing. Sein ganzes Profil erschien golden. Er sah fast phantastisch aus, ein Mann halb Schatten, halb Fleisch und Blut.

Und wie er ihr Herz zum Rasen brachte.

Astrid atmete aus, und er sah auf. Ihre Blicke trafen sich einen langen Moment, bevor er sich bewegte und sie von Kopf bis Fuß mit den Augen verschlang. Sein Blick blieb auf ihrem cremefarbenen Dekolleté hängen, das unter dem Umhang sichtbar war. Dann betrachtete er ihre schmale Hüfte und die ellbogenlangen weißen Handschuhe, die ihre Hände bedeckten. Nach einer gefühlten Ewigkeit sah er ihr wieder in die Augen. Seine Wangen waren errötet, sein Blick verschwommen, und als er sprach, klang seine Stimme heiser. »Es gibt kein Wort in der Geschichte der Sprache, um zu beschreiben, wie wunderschön du bist.«

Astrid errötete ebenfalls, und ihre Wangen wurden gefährlich heiß »Danke, Euer Gnaden, Sie sehen auch unglaublich gut aus.«

»Das habe ich bereits eine ganze Weile nicht mehr gehört«, sagte Thane ironisch, und Astrid verspürte einen Stich im Herzen. Dachte er, sie wäre so unverfroren, ihn anzulügen? Dachte er, sie meinte es nicht ernst? Für so herzlos konnte er sie doch nicht halten.

»Es war ernst gemeint.«

»Vielleicht sollten wir es bei gut angezogen belassen, meine Herzogin.« Sein Lachen war leer. »Mit Geld kann man so exorbitant teure Kleidung kaufen, dass sie von einem monströsen Gesicht ablenkt. Zumindest hat der Schneider das gesagt.«

Nach seinem von Herzen kommenden Kompliment überraschte sie sein beißender Sarkasmus. Sie wusste nicht, was ihn plötzlich verärgert hatte, und sie wollte ihn darin auch nicht ermutigen oder das Ziel seiner wankelmütigen Launen werden. »Dann ist es ja gut, dass du viel davon hast«, sagte sie milde. »Wir sind schon spät dran. Wollen wir fahren?«

»Natürlich. Obwohl es besser ist, je später wir ankommen.«

Wenn die meisten der anderen Gäste bereits sitzen würden, dachte Astrid bei sich.

Im Foyer, wo Culbert ihnen ihre Mäntel brachte, warf sie dem Herzog einen Blick über ihre Schulter zu. Er hatte die Augen auf die nackte Haut an ihrem Rücken gerichtet, da der hintere Ausschnitt des Kleides skandalös tief geschnitten war. Allein von seinem Blick fühlte sich Astrids Haut an der Stelle wie verbrannt an. Sie verspürte eine tiefe Befriedigung, als sie seinen Blick ihr Rückgrat entlanggleiten fühlte, bis es unter dem Stoff verschwand.

»Gefällt dir mein Kleid?«, fragte sie und verbarg ihr Lächeln. »Madame Pinot hat mir gesagt, dass du diesen Stoff und die Farbe ausgesucht hast.«

Er holte tief Luft und wandte den Blick ab. »Der Stoff war gedacht, dich zu bedecken«, sagte er stirnrunzelnd.

»Sie hat es selbst entworfen. Schön, nicht wahr?«

»Die Frau ist eine Ketzerin und sollte nicht in die Nähe einer Schere gelassen werden.«

»Komm schon, Beswick, du wirst dich doch im Alter nicht in einen prüden Stänkerer verwandeln?«

»Hast du mich gerade … einen Stänkerer genannt?«

Astrid lachte, als er ihr in die Kutsche half. »Wenn es passt.«

Sie hatte gehofft, ihn zum Lachen zu bringen, ihn ein bisschen aufzuziehen, aber ihre Hoffnung war vergebens. Als er in die Kutsche stieg, waren seine Lippen zusammengepresst und sein Kiefer angespannt. Es sah so aus, als wäre er in Gedanken ganz woanders. An einem dunklen Ort. Die Muskeln an seinem Hals waren angespannt, und auf seiner Stirn bildete sich Schweiß. Seine behandschuhten Hände waren zu Fäusten geballt und lagen auf seinen Knien. Als die Kutsche sich in Bewegung setzte, war er so vollkommen steif.

»Thane, was ist los? Geht es dir gut?«

»Ja«, presste er hervor, ohne sie anzusehen.

»Thane.«

»Nicht jetzt, Astrid. Bete, dass wir ohne einen Zwischenfall diesen Abend überstehen.«

Sie wurde still. Er war mehr als panisch. Sie wollte ihn nicht mit einem Pferd vergleichen, doch es war fast so, wie Brutus auf eine Gerte reagierte. Der Herzog war steif vor Entsetzen. Ja, sie würden in seiner privaten Loge mit separatem Eingang sein, für die er viel bezahlte, aber trotzdem waren sie in der Öffentlichkeit. Was für ihn mit Sicherheit ein großer Kraftakt war.

»Du musst das nicht tun.«

Er knirschte mit den Zähnen und sagte mit bebenden Nasenflügeln: »Belass es dabei. Ich bin hier.«

Der Rest der Fahrt zum Covent Garden verlief schweigsam, und als sie ankamen, wurden sie tatsächlich durch einen privaten schmalen Gang zur Loge des Herzogs von Beswick geleitet. Sie war unbeleuchtet, und das einzige Licht kam von außen. Schnell setzten sie sich leise hin, um keine ungewollte Aufmerksamkeit auf sich zu ziehen. Astrid bemerkte, dass die beiden benachbarten Logen leer waren.

Thane fiel ihr Blick auf. »Ich habe sie alle gekauft.«

Sie wollte sich gar nicht vorstellen, was das gekostet hatte. Dem Herzog war für seine Privatsphäre nichts zu teuer.

»Beaumonts Loge ist dort drüben«, sagte er in schroffem Tonfall.

Astrid griff nach ihrem Opernglas und hielt es sich vor die Augen. Ihre Schwester Isobel war tatsächlich in Beaumonts Loge ein paar Ebenen unter ihnen. Allerdings konnte sie ihren Onkel und ihre Tante nicht sehen. Nach eingehender Untersuchung stellte sie fest, dass der Graf und ihre Schwester nicht allein waren. Zum Glück saß die gute Agatha hinter ihnen. Zwar war sie nur eine Dienstmagd, aber Astrid atmete trotzdem erleichtert aus.

Dann betrachtete sie die anderen Logen, und wie sie gesagt hatte, saß Tante Mabel in dem Bereich neben ihnen. Die Herzogin öffnete ihren Fächer und warf Astrid einen unauffälligen Blick nach oben zu. Astrid nickte zurück.

Das Spiel konnte beginnen.

$\mathcal{K}$apitel Zweiundzwanzig

Kurz vor Beginn der Aufführung verließ Astrid die Loge des Herzogs. Mabels Kutscher Frederick begleitete sie durch dunkle Korridore zu Madame Diamantes Suite, während die bekannte Opernsängerin sich auf ihren Auftritt auf der Bühne vorbereitete. Sie war so lieblich wie ihre Stimme und machte sich kurz nach einer kleinen Vorstellungsrunde rar. Astrid war dankbar für die Diskretion der Damen und des Kutschers, denn die Leute würden sich das Maul zerreißen, wenn sie wüssten, dass Beswick selbst hier war. Es wäre nicht gut, wenn sie erkannt werden würde.

Geduldig wartete sie in dem leeren Sitzbereich und zählte die Sekunden. Sie gingen in eine volle Minute über, dann in eine weitere, dann in fünf. Zehn Minuten. Isobel kam nicht. Frederick hatte gesagt, er würde gleich mit ihrer Schwester zurückkehren, aber als die Minuten verstrichen, bekam sie ein ungutes Gefühl. Hatte Beaumont sie nicht gehen lassen? Wich er nicht von ihrer Seite? So eine Art von Kontrolle würde sie ihm zutrauen. Astrid holte tief Luft und blies sie wieder aus.

Vielleicht war Frederick auch nur übervorsichtig.

Oder Isobel kam nicht.

In einem leichten Anflug von Panik schüttelte Astrid den Kopf. Sie konnte nicht riskieren, entdeckt zu werden, und mit jedem Moment, der verging, riskierte sie, dass ihr jemand begegnete, ehe die Vorstellung begann. Als sie gerade aufstehen und gehen wollte, wurde die Tür geöffnet, und das wunderschöne Gesicht ihrer Schwester erschien. Sie umarmten sich schnell. »Astrid, ich habe deine Nachricht erhalten. Geht es dir gut?«

»Sie haben fünf Minuten, bevor die Aufführung beginnt, Euer Gnaden«, flüsterte Frederick.

»Danke«, sagte sie und drehte sich zu ihrer Schwester um, die noch hübscher aussah als das letzte Mal, als sie sie gesehen hatte. Sie trug ein puderblaues Satinkleid, das ihre Porzellanhaut perfekt zur Geltung brachte. Astrid nahm ihre Hand und setzte sich hin, auf den Platz neben sich klopfend. »Die Frage ist, wie geht es dir, Isobel?«

»Ziemlich gut. Obwohl du sicher weißt, dass der Graf von Beaumont offiziell bei Onkel Reggie um meine Hand angehalten hat. Wolltest du mich deswegen treffen?«

Astrid zuckte zusammen, als sie hörte, wie Isobel ihren Onkel bei seinem Spitznamen nannte. Anscheinend hatte er sie nach wie vor unter Kontrolle. »Zum Teil. Wie geht es dir mit seinem Antrag?«

»Er ist beharrlich, so viel ist sicher. Und er war immer der perfekte Gentleman.« Sie verzog den Mund zu einem fast verliebten Lächeln. »Onkel behauptet, wir müssen die Mitgiftjäger aussieben.«

Wut stieg in Astrid auf, als sie an die Absichten des Mannes dachte. Er zögerte nicht, seine eigene Nichte zu manipulieren, obwohl er selbst in Wahrheit der größte Mitgiftjäger war. Sie versuchte, ihren Ärger zu verbergen. »Hat denn schon irgendein anderer junger Mann deine Aufmerksamkeit erregt?«

Isobel errötete. »Der eine oder andere.«

»Wer?«

»Viscount Morley ist eher ein Bekannter, aber ich genieße seine Gesellschaft. Allerdings habe ich ein spezielles Interesse am Marquis von Roth entwickelt.«

Von dem Viscount hatte Astrid noch nichts gehört, doch den Marquis kannte sie. Roth hatte auf dem Ball der Featheringstokes mit ihr getanzt. Obwohl sie ihn nicht gut kannte, würde er irgendwann ein Herzog werden, und er war bei Weitem besser als Beaumont. Außerdem war er ein Bekannter ihres Ehemanns.

»Hat einer der beiden bereits sein Interesse bekundet?«, fragte sie.

Isobel zögerte und nahm einen berechnenden Gesichtsausdruck an. »Lord Roth vielleicht. Aber er hat noch nicht mit dem Onkel gesprochen.« Sie hielt inne und lächelte stolz. »Ich weiß, du hältst mich für naiv, Astrid, doch ich weiß sehr wohl, was hier vor sich geht. Auch wenn der Graf von Beaumont sich überaus zivilisiert verhalten hat, bin ich mir dessen bewusst, was er und Onkel Reggie planen. Und ich will nicht, dass einer von beiden einen potenziellen Verehrer abschreckt.«

Astrid klappte die Kinnlade runter. Die süße, bezaubernde, ruhige Isobel – bewegte die Männer wie Schachfiguren.

»Du bist also aus freiem Willen mit Beaumont hier?«

»Um gesehen zu werden, meine Liebe. Lieber gebe ich Interesse vor, um eine richtige Bräutigamschau zu bekommen, als so wie Rapunzel im goldenen Turm eingesperrt zu werden. Wir machen das, was wir können, aus dem, was uns in die Wiege gelegt wurde. Das hast du mir beigebracht.«

Astrid konnte sich nicht erinnern, wann sie das letzte Mal sprachlos gewesen war. Vielleicht hatte Tante Mabel gar nicht so unrecht gehabt, als sie gesagt hatte, dass Isobel nicht so hilflos sei, wie jeder – Astrid eingeschlossen – annahm. Aber Astrid konnte nur daran denken, wie der hinterlistige, fiese Graf sie selbst manipuliert hatte. Und wie leicht er ihr Leben zerstört hatte.

»Beaumont ist gerissen«, sagte sie. »Wenn er erkennt, was du tust, wird er alles tun, um zu bekommen, was er will.«

»Keine Sorge, mit Beaumont werde ich schon fertig.«

Astrid runzelte die Stirn. »Ach ja?«

Isobel fasste ihre Hände und hielt sie fest in ihren. »Ich liebe dich, Astrid, aber ich bin nicht du. Ich werde nicht dieselben Fehler machen, die du gemacht hast. Und weißt du auch, warum?« Als Astrid zuckte und den Kopf schüttelte, fuhr sie fort. »Weil du mir gezeigt hast, wie man es richtig macht. Du hast mir beigebracht, klug zu sein. Mut zu haben.« Ihr Lächeln war bittersüß. »Ich liebe meine Musik und das Tanzen und meine Schleifen, und ich weiß, dass du manchmal denkst, ich sei ein dummes, naives Mädchen. Aber du musst mir vertrauen. Wirst du das tun?«

Astrid starrte ihre Schwester schockiert an, und ihre Brust schwoll vor Stolz so an, dass sie fast zerbarst. Wer war dieses Mädchen? Mabels Worte darüber, dass sie ein bisschen Vertrauen in die Schwester haben sollte, die sie großgezogen hatte, kamen ihr in den Sinn.»Was kann ich tun?«

»Komm in zwei Wochen zum Frühjahrsball von Lady Hammerton. Ich werde eine ganze Woche mit Beaumont, Morley und Roth dort sein, um mit ihr zu feiern.« Die Augen ihrer Schwester funkelten.»Es ist in North Stifford. Komm mit Beswick, wenn du es einrichten kannst.«

Astrid blinzelte. Alle drei potenziellen Verehrer auf einen Haufen? Das konnte nicht gut gehen.

»Izzy, was hast du vor?«

Isobel grinste teuflisch.»Ich plane, einen Skandal zu verursachen, um alle anderen Skandale zu beenden.«

Thane konnte sich weder auf die Aufführung noch auf die tiefe Altstimme von Madame Diamante während der Arie konzentrieren. Seit seine Frau in ihrer verführerischen Garderobe zu ihm ins Arbeitszimmer gekommen war, hatte er einen ziemlich ungemütlichen Ständer. Thane hätte sie am liebsten an Ort und Stelle genommen. Wäre ihr mit der Zunge über das elegante, lange Rückgrat gefahren, hätte ihre Röcke zur Seite geschoben und das genossen, was er darunter verborgen wusste.

Verdammt nochmal. Er war so hart, dass es ihn nicht wundern würde, wenn seine Hosenknöpfe aufsprängen.

In dem Moment, in dem sie sich gesetzt und mit dem Opernglas in der Hand über das Geländer gebeugt hatte, hatte er sich auf die nackte Wölbung ihres Rückens konzentriert, die dieses anzügliche Kleid zur Schau stellte. Und seitdem konnte er sich auf nichts anderes mehr konzentrieren. Er hatte recht gehabt, was die Farbe anging. Sie verwandelte ihr Haar in Mahagoni und ihre Haut in frische Creme. Thanes Blick haftete auf ihrer Wirbelsäule, und sein Penis pochte. Die Wirbelsäule einer Frau konnte unmöglich so erotisch sein. Aber ihre war es.

Zu seiner Linken war seine Frau so von der Aufführung gefangen, dass sie ihm seit ihrer Rückkehr von dem Treffen mit ihrer Schwester noch keinen Blick zugeworfen hatte. Er war dankbar dafür, dass sie seinen Zustand noch nicht bemerkt hatte. Die Stimme der Sängerin traf einen Ton, bei dem Astrid ihre Finger krümmte und blind ausstreckte … nur, um auf seinem Knie zu landen. Dieser unschuldige Kontakt war wie ein Zündstein im Pulverfass. Er legte seine Hand auf ihre, als ihre Blicke sich trafen. Sie konnte das Verlangen in seinen Augen leicht erkennen, und in ihren eigenen flackerte sie ebenfalls auf.

Keiner der beiden sagte etwas, während sie sich anstarrten. Dann zog Astrid ganz langsam ihre Finger aus seinen und richtete ihre Aufmerksamkeit wieder auf die Vorführung. Thane wollte fluchen über den Verlust, aber er war wie hypnotisiert, als sie sich genüsslich den Handschuh von der rechten Hand zog und ihre eleganten, schlanken Finger entblößte. Als sie schließlich ihre nackte Hand wieder auf seinen Oberschenkel legte, explodierte er fast. Verlangen und Hitze vermischten sich in seinem Innern, als ihre Finger nach oben glitten und immer näher an die Stelle kamen, an der es am meisten brannte. Wo er sie am meisten haben wollte. Ganz zaghaft fuhr sie mit einem Finger über die Ausbuchtung in seiner Hose.

Thane hielt den Atem an.

»Astrid«, keuchte er.

Doch sein kleines Luder von Ehefrau ignorierte ihn und öffnete so viele Knöpfe seiner Hose, dass sie hineingreifen und seine Erektion umfassen konnte. Ihre Finger umkreisten seinen Penis, sie rieb mit dem Daumen über seine pulsierende Spitze, danach glitt ihre Hand wieder die volle Länge entlang nach unten. Als sie die Bewegung wiederholte und seine eigene Körperflüssigkeit als Gleitmittel benutzte, stöhnte er leise auf.

Sie erhöhte die Geschwindigkeit, und ihre talentierten Finger übten einen köstlichen Druck aus. Astrids Atem ging jetzt auch schneller, und als er mit den Zähnen seinen linken Handschuh auszog, um mit seinen Fingern über ihre verführerische Wirbelsäule zu fahren, reckte sie sich gegen seine Hand und stöhnte ebenfalls leise auf. Sein Orgasmus überkam ihn in der Sekunde, in dem er ihre samtweiche Haut berührte, und er griff in seine Hosentasche, um ein Taschentuch herauszuholen. Während er sich ergoss, bedeckte Thane ihre Hand mit seiner und sein Körper zuckte durch die Kraft der Erleichterung. Ruck für Ruck entleerte er sich in dem kleinen Leinentuch.

Tosender Applaus ersetzte das Strömen des Blutes in seinen Ohren, als die Sängerin ihren Akt beendete. Er wollte ebenfalls klatschen, aber aus ganz anderen Gründen. Mit benebeltem Blick sah er zu, wie Astrid anmutig ihre Hand an einem sauberen Zipfel des Taschentuchs abwischte und sich dann wortlos den Handschuh wieder anzog. Die Tatsache, dass sie kein einziges Wort gesagt hatte, war fast so stimulierend, wie mit ihr in der Dunkelheit zu schlafen.

Es war Pause, wurde Thane klar, als die Leute im Opernhaus und in den Logen gegenüber von ihnen sich zu bewegen begannen. Er duckte sich und machte gerade noch rechtzeitig seine Hose zu, bevor seine Tante sich ankündigte und den Kopf zwischen den Samtvorhängen hindurchsteckte.

Sie zog die Augenbrauen hoch und grinste verschmitzt. »Genießt ihr die Oper, meine Lieben?«

»Sehr sogar«, antwortete Astrid beiläufig, obwohl ihre Wangen feuerrot waren.

»Hast du mit Isobel gesprochen?«, fragte Mabel.

Astrid nickte. »Anscheinend hat sie die Dinge ganz gut im Griff. Ich muss gestehen, ich habe sie noch nie so entschlossen gesehen.«

»Das ist nur ein anderes Wort für stur, meine Liebe«, sagte Mabel grinsend. Sie nickte Frederick zu, der mit einem Tablett voller Erfrischungsgetränke vor der Loge stand. »Wollen wir etwas trinken?«

Astrids eisblaue Augen fielen auf Thane, und sie biss sich auf die

Unterlippe, als sie fühlte, wie ihre Wangen erneut rot wurden. »Natürlich, aber zuerst muss ich die Toilette aufsuchen.«

Dieser stechende Blick weckte in Thane das Bedürfnis, sie zu packen, nach Hause zu bringen und selbst zu sehen, wie erregt sie war. Wie sehr sie es erregt hatte, ihn anzufassen. Das plötzliche Interesse seiner Tante war ihm aber nicht entgangen, also nickte er nur.

»Ich werde hierbleiben und meinen lieben Neffen davon abhalten, in deiner Abwesenheit zufällig jemanden zu terrorisieren«, sagte Mabel.

Thane wollte etwas zu Astrid sagen, bevor sie ging, doch ihm fehlten die Worte. Aber seine neugierige Tante war hier, und ihr entging nichts. Stattdessen nickte er bloß kurz, als Astrid verschwand. Er wünschte sich beinahe, Tante Mabel würde ihn auch in Ruhe lassen, was sie allerdings nicht tat. Sie setzte sich und goss zwei Gläser Whiskey ein.

»Sag schon«, sagte er.

Sie grinste. »Was sagen?«

»Dass du denkst, ich wäre vernarrt.«

»Bist du es denn?«

»Nein.«

»Du kannst mich nicht anlügen, Nathaniel Harte«, sagte sie.

Bei dem Klang seines Geburtsnamens zuckte er zusammen. Sie hatte recht – seine Gefühle für seine Frau wurden schnell zur Abhängigkeit. Thane seufzte. Nicht *wurden* – sie waren es längst. Er sehnte sich mehr nach ihr, als er sich je nach etwas gesehnt hatte … nach ihrem Lächeln, ihren Blicken, ihren Küssen. Es ging ihm tief unter die Haut. Und das war sehr gefährlich.

»Wenn nicht Vernarrtheit, was dann?«, fragte Mabel.

Bewunderung … Leidenschaft … Anziehungskraft … Liebe. Er konnte keins dieser Gefühle abstreiten. Allein, diese Emotionen zu erkennen, machte sie real. Erweckte etwas zum Leben, das er nicht kontrollieren konnte. Sein hilfloser Blick traf den seiner Tante. »Ich kann das nicht tun.«

»Wir suchen uns nicht aus, wann wir uns verlieben, Thane. Oder in wen. Wir können nur entscheiden, ob das, was wir fühlen, es wert ist, dafür zu kämpfen. Das Schicksal war nicht gnädig zu dir, das ist wahr, aber du hast immer noch Luft in deiner Lunge und Blut in deinen Adern, also tu dir selbst einen Gefallen und lebe. Sonst bist du nur eine wandelnde Leiche.« Sie tätschelte seine Schulter und fuhr mit sanfterer Stimme fort. »Wenn du Astrid von dir stößt, weil du dir aus irgendeinem Grund einredest, sie nicht zu verdienen, dann bist du ein größerer Dummkopf, als ich gedacht hätte.«

Er spürte, wie ein Muskel in seiner Wange pulsierte, und blickte seine Tante an, die die Stirn runzelte und anscheinend fertig war mit ihrer Rede. »War das alles?«

Sie warf ihm einen finsteren Blick zu. »Nein, eigentlich nicht. Du bist mein Neffe, und ich liebe dich, aber du darfst nicht so stur sein, sonst fügst du dir dauerhaften Schaden zu.«

Thane blinzelte. Er konnte sich nicht daran erinnern, dass Tante Mabel schon einmal so wütend gewesen war. Außer in den ersten Tagen, als er vom Kontinent zurückgekehrt war und seinen Kummer in Whiskey und Selbstmitleid zu ertränken versucht hatte. Genau wie damals hieß er ihre Einmischung nicht willkommen. Ihm gefiel es nicht, wie ein unerzogenes Kind behandelt zu werden.

»Ich möchte nicht unhöflich sein, Tante«, knurrte er und unterdrückte seine Emotionen mit kühler Reserviertheit, »aber was weißt du schon von Liebe? Mit Sicherheit hast du nicht aus Liebe geheiratet.«

»Aristokraten heiraten aus anderen Gründen«, sagte sie und schien unbeeindruckt von seinem eisigen Tonfall. »Liebesbeziehungen sind rar. Sogar meine Hochzeit mit dem Herzog von Verne wurde von unseren Eltern arrangiert. Anziehung und Zuneigung kamen später. Aber warum, denkst du, habe ich nach dem Tod von Verne so einen Gefallen an meinen Liebschaften gewonnen?« Thane öffnete den Mund, doch sie hob die Hand, um ihn zu unterbrechen. »Ich weiß, du billigst meinen Lebensstil nicht, aber ich bin gewillt, offen für die Liebe zu sein, bevor ich ins Gras beiße.«

»Mit wahllosen Affären?«, fragte er trocken.

Sie legte den Kopf schief und betrachtete ihn. »Sieh dich nur an, so eiskalt. Anscheinend hast du doch viel von deinem Vater in dir. Er war die Definition von gefühlloser Gleichgültigkeit.«

Der Vergleich mit seinem Vater saß tief, doch Thane konnte ihr keinen Vorwurf daraus machen, dass sie ihn gezogen hatte. Der Mann war ein kaltherziger, Furcht einflößender Herzog gewesen. Er verstand die Ähnlichkeit nur zu gut – denn er selbst war seinem Beispiel gefolgt. Er hatte ein Herz aus Stein und ließ nichts an sich heran. Ein gefühlloser Mann konnte nicht verletzt werden.

Mabel seufzte und tätschelte seine Wange. »Aber es steckt auch etwas von mir in dir, und die Hoffnung stirbt zuletzt, dass du dir selbst eine Chance gibst, glücklich zu sein. Du musst dich entscheiden, Thane.«

»Wofür entscheiden?«, fragte er.

»Ach, mein Lieber, du musst dich dafür entscheiden, mit deinem Herzen und nicht mit deinem unnachgiebigen, widerspenstigen Verstand zu handeln.«

Er konnte die Hoffnung in ihren Worten hören. Hoffnung – sie schnitt ihn ein und zerstörte seine Abwehr. Die Hoffnung war eine Lügnerin. Schon so viele Male war er von der Hoffnung enttäuscht worden. Sein Vater. Leo. Seine Freunde. Geliebte. Sie alle hatten ihn verlassen und waren entsetzt vor dem Ungeheuer davongerannt, zu dem er geworden war. Astrid würde das bestimmt auch tun, sobald sie ihn nicht mehr brauchte. Er dachte daran, wie ihre willigen Hände auf ihm gelegen hatten … wie groß sein Verlangen doch gewesen war, wie groß es immer noch war. Er brauchte sie bereits wie die Luft zum Atmen. Es war zu viel. Viel zu viel!

Thane hatte gedacht, der Krieg hätte ihn gebrochen, aber dieser Schmerz wäre nicht einmal annähernd so schlimm wie der, den Astrid verursachen könnte. Ohne jeglichen Zweifel wusste er, dass nichts mehr von ihm übrig bleiben würde, wenn sie ihn verließ. Die Bitterkeit in ihm wuchs heran, bis er nichts anderes mehr fühlen konnte. Sie tröstete ihn wie eine alte, abgewetzte Decke. Eine lang-jährige Begleiterin. Er zog die vertraute, beruhigende Dunkelheit um sich herum.

Sein Blick traf den seiner Tante, und er war nur noch umgeben von Schatten. »In diesem Punkt liegst du falsch. Weißt du, mein Herz ist mit dem Rest von mir verrottet.«

»Ich befürchte, ich habe mehr Schlechtes als Gutes angerichtet«, sagte sie traurig.

»Nein, du hast mich wieder auf den Boden der Tatsachen zurück-geholt, Tante. Ich weiß jetzt, was ich zu tun habe.«

Kapitel Dreiundzwanzig

Das berüchtigte schlecht gelaunte, kaltherzige, unnahbare Biest von Beswick war zurück, und die wankelmütigen Launen dieses Mannes konnten einem Menschen Peitschenhiebe versetzen. Während Alice ihr Mieder schnürte, dachte Astrid an ihren Ehemann, woraufhin sich ihr Blick verdunkelte. An jenem Abend in der Oper hatte er sich vom sanftmütigen Liebhaber in einen Tyrannen verwandelt, und jetzt schlich jeder auf Zehenspitzen im Haus umher, aus Angst, den Zorn des Ungeheuers auf sich zu ziehen. Nicht einmal sie blieb von seinem launenhaften Gemüt verschont.

Auf dem Heimweg nach der Oper hatte sie es gewagt, ihn zu fragen, ob er mit auf den Ball von Lady Hammerton kommen würde, um Isobel zu unterstützen. Während der zweiten Hälfte der Aufführung war er zurückhaltend gewesen, was untypisch für ihn war, aber sie hatte es auf die Gesamtsituation geschoben.

Da hatte sie falschgelegen.

Er hatte sie in der Kutsche angestarrt und seinen Mund zu einer hässlichen Fratze verzogen. »Nein.«

»Du hast gesagt, du würdest helfen«, hatte sie ruhig gesagt. »Um Isobel zu schützen. Sie braucht uns.«

»Ich werde nicht auf einen verdammten Ball gehen, Astrid.«

»Wovor hast du solche Angst?«

»Angst?« Er hatte gelacht, was aber dunkel und völlig humorlos geklungen hatte. »Haben Sie vergessen, wie das Monster, das Sie geheiratet haben, aussieht, Mylady? Lassen Sie mich Sie daran erinnern.«

Er hatte seinen Hut hinuntergerissen, sich nach vorne gebeugt, sie wütend angeknurrt, und sein vernarbtes Gesicht war bis in jedes Detail auf grausame Art zu erkennen gewesen.

»Wenn du den Menschen eine Chance geben würdest, würden sie vielleicht ...«

»Würden sie was?«, hatte er geschnaubt. »Mich zu sich nach Hause einladen? Um mit ihnen am Kaminfeuer zu sitzen, Geschichten zu erzählen und mir Tee anzubieten? Du bist naiv, meine törichte Frau.«

»Und du bist kindisch.«

Seine Augen funkelten zornig auf. »Vorsicht, Astrid.«

Sie hatte nicht nachgegeben und lediglich an das Wohlergehen ihrer Schwester gedacht. »Ich will doch bloß, dass Isobel in Sicherheit ist und eine Chance hat, glücklich und frei zu sein.«

»Keiner von uns ist frei. Deine Schwester hofft einfach nur, einen Käfig gegen den anderen auszutauschen. Ist die Ehe nicht genau das?«

»Das ist nicht, was wir haben.«

Er grinste sie spöttisch an. »Nein, meine Liebe, wir haben eine Zweckmäßigkeit. Noch besser, oder? Du wolltest einen Namen, und alles, was ich mir je erhofft hatte, war ein warmer, williger Körper, den ich endlich bekommen habe. Mach aus unserer Verbindung nicht mehr, als sie ist. Was für ein Handel. Herzogin bei Tag, Mätresse bei Nacht.«

»Du bist ein Unmensch.«

»Ich habe nie etwas anderes behauptet.«

Nein, das hatte er nicht, und es war Astrids eigene Schuld. Sie hatte an etwas geglaubt, das nicht da gewesen war. Sie hatte an den Mann geglaubt, der er sein könnte, nicht an den, der er war. Sie konnte nur sich selbst die Schuld geben. Sie hätte ihm nie vertrauen sollen.

Nach der Demütigung kam die Wut.

Wie konnte er es wagen, Versprechungen zu machen und sie dann zu brechen? Wie konnte er es wagen, sie zu beschimpfen? Er wollte, dass sie eine Mätresse war? Dann würde sie genau das für ihn sein. Astrid betrachtete sich im Spiegel. Alice hatte die dunklen Ringe unter ihren Augen mit Puder bedeckt. Zwar wäre sie lieber im Bett geblieben, aber der Gedanke, im selben Haus mit ihrem Monster von Ehemann zu sein, machte sie krank.

»Danke, Alice«, sagte sie, als die Magd mit ihr fertig war. »Das ist alles.«

Sie nahm ihren Pompadour und ging die Treppen hinunter. Zum ersten Mal seit dem Streit in der Kutsche traf sie wieder auf ihren Ehemann.

»Du bist heute nicht zum Abendessen erschienen«, knurrte der Herzog und bedachte ihr kleegrünes Abendkleid mit einem abschätzigen Blick. Er sah ebenfalls müde aus. Müde und erschöpft. »Culbert sagte, du fühlst dich nicht gut.«

Sie schenkte ihm ein Lächeln und ignorierte den dumpfen Schmerz im Herzen, den sie bei seiner magnetischen Anziehungskraft verspürte. Trotz seiner Grausamkeit und Kälte wollte sie nichts mehr, als diese Sorgenfalten über seinen Augenbrauen zu glätten, ihn an sich ziehen und den Mann wiederfinden, der sie im Gewächshaus getröstet hatte, den Mann, der ihr Gebäude für eine Schule gekauft hatte, den Mann, der sie mit solcher Sanftheit geliebt hatte, dass es ihr in der Brust wehtat.

Doch diese Version von ihm war falsch gewesen … eine Version, die sie anscheinend romantisiert hatte, weil sie so einsam gewesen war und lediglich an das Beste in ihm glauben wollte.

»Das war auch so«, sagte sie mit gezwungener Freude. »Aber ich habe mich erholt.«

»Gehst du aus?«

Sie nickte. »Auf die Soirée der Ralstons mit Isobel.« Noch einmal zwang sie sich zu einem Lächeln. »Das macht Ihnen doch nichts aus, Euer Gnaden? Ich weiß ja, wie sehr Sie solche Dinge verabscheuen.«

Er ging nicht auf ihre Spitze ein. »Hab einen schönen Abend.«

»Sie auch, Euer Gnaden.«

Ihre übertrieben höfliche Unterhaltung hatte sie fürchterlich aufgeregt, und am nächsten Abend war es nicht anders. Sogar Mabel schien entmutigt zu sein und ihren üblichen Optimismus verloren zu haben. Sie bot keine Erklärung für das veränderte Verhalten ihres Neffen, und jedes Mal, wenn Astrid selbst versuchte, Antworten zu bekommen und das eisige Schweigen zwischen ihnen zu brechen, ging er davon.

Wenn sie nicht ein- oder zweimal das nackte Verlangen in seinem Blick gesehen hätte, als er gedacht hatte, sie würde es nicht bemerken, hätte Astrid geglaubt, er fühle nichts. Das brachte sie dazu, daran zu denken, was Mabel ihr über ihren Neffen erzählt hatte, als sie sie gedrängt hatte, ihn nicht aufzugeben.

Tief in seinem Inneren denkt er nicht, dass er es verdient, glücklich zu sein. Also stößt er jeden von sich.

Tat er das gerade?

Es war auf jeden Fall möglich. Über die letzten Wochen hinweg waren sie auf mehr als einer Ebene zusammengewachsen ... intellektuell, emotional, körperlich. Vor dem Abend in der Oper hätte sie sogar gesagt, dass Thane langsam etwas für sie empfand. Die Intimität zwischen ihnen war tiefer geworden, gewachsen. Astrid errötete. So sehr, dass sie ihn in der Öffentlichkeit befriedigt hatte. Niemand hatte sie gesehen in der Dunkelheit ihrer Loge, aber nichtsdestotrotz war es schamlos gewesen.

Je mehr sie darüber nachdachte, desto mehr Sinn ergab es. Sie waren immer in der Dunkelheit zusammengekommen – zuerst in der Gartenlaube und dann jedes Mal in seinem Schlafzimmer. Die Oper war ein Wendepunkt gewesen. Für sie beide. Eine andere Art von Bekenntnis.

War es das, wovor er jetzt davonlief?

Am nächsten Tag, als der Herzog sie zu sich ins Arbeitszimmer bestellt und ihr seine Absichten verkündet hatte, sie zurück nach Beswick Park zu schicken, hatte es Astrid gereicht. Sie würde sich nicht einfach so abschieben lassen. Ein Teil von ihr wollte argumentieren, dass sie wegen Isobel bleiben musste, doch es steckte mehr dahinter. Im Grunde ihres Herzens wollte sie nicht von ihm getrennt sein. Was sagte das über sie aus?

»Dass du ein Dummkopf bist, der sich in jemanden verliebt hat, der niemals lieben kann«, flüsterte sie sich selbst zu.

»Welches Kleid wollen Sie heute anziehen, Euer Gnaden?«, fragte Alice, die aus dem Badezimmer nebenan kam.

Astrid runzelte die Stirn. Welches Kleid? Sie stand am Scheideweg. Sie könnte den Schwanz einziehen und ihm erlauben, sie von sich zu stoßen, oder sie könnte Widerstand leisten. Sich ihm entgegenstellen. Noch nie war sie ein Feigling gewesen, was diesen Mann anging, aber sie hatte Angst davor, was eine Konfrontation mit ihm bringen würde.

Angst hatte wiederum noch nie jemandem weitergebracht.

Im Grunde seines Herzens war ihr Ehemann ein Mann des Krieges. Er verstand das Stoßen und Zerren eines Kampfes. Sie musste ihre Strategie überdenken. Um ihn zu erreichen, musste sie tief in ihrem Arsenal graben, das ihr zur Verfügung stand.

»Das rote Seidenkleid«, sagte sie entschlossen.

Alice riss die Augen auf, und Astrid verspürte leichte Besorgnis. Das rote Seidenkleid war eine der gewagtesten Kreationen von Madame Pinot, mit einem Ausschnitt, der sehr viel weniger verdeckte, als er enthüllte. Nach ihrem Bad zog Astrid das Kleid an. Alice runzelte die Stirn und fixierte den Spitzensaum, als wäre ihr Blick das Einzige, was Astrids Brüste an Ort und Stelle halten würden. Herrje, wenn Astrid auch nur nieste, würden ihre Brüste aus diesem Mieder springen. Sie war sich sogar fast sicher, dass sie die rosa Ränder ihrer Nippel sehen konnte.

»Vielleicht ist es gedacht, dass man es mit einer Chemisette anzieht«, schlug Alice vor.

»Madame Pinot hat gesagt, nein.«

Als sie ihr Spiegelbild betrachtete, errötete Astrid leicht. Das Kleid war mehr als gewagt. Und seine Schamlosigkeit hörte nicht bei dem

Mieder auf, das ihre Schultern völlig nackt ließ. Es klebte an ihr wie eine zweite Haut, betonte ihre Taille und ihre Hüfte, bevor es in dekadenten purpurroten Falten auf den Boden fiel. Ein heller Überhang über Mieder, Hüfte und Saum verliehen dem Kleid fast ein spanisches Aussehen.

Astrid kombinierte es mit eleganten, ellbogenlangen, champagnerfarbenen Handschuhen und dazu passenden bestickten Schuhen. Alice hatte ihr Haar einfach nach oben gesteckt, und sie trug keinen Schmuck außer einer Halskette mit einem Rubin, der zwischen ihren Brüsten lag.

»Euer Gnaden wird es nicht gefallen, dass Sie in diesem Kleid irgendwo hingehen«, murmelte Alice.

Um ihre aufkommende Panik zu verbergen, grinste Astrid. »Das will ich auch hoffen.«

Als sie ins Esszimmer kam, saß ihr Ehemann mit dem Rücken zu ihr. Er war tief in eine Unterhaltung mit seinem Anwalt Sir Thornton und dessen Frau Claudia versunken. Astrid hatte nicht gewusst, dass sie Gäste zum Abendessen erwarteten, und sie wäre beinahe auf dem Absatz wieder umgekehrt. Doch Mabel, deren Augen bei ihrem Anblick schelmisch aufblitzten, kam auf sie zu, um ihr einen Kuss auf die Wange zu geben.

»Mutiger Schritt«, flüsterte sie.

Ein Lächeln huschte über ihr Gesicht. »Eine kluge Freundin hat mir geraten, nie aufzugeben.«

Mit stolzem Blick drückte Mabel Astrids Finger, als wollte sie *Viel Glück* sagen, und verkündete dann laut: »Astrid, meine Liebe, du siehst aber heute hübsch aus.«

Der Herzog drehte sich qualvoll langsam um, doch als sein Blick auf sie fiel, erstarrte er. Ihm klappte die Kinnlade runter, und dann presste er missbilligend die Lippen zusammen. Kurz bevor sich sein Gesichtsausdruck verschloss, konnte Astrid Lust in seinen Augen aufflackern sehen, was ihr Genugtuung verschaffte.

»Danke, Tante«, sagte sie atemlos. Ihr Herz fühlte sich an, als würde es ihr aus der Brust springen und aus dem Raum galoppieren. Sie begrüßte Lady Claudia und Sir Thornton. Der arme Anwalt errötete, aber der bewundernde Blick seiner Frau befeuerte Astrids nachlassenden Mut.

Sie sah ihren stirnrunzelnden Ehemann an, dessen Gesicht jetzt fast die Farbe ihres Kleides angenommen hatte, als er sie ein paar Schritte außer Hörweite der anderen leitete. Sein warmer, würziger Duft überflutete sie, und sie musste dagegen ankämpfen, die Entfernung zwischen ihnen nicht zu überbrücken und seinen pulsierenden Hals abzulecken. Herrje, sie war besessen von diesem Mann!

»Habe ich dafür bezahlt?«

»Ja natürlich. Warum?«, erwiderte sie und gab sich betont lässig, trotz der Tatsache, dass seine Hand ein Loch in ihren Ellbogen brannte und Flammen in andere Körperteile von ihr sendete, die gar nicht in der Nähe des Arms waren. »Madame Pinot hat gesagt, du hast diese Farbe bestimmt.«

»Die Farbe«, stieß er aus. »Nicht …« Er deutete mit seiner Hand auf ihren Körper. »*Das.*«

Astrid lachte auf, und sein Blick wanderte auf ihre zitternden Brüste. Es war ein Wunder, dass sie unter seinem funkelnden Blick nicht in Flammen aufging. »Dieser Stil ist in Paris total in Mode. Seien Sie doch nicht so prüde, Euer Gnaden!«

Er wandte den Blick ab, und der Muskel in seinem Kiefer pulsierte.

Sie zog die Augenbrauen hoch. »Würdest du mir einen Sherry eingießen, Liebling? Oder vielleicht wäre Sir Thornton so reizend?«

Mit unlesbarem Blick ging er davon, bevor sie weiterreden konnte, und kam mit dem angeforderten Glas zurück, das er ihr unsanft in die Hand drückte. Astrid nippte an dem Getränk und erlaubte ihm, sie an ihren Platz zu geleiten. Während aller neun Gänge schmeckte sie gar nichts – nicht die Sahne in der Schildkrötensuppe, nicht den geschmorten Fasan, nicht das Rind in der Béchamelsauce. Obwohl sie sich fast ausschließlich mit Mabel und Claudia über triviale Dinge unterhielt, konnte sie den lodernden Blick ihres Mannes spüren.

Dem armen Sir Thornton musste bei den einsilbigen Antworten des Herzogs reichlich unwohl sein.

Mabel, die links neben ihr saß, beugte sich zu ihr. »Ich hoffe, dieses Kleid von dir verfolgt einen Plan«, flüsterte sie.

»Ich auch«, flüsterte Astrid zurück. »Ich kann in diesem Ding kaum essen.«

»Sie müssen mir den Namen Ihrer Schneiderin verraten«, sagte Claudia zu ihrer Rechten, und die nicht ganz so unschuldige Bemerkung zog die Aufmerksamkeit des Herzogs und von Sir Thornton auf sich. »Dieses Kleid ist sensationell, oder, Henry?«

Sir Thornton räusperte sich diskret, warf seiner Frau vorher aber noch einen teuflischen Blick zu, bei dem Astrid ein Kichern unterdrücken musste. Das hatte sie von dem ernsten, gefassten Anwalt nicht erwartet. Doch es war klar, dass er sehr verliebt in seine Frau war.

»Danke«, sagte Astrid. »Madame Pinot ist außergewöhnlich, aber ich muss gestehen, die Ehre für dieses bestimmte Kleid gebührt meinem Ehemann.«

Thane verschluckte sich an seinem Wein und öffnete den Mund, um etwas zu entgegnen.

Astrid ließ ihn allerdings nicht zu Wort kommen. »Euer Gnaden hat einen tadellosen Geschmack.«

»In der Tat«, sagte Claudia und erhob grinsend ihr Glas.

Beswick sah aus, als hätte er auf etwas Saures gebissen, und die Narben in seinem Gesicht waren grellweiß geworden, als würde er sich nur mit allergrößter Mühe unter Kontrolle halten. Zum Glück verlief der Rest des Abendessens mit weniger provokanten Themen, und nachdem der letzte Gang serviert worden war, legte Astrid ihre Serviette beiseite, als sich alle erhoben.

Normalerweise würden die Männer nach dem Abendessen in die angrenzende Bibliothek gehen, um Portwein zu trinken und Zigarren zu rauchen, während die Frauen im Salon Tee und Brandy zu sich nähmen. Aber die Thorntons hatten noch eine andere Verabredung und verabschiedeten sich.

»Ich gehe ebenfalls«, verkündete Astrid. Sie hatte keine Pläne für den Abend, doch das wusste *er* ja nicht. Ihr Ehemann erstarrte.

»Wohin, Euer Gnaden?«, fragte er mit frostigem Tonfall.

»Zum Hauskonzert bei den Levinsons, natürlich«, sagte sie und ignorierte ihr hämmerndes Herz und das ständige Pochen zwischen ihren Oberschenkeln, das sein Blick hervorrief. »Ich habe die Einladung vor ein paar Tagen angenommen.«

Er packte sie am Ellbogen – nicht stark, aber doch fest genug, dass ihre Knie weich wurden. »Bitte entschuldigt uns«, sagte er mit gerunzelter Stirn. »Meine Frau und ich müssen etwas bereden.«

Astrid warf einen hilflosen Blick über ihre Schulter, als Mabel mit den Lippen das Wort *bravo* formte und Claudia sie verschmitzt ansah. Der Herzog führte sie in sein Arbeitszimmer und schlug die Tür hinter ihnen ins Schloss.

Zwar öffnete sie den Mund, um zu protestieren, weil er sie so schroff behandelte, aber er fluchte leise und drückte seine Lippen auf ihre. Sie wurde von einem beinahe zwei Meter großen, wilden, sexuell erregten Mann förmlich überfallen, und ihr Körper reagierte sofort genauso hemmungslos auf seinen heißen, besitzergreifenden Kuss. Astrid krallte ihre Hände in seine Jacke und zog ihn zu sich, während sie das gewaltsame Eindringen seiner Zunge willkommen hieß und seine feurigen Bewegungen erwiderte. Er biss sie spielerisch, sie biss zurück. Er leckte und saugte, sie reagierte gleichermaßen.

»Dieses Kleid ist teuflisch«, knurrte er, zog seinen Mund von ihrem weg und fuhr mit den Fingern über das hauchdünne Seidenmieder. Es brauchte nicht viel, um ihre Nippel hart werden zu lassen. Thane beugte den Kopf nach unten und saugte daran, wobei sich der Stoff vor Nässe verdunkelte. Astrid fiel fast in Ohnmacht, als die weiche, feuchte Seide an ihrer empfindlichen Haut rieb, und als Thane sie anblies, wurden ihre Nippel noch härter. Dann wendete er sich dem anderen zu.

»Thane«, sagte sie flehend, und ihr Körper schien sich vor Verlangen und Hitze aufzulösen.

Er drückte sie gegen die Arbeitszimmertür, presste seinen Oberschenkel zwischen ihre und stöhnte aus tiefster Kehle. Anschließend rieb er seinen harten Penis an ihrem Unterleib, was sie schwindlig werden ließ. »Seit Jahren war ich nicht mehr so erregt, dank dieses Kleids.«

»Und ich muss dir für dasselbe danken«, entgegnete sie.

Seine Augen sprühten vor Verlangen, als seine Hände mit ihren Röcken kämpften, um ihre nackte Haut zu spüren. Oberhalb ihrer Oberschenkel war sie ebenfalls nackt.

»Kein Höschen«, flüsterte er.

Astrid konnte kaum zwei zusammenhängende Wörter formulieren, als sie fühlte, wie er mit seinen Daumen die Stelle teilte, wo es am meisten pochte und wo sie schon beschämend feucht für ihn war. Thane stöhnte befriedigt auf, mit seiner freien Hand öffnete er seine Hose und schob eine Handvoll roter Seide über ihre Hüfte, um seinem Blick alles freizulegen. Sie rieb sich an ihm und fühlte die kühle Luft auf ihrer überhitzten Haut.

»Halte die«, befahl er und drückte den Stoff in ihre Hände.

Dann kniete er sich vor sie hin und platzierte seinen begierigen Mund auf ihrem pulsierenden Geschlecht.

Astrid versuchte, ihren Schrei zu unterdrücken, und das gedämpfte Geräusch verwandelte sich in Stöhnen, als er mit seinen Lippen und seiner Zunge fortfuhr. Du lieber Gott, er wusste genau, wie und wo er sie berühren musste … er wusste genau, wie er mit der Zunge schnalzen und ihren pulsierenden Nervenknoten umkreisen musste, bis sie seinen Namen wimmerte. Ihre Knie zitterten, als eine Welle der Lust ihre Nervenenden überfiel und sich zwischen ihren Beinen aufbaute. Immer höher und höher aufbaute, bis ein Orgasmus sie überkam, der sie in Stücke zu zerreißen schien.

Ohne Vorwarnung stand Thane auf und drang in ihre nasse Hitze ein, füllte sie vollkommen aus, als sich ihre Muskeln um seinen Penis herum zusammenzogen und ihr Orgasmus durch seine überwältigende Länge und Breite noch intensiver wurde.

»O Gott, Astrid, du fühlst dich so verdammt gut an.«

Danach legte er ihre Beine um seine Hüften und hob sie mit einem freien Arm hoch gegen die Tür, als er immer wieder tief in sie eindrang. Er war nicht sanft, sondern besinnungslos vor Begierde und Lust, und sie genoss jede einzelne Sekunde davon. Sie liebte es, wie hemmungslos er war … wie die Muskeln in seinen Schultern sich vor animalischer Stärke anspannten, wie seine Lippen sich teilten, wie seine Augen vor Leidenschaft funkelten und ihre Ängste wegbrannten.

In diesem Moment gehörte er ganz ihr. Genauso unwiderruflich, wie sie ganz ihm gehörte.

Mit einem Schrei stieß er noch ein letztes Mal zu und wurde still. Für den Bruchteil einer Sekunde konnte sie Unentschlossenheit in seinem Blick erkennen, aber dann zog er sich aus ihr heraus und ergoss seinen Samen auf dem gewachsten und polierten Fußboden zwischen ihnen.

Schwitzend und atemlos lehnte er sich gegen sie.

Einen langen Moment stand Thane schwer atmend da, die Stirn gegen die seiner Frau gelehnt, mit einer zittrigen Hand an der Tür des Arbeitszimmers festhaltend. Er hatte komplett den Verstand verloren. Alles nur wegen ein bisschen roter Seide. Obwohl er nicht alles auf das Kleid schieben konnte. Im Nachhinein betrachtet, hatte sich die Spannung zwischen ihnen schon seit gut einer Woche aufgebaut.

Das Kleid, oder das, was ein Kleid darstellen sollte, war nur der Auslöser gewesen.

In der Minute, in der er sie darin gesehen hatte, hatte sein Verstand ausgesetzt. Alles, was ihm vorher so wichtig erschienen war, so entscheidend für sein Überleben, war weggefallen. Nichts war noch von Belang. Nicht seine Entscheidung, sich von ihr zu distanzieren, nicht seine erzwungene Gleichgültigkeit, nicht sein Verlangen nach Selbsterhaltung. Jeder einzige Gedanke in seinem Kopf hatte sich auf eine grundlegende Tatsache konzentriert – dass sie ihm gehörte.

Während des qualvollen Abendessens hatte er es noch geschafft, nicht die Selbstkontrolle zu verlieren, aber als sie verkündet hatte, noch auszugehen – in diesem verdammten Kleid –, hatte Thane rotgesehen. Im wahrsten Sinne des Wortes. Er hätte sie fast wie ein Neandertaler über die Schulter geworfen und war froh, dass sie es in die Privatsphäre seines Arbeitszimmers geschafft hatten. Obwohl sicher jeder im Haus gehört hatte, was hinter der dicken Eichentür passiert war. Einschließlich – o Gott! – Mabel.

Er spürte Astrids Blick auf ihm, die ihn mit ihren eisblauen Augen ansah. »Beswick, wirst du etwa rot?«

»Was? Nein, natürlich nicht.«

Sie grinste ihn frech an. »Deine Wangen erröten.«

»Ich habe eine anspruchsvolle Liebhaberin.«

Jetzt wurde sie rot. Thane grinste und küsste sie sanft auf die geschwollenen Lippen. Da entdeckte er die roten Kratzer an ihrem Kinn und ihrem Hals, wo er sie mit seinen Bartstoppeln gestreift haben musste. Er fuhr sanft mit dem Finger darüber und runzelte die Stirn.

»Habe ich dir wehgetan?«

»Nein.« Sie schüttelte den Kopf und errötete erneut. »Zumindest nicht mehr als ich dir.« Sie streichelte über die Kratzer an seinem Hals. »Du hast hier Kratzer.«

»Kratzer?«, fragte er und grinste schief.

Astrid runzelte die Stirn. »Du hast mich gegen eine Tür genommen, Beswick. Du hast doch wohl nicht gedacht, ich könnte meine Leidenschaft unter Kontrolle halten, während du deine so offenkundig zur Schau gestellt hast.«

»Wenn du so weiterredest, du kleines Luder, sehe ich mich dazu gezwungen, diese Tür noch einmal zu benutzen.«

Er trat zurück, und Astrid fiel beinahe nach vorne ohne das Gewicht seines Körpers, der ihren an Ort und Stelle hielt. Die Seide ihres Kleides war hoffnungslos zerknittert, aber Thane konnte sich sowieso nicht vorstellen, dass sie dieses Gewand noch woanders anzog. Nicht, wenn er dabei etwas zu sagen hatte.

Astrid runzelte die Stirn, als sie ihre Lagen von Röcken wieder nach unten fallen ließ, während er seine Hose zuknöpfte. »Im Ernst, warum ist es für einen Mann akzeptabel, leidenschaftlich zu sein, aber eine Frau darf keine Anzeichen ihres lustvollen Verlangens zeigen, wenn sie nicht als Eva persönlich abgestempelt werden will, die den Garten Eden und somit die ganze Welt unterwandert?«

Er deutete mit dem Arm auf einen Sessel in der Ecke. »Mich darfst du jederzeit unterwandern. Es ist ja nicht so, als würden die Angestellten nicht schon längst wissen, dass ihre Herrin ihren Herren schamlos verführt.«

Sie wurde erneut rot. »Oh, du bist unverbesserlich. So etwas nehmen sie nicht an.«

»Ich würde hundert Pfund wetten, dass Fletcher und Culbert gerade auf der anderen Seite der Tür stehen und so tun, als würden sie einen Kerzenhalter säubern oder Ähnliches«, sagte er mit ernstem Gesichtsausdruck.

»Natürlich haben sie die schlimmsten Eigenschaften, schließlich sind sie deine Angestellten. Es wäre töricht, so eine Wette anzunehmen.«

Thane grinste und ging zum Kaminsims, wo er zwei Gläser Cognac eingoss. Er bot ihr eines der Gläser an, und sie setzte sich aufs Sofa. Die purpurrote Seide fiel über ihre langen, wohlgeformten Beine. Der Effekt, den sie auf ihn hatte, war unglaublich, und obwohl er sich unheimlich zu ihr hingezogen fühlte, wusste Thane, dass es nicht nur körperlich war. Es ging sehr viel tiefer. Kein Wunder, dass er nach den Geschehnissen in der Oper solche Angst bekommen hatte. Ein Teil von ihm wusste, dass er keine Chance hatte, ihr zu widerstehen.

»Thane, wir müssen reden«, sagte sie ruhig.

Er nippte an seinem Drink und schluckte nickend. Angst machte sich in ihm breit und erinnerte ihn daran, was er zu verlieren hatte. »Wusstest du, wie ich reagieren würde, als du zum Abendessen gekommen bist?«, fragte er. »Als du dieses Kleid angezogen hast?«

»Ich habe gehofft, deine Aufmerksamkeit zu bekommen«, sagte sie.

»Warum?«

Sie starrte in ihr Glas und errötete leicht. »Ich habe gespürt, wie sich die Distanz zwischen uns vergrößert hat, und das hat mir Angst gemacht. Du hast dich zurückgezogen, und ich konnte nichts dagegen tun. Ich gebe nicht vor, zu wissen, was du tust oder warum du dich so verhältst, aber es hat mich schrecklich verletzt. Ich wollte nicht, dass du mich ausschließt.«

»Ich …«

»Lass mich bitte erst ausreden«, sagte sie. »Ich kann auch nicht vorgeben, zu verstehen, was du durchgemacht hast und jeden Tag aufs Neue durchmachen musst, und ich will mich dafür entschuldigen, dass ich dich gefragt habe, ob du mit auf Lady Hammertons Ball kommst. Das war falsch und unbedacht von mir.«

»Ist schon verziehen.«

Als wäre ihr eine Last von den Schultern gefallen, atmete Astrid tief durch und nickte. »Wir sind verheiratet, Thane«, sagte sie leise. »Egal, wie unsere Ehe zustande gekommen ist, wir sind keine Fremden, und … ich will auch nicht, dass wir das sind. Ich vermisse unsere Zeit im Gewächshaus und in der Bibliothek. Ich vermisse dich. Ich weiß, zwischen uns kann es Zuneigung und gegenseitigen Respekt geben, und ich verlange auch nicht mehr, wenn es das ist, wovor du Angst hast.«

Was, wenn er mehr wollte?

Dieser Gedanke kam aus dem Nichts und ließ Thane zusammenzucken, als hätte er einen Schlag in die Magengrube bekommen. Schließlich war er derjenige gewesen, der klargemacht hatte, es könne nicht mehr zwischen ihnen sein, denn das würde ihn zerstören. Und trotzdem kam ihn jetzt so was in den Sinn, verdammt!

Er fuhr sich mit einer Hand über sein stoppliges Kinn und versuchte, einen klaren Gedanken zu fassen. Es hatte Mut erfordert, zu tun, was sie getan hatte … ihm entgegenzutreten und für das zu kämpfen, was sie wollte. Eine schwächere Frau hätte aufgegeben, den

Kopf in den Sand gesteckt und ihre Niederlage hingenommen. Sie war anders. Einzigartig. Das hatte er von Beginn an gewusst, als sie in sein Haus gestürmt gekommen war und verlangt hatte, er solle sie heiraten oder ihr eine Anstellung geben.

»Es tut mir leid«, sagte sie und missverstand seine angespannte Miene.

Er holte tief Luft. »Ich bin derjenige, der sich entschuldigen muss – für die Dinge, die ich gesagt habe, Astrid, dafür, wie ich dich bezeichnet habe. Ich habe es nicht so gemeint. Du bist keine … Mätresse. Vergib mir.«

»Vergeben.« Sie biss sich auf die Unterlippe, und eine Röte legte sich über ihre Haut. »Obwohl ich zugeben muss – nach meinem kürzlichen Erfolg ist es ziemlich passend.«

Ihre eleganten Hände zitterten leicht in ihrem Schoß, und plötzlich wusste Thane, dass dieses Zittern von der Leidenschaft kam. Ihre Reaktionen waren zu natürlich, um falsch zu sein. Falls er doch noch Zweifel hatte, warf sie ihm einen lustvollen Blick unter ihren Wimpern zu, und er spürte, wie sein Körper wie eine Marionette darauf reagierte.

»Ach ja?«, murmelte er.

Astrids Gesicht war jetzt feuerrot, als sie mit einer Hand auf die Arbeitszimmertür deutete, gegen die er sie gedrückt und an der er ihr körperliches Verlangen gestillt hatte. »Anscheinend«, antwortete sie. »Aber du kannst mich nicht immer in dem Moment, in dem du dich bedroht fühlst oder Angst bekommst, ausschließen und von dir stoßen. Das alles ist auch für mich neu.«

»Was genau meinst du?«

»Vertrauen.«

»Dann ist es für uns beide etwas Neues.« Thane trank seinen Brandy aus, stand auf und hielt ihr seine Hand entgegen. Er grinste, als seine Frau sie nahm und er sie so schnell gegen seinen harten Körper zog, dass sie nach Luft schnappte. Kaum dass er sie spüren konnte, erwachte sein Penis sofort wieder zum Leben.

»Schon wieder?«, fragte sie und blickte auf die Ausbuchtung in seiner Hose.

»Ein immerwährender Zustand, wenn Sie in der Nähe sind, Lady Beswick.«

Sie schlang ihre Arme um seinen Hals. »Das muss unangenehm sein. Lass uns nach oben gehen und etwas dagegen tun.«

In seinem Schlafzimmer nahm Thane sie fest in die Arme und liebte sie ganz langsam. Er nahm sich die Zeit, jede noch so kleine Stelle von ihr zu erforschen. Seine Hände beschäftigten sich mit ihren üppigen Brüsten. Mit seiner Handfläche streichelte er über ihren flachen Bauch nach unten und wieder hoch. Er liebte das Gefühl, sie zu spüren … die seidige Weichheit ihrer Haut, die harten Knospen ihrer Nippel, die weichen Schamhaare zwischen ihren Beinen.

Am meisten genoss er es, in ihr zu sein, ganz tief in ihrem festen Griff. Er staunte über die köstliche Reibung zwischen ihnen – die enge, heiße Umklammerung ihres Körpers, als wäre sie exakt für ihn gemacht worden. Während er sich immer wieder aus ihr herauszog und erneut in sie eindrang, knetete er ihre Brüste und saugte sanft an der Sehne zwischen ihrem Hals und ihrer Schulter. Sie gab ein lustvolles Stöhnen von sich, streckte ihren Rücken durch und sich ihm entgegen.

»Du bist so warm und feucht.« Thane beschleunigte seine Bewegungen, drang in sie ein, zog sich aufs Neue zurück und packte mit einer Hand ihre Hüfte, während sie sich unter ihm wand und ihm tieferen Einlass gewährte. Als sein Penis noch tiefer in ihr versank, stöhnten beide auf.

»Thane«, flüsterte sie, »ich bin gleich so weit.«

Mit einer Hand fasste er an die Stelle, an der sich ihre Körper vereinigten, und seine Finger streichelten über den angeschwollenen Punkt ihres Geschlechts. Er umkreiste ihre Klitoris, rieb an ihr und beschleunigte gleichzeitig seine Stöße, woraufhin seine Frau vor Lust aufstöhnte. All das zusammen brachte sie beide zum Höhepunkt. Als sie dieses Mal kam, erstickte sie ihre Schreie im Kissen. So, wie er es vorher schon getan hatte, zog er sich stöhnend aus ihr heraus und ergoss sich auf den Bettlaken zwischen ihnen. Thane küsste sie auf die Halsbeuge und sog ihren Duft von Wildblumen in sich auf.

Zum ersten Mal seit langer Zeit fühlte er sich fast glücklich.

Kapitel Vierundzwanzig

»Diese verfluchte Nadel!«

Astrid saugte an dem Finger, in den sie sich schon zum vierten Mal gestochen hatte, während Mabel sie lachend ansah. Dieser Blick war typisch für sie, voller versteckter Anspielungen und Verschmitztheit. Astrid legte ihren Stickrahmen zur Seite. Bei der Menge an Blut, die sie schon vergossen hatte, wäre es besser, sie würde ein Stück roten Stoff besticken.

»Obwohl ich normalerweise mit der Nadel umgehen kann, hasse ich Sticken«, sagte sie und schenkte sich eine frische Tasse Tee ein.

»Es ist gut für den Geist.«

Astrid verdrehte die Augen. »Ja, wenn man will, dass der Geist seinen Körper vorzeitig vor lauter Langeweile verlässt.«

»Es ist eine sehr weibliche Tätigkeit.«

Astrid warf der älteren Frau einen Blick zu und studierte ihren Stickrahmen. Sie hätte die Herzogin nicht für eine Frau mit einer Vorliebe fürs Sticken gehalten. Es war zu … uninteressant für jemanden mit ihren Vorlieben. Aber vielleicht hatte sie unrecht. Isobel hasste Lesen, und sie waren Schwestern.

»Lernen ist eine Tätigkeit. Bildung. Nicht, eine Nadel endlos durch einen Stoff zu ziehen, um lächerliche Muster zu erstellen.«

Mabel zog die Augenbrauen nach oben. »Dann hol dir ein Buch und lies, wenn dir das gefällt.«

Astrid hatte versucht, zu lesen, wirklich. Aber ihr Körper war zu angespannt gewesen, ihr Verstand zu beschäftigt, um sich zu konzentrieren. Sie hatte denselben Aufsatz ein dutzend Mal gelesen, bevor sie aufgegeben hatte. Vor ein paar Tagen war Thane zurück nach Beswick Park gerufen worden … er hatte gesagt, es hätte etwas mit einem seiner Verwalter zu tun. Er war sich nicht sicher gewesen, wie lange er zu tun haben würde, was bedeutete, dass sie und Mabel heute Abend allein zum Frühjahrsball von Lady Hammerton gehen würden. Und zu Isobels geplantem Skandal. Vielleicht war Astrid deswegen so nervös. Sie machte sich Sorgen um ihre Schwester.

»Kennst du Lady Hammerton gut, Tante Mabel?«, fragte sie. Obwohl es anzunehmen war, da Astrid es nur durch Mabel geschafft hatte, eine Einladung zu dem Ball zu bekommen.

»Ziemlich gut, meine Liebe. Wir waren zusammen in der Angelschule.«

»Ich habe sie noch nie gesehen oder wurde ihr auch in der Stadt noch nicht vorgestellt«, sagte Astrid.

»Sie war in Bath«, sagte Mabel und führte ihre Nadel mit kleinen, präzisen Stichen. »Sie hat dort eine Kur gemacht.«

»Ihre mehrtägigen Einladungen … sind die normalerweise gediegen?«

Mabel grinste. »Du kennst mich doch, oder? Es muss genügen, wenn ich sage, dass Eloise noch mehr ein Lebemann ist, als ich einer bin.«

»Es gibt keine weiblichen Lebemänner«, korrigierte Astrid sie.

»Wer sagt das? Natürlich gibt es weibliche Lebemänner.«

»Die heißen anders«, sagte sie trocken.

»Ja, Lebefrauen.« Mabel schnaubte. »Die Feste bei Eloise sind für sich nichts weiter als Büfetts, an denen sie sich ihre Liebhaber aussucht. Und es ist ein Beweis meiner Zuneigung zu dir, dass ich mich nicht an dem Büfett bedienen werde, zumal ich momentan zwischen mehreren Liebhabern stehe. Warum fragst du?«

»Isobel plant etwas.«

Mabel blickte auf. »Ich habe gewusst, dass dieses Mädchen Rückgrat hat! Was hat sie vor?«

»Anscheinend werden drei ihrer Verehrer dort sein, einschließlich Beaumont. Und sie plant, einen Skandal zu verursachen, um alle anderen Skandale zu beenden, sagt sie.«

Die Herzogin stülpte ihren Stickrahmen um und warf ihn laut lachend durch das Zimmer. »Sie muss auch in die Schuhe ihrer Schwester treten. Den Skandal, um alle anderen zu beenden, hatte ich vor knapp dreißig Jahren gehabt, als Eloise und ich dabei erwischt wurden, wie wir uns im Serpentine-See vergnügten.« Sie machte eine dramatische Pause. »In unserer Unterwäsche!«

»Das hast du nicht getan!« Vor dreißig Jahren muss Mabel fünfunddreißig gewesen sein, ein paar Jahre verwitwet.

»Wir haben uns gegenseitig fürchterlich angestachelt. Keine gesellschaftliche Regel konnte uns einengen.«

»Hat der Adel euch verstoßen?«

»Sie haben es versucht, aber ich bin eine Herzogin. Und Eloise eine Marquise. Nachdem unsere Ehemänner gestorben waren, waren wir unantastbar. Sie haben uns als exzentrisch abgestempelt und sich dem nächsten Skandal im Lande zugewandt.«

Grinsend hob Astrid den Stickrahmen auf und starrte ihn entgeistert an. Plötzlich ergab Mabels Konzentration von vorhin Sinn. Das liebevoll gestickte Bild war kein Pflanzenmotiv wie ihres. Es war ein … Phallus. Ein sehr großes, sehr detailliertes Exemplar mit zwei gestickten Hoden.

»Tante Mabel!«, flüsterte sie. »Was ist das?«

Sie grinste ungerührt. »Du bist eine verheiratete Frau – sicher weißt du, was das ist.«

Astrid räusperte sich. »Ich weiß, aber warum stickst du so etwas?«

»Ich sagte, wir haben Stickarbeit zu tun«, antwortete sie, nahm den Rahmen und setzte einen vollkommen unschuldigen Gesichtsausdruck auf. »Ich sagte nicht, dass wir keinen Spaß haben könnten.«

Astrid konnte nicht anders, als laut loszulachen. Ihre Augen füllten sich mit Tränen. »Wie viele dieser Dinger hast du schon gemacht?«

»Ach, jede Menge. Ich habe es zu einer Art Studie gemacht. Sie sind alle unterschiedlich, musst du wissen. Lang, kurz, dick, dünn, hell, dunkel.«

Astrid verschluckte sich an ihrem Tee. »Ich weiß nicht.«

Mabel stand auf und legte den Stickrahmen in einen Korb mit Deckel, den sie zwinkernd einem der jungen Lakaien gab. Astrid riss die Augen auf, als sie ein Verdacht beschlich, und ihr schoss die Röte in die Wangen, als sie den Kopf schüttelte. Aber Mabel hatte einen guten Geschmack – er war sehr gut aussehend. Und wenn ihre Stickerei irgendetwas zu bedeuten hatte, dann war er auch sehr gut ausgestattet.

Sie unterdrückte ein Kichern.

»Es ist gut, dass man mich nur schwer schockieren kann«, sagte Astrid, als sie in den Gang hinausgingen. »Ansonsten wäre ich ziemlich entrüstet gewesen.«

»Das ist einer der Gründe, warum ich dich mag, meine Liebe.« Mabel gab ihr einen freundschaftlichen Klaps. »Und jetzt komm in die Gänge. Wir müssen uns beeilen, wenn wir rechtzeitig zum Skandal der Saison kommen wollen. Oder zumindest zum Skandal des Monats.«

Es war noch früh, aber Lady Hammertons Landanwesen war mit der Kutsche ein paar Stunden entfernt. Für den Abend zog sich Astrid ein mitternachtsblaues Kleid mit silbernen Spitzenakzenten und aufgestickten Sternen an, die sie fast wie den Nachthimmel aussehen ließen. Normalerweise bevorzugte sie hellere Farben, doch ihr Ehemann hatte diese Farbe während einer Anprobe bei Madame Pinot ausgesucht. Eine Diamantkette war ihr in die Haare gebunden worden, und hellgraue Handschuhe vervollständigten das Outfit.

»Sie sehen aus wie eine Herzogin«, sagte Alice bewundernd.

»Danke, Alice. Sie haben sich auch wirklich selbst übertroffen.«

»Ich wünschte nur, der Herzog könnte sehen, wie wunderschön Sie aussehen.«

Das wünschte Astrid auch. Vielleicht wäre er von seinen Geschäften in Beswick Park hierher zurückgekehrt, wenn sie wieder nach Hause kamen. Sie lächelte glücklich. Obwohl er erst kurz weg war, vermisste sie ihn. Sie wäre lieber mit ihm im Bett, als zu einem Ball zu gehen, aber sie musste für Isobel da sein. Es schmerzte sie, dass er sie nicht begleiten konnte, doch sie verstand, wie unwohl er sich in der Öffentlichkeit fühlte.

Ein paar Stunden später machten sie sich mit der Kutsche des Herzogs von Beswick auf den Weg. Das Innere der Kutsche war elegant, aber Astrid freute sich nicht auf die lange Reise. Sie konzentrierte ihre Aufmerksamkeit auf die Herzogin ihr gegenüber, die sich für ein weinrotes Samtkleid entschieden hatte, das sie zwanzig Jahre jünger aussehen ließ. Ihre bernsteinfarbenen Augen funkelten voller Vorfreude.

»Planst du, heute Abend ein paar Herzen zu brechen, Tante Mabel?«

»Mindestens eins oder zwei.« Sie griff nach einem Korb zu ihren Füßen, den Astrid nicht bemerkt hatte, und zog einen Flachmann heraus. Nachdem sie einen Schluck genommen hatte, reichte sie ihn Astrid. »Es ist nur ein bisschen Whiskey.«

Astrid nahm den Flachmann und schluckte ein paarmal.

Mit Mabels unterhaltsamer Gesellschaft ging die Reise schneller vorüber als erwartet. Und dank des Whiskeys auch viel angenehmer. Astrid blinzelte, als sie anhielten. Vielleicht hatte sie ein paar Schlucke zu viel gehabt. Bei dem Anblick des Hofs machte Astrid große Augen. Als sie den Weg zum Eingang entlanggingen, hingen überall flackernde Lichter und ließen das Umfeld magisch erscheinen.

»Es ist wunderschön«, hauchte sie.

Mabel grinste. »Das ist noch lange nicht alles. Es wird Vorführungen und Feuerwerk geben – warte es nur ab. Anscheinend könnte sich sogar der Prinzregent blicken lassen.«

Die Einrichtung im Innern glich dem Dekor im Außenbereich und war weiß-gold vertäfelt. Außerdem konnte man noch jede andere erdenkliche Farbe erkennen. Mabel zog sie eine weitere Treppe hinunter, weg von dem Haushofmeister, der die ankommenden Gäste verkündete, und sie betraten den Ballsaal durch einen anderen Eingang.

»Wir müssen nicht angekündigt werden«, sagte sie zu Astrid und führte sie zu einer Frau mit Turban, die von Männern umgeben war, die um ihre Aufmerksamkeit buhlten. Lady Hammerton, vermutete Astrid.

»Eloise, Liebste«, sagte Mabel und küsste ihre alte Freundin, die quietschend vor Freude ihre Verehrer davonjagte.

»Du böses, altes Luder hast das Fest bei mir verpasst«, tadelte die Marquise sie. »Du hast Glück, dass ich dir überhaupt eine Einladung zum Ball geschickt habe.«

Mabel lachte. »Jetzt bin ich ja hier. Erlaube mir, dir die Frau meines Neffen vorzustellen, die Herzogin von Beswick.«

Plötzlich war Astrid der Mittelpunkt akribischer Aufmerksamkeit. »Beswick ist ein glücklicher Mann«, verkündete sie und kniff dann ihre stechend grünen Augen zusammen. »Sie haben eine Schwester.«

»Ja, Lady Isobel.«

»Ach, ein reizendes Mädchen.« Ihre Augen funkelten vor Eingebung, als sie sich wieder an Mabel wandte. »Sie ist diejenige, von der du mir geschrieben hast?«

Astrid runzelte die Stirn. Mabel hatte Lady Hammerton von Isobel geschrieben?

»Mach dir keine Sorgen – ich habe ein Auge auf sie geworfen, wie du von mir verlangt hast. Anscheinend hat sie eine Zuneigung zu Lord Roth entwickelt. Beaumont allerdings scheint eine kompliziertere Angelegenheit zu sein. Hartnäckig und arrogant, wie er ist, hat er ein Nein als Antwort nicht akzeptiert. Ich habe den Dienstboten befohlen, ihm heute Abend den Eintritt zu verwehren. Eine Schande, wenn man bedenkt, dass Gerüchte besagen, dass seine Ausdauer ...«

»Eloise!«, rief Mabel.

Astrid blinzelte und biss sich auf die Unterlippe. Die beiden hatten in ihren jungen Jahren ganz England terrorisiert, da war sie sich sicher. Sie durchsuchte die Menge der tanzenden Menschen nach Isobel, aber es waren einfach zu viele.

»Also, das Biest von Beswick«, sagte Lady Hammerton und zog Astrids Aufmerksamkeit auf sich, während die Herzogin sich mit einem Gentleman unterhielt. »Mabel hat nicht viel über eure Hochzeit erzählt. Warum haben Sie ihn geheiratet? Wir wissen, es war nicht wegen seines Aussehens. War es wegen seines Geldes?«

Astrid verhaspelte sich fast bei der Unverfrorenheit der Frau. »Ich habe mein eigenes Vermögen, das kann ich Ihnen versichern.«

»Sie sind wunderschön *und* hitzig. Also warum haben Sie einen Mann wie Beswick geheiratet, wo Sie sich bestimmt einen Mann mit einem hübschen Gesicht wie Ihrem hätten aussuchen können?«

»Vielleicht liegen seine Qualitäten ja woanders, wie Sie es auch bei Beaumont vermutet haben.«

Die sexuelle Anspielung hing wie ein Fehdehandschuh in der Luft, und die Marquise lachte laut auf und sagte zu Mabel: »Sie gefällt mir.«

»Haben Sie meine Schwester gesehen, Lady Hammerton?«

Die Frau schenkte ihr ein gutmütiges Lächeln. »Oh, natürlich. Sie ist nach ihrem Walzer mit Lord Roth vor einer Weile auf den Balkon gegangen. Lady Beswick, da gibt es noch etwas anderes, von dem Sie wissen sollten. Es betrifft ...«

Aber die Stimme ihrer Gastgeberin geriet in den Hintergrund, als Astrids Blick durch den Ballsaal zu den geöffneten Balkontüren schweifte. Sie konnte in der Dunkelheit des Abends nichts erkennen. Was sie auf der anderen Seite des Raumes allerdings sehen konnte, war der Graf von Beaumont, der sich trotz Hausverbots seinen Weg durch die Menge bahnte. Seine Lippen waren zusammengepresst, und sofort wich jegliche Farbe aus ihrem Gesicht.

Astrid war es egal, ob sie unhöflich war. Sie rannte fast augenblicklich los und wartete nicht auf das, was Lady Hammerton zu sagen hatte. Sie überlegte sich, durch die Mitte des Raumes zu laufen, doch da waren zu viele Menschen. Stattdessen versuchte sie es am Rand entlang. Sie musste es vor Beaumont schaffen, bevor dieser etwas Unverzeihliches tun konnte und die Geschichte sich wiederholte.

Als sie an der nordöstlichen Ecke des Ballsaals ankam und nach

Luft rang, hatte sich bereits eine Meute gebildet, von niemand anderem angeführt als von Lady Bevins und ihrem plaudernden Gefolge. Beaumont war zum Glück nirgendwo zu sehen. Er musste abgelenkt worden sein, oder vielleicht wusste er auch nicht, dass Isobel draußen war, unbegleitet, nur in Begleitung des Marquis.

Astrid streckte sich, um über die Köpfe der Menschen vor ihr blicken zu können, und torkelte beinahe, als sie einen Blick auf Isobel erhaschte, die mit roten Wangen und funkelnden Augen in den Armen von Lord Roth lag, der genauso derangiert aussah wie sie.

»Skandalös!«, schrie Lady Bevins und fächerte sich Luft zu. »Ich habe das Mädchen in der lasziven Umarmung des Marquis gesehen. Unerhört, sage ich euch. Wie ihre Schwester.«

Astrid erstarrte. Aber ihre Rettung kam von unerwarteter Seite.

»Geben Sie acht, Lady Bevins«, ertönte eine tiefe, vertraute Stimme, die ihr einen Schauer durch den ganzen Körper jagte.

Der Herzog von Beswick stand mitten in der Balkontür, sein zerstörtes Gesicht vom Schatten seines Hutes verdeckt. Was um alles auf der Welt machte er hier? Er hasste Bälle und Menschenmengen. Außerdem war er doch nach Beswick Park gerufen worden. Astrid blickte sich im Raum um, als mehr Menschen ihn erkannten und das Getuschel begann.

Astrid sah mit großer Genugtuung, dass Lady Bevins Gesicht von Rot in Weiß überging, als auch sie erkannte, wer da gesprochen hatte. Aber dann erhaschte sie durch die sich bewegenden Menschen hindurch einen Blick auf etwas Blitzendes an Isobels linker Hand, die zwischen den Fingern des Marquis lag. Etwas, was verdächtig nach einem Ring aussah, und sie vergaß die abstoßende Frau komplett. Als ihr seltsam benebeltes Gehirn den Zusammenhang mit dem goldenen Band an Roths linker Hand herstellte, sprach ihr Ehemann bereits weiter.

»Und da Lady Isobel jetzt Lady Roth ist, darf sie alles tun, was sie mit ihrem Ehemann tun möchte. Ich habe der Hochzeit meinen Segen gegeben.«

Das Raunen der Menge fühlte sich in Astrids Ohren wie Donner an, bis es sich in nichts verwandelte und sie nur noch Stille vernahm, als die Zeit um sie herum stehen zu bleiben schien. Sie musste sich verhört haben.

Aber die Gäste sprachen ihre Glückwünsche aus, erhobene Gläser füllten ihren Blick, und Toasts wurden auf die Braut und den Bräutigam ausgesprochen. Isobel. Verheiratet. Astrid war gleichermaßen mit Erleichterung, dass es nicht der Graf von Beaumont war, und dem Schock darüber, dass sie die Hochzeit ihrer eigenen Schwester verpasst hatte, erfüllt. War das der Skandal, den Isobel geplant hatte? Wenn es so war, dann musste sie ihrer Schwester lassen, dass sie wirklich Erstaunliches geleistet hatte.

»Lasst mich die Erste sein, die dem glücklichen Paar ihren Segen gibt«, verkündete Lady Hammerton von der Mitte des Ballsaals aus und zog die Aufmerksamkeit von dem Herzog weg, obwohl immer noch mehrere Augenpaare auf ihn gerichtet waren. »Wir werden mit ihrem ersten Walzer feiern.« Mit einer ausladenden Geste auf das Orchester ertönten die Klänge eines Walzers.

Astrid holte tief Luft und kämpfte sich zu Beswick durch, der halb versteckt im Schatten eines Farntopfes stand. Als sie sah, wie glücklich ihre Schwester mit ihrem Ehemann tanzte, hatte sie Tränen in den Augen.

»Wie hast du das geschafft?«, flüsterte sie, packte seinen Arm, und ihr Verstand konnte die Verkündung und die Tatsache, dass ihr störrischer Herzog hier war, immer noch nicht verarbeiten. »Du hast dich gegen den Prinzregenten gestellt? Hat Beaumont ihn nicht gebeten, die Bedingungen des Testaments meines Vaters zu übergehen?«

»Er wird es verstehen. Ich werde höchstpersönlich nach Carlton House fahren, um mich zu vergewissern«, sagte ihr Mann schroff und trat zurück, sodass ihre Hand nutzlos zur Seite fiel.

Er sah ihr nicht in die Augen, als er sich von ihr distanzierte. Irgendetwas stimmte da nicht. Sie konnte den Sturm spüren, der in seinem Körper tobte, und die Tatsache, dass er sie nicht ansah, war wie ein Stich ins Herz, wenn man bedachte, wie weit sie gekommen waren und was sie beide geopfert hatten, um so weit zu kommen.

»Wie hast du das gemacht?«, fragte sie mit klopfendem Herzen.

»Ich musste nur die Lizenz beschaffen. Ich habe mit dem Erzbischof von Canterbury persönlich gesprochen. Du musst dir nicht länger Sorgen wegen Beaumont oder deinem Onkel machen.«

»Ich ... danke.«

»Du musst dich nicht bedanken.«

»Thane«, sagte sie, und ein vertrautes Gefühl von Angst durchströmte ihre Adern bei seiner Distanz, »rede mit mir. Was ist los?«

»Deine Schwester verdient es, glücklich zu sein«, sagte er so leise, dass sie sich anstrengen musste, um ihn zu verstehen. »So wie du.«

»Ich bin glücklich.«

Da sah er sie an, und die pure Qual, die sie für den Bruchteil einer Sekunde in seinen Augen erkennen konnte, zerriss ihr das Herz. »Nein, Astrid. Die Wahrheit ist, du wirst sesshaft. Du hast mich nur geheiratet, um sie zu beschützen, nicht, weil du mich wolltest. Du verdienst mehr. Du verdienst jemanden, den du wirklich willst. Jemanden, den du dir selbst ausgesucht hast, ohne ein Damoklesschwert über deinem Kopf hängen zu haben. Ich dachte, ich könnte es. Ich dachte, ich kann dich haben, aber ich kann es nicht.«

Seine sachlichen Worte trafen sie wie Dolche.

»Ich verstehe nicht. Ich dachte, wir hätten das besprochen. Wir haben doch in deinem Arbeitszimmer beschlossen, uns eine Chance zu geben.«

»Wir haben einen Fehler gemacht«, keuchte er. »Ich habe einen Fehler gemacht. Sieh dir Roth und deine Schwester an – so sollte eine Ehe aussehen. Die Schöne bekommt den Prinzen. So sollte die Geschichte enden.«

»Das ist kein Märchen, Thane. Das ist das wahre Leben.«

»Genau.«

Astrid schnappte nach Luft, als sie den plötzlichen, akuten Schmerz in ihrer Brust spürte. Verstand dieser dumme Mann denn nicht? Sie wollte keinen Prinzen; das hatte sie nie. Nein, sie wollte einen Mann, der sie zum Lachen brachte, der ihre Intelligenz herausforderte, der auf jedem fundamentalen Level zu ihr passte.

Sie war sich ihres aufmerksamen Publikums bewusst, auch wenn sie sich auf keinen von ihnen konzentrieren konnte. Der Einzige, der ihre ganze Aufmerksamkeit hatte, war der Mann, der gerade ihr Herz in Stücke riss. »Warum tust du das, Thane?«

»Weil das, was wir haben, nicht real ist, Astrid. Du hast dich in einen Mann vernarrt, der nicht viel mehr war als dein Gefängniswärter, und egal, was du auch sagst, wir können nicht leugnen, wie alles begonnen hat. Ich entlasse dich aus unserer Abmachung.«

Sie starrte ihn an. Und seine offenen Lügen. Glaubte er sie wirklich? »Du hast unrecht, und das weißt du auch. Du warst nie mein Gefängniswärter. Du hast mich nie gefangen gehalten. Ich bin in dein Leben gestürmt, als du mich kategorisch von dir gestoßen hast. Ich habe es gewählt, weil es das ist, was ich will.«

»Du hast es gewählt, um Isobel zu schützen.«

Sie hielt inne. »Am Anfang vielleicht, ja. Aber, Thane, du weißt, dass es mittlerweile so viel mehr ist als das.«

»Ich war nie für die Ehe bestimmt. Du bist mehr, als ich verdiene. Ich werde ins Parlament fahren und die Scheidung einreichen – weil du unter falschen Bedingungen zur Ehe gezwungen warst. Schließlich hast du ein Ungeheuer geheiratet, und niemand kann dich dafür verurteilen, dass du dem entfliehen willst.«

Er knurrte die Menschen an, die nicht mehr länger versuchten, ihre Blicke zu verbergen, und stürmte aus dem Saal, bevor sie etwas erwidern konnte.

Er wollte die Scheidung?

Am liebsten hätte Astrid getobt und geschrien, aber tief unter ihrem Schmerz verstand ein Teil von ihr seine verdrehte Begründung. Der Herzog hatte nie das Gefühl gehabt, dass er ihre Liebe verdiente. Er hatte ihre Schwester gerettet, und jetzt dachte er, dass er sie rettete … indem er sie gehen ließ. Eine Scheidung hatte es in Adelskreisen noch nie gegeben, doch einem Herzog würde sie gewährt werden. Und Thane hatte die Absicht, die ganze Scham auf sich zu laden. Dieser stolze, gebrochene Mann, der sich so vor der Gesellschaft zurückzog, stieß sie von sich, indem er sich selbst demütigte.

Ihr Herz zog sich zusammen.

O Thane.

Astrid bahnte sich ihren Weg durch die raunende Menge und ignorierte die mitleidigen Blicke. Sie sah Mabel, die mit den Händen auf den Mund gepresst und mit Tränen in den Augen neben Lady Hammerton stand. Sie musste alles gehört haben – genau wie die Hälfte der Gäste im Ballsaal. Astrid kämpfte selbst mit den Tränen, doch sie konnte es sich nicht leisten, sich von ihren Emotionen überwältigen zu lassen.

Sie musste diesen törichten Mann aufhalten, ehe er nach London ritt.

Sie musste ihn aufhalten und ihn umstimmen.

Mit einer kurzen Handbewegung verabschiedete sie sich von der Herzogin und rannte in Richtung Ausgang. Plötzlich wurde ihr von einem aufragenden Körper der Weg versperrt. Zuerst dachte sie, es sei ihr Ehemann, aber als sie ins Licht trat, stöhnte sie auf.

»Was willst du, Beaumont?«

»Du bist dafür verantwortlich«, zischte er.

Astrid knirschte mit den Zähnen. Sie hatte genug davon, dass Männer ihr erzählten, wofür sie alles verantwortlich war, dass Männer Entscheidungen für sie fällten und ihr den Weg versperrten. Sie straffte die Schultern, und es war ihr egal, dass alle im Ballsaal sie hörten. Dieser Mann hatte sie schon genug zum Schweigen gebracht. Das würde sie nicht noch einmal zulassen.

»Nein, Beaumont, du bist dafür verantwortlich.«

Er zog die Stirn bis zum Haaransatz in Falten und starrte sie wütend an. »Wie kannst du es wagen?«

Sie erhob die Stimme und reckte das Kinn hoch. »Ich wage es wegen dem, was du getan hast. Du hast eine Frau, die dich nicht wollte, begehrt, und als sie dir nicht sofort zu Füßen lag, hast du ihren Ruf mit Lügen zerstört und versucht, sie in den Augen der Gesellschaft schlechtzumachen. Aber weißt du was, du lausige Ausrede von einem Mann? Ich habe mich von dir nicht unterkriegen lassen. Stattdessen habe ich jemanden gefunden, der stolz und ehrenhaft ist, der mir etwas bedeutet, der mich nicht wie einen Gegenstand behandelt.«

»Dieses ekelerregende Ungeheuer?«, schnaubte Beaumont.

»Er ist mehr Mann, als du es dir je erhoffen kannst zu sein«, sagte sie. »Ich bin stolz, seine Ehefrau zu sein, und ich bin lieber mit einem Ungeheuer wie ihm als mit einem Schwein wie dir verheiratet.« Der Graf kniff vor Zorn die Augen zusammen, doch Astrid war noch nicht fertig. »Früher oder später wirst du versuchen, die falsche Frau zu ruinieren, Beaumont, und du wirst alles verlieren. Aber das werde nicht ich sein, und es wird auch nicht meine Schwester sein. Wenn du also nichts mehr zu deiner erbärmlichen Verteidigung zu sagen hast, rate ich dir, mir endlich aus dem Weg zu gehen, verdammt!«

»Wie kannst du es wagen, so mit mir zu reden, du ... du unverschämte ...«, stammelte er.

»Herzogin«, sagte sie. »Das Wort, nach dem du suchst, ist Herzogin.«

Astrid wurde sich auf einmal der ohrenbetäubenden Stille um sie herum bewusst. Die Musik hatte aufgehört, und fast alle Augen waren auf sie gerichtet. Sie hätte eine Nadel im Ballsaal fallen hören können, und plötzlich ertönte der Klang von langsamem, verhaltenem Applaus. Lady Hammerton sah sie übermäßig erfreut an.

»Respekt, Lady Beswick! Ich werde mich um diesen Störenfried kümmern. Und jetzt gehen Sie und retten Ihren Idioten von einem Ehemann.«

Trotz ein paar abschätziger Blicke fielen ihr auch viele bewundernde auf, darunter von ihrer Schwester und Tante Mabel sowie von ein paar anderen Damen, die Beaumonts Demütigung mit unverhohlenem Genuss beobachtet hatten. Sie mochte vielleicht in einer Männerwelt leben, aber sie hatte eine Stimme, und sie würde sich nicht davor fürchten, diese auch zu benutzen. Nicht mehr. Astrid grinste und genoss den Moment – aber nur für eine Sekunde.

Schließlich musste sie einen Herzog retten.

Kapitel Fünfundzwanzig

Während Thane durch die Straßen von North Stifford galoppierte, atmete er die frische Landluft ein. Bald – spätestens in zwei Stunden – würde er in London sein. Es war noch nicht zu spät, und mit etwas Glück würde er Prinny noch halbwegs nüchtern erwischen. Es wäre eine Fünfzig-Prozent-Chance, ob der Prinzregent bereits betrunken war, wenn man seine Neigungen bedachte. Aber zumindest hatte Thane gute Chancen, dass er im Carlton House sein würde.

Er hatte sich dazu entschieden, zu reiten, anstatt mit der Kutsche zu fahren, weil er dann schneller wäre. Und er brauchte die grausame Geschwindigkeit. Alles tat ihm weh. Sein Kopf, sein Körper, sein Herz. Er wollte heulen wie ein verwundetes Tier. Er wollte sein verfluchtes Gesicht auseinanderreißen, sich die zerstörte Haut vom ganzen Körper ziehen, und vor allem wollte er um das weinen, was er getan hatte. Er hatte Astrid das Herz gebrochen. Seinem wundervollen, mutigen, klugen Mädchen. Herrje, der Ausdruck in ihrem Gesicht hatte ihn beinahe zerstört. Aber er musste sie gehen lassen.

Er musste sie freigeben.

Wesen von ihrer Schönheit verdienten es nicht, versteckt zu leben, und dieses Schicksal würde ihr blühen, wenn sie mit ihm verheiratet blieb – eine Braut im Käfig zu sein. Selbst mit dem Hut waren das Getuschel und die Blicke fast unmöglich zu ertragen gewesen, und er hatte sich sehr zusammenreißen müssen, nicht zu fauchen und zu knurren wie die Kreatur, die er war. Doch er war gekommen, weil es das war, was sie gewollt hatte. Sie hatte ihn dort gebraucht, um

Isobel in Sicherheit zu bringen. Die Menschen hatten gestarrt, und er hatte sie starren lassen. Sie hatten geraunt und geflüstert, und er hatte nichts gesagt, hatte sich zusammengerissen. Er war ein Gentleman gewesen.

Aber als er Isobel in Roths Armen gesehen hatte, den bewundernden Blick in ihrem Gesicht, war ihm klar geworden, wessen er Astrid alles berauben würde. Sie sollte voller Stolz in Ballsälen tanzen und sich nicht seinetwegen in einer dunklen Abtei vor der Welt verstecken, da sie das Getuschel des Adels nicht ertrug. Sie war in ihrem Leben schon genug Gerüchten ausgesetzt gewesen. Denn sosehr er es auch vorgab, er war kein Gentleman. Er würde nie einer sein.

Sie freizugeben war die einzige Möglichkeit gewesen.

Es war das Beste für alle.

Sein Kopf hämmerte immer noch, als er auf der Südseite der Pall Mall in St. James eintraf und in den Hof der Residenz des Prinzregenten kam. Den Lichtern und den Menschen auf der Treppe nach zu urteilen, gab Prinny ein Fest. Na wunderbar, dachte Thane und holte tief Luft. Er war nicht in der Stimmung für Gesellschaft. Er wollte das hier nur hinter sich bringen, damit er zurück nach Beswick Park reiten und sich in seine Einsamkeit zurückziehen konnte.

Mit einem Seufzer stieg er ab und warf dem wartenden Stallburschen unter der Hohen Pforte die Zügel seines Pferdes zu. »Ich bin der Herzog von Beswick. Ich werde nicht lange bleiben. Verschaffen Sie ihm eine Abkühlung.«

»Sehr wohl, Euer Gnaden.«

Thane ging durch die volle erste Halle und wusste, dass er Prinny wahrscheinlich in einem der vielen Gesellschaftszimmer oder in der Großen Halle oder in den Gärten finden würde. Der Mann war nicht besonders wählerisch bei seinen Feiern. Als Thane durch den Palast ging, bemerkte er die griechisch-römische Architektur mit den Marmorfußböden, gemeißelten Säulen und üppigen Wandmalereien, aber er konnte nichts davon bewundern. Ein paar Menschen sammelten sich in kleinen Gruppen, Feiernde, die an ihm vorbeigingen, um die warme Abendluft zu genießen. Er folgte ihnen und ignorierte die Blicke und das Getuschel ohne Kommentar, denn er war zu konzentriert darauf, den Prinzregenten zu finden.

Er dachte nur daran, an sein Ziel zu kommen, weshalb er die Gruppe Menschen gar nicht sofort bemerkte, in die er beinahe hineingekracht wäre – auch nicht ihren königlichen Anführer –, bis ihm eine starke Hand auf den Rücken klopfte.

»Großer Gott, Beswick. Ich hätte nicht gedacht, dass ich Sie hier sehe.«

»Eure Hoheit«, sagte er und erkannte die rundliche Figur des Prinzregenten, die von seinem üblichen Gefolge umgeben war. Thane verbeugte sich. »Ich habe etwas Dringendes zu erledigen, was mich hierhergeführt hat.«

»Es muss sehr wichtig sein, wenn Sie Beswick Park verlassen haben, wo Ihnen Ihre Privatsphäre doch über alles geht. Ich habe Sie schon Jahre nicht mehr gesehen. Mittlerweile sind Sie sich wohl zu gut fürs Carlton House, wie?«

Der Tadel in seinem Tonfall war gerade deutlich genug, um Thane zu verärgern. Er wollte nicht unhöflich sein, aber er war bereits bis zum Zerbersten angespannt. Obwohl er den Prinzregenten meistens zu handhaben wusste, war er heute nicht in der Stimmung für seine maßlose Gereiztheit, weil Thane keine seiner extravaganten, hedonistischen Feste besucht hatte. Abfällig sah er sich in der ausschweifenden Menge um – *das* war genau der Grund dafür.

»Ich bitte höflichst um Entschuldigung, Prinny. Ich werde Ihre Zeit nicht lange in Anspruch nehmen.«

»Sie bleiben aber doch, oder?«, wollte er wissen. »Ich bin gerade erst aufgetaucht. Sie müssen bleiben. Meine Feste sind erstklassig.«

»Leider muss ich zurück nach Beswick Park«, sagte er. »Aber jetzt, da ich Sie gefunden habe, würde ich gern eine kleine Angelegenheit mit Ihnen besprechen, wenn es in Ordnung ist.«

Der Prinzregent runzelte die Stirn bei der Vorstellung, von seinem Fest fortgerissen zu werden. »Worum geht es? Aber Sie müssen sich beeilen. Ich bin am Verhungern und Verdursten.« Er lachte und rülpste laut, während er sich auf den runden Bauch schlug.

Thane konzentrierte sich auf das Wesentliche, wohl wissend, dass er nicht viel Zeit hatte, bevor etwas oder jemand anderes die Aufmerksamkeit des Prinzregenten erregte. Der Mann konnte nicht lange bei einer Sache bleiben. »Vor Kurzem hat sich der Graf von Beaumont an Sie gewandt mit der Bitte, Lady Isobel Everleigh, die Nichte von Viscount Everleigh, heiraten zu dürfen.«

»Ich erinnere mich nicht, aber ich habe auch schon einiges getrunken«, sagte er mit einem breiten Grinsen. Thane unterdrückte ein Seufzen. Der Prinzregent war für seine Exzesse bekannt. Doch wenn er sich nicht an seine Abmachung mit Beaumont erinnerte, war das gut. »Beaumont, Beaumont. Ja, ich glaube, ich erinnere mich an etwas mit einem Mädchen.«

»Sie hat den Marquis von Roth geheiratet«, sagte Thane. »Mit meiner Erlaubnis. Aber ich wollte keine Abmachung hintergehen, die Sie vielleicht getroffen haben.«

Der Prinzregent kratzte sich am Kinn und schnaubte. »Roth, dieser Schurke, ist verheiratet?«

»Er musste erben.«

»Ah ja, unsere wertgeschätzten Regeln der aristokratischen Erstgeburt.« Er verdrehte die Augen, als sein Gefolge nach ihm rief. »Gut, denn er schuldet mir eintausend Pfund.«

Prinnys Vorliebe für Glücksspiele war kein Geheimnis, genauso wenig wie die Tatsache, dass er Hals über Kopf in Schulden steckte. Es würde Thane nicht überraschen, wenn *er* Roth Geld schulden würde, anstatt andersherum.

»Und Beaumont?«, sagte er.

»Machen Sie sich keine Sorgen – für den finden wir eine andere.«

Thane räusperte sich. »Da gibt es noch eine Sache, Eure Hoheit. Beaumont hat in meinem Regiment gedient und während eines Angriffs seinen Posten verlassen. Viele Männer sind gestorben, und wie Sie wissen, habe ich nur knapp überlebt. Mehrere Männer haben berichtet, dass er sich seine Schussverletzung selbst zugefügt hat. Als ich nach England zurückgekehrt bin, musste ich erfahren, dass er ehrenhaft entlassen worden war und den Titel seines Onkels geerbt hatte.«

Der Prinzregent kniff die Augen zusammen, und seine Verwirrung wurde deutlich. »Was wollen Sie von mir?«

»Dass Sie eine Untersuchung anstellen«, sagte Thane. »Das ist alles, worum ich Sie bitte. Lassen Sie den Männern, die gestorben sind, Gerechtigkeit widerfahren.«

»Also gut, ich werde jemanden darauf ansetzen. Aber nicht mehr, Beswick. Meine Geduld ist am Ende.« Er schwenkte seinen Arm durch die Luft. »Holen Sie sich etwas zu trinken, mischen Sie sich unters Volk.«

Er verbeugte sich. »Natürlich, Eure Hoheit.«

Thane stieß die Luft aus, die er angehalten hatte. In Anbetracht der wankelmütigen Launen Prinnys hätte es auch anders ausgehen können. Er hätte sich von Thanes Anschuldigungen angegriffen fühlen können. Zum Glück sprach Thanes militärischer Dienst für die Krone für sich selbst, und sein Ruf eilte ihm voraus. Sogar bis zum Prinzregenten, dessen einzige Ziele im Leben Glücksspiel, Frauen und Alkohol waren. Aber die meisten Sachen, die man von Prinny bekam, hatten ihren Preis, also wartete Thane.

»Ich freue mich auf ein paar Sportveranstaltungen in Beswick Park während der Spielzeit«, sagte der Prinny über seine Schulter hinweg, als er sich in Richtung Eingang seiner Residenz bewegte und seinem Gefolge bedeutete, ihm zu folgen.

Thane biss sich auf die Unterlippe, nickte aber. Die Abtei war nicht mehr für Besucher offen gewesen, seit sein Vater gestorben war, und das Letzte, was Thane wollte, war eine Meute betrunkener Lebemänner, wie sie hier herumliefen. Ihre Art von Sportveranstaltungen bezog sich nicht auf Moorhühner oder Füchse. Ihre Vorlieben galten der Ausschweifung und der Verschwendung. Zwei Dinge, auf die Thane keine Lust mehr hatte.

Nachdem er getan hatte, wie ihm befohlen, und ein Glas des guten Whiskeys runtergekippt hatte – er wollte den Prinzregenten in seinem eigenen Haus nicht beleidigen –, machte Thane sich so unauffällig wie möglich auf den Weg zum Ausgang und signalisierte einem Lakaien, sein Pferd zu holen, während er in der Eingangshalle wartete. Seine Haut fühlte sich eng an, und seine Narben spannten. Er musste nach Hause. Er brauchte ein warmes Bad.

»Ich denke, Sie haben etwas vergessen, Euer Gnaden«, ertönte eine trällernde Stimme.

Thane erstarrte bei dem Klang, die Luft blieb ihm weg, und er drehte sich um, nur um einen Engel in mitternachtsblauem Satin zu sehen, der oben auf den Stufen zwischen den Türen stand. Er blinzelte. Er musste träumen. Aber nein, als er seine Augen öffnete, war Astrid immer noch da.

Er schloss die Augen erneut und zwickte sich mit tauben Fingern in die Hüfte, während er mit aller Macht gegen die Anziehungskraft ihrer Stimme kämpfte. Schritte hallten auf den polierten Marmorstufen, als sie sich ihm näherte, und schon bald atmete er ihren Duft um ihn herum ein, der seine Willenskraft noch weiter bröckeln ließ.

»Was denn?«, sagte er, ohne nachzudenken.

»Deine Frau.«

Astrid starrte ihn mit klopfendem Herzen an.

Sie hatte Lady Hammertons Ball nicht lange nach ihm verlassen, doch sie hatte länger gebraucht, weil sie sich für Mabels Kutsche entschieden hatte und wusste, dass er auf Goliath geritten kam. Sogar mit einem Zweigespann war es unmöglich, den ausdauernden und schnellen Goliath einzuholen. Aber jetzt war sie hier, und das war alles, was zählte.

»Bist du mir gefolgt?«, fragte er.

»Ich musste es tun.«

»Wie konntest du nur so dumm sein, Astrid?«, tadelte er sie und zog sie in eine nahe gelegene Nische weg von den Menschenmassen in der Halle. »Weißt du, wie gefährlich die Straßen um diese Zeit sein können? Du hättest verletzt werden können, von Wegelagerern überfallen, ausgeraubt oder getötet!«

»Mir geht es gut, wie du siehst.«

»Du hattest Glück. Wenn dir irgendetwas zugestoßen wäre, hätte ich mir das nie verziehen.«

Trotz seiner Wut sah sein Gesicht gequält aus, aber Astrid würde nicht aufhören, bis er ehrlich zu ihr war. »Dann rede endlich mit mir, Thane. Hör auf, dich hinter deinen Launen zu verstecken, und sag mir, was du fühlst. Du bist nicht mehr allein. Vertrau mir.«

»Hier?«, fragte er.

Sie nickte. »Hier ist es genauso gut wie überall anders.«

Er raufte sich das Haar und ging zu den deckenhohen Fenstern. Die Gefahr, die von seinem Körper ausging, ließ die letzten Gäste aus dem Raum verschwinden. Astrid holte tief Luft. Er merkte nicht einmal, was er tat – er benutzte seine unbarmherzige, schroffe Fassade als Front, um Menschen zu terrorisieren. Die Bedrohung, die ihn umgab, war angeboren – wie eine Rüstung.

Nach einem Augenblick drehte Thane sich zu ihr um und begann, zu sprechen. »Als ich auf dem Kontinent gekämpft habe, habe ich für den König und das Land gekämpft und viele Dinge gesehen und getan, die ihren Preis gefordert haben.« Er schluckte, und sein Blick schien einen Moment lang nach inne zu gehen. »Meine Narben sind das Wenigste davon. Ich bin innen gebrochen, Astrid, und das brauchst du nicht. Mein eigener Vater ist vor mir geflüchtet. Mein Bruder auch. Und dann kamst du und hast alle Erwartungen, die ich hatte, durcheinandergebracht. Du hast es geschafft, dass ich wieder fühlen konnte, und ich werde dir ewig dafür dankbar sein, dass ich dich kennenlernen durfte.«

Astrid wollte seine Dankbarkeit nicht. Sie wollte seine Liebe.

Sie wusste besser als jeder andere, dass die Wunden im Innern genauso schlimm waren wie die in seinem Gesicht und auf seinem Körper. Ihre Narben waren nicht annähernd mit seinen zu vergleichen, mit dem, was er erleiden musste – und selbst sie hatte sich kaum von ihnen erholt. Thane war stärker und widerstandsfähiger, als er wusste, und er verdiente alles Glück dieser Welt. Sie konnte ihn nicht retten, doch er konnte sich selbst retten. Er musste sich selbst wieder lieben, bevor es jemand anders konnte – bevor er akzeptieren konnte, dass es jemand anders tat.

»Warum bist du auf den Ball von Lady Hammerton gegangen, Thane? War es nur wegen Isobel und Lord Roth?«

Er atmete aus. »Ich bin hingegangen, um bei dir zu sein. Ich wollte bei dir sein, aber als ich Isobel mit ihm gesehen habe, wurde mir klar, dass ich egoistisch war. Ich wollte, dass du frei bist, um dich für den Mann zu entscheiden, den du lieben willst.«

»Ich habe mich entschieden. Ich habe dich gewählt. Ich bin hier, oder nicht?« Sie überbrückte die Distanz zwischen ihnen und fasste sein Gesicht. »Selbst wenn du dich von mir scheiden lassen würdest, würde ich mich immer noch für dich entscheiden. Ich würde dir bis ans Ende der Welt folgen. Oder bis zum berüchtigten Carlton House, wenn es sein muss.«

»Warum?«

Astrid stellte sich auf die Zehenspitzen, um ihre Lippen an sein Ohr zu führen. »Weil ich dich liebe. Ich will keinen verdammten Prinzen, du Idiot. Die sind zu hübsch und zu selbstverliebt, viel zu gepflegt.« Grinsend trat sie zurück und deutete durch den Raum. »Wer braucht schon all diesen Überfluss? Gib mir eine dunkle Abtei und ein grimmiges Ungeheuer, und ich würde mich jeden Tag dafür entscheiden.«

Er erstarrte, und die Verletzlichkeit in seinem Blick ließ sie fast in die Knie gehen.

»Die Sache ist, ich bin nicht Isobel. Ich bin ich. Und ich bin nicht perfekt, sondern streitlustig, und mein Mundwerk tendiert dazu, mir vorauszueilen. Ich sage Dinge, bevor ich darüber nachdenke. Ich bin direkt und offen, und wahrscheinlich gehöre ich gar nicht in die höhere Gesellschaft.«

»Ich auch nicht.«

»Dann sind wir doch ein perfektes Paar.« Sie lächelte. »Wir sind füreinander geschaffen, Thane. Siehst du denn gar nicht …«

Sie konnte nicht mehr weiterreden, weil er seinen Mund zu einem Kuss auf ihren drückte, der ihr den Atem raubte und sie ganz schwindlig machte. Als er sich von ihr zurückzog und sich ein paar Schritte von ihr entfernte, bekam sie kaum noch Luft.

»Was … was machst du?«, keuchte sie, als er seinen starken Arm um ihre Hüfte legte und die andere Hand zwischen ihre behandschuhten Finger.

»Was ich schon in dem Moment hätte tun sollen, als ich dich auf Lady Hammertons Ball gesehen habe. Ich möchte mit meiner Ehefrau tanzen.« Er zog sie an seinen starken, muskulösen Körper und erstarrte dann, als er sie besorgt ansah. »Außer, du willst nicht.«

Keine zehn Pferde hätten sie aus diesem Paradies in den Armen ihres Mannes mitten in diesem Raum reißen können. »Nein, ich will«, sagte sie schnell und packte ihn am Kragen. »Aber wir sind nicht wirklich in einem Ballsaal, und wir scheinen ein Publikum um uns herum versammelt zu haben.«

Sie hatten in der Tat Publikum, darunter einige Adlige, die wie aus dem Ei gepellt ihr Zwischenspiel beobachteten. Astrid wurde puterrot bei dem Gedanken, dass Thane sie an so einem öffentlichen Ort so leidenschaftlich geküsst hatte. Und er war noch nicht fertig! Doch wiederum waren sie hier im Carlton House, und sogar sie hatte gehört, was hinter diesen Mauern vor sich ging. Sie blinzelte, als sie ein paar der Gesichter als bekannte Aristokraten aus dem berüchtigten Gefolge des Prinnys erkannte.

»Ist das der Herzog von Rutland?«, flüsterte sie. »Und Viscount Petersham?«

»Ignoriere sie«, flüsterte Thane und hielt sie ganz fest, als er begann, sich zu einem langsamen Walzer zu bewegen, dessen Klänge aus dem Garten sie gerade noch hörten, um mittanzen zu können.

»Sie starren uns an.«

Thane zog sie noch fester an sich und legte seine großen Hände auf ihre Hüfte. »Warum sollten sie auch nicht? Sie schauen die schönste Frau hier an.«

»Oder vielleicht starren sie, weil wir im Foyer der Residenz des Prinzregenten tanzen und sie denken, wir sind bescheuert.« Aber sie lächelte, während sie das sagte, und ihr Herz schäumte über vor Glück.

»Wen interessiert schon, was die anderen denken?«

Ihre Knie zitterten, und ihr Atem ging schneller. »Dich, normalerweise. Willst du gehen? Ich weiß, dass du das hier hasst … in der Öffentlichkeit zu sein.«

»Das tue ich«, stimmte er ihr zu. »Aber ich liebe dich mehr.«

Die Zeit blieb stehen, Stimmen und Menschen verschwammen, und das Einzige, was sie sehen konnte, waren die wunderschönen, funkelnden Augen ihres Ehemanns. »Was hast du gesagt?«, flüsterte sie.

Er zog sie in eine fließend ausgeführte Umdrehung, trotz der mangelnden Musik und der verzückten Aufmerksamkeit um sie herum. »Ich liebe dich, Astrid Harte, mit allem, was ich noch in mir habe. Mit allem – dem Guten, dem Bösen, dem Gebrochenen. Ohne dich bin ich nichts. Und wenn ich es nicht schaffe, mich den Blicken von ein paar beschwipsten Aristokraten auszusetzen, dann bin ich deiner nicht würdig.«

Ihre Füße und ihr Gehirn hatten aus irgendeinem Grund aufgehört, zu funktionieren. Sie dankte Gott für Thanes ausgezeichnetes Timing und seine makellosen Tanzfähigkeiten, denn sonst läge sie nun flach auf dem Boden. Aber es gäbe keinen Ort, an dem sie jetzt lieber wäre. Plötzlich schien sich alles zu fügen. Er. Sie. Sie beide zusammen. Sie tanzten, als wäre alles andere egal.

Denn alles andere war in der Tat egal.

»Grundgütiger, Beswick«, ertönte eine laute Stimme. »Ich sagte, holen Sie sich einen Drink, nicht einen meiner weiblichen Gäste, die Sie zwingen, in der Eingangshalle mit Ihnen zu tanzen.«

Astrid schnappte nach Luft, als der Prinzregent auf sie zukam. Dann unterbrach sie den Walzer mitten im Tanz und verbeugte sich. »Eure Hoheit.«

Der Prinzregent kniff die Augen zusammen, als sie sich erhob. »Sie sind aber eine Schönheit. Wie kommt es, dass ich Sie nicht kenne?«

»Hände weg, Prinny«, hörte sie die tiefe Stimme ihres Ehemanns, der besitzergreifend einen Arm um ihre Hüfte legte. »Sie gehört mir. Darf ich Ihnen Lady Astrid Beswick vorstellen, meine Ehefrau?«

Zu Astrids Überraschung lachte der Prinzregent so laut auf, dass seine Hängebacken wippten. »Ich bin schockiert, dass Sie mit Ihrem abscheulichen Gemüt eine abbekommen haben.« Der Prinz sah sie an. »Im Ernst, wie halten Sie es mit ihm aus?«

Sie lächelte. »Er ist gar nicht so schlimm, Eure Durchlaucht.«

Der Mann rümpfte die Nase, und Astrid hatte den Eindruck, dass er sehr betrunken war. Sein zügelloser Ruf eilte ihm voraus. Er warf einen Blick auf den Herzog. »Ich nehme an, ich schulde Ihnen ein Hochzeitsgeschenk. Was wünschen Sie sich außer Ihren Forderungen von vorhin? Noch mehr Titel? Ländereien?«

»Großer Gott, nein«, sagte der Herzog. »Davon habe ich mehr als genug.«

»Eine Stiftung für Kriegshelden?«

Astrid konnte ihre scharfe Zunge einfach nicht im Zaum halten, weil sie wusste, was Thane in den Händen der Franzosen auf dem Schlachtfeld durchgemacht hatte. »Wie wäre es einfach mit keinem Krieg mehr in der Zukunft?«

Ihre Wangen brannten ob der plötzlichen fürchterlichen Stille, aber dann lachte der Prinzregent leise vor sich hin, und die Spannung war verflogen. Erleichterung floss durch ihre Adern, als sie sich Thane zuwandte, bevor sie aus dem Raum gingen. »Mit mir wirst du wohl noch deine Freude haben.«

»Das werde ich.« Ihr Ehemann lächelte sie an, nachdem der Prinzregent gegangen war, und zog sie fest an sich. »Aber ich würde es nicht anders wollen.«

»Euer Gnaden?«

»Ja, meine Liebste?«

Sie fuhr mit den Fingerspitzen über seine harte Brust, und Verlangen nach ihm füllte ihre Augen. »Ich weiß, Sie sind im Moment ganz hin und weg von großen Gesten, aber bitte, bringen Sie mich nach Hause.«

Thane lachte und nahm sie in seine Arme. Er trug sie, so schnell es seine Beine erlaubten, durch die Eingangshalle davon. Alle starrten sie an, doch es war ihr egal. Ihrem Ehemann ebenfalls. Sie hatten nur Augen füreinander. Astrid vergrub den Kopf in seiner Halsbeuge, als er sich seinen Weg durch die Gäste bahnte und nicht ein einziges Mal knurrte. Sie unterdrückte ein Grinsen. Es lernte dazu, ihr Biest.

Kapitel Sechsundzwanzig

Sie war in seinen Armen eingeschlafen.

In Beswick Park angekommen, wollte Thane sie in der Kutsche gar nicht aufwecken. Er betrachtete seine friedliche Ehefrau und unterdrückte den Impuls, sie noch fester an sich zu ziehen.

Seine mutige, starke Löwin.

Mein Gott, sie war so wunderschön. Er wollte ihre Lippen küssen, sein Gesicht in ihrem Haar vergraben, sie für immer beanspruchen. Er verehrte sie mit jeder Faser seines Wesens, mit jeder Zelle seines Körpers, bis ins tiefste Mark. Und o Wunder, o Wunder, sie liebte ihn ebenfalls.

Wieder einmal hob er sie in seine Arme und stieg aus der Kutsche, bevor er die Stufen hinaufging. Sie war so erschöpft, dass sie sich überhaupt nicht rührte. Fletcher öffnete die Tür in Culberts Abwesenheit, und beim Anblick seines Herren *und* seiner Herrin machte er große Augen.

Thane wollte sie gerade in seine Gemächer hochtragen, da hielt er inne. »Sind die Öfen in den Bädern an und noch warm?«

»Ja, Euer Gnaden.«

»Gut. Lassen Sie etwas Essen zubereiten. Und danke, Fletcher. Für alles«, fügte er hinzu.

Es war sein langjähriger Hausdiener und Freund gewesen, der ihm die Augen geöffnet und gezeigt hatte, was für ein sturer Idiot er war.

Fletchers Wangen wurden rot. »Es war mir ein Vergnügen, Euer Gnaden.«

In dem gut beleuchteten Schwimmbad legte er Astrid auf das Sofa und begann, sie auszuziehen. Er begann mit ihren Handschuhen.

»Thane?«, fragte Astrid verschlafen. »Oh, wir sind zu Hause«, sagte sie, als sich ihre Augen an das Licht gewöhnt hatten und sie den Raum erkannte. »Was tust du?«

»Ich ziehe dich aus«, sagte er. »Ich dachte, vielleicht wäre ein bisschen Schwimmen beruhigend. Das Wasser ist warm und gesalzen. Leider ist Alice in London. Aber ich kann dir eine von den anderen Dienstmägden rufen lassen, wenn du willst, dass sie dir lieber beim Ausziehen hilft.« Er wurde sich bewusst, dass er brabbelte, und schloss den Mund.

Sie legte ihre Hand in seine und drückte sie. »Ich muss gestehen, ich war fasziniert, als ich dich zum ersten Mal hier drinnen gesehen habe.«

»Und als du mich nicht gesehen hast«, sagte er. »Ich habe dich aber gesehen. Als ich dir dabei zugeschaut habe, wie du deine wunderschönen Füße ins Wasser getaucht hast, wurde ich von Lust überwältigt.«

Sie warf einen Blick über die gemütliche Sitzecke, die aus zwei großen gepolsterten Sofas, einem Sessel und einem niedrigen Tisch bestand. »Ich habe diese Ecke gar nicht bemerkt.«

Ein diskretes Klopfen an der Tür ließ Thane aufspringen, doch es war nur Fletcher mit einem Tablett voller Essen. Thane dankte ihm und kam mit der Nahrung zurück. Astrids Magen knurrte laut, und sie lachte auf.

»Ich bin am Verhungern«, sagte sie und griff nach einem Stück knusprigen Brot und etwas Käse, als er das Tablett auf den Tisch stellte. Sie sprachen nicht, während sie sich einen Teller füllte – mit etwas Hühnchen, frischem Obst und warmer Fleischpastete. Thane war nicht hungrig, doch er beobachtete sie beim Essen.

»Ich war wirklich am Verhungern«, sagte sie und leckte seufzend ihre Finger sauber. Er zwang sich dazu, sich beim Anblick dieser eleganten Finger, die in ihrem Mund verschwanden, zu benehmen, doch sein Körper hatte andere Vorstellungen. Auch mit der Zeit war seine Besessenheit von ihren Händen nicht geringer geworden. »Ich hatte nur ein bisschen von Tante Mabels Whiskey auf dem Weg nach North Stifford nach dem Mittagessen in Harte House.«

»Sie hat einen schrecklichen Einfluss.«

»Sie ist wundervoll«, verkündete Astrid loyal, aber dann kicherte sie wieder. »Weißt du, dass sie männliche Geschlechtsorgane stickt?«

Thane verschluckte sich an seinem Getränk.

»Den Phallus«, fügte sie beiläufig hinzu, als wüsste er nicht, was ein männliches Geschlechtsorgan war. Sein eigenes lauschendes Organ richtete sich in seiner Hose auf. »Penis, wenn wir pädagogisch sind«, fuhr sie nachdenklich weiter.

Erneut hustete er und war sich nicht sicher, ob seine Erregung von ihrem ersten oder letzten Wort stammte. Er musste der einzige Mann auf der Welt sein, der den Verstand seiner Frau zutiefst erotisch fand.

»Astrid, du kannst solche Dinge nicht sagen.«

»Warum nicht? Du bist mein Ehemann.«

»Weil du mich – und mein benanntes männliches Geschlechtsorgan – damit Höllenqualen aussetzt.«

Grinsend stand sie auf. »Gut, und jetzt komm und zieh mich fertig aus. In diesem Mieder kann ich nicht atmen. Und ich will mich nicht dazu gezwungen sehen, weitere schmutzige Wörter auszusprechen, die ich gelesen habe und die männliche Geschlechtsorgane beschreiben, damit du mir gehorchst.«

Thane musste schlucken. Er wollte all diese Wörter aus ihrem süßen Mund hören, aber er wollte sie noch mehr ausziehen. Während er mit seinen Fingern an den winzigen stoffbedeckten Knöpfen an ihrer Wirbelsäule nestelte, stieg sie aus ihren Sandalen. Es dauerte nicht lange, da fiel ihr das wunderschöne mitternachtsblaue Kleid wie eine Pfütze um die Füße. Er band das Mieder auf und starrte den transparenten Leinenstoff an, der die faszinierende Form ihres Körpers darunter voll zur Geltung brachte. Dann kniete er sich hin, um ihre Strumpfbänder und Strümpfe runterzuziehen.

»Ziehst du dich auch aus?«, flüsterte sie.

Alles in ihm spannte sich an.

Zum Ball zu gehen und sein Herz in einem öffentlichen Raum zu entblößen, war ein Kinderspiel gewesen, verglichen mit diesem Moment. Thane spürte die vertraute Übelkeit in ihm aufsteigen beim Gedanken an das, was sie von ihm verlangte, und an den Horror, der sich unter seiner Kleidung verbarg. Es war zu hell, viel zu hell. Er konnte die Flammen nicht erlöschen – sie warfen viel zu viel Licht. Sein Körper befahl ihm, zu fliehen, aber dann legte ihm Astrid eine Hand an die Wange.

»Du musst nicht, Liebster.«

Thane fühlte sich wie in einem Sturm gefangen. Er war entsetzt, doch er wollte auch keine Mauern mehr zwischen ihnen. Und um das zuzulassen, musste er seine fallen lassen. Und zwar alle.

Langsam, ohne ein Wort zu sagen, knöpfte er seinen Mantel und dann seine Weste auf. Er zog sich Schuhe und Socken aus und entledigte sich seiner Krawatte. Die ganze Zeit beobachtete sie ihn, brach den Blickkontakt nicht ab und versicherte ihm stumm, dass sie hier war. Seine Hände zitterten, als er sein Hemd über den Kopf zog. Er hörte, wie sie leise nach Luft schnappte, und schloss die Augen, nur um zu spüren, wie sie ihre warmen Arme um ihn schlang und ihn festhielt. Es war sicherlich kein leichter Anblick zu ertragen, nicht einmal für einen Kriegsveteranen, aber sie zuckte nicht zurück. Nicht, als sie die zerstörte Haut auf seinem Rücken und seiner Seite sah, die Narben und fehlenden Hautfetzen und das grässliche Gewebe, das all das verband. Er war nicht für die Augen einer Lady geschaffen.

»Ich liebe dich«, flüsterte sie und küsste die hässliche Narbe, die seine ganze linke Seite entlang bis zu seinem Brustkorb verlief. »Ich liebe dich so sehr.«

Am liebsten hätte Thane geweint. Er legte seine Hände um sie – um die Frau, die ihn auf so viele Arten heilte –, und er fühlte sich ganz. Er fühlte sich geliebt.

Nach einer Weile ließ sie ihn los, und das kleine Luder zog die Augenbrauen nach oben. »Du wirst hier nicht aufhören, oder?«

»Astrid.«

»Sag nicht Astrid zu mir«, gab sie zurück. »Ich will alles sehen. Deine Herzogin befiehlt dir, dich auszuziehen.«

Folgsam zog er seine Hose aus und hatte das Vergnügen, sie geschockt und sprachlos zu sehen, als er sein bestes Stück entblößte.

»Es ist unhöflich, zu starren, Lady Beswick.«

»Da – das war in mir?«, stammelte sie. »Du machst Witze. Auf keinen Fall kann dieses Ding, dieser …«

»Schwanz«, half er ihr weiter.

Ihr Hals pulsierte, und sie benetzte die Lippen. »Was immer es auch ist – von mir aus ein verdammter Hahn. Auf keinen Fall passt das irgendwo rein.«

»Es war bereits in dir, Liebste. Mehrere Male.«

»Es muss bei diesen Gelegenheiten kleiner gewesen sein.« Ihr Gesicht war feuerrot. »Vielleicht sollten wir die Lichter ausmachen. Ich wusste nicht, dass du mich die ganze Zeit vor diesem verdammten Goliath beschützt hast.«

»Ich habe mein Pferd Goliath genannt, nicht das.«

Er lachte und bückte sich, um ihr einen langen, süßen Kuss zu geben. Das Herz seiner Frau raste, und ihre Augen glänzten, als er fertig war.

»Also ich gehe jetzt schwimmen«, sagte er heiser. »Wenn du fertig damit bist, dich wie ein feiges Huhn zu benehmen, kannst du mir gern Gesellschaft leisten.«

»Huhn?«, entgegnete sie. »Ich bin nicht diejenige, die mit einem Geflügel in der Hose herumläuft.«

»Penis, meine Liebe.«

Astrid vergaß seine eindrucksvolle Vorderseite, als sie sah, wie sein straffes und prachtvolles Hinterteil sich von ihr wegbewegte, und ihr eigener Körper wurde ganz taub. Grundgütiger, er war spektakulär. Sogar mit all seinen Narben war er so kräftig, so unverschämt männlich, dass es ihr schwerfiel, zu atmen. Oder zu denken. Oder überhaupt etwas zu tun.

Und das lag nicht nur an dem vorspringenden Körperglied, das ihr den Atem raubte. Obwohl das alleine schon bemerkenswert war. Ihr Ehemann war perfekt gebaut. Ihre Brüste kribbelten, und die Stelle zwischen ihren Beinen wurde ganz weich. Sie beobachtete, wie sich seine muskulösen Oberschenkel streckten und zusammenzogen, als er in das Becken stieg, und sie seufzte. Sie bemerkte, dass seine Beine genauso schlimm vernarbt waren wie sein Rücken. Sein Bauch und seine Brust waren die einzigen Stellen, die schwereren Verletzungen entkommen waren. Er wäre wahrscheinlich gestorben, wenn sein Bauch getroffen worden wäre. Ein rotes Netz aus Narbenranken zog sich über seine Hüften, seine Oberschenkel und seinen Rücken. Es war wirklich ein Wunder, dass er überlebt hatte.

Sie ging an den Beckenrand und setzte sich, ließ ihre Beine ins Wasser hängen und schaute ihm zu. Er bewegte sich wie ein Fisch, glitt durchs Wasser, bis er untertauchte und an ihren Waden wieder an die Oberfläche kam. Er presste seinen großen Körper zwischen ihre Knie und legte seine Arme seitlich von ihnen ab. Astrid beugte sich zu ihm hinunter, um ihn zu küssen, als er aus dem Wasser sprang und sie Salz schmeckte.

»Warum ist es salzig?«

»Es wurde aus dem Meer abgeleitet«, sagte er und glitt wieder ins Wasser, blieb allerdings immer noch zwischen ihren schwingenden Beinen stehen. »Wir sind nahe genug, um Wasser aus der Flussmündung am südlichen Ende des Landes zu nutzen. Der Entwurf ist genial«, erklärte er und deutete auf die großen, im Moment verschlossenen Hähne an jeder Seite. »Das habe ich von einem türkischen Freund, dessen Familie schon seit Jahrhunderten Bäder baut. Durch diesen kann das Wasser zurück ins Meer gelassen werden, um das Becken zu reinigen, und durch diesen kommt wieder neues hinein.« Er grinste und deutete auf die flackernden Öfen. »Die Öfen halten das Wasser mit Kupferrohren im Boden warm.«

»Das ist unglaublich«, sagte sie.

»Danke. Es ist das Einzige, was gegen den Schmerz hilft, wenn er unerträglich wird.«

Astrid fuhr mit den Fingern durch sein nasses Haar und streichelte die Narbe auf seiner Kopfhaut, die von den Strähnen nicht länger verdeckt wurde. Dann fuhr sie ganz sanft die Narbe von seiner Augenbraue bis zu seiner Wange entlang. »Tut sie weh?«

»Ja, aber nicht mehr so sehr, seit ich dich kenne.«

Sie runzelte die Stirn. »Wie ist das möglich?«

»Mein Arzt ist der erstaunlichen Meinung, dass eine positive Aussicht einen positiven Einfluss auf die Gesundheit haben kann. Ich dachte, er redet wirres Zeug, aber vielleicht hatte er doch recht. Ich habe mich noch nie so gefühlt … bevor ich dich kennengelernt habe.«

Sie nickte und biss sich gedankenverloren auf die Unterlippe. »Ich habe gelesen, dass Heiler aus dem Osten schon lange glauben, positives Denken wäre ein wichtiger Schlüssel zur Heilung. Es ist bewiesen, dass es ein wirksames Schmerzmittel ist.«

»Ich müsste vielleicht noch etwas mehr überzeugt werden, Madame Gelehrte.« Er griff nach ihrer Hand und legte sie an seine Lippen, wo er jeden ihrer Finger küsste, ehe er am Zeigefinger haltmachte. Darauf waren fünf rote Punkte zu erkennen. »Was ist hier passiert?«

»Die verdammte Stickerei.«

Ihr Ehemann grinste, und seine bernsteinfarbenen Augen funkelten spitzbübisch auf, als er den Finger in den Mund nahm und sie nach Luft schnappte. »Vielleicht ist dir nach einem etwas schillernderen Themawechsel zumute. Phallische Inspiration zum Beispiel? Ich bin meiner Herzogin gern bei ihren Bedürfnissen behilflich.«

Er ließ ihre Hand los, griff mit beiden Handflächen um ihre Waden, schob ihr Unterkleid über die Oberschenkel und brachte sie zum Zittern. Danach drehte er sich und küsste sie auf die Innenseite eines Knies, so dass sie ihren eigenen Namen vergaß.

»Astrid.«

So hieß sie.

Sie blinzelte und versuchte, ihren Blick auf ihn zu konzentrieren. Seine Hände glitten über ihre Knöchel und umfassten sie sanft. Dann grinste er. Kurz bevor er sie ins Wasser zog. Quietschend tauchte sie wieder auf, ihr Mund voller Salzwasser, und rieb das Wasser aus ihren Augen. »Du Mistkerl!«

»Kannst du schwimmen?«, fragte er besorgt, als sie ihre Hände um seine Hüfte legte.

Sie grinste ihn frech an. »Was für eine Frage! Auf dem Everleigh-Anwesen gab es einen Teich, als ich ein kleines Mädchen war.«

Er lachte. »Lass mich raten – du wolltest alles tun, was die Jungs taten.«

»Ganz genau.« Sie drückte seinen Körper von sich. »Ich konnte besser schwimmen als alle Jungs zusammen und am längsten die Luft anhalten.«

Seine kräftigen Arme kreisten, als er mit drei einfachen Zügen zu ihr schwamm. »Wollen wir das testen?«

Anschließend wurde sie Teil des süßesten, heißesten, nassesten Kusses, als er sie beide unter die Wasseroberfläche zog. Ihre Beine schwebten zwischen seinen, und durch das Wasser fühlte sich das männliche Haar an seinen Oberschenkeln unglaublich weich an. An den Stellen, an denen seine Narben waren, hatte er keine Haare, was ihn nicht weniger maskulin machte.

Astrid spürte seine Hände an ihren Oberschenkeln und den Saum ihres nassen Unterkleides an ihrem Körper entlanggleiten, als er ihr das letzte Kleidungsstück auszog und den Kuss nur unterbrach, um es ihr über den Kopf zu ziehen. Dann fühlte sie sich wie im Himmel, als sich sein großer, warmer Körper Haut an Haut, Brust an Brust an ihren schmiegte, sie sich küssten und ihre Lippen und Zungen scheinbar endlos miteinander tanzten.

Sie spürte ihn hart an ihrem Körper und stöhnte leise auf, als er sie beide wieder zurück an die Oberfläche zog. Seine Hände wanderten ihren Rücken entlang, glitten über ihre weiche, nasse Haut bis zu den Kurven ihrer Pobacken, wo er eins ihrer Beine um seine Hüfte schlang. Sie keuchte auf, als sie plötzlich die Spitze seiner Erektion zwischen ihren Beinen fühlte.

»Ich will dich«, flüsterte er und küsste sie auf die Nasenspitze.

»Dann nimm mich.« Sie wackelte mit den Hüften und brachte ihn zum Zischen, als sein Penis kurz an ihrem Eingang rieb.

Er brachte sie an den Beckenrand und streichelte mit der Handfläche über ihren Bauch und ihre Brüste. Als Nächstes runter zum anderen Oberschenkel, den er ebenfalls um seine Hüfte legte. Danach neigte er den Kopf und nahm einen harten Nippel in den Mund, saugte fest daran und hob seine Hüfte, um in sie einzudringen.

Die Kombination aus seinem starken Körper, seine Stöße in ihr zu fühlen, seinem erforschenden Mund und der Glätte des Wassers machten diese Erfahrung zu der erotischsten, die Astrid je erlebt hatte. Sie spürte ihn überall. Das Wasser an ihrer Haut verstärkte jedes Gefühl, klatschte zwischen ihren sich bewegenden Körpern und sorgte für eine rutschige Reibung, die jede noch so kleine Stelle ihres Körpers feurig lebendig werden ließ.

»Siehst du?«, murmelte er. »Wir passen perfekt zusammen.«

»Ich weiß nicht, warum ich dir nicht geglaubt habe.«

Er schmunzelte. »Männer haben immer recht, im Gegensatz zum schwächeren, kleineren weiblichen Gehirn.«

Sie presste ihre inneren Muskeln zusammen und brachte ihn zum Aufstöhnen. »Was war das?«

»Männer sind in jeglicher Hinsicht überlegen.«

Sie drückte erneut, und er verdrehte die Augen so sehr, dass seine schwarzen Pupillen fast das Gold in seinen Augen verschluckten. Er erwiderte ihren Druck, indem er hart in sie eindrang und sie vollkommen ausfüllte. Sie schrie auf.

Großer Gott, sie liebte ihn abgöttisch. Mit ihm zu streiten, Liebe mit ihm zu machen.

»Thane«, sagte sie und umfasste sein Kinn, »das fühlt sich unglaublich an, aber ich will dich sehen.«

Thane ging zu den Stufen am Beckenrand, ohne sie abzulassen, und trug sie zu der Sitzecke. Bei jedem Schritt erschauderte Astrid, als er sich in ihr bewegte, und als er bei dem Sofa ankam und sich mit ihr auf dem Schoß setzte, war sie ein zitterndes, wimmerndes Etwas.

»Ich werde … oh …«

Ihr Orgasmus überkam sie so intensiv, dass sie für einen Moment lang nur Sternchen sah. Es war, als befände sie sich im Mittelpunkt der Sonne. Lust strömte in heißen, goldenen Wellen durch ihren Körper, sammelte sich zwischen ihren Beinen und schoss in ihre Brüste, bis sie seinen Namen wimmerte und an ihm zusammenbrach.

»Ich liebe es, wenn du kommst«, sagte er, und sie spürte, wie er in ihr zuckte. »Es fühlt sich unglaublich an, wenn ich in dir bin, aber ich liebe es auch, dein Gesicht zu sehen.«

»Ich liebe *dein* Gesicht«, flüsterte sie und küsste ihn. Sie küsste seine Narben, seine Augenlider und seine Brauen. Dann lehnte sie sich zurück, und ihre Hände wanderten an seiner verletzten linken Seite entlang, streichelten über das Geflecht, das sich über seinen Rücken zog. Ihre Finger wanderten über seinen Körper, betrauerten seinen Schmerz, verehrten seine Stärke und liebten ihn.

Ihr Ehemann betrachtete sie schwer atmend und mit benebeltem Blick. Bei jeder Liebkosung zuckte seine verletzte Haut zusammen, aber er machte keine Anstalten, ihre Erkundungstour zu stoppen. Schließlich legte sie ihre Hand auf sein Herz und spürte das stetige Klopfen an ihrer Handfläche.

»Du bist mein.«

»Für immer«, flüsterte er zurück.

Sie sah ihm in die Augen, hob ihre Hüfte und ließ sie auf ihm niedersinken. Astrid liebte ihren Ehemann ganz langsam, ihre Augen wandten den Blick von seinen nicht ab – eisblaue Kristalle, die mit jedem Stoß, mit jedem Herzschlag goldene Brillanten für sich einnahmen. Als er die Augen schloss und ihr seine Hüften begierig entgegenschob, während er sich seinem Höhepunkt näherte, erhob sie sich von ihm.

»Nein«, flüsterte er heiser, packte ihre Hüften mit seinen Händen und zog sie wieder auf sich.

»Aber, Thane, du willst doch keine …«

Er umschloss ihre Lippen und ergoss sich in ihr. »Ich will alles.«

Kapitel Siebenundzwanzig

Als sie danach aneinander gekuschelt und eingewickelt in weiche Handtücher auf dem Sofa lagen und Trauben von ihrem übrig gebliebenen Abendessen naschten, spürte Thane, wie seine Frau ihn anschaute. Er lächelte. »Raus damit!«, sagte er. »Ich merke dir doch an, dass dich etwas beschäftigt.«

»Du sagtest, du wolltest keine Kinder.«

»Ich dachte, ich wollte keine.«

Stirnrunzelnd biss sie sich auf die Unterlippe. »Was hat sich geändert?«

Thane spürte, wie all seine alten Ängste in ihm aufstiegen, und holte tief Luft. Astrid liebte ihn. Seine mutige Frau würde ihm nicht den Rücken kehren und davonlaufen. Außerdem hatte er schon beschlossen, dass er keine Geheimnisse mehr zwischen ihnen wollte, und sie hatte ihm bereits all ihre anvertraut.

»Ich habe mich geändert, nehme ich an. Ich hatte solche Angst vor der Zukunft – vor jeder Zukunft –, dass ich die Gegenwart und das, was ich vor mir hatte, nicht zu schätzen wusste. Ich habe zugelassen, dass die Angst mich besiegt.«

Sie erhob sich etwas, um ihn zu küssen. »Liebe kann auch Angst machen. Sich selbst zu öffnen und einer anderen Person gegenüber verletzlich zu zeigen, kann sehr Furcht einflößend sein. Ich habe mein Herz lange weggesperrt, und bevor du kamst, wusste ich nicht, dass ich es jemals wieder einem Menschen anvertrauen könnte. Es macht mir immer noch Angst, zu wissen, dass es in den Händen eines anderen liegt.« Sie verzog das Gesicht. »Hast du immer noch Angst?«

Er zuckte mit den Schultern. »Manchmal.«

Astrid schlang ihre Beine und Arme um ihn. »Thane, ich habe keine andere Wahl, als dich mit so viel Liebe, Leidenschaft und Glück wie nur möglich zu überschütten. Ich werde nirgendwo hingehen.«

»Du bist so unerschütterlich«, sagte er und küsste sie. »Habe ich dir schon gesagt, wie sehr ich das an dir liebe? Herzogin des unbezähmbaren Geistes.«

»Ich will nur meinem Herzog gefallen.« Als sie an seiner Unterlippe saugte und seine Zunge in ihren Mund zog, spürte sie, wie sein Penis an ihrem Oberschenkel hart wurde. »Das fühlt sich vielversprechend an.«

»Du bist unersättlich.«

Sie leckte über eine heiße Stelle an seiner Schulter und biss sanft hinein. »Unersättlich nach dir.«

Thane drehte sie auf dem Sofa herum und legte sich auf sie. »Denkst du wirklich, dass wir eine Chance haben?«

Seine wilde, wunderschöne, aufsässige Herzogin zwinkerte ihm zu. »Aber ja!«

Viele Stunden später, befriedigt und erschöpft, lange nachdem Thane sie in sein Schlafzimmer getragen hatte, stützte Astrid sich auf ihre Ellbogen und betrachtete ihren schlafenden Ehemann, während die Sonne am Himmel aufging. Das seidige dunkle Haar umrahmte sein Gesicht, er hatte einen seiner muskulösen Arme unter dem Kopf vergraben, und sein sinnlicher Mund war leicht geöffnet. Er sah zu verführerisch aus, um es mit Worten zu beschreiben.

Er hatte sie geliebt, bis sich ihr Körper schwerelos angefühlt hatte, bis es keine Worte mehr gegeben hatte und jeder bewusste Gedanke bedeutungslos geworden war.

»Schlaf, süßer Prinz«, flüsterte sie.

Ganz vorsichtig stieg sie aus dem Bett, ging in ihr Zimmer und zog sich ein Morgenkleid an, das man vorne zuknöpfte. Sie wusch sich und putzte sich die Zähne. Ihre Haare waren ganz verworren, und ohne Alice konnte sie nicht viel mehr tun, als es in einem lockeren Knoten zusammenzubinden, bevor sie nach unten ging. Der Frühstücksraum war bereits hergerichtet, und sie traf Fletcher im Gang.

»Einen wunderschönen guten Morgen, Euer Gnaden«, sagte er überschwänglich fröhlich und verbeugte sich vor ihr.

Astrid errötete. Anscheinend gab es in Beswick Park keine Geheimnisse. Wenn der Herzog und seine Herzogin sich die ganze Nacht im Schwimmbad vergnügten, wusste es am nächsten Morgen jeder.

»Guten Morgen, Fletcher.«

»Darf ich fragen, ob Seine Gnaden noch im Bett sind?«

Sie wurde noch röter. »Sie wissen genau, dass er das ist, sie schrecklicher Mann. Und jetzt geben Sie mir bitte einen Kaffee, bevor ich austrockne.«

»Natürlich, Euer Gnaden«, sagte er grinsend. »Ach, und Ihre Ladyschaft sitzt bereits am Frühstückstisch.«

Astrid zog die Stirn kraus. Mabel war auch nach Beswick Park zurückgekehrt? Aber es gab keinen Zweifel daran – sie saß am Frühstückstisch und wurde nicht von einem, sondern von drei Lakaien gleichzeitig bedient. Einen davon hatte Astrid auf dem Ball der Hammertons gesehen. Sie erkannte ihn vor allem daran wieder, dass er andere Arbeitskleidung trug.

»Guten Morgen, Tante.«

»Ach, mein wunderschönes, mutiges Mädchen. Du siehst beneidenswert erholt aus! Und mit erholt meine ich entzückt benutzt.«

»Bist du letzte Nacht zurückgekommen?« Astrid grinste und nahm eine dampfende Tasse Kaffee von Fletcher entgegen.

Mabel zwinkerte ihr zu. »Ich bin gerade erst zurückgekehrt.« Ihre bernsteinfarbenen Augen funkelten und fielen auf den Lakaien von Lady Hammerton. Leise sagte sie: »Ehrlich gesagt ist es ein Wunder, dass ich überhaupt noch laufen kann.«

»Tante Mabel!«

»Du musst gerade reden«, sagte sie. »Fletcher hat mich aufgeklärt. Hoffentlich dauert es nicht lange, bis dieses Haus voller kleiner Enkelkinder ist, die eine alte Lady verwöhnen kann.«

»Alte Lady ... genau«, sagte Astrid lachend und versuchte, die Röte in ihren Wangen zu verbergen, die einfach nicht verschwinden wollte. Sie nahm sich einen Toast und wendete sich wieder der Herzogin zu.

Deren Blick wurde sanft. »Du liebst ihn also?«

»Unendlich.«

»Dann können wir nur hoffen.« Sie griff nach Astrids Hand, hielt sie ganz fest, und plötzlich musste Astrid mit den Tränen kämpfen. Sie drückte zurück.

»Hier sind ja meine zwei Lieblingsfrauen.«

Die warme, heisere Stimme ging ihr bis ins Mark, und Astrid drehte sich zu ihrem Ehemann um, der im Türrahmen stand. Er hatte zwar ein Hemd und eine Hose an, aber keine Schuhe und trug auch keine Krawatte. Wie verführerisch er doch so zerzaust aussah!

»Im Ernst, Beswick«, tadelte Mabel ihn. »Man könnte meinen, ich hätte einen Barbaren großgezogen.«

»Es gibt Schlimmeres«, sagte er, beugte sich hinab, um seine Tante auf die Wange zu küssen, bevor er Astrid einen leidenschaftlichen Kuss gab und sich neben sie setzte.

»Hast du gut geschlafen, Neffe?«

»So gut wie du, nehme ich an. Ich sehe, wir haben einen neuen Lakaien.« Er grinste, legte einen Arm auf die Rückenlehne von Astrids Stuhl und verursachte ihr eine Gänsehaut, als seine Finger ihren Nacken liebkosten.

»Er hat mich nach Hause geritten«, sagte sie und riss dann ihre Augen unschuldig auf. »Nach Hause *gefahren*.«

»Das ist unschicklich, Tante, sogar für dich.« Thane verdrehte die Augen und sah Astrid an. »Ich habe dir gesagt, sie hat einen schrecklichen Einfluss.« Er vergrub seinen Mund in ihrem Ohr. »Hast du gut geschlafen?«

»Thane«, keuchte sie, als sie spürte, wie seine feuchte Zunge in ihr Ohr glitt, »die Dienstboten.«

»Sie wissen alle, dass der Herzog verrückt nach seiner Ehefrau ist, also ist es egal, ob ich dich hinter verschlossenen Türen oder hier küsse.« Er biss sie sanft ins Ohrläppchen und lehnte sich dann im Stuhl zurück.

Dieser Mann war die pure Sinnlichkeit. Sie hatten sich stundenlang geliebt, und schon wieder war sie bereit dazu, nach oben zu gehen und mit ihm ins Bett zu steigen. Aber stattdessen nippte sie sittsam an ihrem Kaffee und vermied Mabels wissende Blicke.

Fletcher kam durch die Tür – wobei er wieder einmal die Pflichten des abwesenden Culbert übernahm – und verkündete, dass sie Gäste hätten.

Der Herzog runzelte die Stirn. »So früh? Sagen Sie ihnen, sie sollen zu einer vernünftigen Uhrzeit wiederkommen.«

»Wer ist es?«, fragte Astrid zur gleichen Zeit.

»Der Marquis und die Marquise von Roth.«

Niemand von ihnen war für Besuch angezogen, einschließlich des schuh- und krawattenlosen Herzogs, aber schließlich waren sie keine Fremden.

»Isobel!«, rief Astrid, als ihre Schwester mit ihrem frisch gebackenen Ehemann im Arm ins Esszimmer trat. »Wie geht es dir?«

»Mir geht es gut«, sagte ihre Schwester. »Astrid, darf ich dir meinen Ehemann vorstellen, Lord Roth?«

Er beugte sich über ihre Hand. »Euer Gnaden.«

Thane stand auf und klopfte dem jungen Mann auf die Schulter. »Schön, dich zu sehen, Roth.«

»Dich auch, Beswick«, sagte der Marquis. »Obwohl *gut* vielleicht etwas übertrieben ist.«

Der Herzog lachte kurz auf, aber Astrid blinzelte bei dem trockenen Tonfall des Mannes. Ihr Blick wanderte zurück zu Isobel, die ihr ein herzliches Lachen schenkte. Obwohl ihre Schwester auf Wolke sieben zu schweben schien, war ihr Marquis etwas … wortkarger.

Allerdings hatte Astrid ihn auch erst einmal getroffen. Thane kannte ihn, und er hatte ihr versichert, dass Roth im Grunde seines Herzens ein anständiger Kerl war. Astrid grinste in sich hinein. Sie musste gerade reden – schließlich hatte sie das Ungeheuer geheiratet.

Sie begrüßten Mabel, und dann lud Thane die Neuankömmlinge zum Frühstück ein. Mehr warme Gerichte wurden hereingebracht und weitere Teller aufgedeckt. Die Zuneigung ihrer Schwester zu ihrem Ehemann war deutlich zu sehen, und Astrid war plötzlich traurig, dass sie die Hochzeit verpasst hatte. Doch das war ein kleiner Preis für Isobels Sicherheit.

»Also, wegen dieser Hochzeit«, sagte Astrid. »Anscheinend war ich die Einzige, die nichts davon wusste.«

»Das tut mir leid«, sagte Isobel. »Ich wollte warten, ob Lord Roth seine Absichten bei Lady Hammertons Weihnachtsfeier bekannt gibt, und das tat er. Allerdings war mein Plan nicht ganz so gut durchdacht. Ich hatte gehofft, ihn davon überzeugen zu können, durchzubrennen und heimlich zu heiraten.«

Astrid runzelte die Stirn. »Das wäre in der Tat ein Skandal gewesen.«

»Aber Schottland ist mit der Kutsche mehrere Tage entfernt, und Lady Hammerton hatte eine bessere Idee. Nachdem der Graf von Beaumont aufgetaucht war, konnte uns der Herzog eine Sondergenehmigung beschaffen«, erklärte Isobel aufgeregt. »Das Einzige, was ich bedaure, ist, dass du nicht dabei gewesen bist, Astrid, aber es war eine sehr kleine und schöne Hochzeit in Lady Hammertons Familienkapelle.«

»Ich bin einfach nur froh, dass du glücklich bist, Izzy.«

»Das bin ich«, sagte Isobel.

Astrid konnte ihrer Schwester nicht böse sein, weil sie ihre Zukunft so mutig selbst in die Hand genommen hatte. Das war mehr, als sie in dem Alter getan hatte – als sie sich naiv in einen skrupellosen Mann verliebt hatte. Doch Isobel hatte nicht zugelassen, dass sie in einer Gesellschaft gefangen gehalten wurde, deren Regeln den Männern alle Macht gaben und die Frauen die Konsequenzen tragen ließen. Astrid hätte nicht stolzer auf sie sein können.

Ein Wolf im Schafspelz, ihre kleine Schwester im besten Sinne.

Das frisch verheiratete Paar blieb eine ganze Weile, bevor sich die beiden wieder verabschiedeten. Roth nahm seine Braut mit auf seinen Familiensitz in Chelmsford. Nachdem sie gegangen waren, wandte Astrid sich mit einem Schmollmund an ihren Ehemann. »Ich kann nicht fassen, dass du so ein großes Geheimnis vor mir hattest.«

Er nahm ihre Hand und küsste sie auf die Knöchel, wobei die flüchtige Berührung und das Verlangen in seinen Augen ihre Haut in Flammen setzten. »Wenn dein Onkel nach Harte House gekommen wäre und eine Erklärung verlangt hätte, wollte ich, dass du alles abstreiten kannst. Und tatsächlich haben wir uns unterhalten.«

Beim Gedanken an ihren Onkel runzelte Astrid die Stirn. »Was hat er gesagt?«

»Er war ganz vernünftig.«

»Vernünftig« war kein Wort, mit dem sie ihren Onkel beschreiben würde, und sie wusste, dass ihr skeptischer Gesichtsausdruck das auch verriet.

»Ich habe ihm angeboten, ihm das zu geben, was Beaumont ihm gegeben hätte«, sagte ihr Ehemann.

»Warum solltest du diesem Schurken überhaupt einen Penny geben, nach dem, was er getan hat?«, fragte Astrid. »Er wird nur alles wieder verlieren. Mit dem Geld meines Vaters hat er ein Vermögen in seine Pferde gesetzt.«

»Ich habe die Pferde ebenfalls zum Bruchteil des ursprünglichen Preises gekauft und sie nach Beswick Park bringen lassen«, sagte er grinsend. »Dein Stallbursche Patrick war so freundlich, diese Transaktion zu begleiten. Das war das Geschäft, das ich zu erledigen hatte.«

Astrid war es egal, dass sie mitten im Foyer standen und sich im Raum daneben Dutzende Dienstboten und Tante Mabel befanden – sie schlang die Arme um den Hals ihres Mannes. »O Thane, ich liebe dich.«

»Nicht so sehr wie ich dich, meine Herzogin.« Er lächelte sie an. »Und wo wir von Beaumont sprechen – ich nehme an, wenn die Untersuchung dessen, was in Spanien passiert ist, abgeschlossen ist, wird der Graf seinen Titel und alle Ländereien verlieren.«

»Da bin ich aber froh«, sagte Astrid erleichtert. »Er wird bekommen, was er verdient.«

Thane nickte. Das würde seine Männer auch nicht wieder lebendig machen, doch es wäre ein Anfang. Wenn der Graf für schuldig befunden würde, hatte er vor, den Prinzregenten zu bitten, einen Teil des Vermögens von Beaumont dafür herzunehmen, die Hinterbliebenen der Männer zu unterstützen. Es war das Mindeste, was sie verdienten, aber mehr, als er zu hoffen wagte.

»Jetzt, da wir gefrühstückt haben, was möchtest du heute unternehmen?« Sie biss sich auf die Unterlippe und wurde rot.

Er lachte heiser auf. »Ich denke, das ließe sich einrichten.«

Er nahm sie in seine wundervoll muskulösen Arme.

»Ich bin in der Lage, selbst zu laufen«, sagte sie zu ihm.

»Ja, aber meine Beine sind länger.«

Sie lachte, als er die Treppen hinaufrannte. »Ich wusste, ich habe dich aus gutem Grund geheiratet.«

Epilog

Nathaniel Blakely Sterling Harte, der siebte Herzog von Beswick, streifte durch den Korridor. Eine feine Schweißschicht bedeckte seine Stirn, denn er war noch nie in seinem Leben so nervös gewesen. Nachdem er einen Blick auf seine Taschenuhr geworfen hatte, ging er weiter hin und her. Sein Hausdiener betrachtete ihn und konnte seine Belustigung nicht verbergen, als der Herzog zum vierzigsten Mal über denselben Teppich trampelte.

»Vielleicht sollten Sie einen Brandy trinken«, schlug Fletcher vor. »Sie werden noch ein Loch in den Teppich laufen.«

»Es dauert zu lang«, sagte er. »Und seit wann machen Sie sich Gedanken um den Teppich? Sie werden schon genauso ein Korinthenkacker wie Culbert.«

»Halten Sie Ihre Zunge im Zaum, Euer Gnaden«, sagte Fletcher und sah ihn schockiert an. »Ihre Ladyschaft ist schließlich eine Herzogin.«

Thane runzelte die Stirn. »Was hat das damit zu tun?«

»Alles«, sagte er trocken. »Ah, hier kommt sie ja.«

Thane hob den Kopf beim Anblick seiner wunderschönen schwangeren Frau, die von seiner kostbaren sechsjährigen Tochter Lady Philippa Harte und ihrem jüngeren Bruder, dem vierjährigen Lord Maxton Harte, begleitet wurde, die eigentlich beide schlafen sollten. Das wusste er, weil er ihnen selbst Abendessen gegeben und sie vor Stunden ins Bett gebracht hatte, wie er es jeden Abend tat.

Astrid lächelte. »Ich musste den Kindern noch einen Gutenachtkuss geben, und dann wollten sie noch eine Geschichte hören. Da wir erst morgen nach dem Rennen zurück sein werden, habe ich Ja gesagt.«

Er warf seiner ungezogenen Tochter einen gespielt bösen Blick zu, und ihre Augen funkelten voller Schalk. Er konnte sich ganz gut vorstellen, wer noch eine Geschichte gewollt hatte. »Ich habe ihnen schon mehrere Geschichten vorgelesen, als ich sie ins Bett gebracht habe. Warum seid ihr zwei kleinen Plagegeister nach wie vor wach?«

»Wir wollten Mama noch Gute Nacht sagen«, sagte Pippa, während Max verschlafen mit heftigem Kopfnicken zustimmte. »Und sie ist immer in ihrem Arbeitszimmer.«

»Es tut mir leid, meine Lieblinge«, sagte Astrid. »Es wird nicht mehr lange dauern, das verspreche ich.«

Die Kinder hatten recht; seine kluge Ehefrau war in letzter Zeit sehr beschäftigt gewesen. Nach der Veröffentlichung von ein paar polemischen literarischen Aufsätzen über die Bedeutung der Stimme der Frauen – einschließlich der von Wollstonecraft und Mary Shelley, die sich tatsächlich vor ein paar Jahren als Autorin von *Frankenstein* herausgestellt hatte –, hatte seine Herzogin die heile Welt ziemlich aus den Fugen gebracht. Einige pflichteten ihren kontroversen Haltungen nicht bei, dass eine Frau nur so schlecht sei wie der Mann an ihrer Seite, aber viele taten es. Im Moment arbeitete sie an ihrem ersten Roman – einer Geschichte über einen Mann, der im Körper einer Frau gefangen war, und über die Schnittstelle der männlichen und weiblichen Ideologie. Das war ein gewagter Versuch, aber wenn irgendjemand es schaffen konnte, dann seine unnachgiebige Herzogin.

»Der Kutscher ist bereit, Euer Gnaden«, verkündete Culbert, der den Raum betrat. »Mein Gott, ich war nicht mehr so nervös, seit der junge Master auf die Welt gekommen ist.«

»Es ist nur ein Rennen, Culbert«, sagte Astrid.

Fletcher schüttelte den Kopf und trug denselben amüsanten Gesichtsausdruck wie der Butler zur Schau. »Es ist nicht nur ein Rennen, Euer Gnaden! Es ist Ihr Champion, und er wird gewinnen.«

Vor einigen Jahren hatte sie Brutus mit Temperance gepaart, und das dabei herausgekommene Fohlen hatte alle Erwartungen übertroffen. Der Hengst war einfach grandios – eine perfekte Kombination aus Stärke, Ausdauer und Geschwindigkeit. Sie hatte ihn Dante genannt, und jetzt war das Rennpferd unschlagbar auf jedem Terrain von jeder Länge. Morgen würde ein wichtiges Rennen in Ascot stattfinden, und sie planten, in Harte House zu übernachten.

»Bringt ihr uns ins Bett, bevor ihr fahrt, Mama und Papa?«, fragte Pippa, und ihre niedliche Stimme klang hoffnungsvoll.

»Dann aber schnell, meine kleinen Plagegeister«, sagte Thane, hob Max hoch und warf ihn in die Luft, bis er vor Freude quietschte. Dann kniete er sich hin und umarmte Pippa. Sie war das Ebenbild ihrer Mutter. Mit dem Kopf voller dunkler, glänzender Locken und den bernsteinfarbenen Beswick-Augen hatte Thane keinen Zweifel daran, dass sie einmal eine Schönheit werden würde.

»Warum können wir nicht mitkommen, Papa?«, beschwerte sich Max und zog an Thanes Mantel. »Ich will Dante rennen sehen.«

Thane setzte Max auf seine Hüfte und verstrubbelte ihm das dunkelblonde Haar. »Weil der Rennplatz kein Ort für kleine Grünschnäbel ist. Aber ich verspreche, euch beide mitzunehmen, wenn ihr etwas älter seid.«

»Mich auch, Papa? Obwohl ich ein Mädchen bin?«, rief Pippa mit großen Augen.

Er zwinkerte ihr grinsend zu. »Ein Mädchen zu sein hat deine Mama nie aufgehalten, und ich würde wetten, dich wird es auch nie aufhalten, Pippa-Maus.«

»Ja, mein Liebling. Du kannst alles tun, was du dir in den Kopf setzt«, mischte sich Astrid ein.

Sie nahmen ihre Kinder an den Händen und brachten sie zurück in ihr Zimmer. Thane hob Pippa ins Bett, küsste sie und tat dann dasselbe mit seinem Sohn. Ein eisblaues Augenpaar starrte ihn an, und es war klar, dass Max versuchte, seine Enttäuschung zu verbergen, und sein Bestes gab, stark zu sein.

»Ich sag dir was«, sagte Thane zu ihm und griff in seiner Tasche nach einem Penny. »Das setzen wir für dich und Pippa auf Dante, und wenn er gewinnt, könnt ihr euch den gesamten Gewinn teilen. Wie findest du das? So ist es fast, als wärst du dabei.«

»Wirklich, Papa?«, sagte Max.

»Ja, wirklich.«

Thane sah Astrid dabei zu, wie sie ihren Kindern einen Gutenachtkuss gab. »Wir sind morgen zurück, meine Lieblinge. Schlaft gut und träumt was Schönes! Morgen Abend können wir euch eine eurer Lieblingsgeschichten vorlesen. *La Belle et la Bête.*«

Das alte französische Märchen von der Schönen und dem Biest war aus offensichtlichen Gründen eines der Lieblingsmärchen in ihrer Familie. Thane lächelte, und sein Blick traf auf den liebevollen Blick seiner Frau, die neben dem Bett stand. Er konnte nicht fassen, dass sie ihn so sehr liebte und sein Herz nach sieben Jahren voller Glück immer noch zum Rasen brachte.

Seine eigenen Gefühle für sie waren weiter gewachsen und herangereift, obwohl sie ihm nach wie vor mit einem Wort das Fell über die Ohren ziehen und seinen Körper mit einem Wimpernschlag zum Zittern bringen konnte. Wie ihr kleiner, runder Bauch bewies, war es ihm unmöglich, ihrem Charme zu widerstehen. Sie war seine kluge, wunderschöne Herzogin – seine Ehefrau, seine große Liebe, die Mutter seiner Kinder und sein Licht in der Dunkelheit.

»Papa?«

Thane blieb im Türrahmen stehen. »Ja, Pippa-Maus?«

»Meine Lieblingsstelle in der Geschichte ist die, wo die Schöne mutig genug ist, dem Biest zu sagen, dass sie es liebt«, erklärte seine Tochter schüchtern.

»Das ist auch meine Lieblingsstelle«, sagte er zu ihr, und seine Brust zog sich vor Liebe zusammen, als er Astrid fest in die Arme nahm. »Wie deine kluge Mutter einst geschrieben hat: Liebe besteht aus einer großen Portion Mut, der richtigen Partnerwahl und viel Glück. Und wie alles, was es wert ist, dafür zu kämpfen, zahlt sie sich am Ende aus.«

anksagung

Mir hat es sehr gefallen, dieses Buch zu schreiben, aber es wäre nicht das, was es heute ist, ohne meine zwei unglaublich klugen, talentierten und brillanten Lektorinnen Liz Pelletier und Heather Howland. Ihr zwei habt den Roman GEROCKT! Vielen, vielen Dank dafür, dass ihr mit so viel Begeisterung bei der Arbeit wart – das bedeutet mir wirklich viel. Team LAH für den Sieg!

Ich danke den phantastischen Teams der Herstellungsabteilung bei Amara, und mein spezieller Dank geht an Stacy Abrams, Curtis Svehlak, Holly Bryant-Simpson, Riki Cleveland, Heather Riccio, Katie Clapsadl, Jessica Turner, Bree Archer und Erin Dameron-Hill – danke für all eure harte Arbeit. Ginger Clark, die diesen Titel verkauft hat, danke ich dafür, dass sie diesem Buch zur Publikation verholfen hat. Meinem derzeitigen Agenten Thao Le gebührt der Dank für seine Ratschläge, seine Unterstützung und seinen Enthusiasmus. Ich weiß all diese Dinge zu schätzen!

Ich möchte mich an meine Freundinnen und Kolleginnen wenden – Sophie Jordan, Mary Lindsey, Brigid Kemmerer, Angie Frazier, Wendy Higgins, Rachel Harris, Katie McGarry, Suzanne Young und Cindi Madsen –, ihr bringt mich immer zum Lachen und helft mir, stets einen kühlen Kopf zu bewahren. Danke, dass ihr immer bereit seid, zu lesen, zu brainstormen oder zu bemitleiden. Ich liebe euch alle unendlich.

An alle LeserInnen, BloggerInnen, BuchhändlerInnen und BibliothekarInnen, die über meine Romane reden und schreiben und mich tatkräftig unterstützen – ich bin euch unendlich dankbar. Danke für alles, was ihr tut. Danke an meine ganze Familie, an all meine Freunde – on- und offline. Vielen Dank für eure ewige Liebe und Freundschaft. Das bedeutet mir mehr, als ihr euch vorstellen könnt.

Last but noch least geht mein Dank an die wichtigsten Menschen in meinem Leben – an Cameron, Connor, Noah und Olivia. Ohne euch wäre ich verloren.